Mariano José de Larra

El doncel
de Don Enrique
el Doliente

Barcelona 2024
Linkgua-ediciones.com

Créditos

Título original: *El doncel de don Enrique el Doliente*.

© 2024, Red ediciones S.L.

 e-mail: info@linkgua.com

Diseño de cubierta: Michel Mallard.

ISBN rústica: 978-84-933439-6-5.
ISBN ebook: 978-84-9897-058-6.

Sumario

Créditos _____ **4**

Brevísima presentación _____ **9**
    La vida _____ 9
    La intriga _____ 9
    Enrique III el Doliente _____ 9
    La historia _____ 10
    La política _____ 10

Capítulo I _____ **13**

Capítulo II _____ **20**

Capítulo III _____ **31**

Capítulo IV _____ **43**

Capítulo V _____ **54**

Capítulo VI _____ **62**

Capítulo VII _____ **71**

Capítulo VIII _____ **80**

Capítulo IX _____ **88**

Capítulo X _____ **93**

Capítulo XI _____ **101**

Capítulo XII _____ **107**

Capítulo XIII _____ **112**

Capítulo XIV _____ **117**

Capítulo XV _____ **121**

Capítulo XVI _____ **128**

Capítulo XVII _____ **132**

Capítulo XVIII _____ **146**

Capítulo XIX _____ **152**

Capítulo XX _____ **160**

Capítulo XXI _____ **166**

Capítulo XXII _____ **175**

Capítulo XXIII _____ **185**

Capítulo XXIV _____ **192**

Capítulo XXV _____ **199**

Capítulo XXVI _____ **207**

Capítulo XXVII _____ **214**

Capítulo XXVIII _____ **224**

Capítulo XXIX _____ **231**

Capítulo XXX _____ 236

Capítulo XXXI _____ 242

Capítulo XXXII _____ 252

Capítulo XXXIII _____ 267

Capítulo XXXIV _____ 271

Capítulo XXXV _____ 280

Capítulo XXXVI _____ 292

Capítulo XXXVII _____ 298

Capítulo XXXVIII _____ 305

Capítulo XXXIX _____ 319

Capítulo XL _____ 329

Libros a la carta _____ 333

Brevísima presentación

La vida

Mariano José de Larra (Madrid, 1809-Madrid, 1837). España.

Hijo de un médico del ejército francés, en 1813 tuvo que huir con su familia a ese país tras la retirada de las fuerzas bonapartistas expulsadas de la península. Como dato sorprendente cabe decir que a su regreso a España apenas hablaba castellano.

Estudió en el colegio de los escolapios de Madrid, después con los jesuitas y más tarde derecho en Valladolid. Siendo muy joven se enamoró de una amante de su padre y este incidente marcó su vida. En 1829 se casó con Josefa Wetoret, la unión resultó también un fracaso.

Las relaciones adúlteras que mantuvo con Dolores Armijo se reflejan en el drama *Macías* (1834) y en la novela histórica *El doncel de don Enrique el Doliente* (1834), inspiradas en la leyenda de un trovador medieval ejecutado por el marido de su amante. Trabajó, además, en los periódicos *El Español*, *El Redactor General* y *El Mundo* y se interesó por la política.

Aunque fue diputado, no ocupó su escaño debido a la disolución de las Cortes. Larra se suicidó el 13 de febrero de 1837, tras un encuentro con Dolores Armijo.

La intriga

El doncel de don Enrique el Doliente relata una intriga cortesana en el siglo XIV. Se trata de un retrato de época que mantiene la tensión del lector todo el tiempo con una trama casi paranoica llena de conspiradores y ambiciosos.

Enrique III el Doliente

Enrique III el Doliente, rey de Castilla entre 1390 y 1406, fue llamado «el Doliente» por su frágil salud. En medio de sus padecimientos, tuvo que enfrentarse a la nobleza cuando ésta intentó sacar provecho de la inestabilidad política provocada por la masacre de judíos de 1391.

Enrique se enfrentó también a los Trastámara y finalmente consiguió derrotarlos.

La historia

El doncel de don Enrique el Doliente tiene como trasfondo histórico algunas de estas peripecias, narradas en una atmósfera de tensión protagonizada por relevantes personajes de la política de entonces.

Un rasgo de la novela digno de mención es la profusión de personajes de las más variadas confesiones religiosas. Un consejero de palacio es judío y hay escenas enteras dedicadas a mostrar los tratos entre el mundo islámico y los reyes cristianos de España.

Por otra parte, los biógrafos de Larra han hablado en muchas ocasiones de las analogías entre la trama de esta narración y la propia vida de Larra. Algunos personajes femeninos son equiparados con las amantes de Larra y la atmósfera de la novela con la de la España del siglo XIX.

La política

Entre las escenas más interesantes destaca ésta, que rebasa el marco de la novela y alude a suceso histórico que marcó un punto de inflexión en las relaciones entre Occidente y Oriente:

—El rey Tamurbec el Honrado, Tabor Bermacián, mi señor, me envía a ti, rey de las ciudades y lugares de Castilla y de León e España. Dure tu tiempo y buena fama en noblezas generales y en gracias cumplidas. El rey, mi amo, noticioso de la grandeza de tu reino, acepta la amistad y buena correspondencia que con tus embajadores le enviaste a ofrecer. El Profeta te sea en ayuda, te dé sus salutaciones. En muestra de buena amistad, envíate el rey mi señor el presente de joyas y las dos hermosas damas que te traje para tu harem, que al hijo de Osmín ha cogido en la gran victoria que le ha ganado. El rey de los reyes ha humillado la soberbia condición del hijo de Osmín, y hoy, en una jaula de hierro, sirve de estribo al poderoso Tamurbec, rayo de Dios.

—Recibo vuestra embajada, valiente Mahomat Alcagí, y no os doy respuesta —dijo don Enrique—, porque quiero que tornen embajadores míos a vuestro amo y señor el muy honrado Tamurbec, con mis cartas y presentes. Rui González de Clavijo —añadió vuelto a éste su camarero, que entre la turba de cortesanos andaba oscurecido—, quiero que vos y fray Alonso Páez de Santa María, maestro en Santa Teología, y Gómez de Salazar, mi guarda, hagáis este viaje como embajadores míos. Adelantóse entonces Rui González de Clavijo, y poniendo en tierra una rodilla:

—Beso a tu alteza los pies —dijo— por la lisonjera distinción con que honras a tu vasallo.

Retiróse el embajador de Tamorlán, y salieron con él algunos caballeros, curiosos de preguntarle y saber las varias noticias que de tan luengas tierras y afamadas hazañas podía darles.

Capítulo I

Mis arreos son las armas,
Mi descanso es pelear,
Mi cama las duras peñas,
Mi dormir siempre el velar.

Cancionero general

Antes de enseñar el primer cabo de nuestra narración fidedigna, no nos parece inútil advertir a aquellas personas en demasía bondadosas que nos quieran prestar su atención, que si han de seguirnos en el laberinto de sucesos que vamos a enlazar unos con otros en obsequio de su solaz, han menester trasladarse con nosotros a épocas distantes y a siglos remotos, para vivir, digámoslo así, en otro orden de sociedad en nada semejante a este que en el siglo XIX marca la adelantada civilización de la culta Europa.

Tiempos felices, o infelices, en que ni la hermosura de las poblaciones, ni la fácil comunicación entre los hombres de apartados países, ni la seguridad individual que en el día casi nos garantizan nuestras ilustradas legislaciones, ni una multitud, en fin, de refinadas y exquisitas necesidades ficticias satisfechas, podían apartar de la imaginación del cristiano la idea, que procura inculcarnos nuestro sagrado dogma, de que hacemos en esta vida transitoria una breve y molesta peregrinación, que nos conduce a término más estable y bienaventurado.

Mis arreos son las armas
Mi descanso es pelear,

podían repetir con sobrada razón nuestros antepasados de cuatro o cinco siglos: nuestra nación, como las demás de Europa, no presentaba a la perspicacia del observador sino un caos confuso, un choque no interrumpido de elementos heterogéneos que tendían a equilibrarse, pero que por la ausencia prolongada de un poder superior que los amalgamase y ordenase, completando el gran milagro de la civilización, se encontraban con extraña violencia en un vasto campo de disensiones civiles, de guerras exteriores, de rencillas, de desafíos, y a veces de crímenes, que con nuestras extremadas instituciones mal en la actualidad se conformarían.

Una incomprensible mezcla de religión y de pasiones, de vicios y virtudes, de saber y de ignorancia, era el carácter distintivo de nuestros siglos medios. Aquel mismo príncipe que perdía demasiado tiempo en devociones minuciosas, y que expendía sus tesoros en piadosas fundaciones, se mostraba con frecuencia inconsecuente en su devoción, o descubría de una manera bien perentoria lo frívolo de su piedad, pues en vez de arreglar por ésta su conducta, se le veía no pocas veces salir de los templos del Altísimo para ir a descansar de las fatigas del gobierno en los brazos de una seductora concubina, que usurpaba la mitad del lecho regio de su consorte despreciada.

El caballero que volvía de reconquistar el santo sepulcro del Salvador, y que llevaba ricamente bordado en el pecho el signo augusto de la redención, aquel mismo cruzado que al entrar en el gremio de la Iglesia había depuesto en las fuentes bautismales el vano deseo de venganza, adoptando y jurando, a imitación del hombre Dios, el perdón de las injurias, sin el menor escrúpulo de conciencia declaraba las muestras de su organización irascible, que a gala tenía; a la menor sombra de pretendida ofensa corría lanza en ristre a partir el Sol del palenque, y a abrir una ancha fuente de sangre humana en el pecho de su adversario, invocando a un tiempo, por una inexplicable contradicción, el nombre santo de Dios y el nombre profano de la dama por quien moría.

En vano la religión se esforzaba en dulcificar las costumbres de los hijos de los godos, exaltados por la prolongada guerra con los sarracenos. Es verdad que ganaba terreno, pero era con lentitud; entretanto se criaba el caballero para hacer la guerra y matar. Verdad es que los primeros enemigos contra quien debía dirigirse eran los moros; pero muchas veces lo eran también los cristianos, y había quien matando dos de aquéllos por cada uno de estos últimos, creía lavado el pecado de su espantoso error. Matar infieles era la grande obra meritoria del siglo, a la cual, como al agua bendecida por el sacerdote, daban engañados algunos la rara virtud de lavar toda clase de pecados.

Para los hombres el ejercicio de las fuerzas corporales, el fácil manejo de la pesada lanza, el arte de domeñar el espumoso bridón, la resistencia en el encuentro, y el pundonor falsamente entendido y llevado a un extremo peligroso; y para las mujeres el arte de conquistar con las gracias naturales y de artificio al campeón más esforzado, y ceñirle al brazo la venda del color favorito, recompensa del brutal denuedo del vencedor del torneo, y el recato solo para con el caballero no amado, eran la educación del siglo. Dios y mi dama, decía el caballero; Dios y mi caballero, decía la dama.

En medio del furor de guerrear que debía animar a todos en aquella época, algunos ministros del Altísimo no dudaban en acompañar a las huestes, armados a la vez como los guerreros, y aun cuando no desenvainasen en las lides la poderosa espada de Damasco y de Toledo para herir con ella al enemigo, esta costumbre arrastraba a algunos a autorizar trances de rebelión del soberbio ricohombre contra la majestad de su rey y señor natural.

Un corto número de espíritus más pusilánimes, o acaso más calculadores que sus contemporáneos, poseía la corta riqueza literaria griega y romana que de las ruinas del Partenón y del Capitolio habían podido salvar, en medio de la devastación desoladora de la irrupción de los bárbaros, algunas primitivas comunidades monásticas.

El estudio todo que se hacía en los claustros estaba reducido, y debía estarlo, a la ciencia eclesiástica, la única que podía y debía salvar, como efectivamente salvó, a la Europa de su total ruina. Las bellezas gentílicas de los Homeros y Virgilios debían reservarse para otros tiempos; y los monasterios, conservando estos monumentos clásicos de la antigüedad, hacían a la literatura todo el servicio que podían hacerle.

Otros espíritus, no obstante, se dedicaban fuera de aquellas escuelas al estudio, y la ciencia que adquirían era solo el medio criminal de granjearse una consideración y una fortuna aún más criminales todavía. Afectando la ciencia de los astros, o una misteriosa comunicación con el mundo de los espíritus, sabían abusar de la insensata credulidad de los reyes y de los pueblos, y convertir en propio y particular provecho suyo las luces que no trataban de difundir, sino antes de conservar entre sí clandestina y masónicamente, como un pérfido talismán que ejerciendo al cabo su irresistible influencia sobre los espíritus débiles e ignorantes, libraba en las manos de unos pocos empíricos solapados, la palanca poderosa con que movían y removían a su placer cuantos obstáculos a sus dañadas intenciones se pudieran presentar.

A esta época, pues, y al trato belicoso de los nietos de las hordas del norte, al centro de aquella informe sociedad, hija de padres tan contrarios como los bárbaros de la fría Noruega y las cultas ruinas de la capital del mundo, a esta época, a ese trato y a esa sociedad vamos a trasladar a nuestros lectores.

No se crea tampoco por el cuadro que rápidamente acabamos de bosquejar, que sea preciso entrar con horror a desentrañar las costumbres de tan inexplicable época; lejos de nosotros esta idea; también se ofrecen en ella virtudes colosales que no son por cierto de nuestros días. El amor, el rendimiento a las damas, el pundonor caballeresco, la irritabilidad contra las injurias, el valor contra el enemigo, el celo ardiente de la religión y de la patria, llevado el primero alguna vez hasta la superstición, y el segundo hasta la odiosidad contra el que nació en suelo apartado, si no son prendas todas las más adecuadas al cristianismo, no dejan por eso de tener su lado hermoso por donde contemplarlas; y aun su utilidad manifiesta, dado sobre todo el dato del orden de cosas entonces establecido, las hacía tan necesarias como deslumbradoras.

El carácter, empero, más verdaderamente distintivo de la época, era la lucha establecida y siempre pendiente entre el príncipe y sus primeros súbditos; una escala ascendente y descendente que constituía a los pecheros vasallos de vasallos, y a los reyes señores de señores, era el principal obstáculo que impedía al poder ejercer a la vez su influencia igual y equitativa por toda la extensión de sus dominios; el pechero, doblemente súbdito, tenía dobles obligaciones (más bien que contraídas, impuestas) para con su dueño inmediato, y para con el señor natural de todos. Por otra parte, era de notar el poder no reprimido de los orgullosos magnates, sin cuya cooperación voluntaria hubiera sido una vana fantasma la autoridad del monarca. Éste en todo trance de guerra se veía poco menos que precisado a mendigar los hombres de armas, que solo podían proporcionarle para las jornadas los ricoshombres que los sostenían a sus expensas, y por consiguiente a su devoción, y que desigualaban a placer la fuerza recíproca de los partidos con la más leve inclinación de su parte; el señorío absoluto (si no de derecho, de hecho) de vidas y haciendas en sus inmensos dominios; sus bien defendidos castillos feudales, de donde mal pudiera desalojarlos la sencilla arcabucería y manera de guerrear de la época; su orgullo, nacido de los grandes favores que en la continua reconquista contra moros les debía el rey y la patria; y la remisión sobre todo de los agravios al duelo particular, al paso que inutilizaban toda la energía de un rey y sus buenas intenciones, eran las causas, por entonces irremediables, de la impunidad de los delitos; causas que perpetuaban la injusticia y el abuso de la fuerza de los primeros hombres de la nación, que no había especie de ambición ni pasión frenética de que no se dejasen torpemente arrastrar.

Éste era el estado de las costumbres de la Europa, y por consiguiente de nuestra España, en la época a que nos referimos. En el año en que pasaba lo que vamos a contar, hacía ya trece que don Enrique III, dicho el Doliente, y nieto del famoso don Enrique el Bastardo, había subido a ocupar el trono, vacante por la desastrosa muerte de su padre don Juan I, ocurrida en Alcalá de Henares de caída de caballo. Y apenas habían bastado estos trece años para reparar los daños que por su menor edad había acarreado a Castilla desvalida.

El cisma duraba en la Iglesia desde la elección tumultuosa del arzobispo de Bari, llamado Urbano VI, ocurrida el año 1378, después de la muerte de Gregorio XI. Habíanse reunido los cardenales en cónclave; pero sabedores acaso los romanos de que la corte de Francia trataba de influir en la elección del cardenal de Génova, ligado por parte de padre con los condes de Génova de la casa de Oliveros, y por parte de madre con los condes de Boloña, parientes de la casa real de Francia, se amotinaron, y precipitándose en el lugar del cónclave, después de forzar las cerraduras, según en nuestras leyendas se refiere, clamaron: «Papa romano queremos, o a lo menos italiano», de cuya infracción notable y sacrílega, resultó la elección del arzobispo, que se coronó el día de Pascua de Resurrección. Varios cardenales, empero, refugiándose en el lugar de Anania, y después en Fundi, proclamaron la invalidez de la elección forzada, y amparados de la corte de Francia eligieron al cardenal de Génova, que tomó el nombre de Clemente VII, y estableció la silla de su iglesia en Aviñón. Urbano y Clemente habían enviado entrambos al rey de Castilla, a la sazón Enrique II, sus mensajeros, así como los había enviado, en apoyo del último, Carlos V, rey de Francia; la corte de Castilla permaneció por entonces indecisa hasta consultar en materia tan delicada a sus varones más famosos. Posteriormente, en el año 1381, el sucesor de don Enrique II, don Juan I, hallándose en Medina del Campo, y después de haber reunido y consultado a sus prelados, ricoshombres y doctores, se decidió por Roberto de Génova, negando la obediencia al intruso apostático Bartolomé, como le llama en la carta que con fecha de Salamanca le escribió a

Clemente VII, prestándole homenaje como a único Papa verdadero. Más adelante murió en su palacio de Aviñón el Papa Clemente VII, a 26 de septiembre de 1394, reinando en Castilla don Enrique III; y sus cardenales, deseosos de la unión de la Iglesia, se propusieron elegirle un sucesor, jurando todos antes sobre los santos Evangelios renunciar al papazgo inmediatamente después de nombrados, si así fuese necesario, y en el caso de que se ciñese a hacer otro tanto Urbano, para proceder unidos de nuevo todos los cardenales en Roma a la elección válida y conforme de uno solo.

Fue elegido, pues, en Aviñón el cardenal don Pedro de Luna, aragonés de nación, y ricohombre de los de Luna; negose al principio a admitir la triple corona, pero una vez sentado en la silla apostólica, se resistió enteramente a las solicitudes de sus cardenales y del rey de Francia, que le envió a Juan, duque de Berry, y a Felipe, duque de Borgoña, sus tíos, para que renunciase conforme había jurado. Esto dio lugar a continuos debates, que se hallaban en pie todavía en el tiempo a que nos referimos, habiéndose declarado en favor de Benedicto, Francia, Castilla, Navarra y Aragón, y por el Papa romano, el Emperador, la Inglaterra y la Italia.

Con respecto a Portugal, Castilla seguía defendiendo, aunque débilmente, sus derechos: verdad es que desde la infausta jornada de Aljubarrota, perdida por la impericia estratégica de los jóvenes y acalorados caballeros del ejército de don Juan I, éste mismo había casi abandonado las esperanzas de recobrar aquel reino que indisputablemente le pertenecería por su boda con doña Beatriz, hija y única heredera del muerto rey don Fernando. El odio entre portugueses y castellanos, y el empeño sobre todo de aquéllos en no ver nuevamente fundido en la corona de Castilla su suelo independiente, había dado una popularidad extraordinaria al maestre de Avís; ayudado de ella se propasó a quitar la vida al conde de Orén en el mismo palacio de la regente, y permitió a sus partidarios la muerte del infeliz obispo de Lisboa, despeñado de la torre: erigiose rey en Coimbra con el dictado de Juan I después de la resignación de la regente viuda Leonor, y reclusión de ésta por nuestro rey en el monasterio de Otordesillas, como le llaman nuestras crónicas contemporáneas.

Ya don Juan I de Castilla, en su testamento otorgado en Celórico de la Vera, poco antes de la jornada de Aljubarrota, vacilando él mismo sobre la legitimidad de sus derechos, al legárselos a su hijo y sucesor Enrique III, le había legado también las dudas que acerca de tan delicada contienda en su propio corazón albergaba. En la época de nuestra narración, era tan débil ya la guerra que se sostenía contra Portugal, que más parecía efecto de una obstinación irrealizable, que una verdadera lucha que presentase síntomas de un término definitivo. Ni apenas se hubiera dicho que semejante guerra existía entre las dos naciones, si no lo hubiesen atestiguado las continuas treguas y largos armisticios, que continuamente por una parte y otra se ratificaban.

Enrique III, al subir al trono a los catorce años, para dar fin a la anarquía que en el Estado alimentaran sus poderosos tutores, había ratificado las ligas hechas por su padre con don Carlos VI de Francia y con los reyes de Aragón y de Navarra; y solo con el rey moro de Granada sostenía una guerra, muy semejante en su lentitud y en sus largas treguas a la de Portugal.

Tal era también el estado político de Castilla en la época de nuestra historia caballeresca, a que daremos principio desde luego sin detenernos más tiempo en digresiones preparatorias, de poco interés para el lector, si bien hasta cierto punto necesarias para la particular inteligencia de los hechos que a su vista tratamos de exponer sencilla y brevemente.

Con respecto a la veracidad de nuestro relato, debemos confesar que no hay crónica ni leyenda antigua de donde le hayamos trabajosamente desenterrado; así que, el lector perdiera su tiempo si tratase de irle a buscar comprobantes en ningún libro antiguo ni moderno: respondemos, sin embargo, de que si no hubiese sucedido, pudo suceder cuanto vamos a contar, y esta reflexión debe bastar tanto más para el simple novelista, cuanto que historias verdaderas de varones doctos andan por esos mundos impresas y acreditadas, de cuyo contenido no nos atreveríamos a sacar tantas líneas de verdad, o por lo menos de verosimilitud, como las que encontrará quien nos lea en nuestras páginas, tan fidedignas como útiles y agradables.

Capítulo II

De Mantua salió el marqués
Danes Urgel el leale,
Allá va a buscar la caza,
A las orillas del mare.
Con él van sus cazadores
Con aves para volare,
Con él van los sus monteros
Con perros para cazare.

Cancionero de romances

A fines del siglo XIV estaba la hoy coronada y heroica villa de Madrid muy lejos de pretender el lugar preeminente que en la actualidad ocupa en la lista de los pueblos de la Península. Toda su importancia estaba reducida a la fama de que gozaban sus espesos montes, los más abundantes de Castilla en caza mayor y menor: el jabalí, la corza, el ciervo, hasta el oso feroz hallaban vivienda y alimento entre sus altos jarales, sus malezas enredadas y sus silvestres madroñeros, que han desaparecido después ante la destructora civilización de los siglos posteriores. El implacable leñador ha derrocado por el suelo con el hacha en la mano la erguida copa de los pinos y robles corpulentos para satisfacer a las necesidades de la población, considerablemente acrecentada, y el hombre ha venido a hollar la magnífica alfombra que la Naturaleza había tendido sobre su suelo privilegiado; ha tenido fuerzas para destruir, pero no para reedificar; la Naturaleza ha desaparecido sin que el arte se haya presentado a ocupar su lugar. Inmensos arenales, oprobio de los siglos cultos, ofrecen hoy su desnuda superficie al pie del caminante; al servir los árboles de pasto al fuego insaciable del hogar, los manantiales mismos han torcido su corriente cristalina o la han hundido en las entrañas de la madre tierra, conociendo ya, si se nos permite tan atrevida metáfora, la inutilidad de su influjo vivificador. Madrid, el antiguo castillo moro, la pobre y despreciada villa, ciñó mientras fue olvidada de los hombres la suntuosa guirnalda de verdura con que la Naturaleza quiso engalanarle, y Madrid, la opulenta corte de reyes poderosos, término de la concurrencia de una nación extendida, y tumba de sus caudales inmensos y de los de un mundo nuevo, levanta su frente orgullosa, coronada de quiméricos laureles, en medio de un yermo espantoso y semejante al avaro que, henchidas de oro las faltriqueras, no ve en torno de sí, doquiera que vuelve los ojos, sino miseria y esterilidad.

Al famoso soto de Segovia, que se extendía hasta el Pardo y más acá, concurrían los reyes y los grandes de Castilla de todas partes para lograr el solaz de la cetrería y de la montería, placer privilegiado y peculiar de los feudales señores de la época.

El Sol, rojo como la lumbre, despidiendo sus rayos horizontales por entre las altas copas de los árboles, marcaba el fin próximo de uno de los más hermosos días del mes de mayo: como a cosa de dos leguas de Madrid, una compañía de cazadores, ricamente engalanados y vestidos, turbaba todavía la tranquilidad del monte y de la selva: varias magníficas tiendas levantadas a orillas del Manzanares eran indicio de haber durado aquel placer algunos días; acababa de practicarse el último ojeo, y puestos los monteros en acecho, esperaban en las encrucijadas a que asomase por alguna parte el animal para precipitarse sobre él con el venablo aguzado y rendirle en tierra del primer golpe. Infinidad de reses de todas especies, suspendidas fuera y dentro de las tiendas, daban claras muestras de la destreza de los monteros y de la bienandanza del día.

En una de ellas preparaban varios manjares y daban vueltas a un largo asador dos hombres, que así revolvían con sus brazos arremangados el asador como atizaban la brasa, que iba dorando ya el engrasado lomo de la víctima. Miraban tan interesante operación otros dos personajes: el uno representaba tener a lo más treinta años; su aire no común, su rostro afable, aunque grave, sus maneras francas y su traje, sobre todo, daban a entender que podía pertenecer, si no al primer rango de la sociedad de aquel tiempo, a una buena familia por lo menos; y de todas suertes se echaba bien de ver a la primera ojeada, en todo su exterior, cierta libertad que solo dan la satisfacción, la holgura y la costumbre de frecuentar grandes personajes, ya que no se atreviera el observador a asegurar que él lo fuese.

En frente de él se hallaba otro que podría tener veinticinco años: su personal era bueno, y, sin embargo, no sé qué expresión particular de siniestra osadía tenía su rostro; una sonrisa asomada de continuo a sus labios le daba cierto aire de complacencia obligada que suponía en él el hábito de vivir al lado de personas de categoría superior a la suya; una voz verdaderamente seductora, sobre todo en sus modulaciones, probaba que no descuidaba medio alguno para captarse la voluntad; sus ojos, entre pardos y verdes, tenían no sé qué de talento y de misterio, y su pelo, crespo y de un rojo muy subido, prestaba a la cara que debiera adornar cierta aspereza y aun ferocidad rechazadora. Vestía un corto sayo pardo de montero, sujeto en el talle por un cinturón de vaqueta verde, prendido con un gran broche de latón; llevaba unos botines altos de paño, del mismo color del sayo y atacados hasta la rodilla, un capacete adornado de plumas blancas, y pendía de su cintura un largo cuchillo de monte.

En el momento en que su conversación empezó a interesar a nuestra historia, decía el primero al segundo:

—¿Puedo yo saber, Ferrus, cómo habéis dejado un solo momento el lado del poderoso conde de Cangas y Tineo?…

—Pardiez, señor Vadillo, me gusta más ver al jabalí en la brasa que entre la maleza: sobre todo desde que uno de ellos me rompió el año pasado junto a Burgos un rico sayo de vellorí que me había regalado el conde mi amo. Desde que me convencí, colgado de un roble, de que no había mediado entre su colmillo y mi persona más espacio que el que separa mi ropa de mi cuerpo, juré a todos los santos del paraíso no volver a ponerme en el camino de ningún animal de esa especie. Son tan brutos, que así respetan ellos a un rimador favorito del pariente del rey como a un montero adocenado. ¿Y puedo yo hacer la misma pregunta al señor Fernán Pérez de Vadillo, primer escudero de su señoría?

—Os habéis hecho harto curioso y preguntón, Ferrus. Respondedme antes a otra pregunta, y después veré de responderos a la vuestra, si me place. ¿Habéis visto un palafrén que acaba de llegar de Madrid cubierto de polvo y devorando tierra no hace medio cuarto de hora? ¿Habéisle conocido?

—Es Hernando, criado del Doncel.

—¿Y a qué vino?

—No lo sé, aunque lo sospecho. Me parece que su amo estaba encargado por el conde de una comisión particular… El maestre de Calatrava estaba en los últimos…

—Cierto… acaso habrá terminado sus días…

—Tal vez…

—¿Y qué podría tener eso de común con la venida de Hernando?

—Mucho; me temo que don Enrique de Villena anda hace tiempo acechando un maestrazgo.

—¿Sabéis que es casado?

—¿Puede ignorarlo, señor Fernán Pérez? Pero puedo asegurar a todo el que tenga interés en saberlo que don Enrique de Villena y su esposa doña María de Albornoz no son dos amantes…

—¡Chitón!, Ferrus, no estamos solos —dijo alarmado el primer escudero echando una ojeada de desconfianza hacia el paraje donde daba vueltas todavía sobre la brasa el ciervo, impelido del brazo del infatigable repostero.

—Tenéis razón, señor escudero. Nunca me acuerdo de que no es esa gente el mejor consonante para mis trovas.

—¿Y qué queréis decir con la proposición que habéis aventurado? —dijo acercándose a él Vadillo y con tono de voz apenas perceptible.

—Solo sabré deciros —contestó Ferrus con igual misterio— que nuestros señores no duermen juntos…

—Brava ocasión para chanzas, Ferrus…

—¿Chanzas, eh? Dígalo la señorita Elvira, vuestra misma esposa, que no se separa un punto de la condesa…

—Coplero, ¿queréis hablar alguna vez con formalidad? ¿Y dejará de ser casado porque no haga vida común con ella?

—Decís bien, pero como allá van leyes… No os enojéis, haré por enfrenar mi lengua. ¿Sabéis la historia del rey don Pedro?

—¿Y bien?

—Casado estaba con doña Blanca de Borbón… y casó sin embargo con la Padilla…

—¿Y queréis suponer?… ¿Don Enrique sería capaz de imitar al rey cruel?…

—¿No habría un medio de compostura sin necesidad de que muriese mi señora doña María? ¿No hay casos en que el divorcio?…

—Mucho sabéis.

—¿Pensáis que el rey Enrique III podrá negar muchas cosas a su tío don Enrique de Villena?…

—No; el prestigio de que goza en la corte es demasiado grande.

—¿Y pensáis que el señor Clemente VII se expondría a perder la amistad y protección de Castilla y Aragón en su lucha con Urbano VI por tener el gusto de negar una bula de divorcio al conde de Cangas y Tineo?

—Por San Pedro, Ferrus, que tenéis cabeza de cortesano más que de rimador.

—Muchas gracias, señor Fernán. Algunos señores de la corte que me desprecian cuando pasan delante de mí en el estrado de su alteza y que me dan una palmadita en la mejilla diciéndome: Adiós, Ferrus; dinos una gracia, podrían dar testimonio de mi destreza si supieran ellos...

—Entiendo; no estoy en ese caso.

—Yo estimo demasiado al primer escudero de mi amo para confundirle con la caterva de cortesanos, cuyo brillo me ofende y cuya insolencia provoca mi venganza.

—¿Y en qué estamos de Hernando y de su comisión? —interrumpió Vadillo dándole la mano y apretándosela como para dar a entender que aquel apretón de manos debía significar más que todas las frases vulgares que en semejantes casos se dicen.

—Ya he dicho que no sé sino que sospecho que el conde quiere ser maestre; que Hernando puede traer noticias de la salud de don Gonzalo de Guzmán y que esta noche no se acostará don Enrique de Villena sin haber aligerado y repartido la carga de su secreto, si tiene alguno; también quiero ser franco: tal puede ser él que no me sea lícito confiarle ni a vos mismo. Pero atended. ¿No oís?

—¿Qué es? —repuso el escudero escuchando.

—Es la señal de haber salido la pieza; ¿no oís los ladridos de los sabuesos y la gritería de los monteros?

—En efecto —dijo Vadillo—; salgamos, si es que no tenéis miedo también de ver a esta distancia la caza.

—Salgamos.

Pasaba efectivamente como a tiro de ballesta un horrendo jabalí perseguido de una jauría de valientes canes; ya dos de éstos habían probado sus agudas defensas, dando al viento su sangre y sus entrañas palpitantes; más de un montero, a punto de dar el golpe que hubiera terminado la ansiedad en que a todos los tenía la fiera, se había visto arrebatado fuera del sendero que ésta seguía por su caballo espantado. «Por el valle, por el valle se escapa», gritaban los ojeadores, y más de diez cuernos, resonando en medio del silencio de la selva, habían dado aviso a los impacientes cazadores que en el llano se hallaban guardando los pasos y salidas. Mucho menos tiempo del que hemos tardado en describir esta maniobra tardó en desaparecer a los ojos de nuestros pacíficos observadores por entre la espesura la encarnizada caterva, cuyos individuos apenas podían percibirse ya a tal distancia y a aquellas horas.

Perdíanse en lontananza los cazadores, y el ruido también de sus voces y sus bocinas, cuando salieron de la selva dos jinetes galopando a más galopar hacia las tiendas donde se aderezaba el banquete para la noche, que empezaba ya a convidar al descanso con sus frescas auras y sus tinieblas a los fatigados perseguidores de las inocentes reses del Soto de Manzanares.

—¿No os dije yo —gritó Ferrus estirando el cuello y abriendo los ojos para reconocer a los caballeros— que la venida de Hernando nos traería novedades de importancia? Mirad hacia la derecha por encima de ese ribazo, allí, ¿no veis? Entre aquellos dos árboles, el uno más alto y el otro más pequeño… más acá, seguid la indicación de mi dedo… ahí… ahí…

—Sí, allí vienen dos galopando…

—¿No reconocéis el plumero encarnado del más bajo?

—Sí; él es…

—Hernando es el otro.

—¿Qué apostáis a que desde este momento se ha acabado ya la partida de caza?

—Sin embargo, sabéis que veníamos para cuatro días, y no llevamos sino tres.

—Enhorabuena: pues no vuelva yo a hacer una estancia ni a probar vino de Toro en la copa de mi señor si dormimos esta noche aquí… y voto va que si tal supiera diera principio a una pierna de esa ánima en pena que está purgando en la brasa las corridas inútiles que habrá hecho dar por el bosque a más de cuatro cazadores inexpertos —y lanzó un suspiro clavando sus ojos en el asador, vuelto de espaldas al sitio de donde venían los cabalgantes.

—¿Qué hacéis, Ferrus, ahí distraído? Apartad, apartad —gritó Vadillo, sacudiéndole por un brazo y desviándole del camino mal su grado.

En esto llegaban los jinetes a las tiendas, y mientras que el uno de ellos se adelantaba a apearse y tener de la brida el caballo del otro, Ferrus, ambicioso de servir el primero al recién llegado, ganó por la delantera al escudero y tomando el estribo con una mano, mientras que con la otra descubría su cabeza roja y ensortijada, acogió con su acostumbrada sonrisa de deferencia una rápida inclinación de cabeza y una ojeada de amistosa protección que le dispensó el caballero.

—Ya veo, Ferrus —le dijo éste al apearse—, que pudieras desempeñar ese oficio perfectamente si muriesen de repente todos los dignos escuderos de mi casa —y arrojó al descuido una mirada sardónica hacia el negligente Vadillo, que con el capacete en la mano e inclinando el cuerpo, esperaba sin duda a que le dejase algo que hacer el solícito poeta…

—No hay duda, señor —contestó Vadillo, apreciando en su justo valor el ligero sarcasmo del caballero—, que la costumbre de correr tras el consonante presta a los poetas cierta agilidad de que nunca podrá gloriarse un escudero indigno, aunque hijodalgo.

—Aunque hijodalgo —dijo entre dientes Ferrus, pero de modo que pudo oírlo el que era objeto de la consideración y respeto de entrambos—, cada uno es hijo de sus obras, y las mías pueden ser tan honradas como las del primer escudero de Castilla.

—Paz, señores, paz —dijo el caballero—; paz entre las musas y los hijosdalgo; en estos momentos he menester más que nunca de la unión de mis leales servidores —y quiso repartir un favor a cada uno para equilibrar el momentáneo desnivel de su constante amistad—. Cubríos, Vadillo; la noche empieza a refrescar y vuestra salud me es harto preciosa para sacrificarla a una etiqueta cortesana. Ferrus, toma ese pliego y cuando estemos en Madrid, me dirás tu opinión acerca de ese incidente que me anuncian; tú sabrás si es fausto o desdichado para nuestros planes.

Cogió Ferrus el pergamino y guardole en el seno con aire de satisfacción, echando una mirada de superioridad sobre el desairado escudero; superioridad que efectivamente le daba la confianza que en público acababa de hacer de él su distinguido señor. Pero éste, atento a la menor circunstancia que pudiera renovar el mal apagado fuego de la rivalidad de sus súbditos, se apoyó en el brazo de su escudero y llevando a la izquierda al ambicioso juglar y detrás a Hernando con entrambos caballos de las bridas, penetró en una tienda, a cuya entrada quedó éste respetuosamente, esperando las órdenes que no debían de tardar mucho en comunicársele.

La tienda en que entraron, inmediata a aquélla donde hemos dicho que se aprestaban las viandas, se hallaba sencillamente alhajada; una alfombra que representaba la caza del ciervo, y alegórica por consiguiente a las circunstancias, ofrecía blando suelo a nuestros interlocutores; cuatro tapices de extraordinaria dimensión decoraban sus paredes o lienzos con las historias del sacrificio de Abraham, de la casta Susana sorprendida en el baño por los viejos, del arca de Noé y de la muerte de Holofernes a manos de la valiente y hermosa Judit. Una mesa artificiosamente trabajada de modo que pudiera armarse y desarmarse cómodamente para esta clase de expediciones y varias banquetas de tijera fáciles de plegar completaban el ajuar de aquella vivienda campestre y provisional; una cámara interior y reducida estaba ocupada por un lecho con su cubierta de seda labrada de damasco. Algunos arcos y ballestas suspendidos aquí y allí y varios venablos apoyados en los rincones, daban a entender a la primera ojeada el objeto de la expedición que en el campo detenía por aquellos días a su dueño. Una armadura completa que en el lugar preeminente se veía suspendida, manifestaba que la seguridad personal no era olvidada de los caballeros belicosos del siglo XIV ni aun entonces mismo que se entregaban a los placeres de una época pacífica y ajena de temores de guerra.

—Ferrus, partiremos inmediatamente —dijo el caballero a su confidente.

—¿Sin cenar, señor?

—¡Ferrus!

—Señor —interrumpió el juglar volviendo en sí de la distracción y falta de respeto a que había dado ocasión la mucha familiaridad que su amo le consentía—, si tus negocios han menester de mi ayuno y si mi hambre puede en algo contribuir a su buen éxito, marchemos…

—Naciste para comer, Ferrus; hago mal en creer que tengo un hombre en ti…

—Pero, gran señor, tú propio anduvieras acertado en restaurar tus fuerzas; el camino hasta Madrid es malo y largo, la noche oscura y Dios sabe si malhechores o enemigos tuyos esperarán a que pasemos para enviarnos en pos del maestre… si es que ha muerto —añadió acercándosele al oído— como presumo. ¿Qué mal puede haber en que nos pillen reforzados?

—En buena hora, bachiller, deja de hablar. Fernán Pérez, dispondréis que al rayar mañana el día se recoja la batida, y marcharéis conmigo lo más pronto que pudiereis. Ferrus, haz que nos den un breve refrigerio. Seguiré tu consejo.

No oye reo su indulto con más placer que el que experimentó Ferrus al escuchar la revocación de la cruel sentencia, que a dos largas horas de hambre le condenaba. En pocos minutos se vio cubierta la mesa de un limpio mantel labrado y un opíparo trozo de exquisito morcón curado al fuego se presentó ante los ávidos ojos de nuestros tres interlocutores. El hidalgo hizo plato a su señor, que no quiso acelerar para su servicio el fin de la caza, ni se curó de llamar a los dependientes, a quienes tales oficios de su casa estaban cometidos; la situación de su ánimo, devorado al parecer de secretas ideas y el deseo de permanecer en la compañía libre y desembarazada de aquéllos en quienes depositaba su confianza, redujo a dos el número de sus servidores en tan crítica situación. Luego que el hidalgo le hubo hecho plato y Ferrus servídole la copa:

—Sentaos —dijo— y cenad, Fernán Pérez, que bien podéis poner la mano en el plato de mi propia mesa.

Sentose respetuosamente al extremo de la mesa Vadillo y el favorito permaneció en pie a la derecha de su señor, recibiendo de su propia mano los mejores bocados que éste por encima del hombro le alargaba, como pudiera con un perro querido que hubiera tenido su estatura. Reíase Ferrus, empero, muy bien de esta manera de recibir los trozos de la vianda, a tal de recibirlos; sabía él además que lo que hubiera podido parecer desprecio a los ojos de un observador imparcial era una distinción cariñosísima que le colocaba sobre todos los súbditos del caballero. Sin mortificarle estas ideas dábase prisa a engullir morcón, sin más interrupción que la que exigieron las dos o tres libaciones que con rico vino de Toro, entonces muy apreciado, hacía de cuando en cuando el taciturno y distraído personaje, cuyo nombre y circunstancias singulares no tardaremos en poner en claro para nuestros lectores.

Acabose la corta refacción sin hablar palabra de una parte ni de otra, sirviéronse las especias y púsose aquél en pie.

—Partamos.

—Paréceme, gran señor, que harías bien en armarte mejor de lo que estás, porque ¡vive Dios que no quisiera que se quedase España sin tan gran trovador! y…

—¡Chitón! Ponme en efecto esa armadura.

Quitose un capotillo propio de caza, púsose una loriga ricamente recamada de oro sobre terciopelo verde: vistió una fuerte cota de menuda malla; ciñó una espada y calzó las botas con la espuela de oro, insignia de caballeros de la más alta jerarquía. Previnose también contra la intemperie envolviéndose en un tabardo de velarte, y después que Ferrus se hubo armado, aunque más a la ligera, montaron en sus caballos y se despidieron de Fernán Pérez, encargándole sobre todo que en manera alguna dejase de estar a la mañana siguiente en la cámara de Su Grandeza a la hora común de levantarse; prometiólo Vadillo, besándole el extremo de la loriga, y al son de las cornetas de los cazadores que daban ya la señal de recogida a los monteros desparcidos, picaron de espuela nuestros viajeros seguidos de Hernando.

Ya era a la sazón cerrada y oscura la noche; no dicen nuestras leyendas que les acaeciese cosa particular que digna de contar sea. Ferrus trató varias veces de aventurar alguna frase truhanesca de aquéllas que solían provocar el humor festivo de su señor; pero el silencio absoluto de éste le probó otras tantas que no era ocasión de bufonadas, y que la cabeza del caballero, sumamente ocupada con las revueltas ideas a que había dado lugar el pliego que tan intempestivamente había venido a arrancarle del centro de sus placeres, estaba más para resolver silenciosamente alguna enredada cuestión de propio interés que para prestar atención a sus gracias pasajeras. Resignose, pues, con su suerte, y era tanto el silencio y la igualdad de las pisadas de sus trotones, que en medio de las tinieblas nadie hubiera imaginado que podía provenir de tres distintas personas aquel uniforme y monótono compás de pies.

Dos horas habían transcurrido desde su salida de las tiendas, cuando dando en las puertas de Madrid, llegaron a entrar en el cubo de la Almudena, y dirigiéndose al alcázar que a la sazón reedificaba el rey don Enrique III en esta humilde villa, llegó el principal de los viajeros a su labio el cuerno, que a este fin no dejaba nunca de llevar un caballero, e hizo la señal de uso en aquellos tiempos; la cual oída y respondida en la forma acostumbrada, no tardaron mucho en resonar las pesadas cadenas, que inclinando el puente levadizo, dieron fácil entrada en el alcázar a nuestros personajes; dirigiéndose inmediatamente a las habitaciones interiores sin interrumpir el silencio de su viaje sino con el ruido de sus fuertes pisadas, cuyo eco resonaba por las galerías donde los dejaremos, difiriendo para el capítulo siguiente la prosecución del cuento de nuestra historia.

Capítulo III

Ellos en aquesto estando
Su marido que llegó:
—¿Qué hacéis la blanca niña,
Hija de padre traidor?
—Señor, peino mis cabellos,
Péinolos con gran dolor,
Que me dejáis a mí sola
Y a los montes os vais vos.

Anónimo

Hallábase concluida la parte principal del alcázar de Madrid y habitábala ya el rey con gran parte de su comitiva siempre que el placer de la caza le obligaba a venir a esta villa, cosa que le aconteció algunas veces en su corto reinado.

Entre las habitaciones inmediatas a la de su alteza se contaban algunas de las principales dignidades de su corte, pero distinguíase entre todas la de don Enrique de Aragón, llamado comúnmente de Villena; este joven señor, uno de los más poderosos y espléndidos de la época, era tío del rey don Enrique III y descendiente por línea recta de don Jaime de Aragón. Su padre don Pedro, casado con doña Juana, hija bastarda de don Enrique II, y reina después de Portugal, había muerto en la batalla de Aljubarrota. Correspondíale de derecho a don Enrique el marquesado de Villena, que su abuelo don Alfonso, primer marqués de este título, a quien le dio don Enrique II, había cedido a su hijo don Pedro, reservándose solo el usufructo por toda su vida. Pero habiendo el rey don Enrique III en su menor edad invitado al marqués don Alfonso a que viniese a ejercer su título de condestable de Castilla que le diera don Juan I, y habiéndose él negado con frívolos pretextos a tan justa exigencia, se aprovechó esta ocasión de volver a la corona aquellos ricos dominios, que como fronteros de Aragón no se creía prudente que estuviesen en poder de un príncipe de aquel reino. Diose en compensación a don Enrique el señorío de Cangas y Tineo, con título de conde, y su mujer doña María de Albornoz le había traído además en dote las villas de Alcocer, Salmerón, Valdeolivas y otras; con todo lo cual podía justamente reputársele como uno de los más ricos señores de Castilla. No había pensado él nunca en acrecentar sus Estados por los medios comunes en aquel tiempo de conquistas hechas a los moros. Más cortesano que guerrero y más ambicioso que cortesano, había desdeñado las armas, para las cuales no era su carácter muy a propósito, y su afición marcada a las letras le había impedido adquirir aquella flexibilidad y pulso que requiere la vida de corte. Las lenguas, la poesía, la historia, las ciencias naturales habían ocupado desde muy pequeño toda su atención. Habíase entregado también al estudio de las matemáticas, de la astronomía y de la poca física y química que entonces se sabía. Una erudición tan poco común en aquel siglo, en que apenas empezaban a brillar las luces en este suelo, debía elevarle sobre el vulgo de los demás caballeros, sus contemporáneos; pero fuese que la multitud ignorante propendiese a achacar a causas sobrenaturales cuanto no estaba a sus alcances, fuese que efectivamente él tratase de prevalecerse y abusar de sus raros conocimientos para deslumbrar a los demás, el hecho es que corrían acerca de su persona rumores extraños, que ora podían en verdad servirle de mucho para sus fines, ora podían también perjudicarle en el concepto de las más de las gentes, para quienes entonces como ahora es siempre una triste recomendación la de ser extraordinario. No dejaba de ser notado en él, a más de su ambición, cierto afecto decidido al bello sexo; y lo que era peor, notábase también que nunca se paró en los medios cuando se trataba de conseguir cualquiera de esos dos fines, que tenían igualmente dividida su alma ardiente y que ocuparon exclusivamente todo el transcurso de su vida.

Hallábase ricamente alhajada la parte que en el alcázar habitaba este señor; costosos tapices, ostentosas alfombras de Asia, almohadones de la misma procedencia, cuanto el lujo de la época podían permitir, se hallaba allí reunido con el mayor gusto y primor; ardían lentamente en los cuatro ángulos del salón principal pebeteros de oro que exhalaban aromas deliciosos del Oriente, uso que habían introducido los árabes entre nosotros. A una parte del hogar se veía una mujer joven y asaz bien parecida, vestida con descuido a la moda del tiempo y sentada en una pesada poltrona, notable por su madera y por el mucho trabajo de adornos y relieves con que se había divertido el artista en sobrecargarla; descansaban sus pies en un lindo taburete, y se hallaba ocupada en una delicada labor de su sexo. Ayudábala enfrente de ella a su trabajo, y a pasar las horas de la primera noche, otra mujer todavía más sencilla en su traje y poco más o menos de su misma edad. Todo lo que la primera le llevaba de ventaja a la segunda en dignidad y riqueza, llevaba la segunda a la primera en gracia y en hermosura. Tez blanca y más suave a la vista que la misma seda, estatura ni alta ni pequeña, pie proporcionado a sus dimensiones, garganta disculpa del atrevimiento y fisonomía llena de alma y de expresión. Su cabello brillaba como el ébano; sus ojos, sin ser negros, tenían toda la expresión y fiereza de tales; sus demás facciones, más que por una extraordinaria pulidez, se distinguían por su regularidad y sus proporciones marcadas y eran las que un dibujante llamaría en el día académicas o de estudio. Sus labios algo gruesos daban a su boca cierta expresión amorosa y de voluptuosidad a que nunca pueden pretender los labios delgados y sutiles, y sus sonrisas frecuentes, llenas de encanto y de dulzura, manifestaban que no ignoraba cuánto valor tenían las dos filas de blancos y menudos dientes que en cada una de ellas francamente descubría. Cierta suave palidez, indicio de que su alma había sentido ya los primeros tiros del pesar y de la tristeza, al paso que hacía resaltar sus vagas sonrisas, interesaba y rendía a todo el que tenía la desgracia de verla una vez para su eterno tormento.

En el otro extremo del salón bordaban un tapiz varias dueñas y doncellas en silencio, muestra del respeto que a su señora tenían. Hablaba ésta con su dama favorita, pero en un tono de voz tal, que hubiera sido muy difícil a las demás personas, que al otro lado de la habitación se hallaban, enlazar y coordinar las pocas palabras sueltas que llegaban a sus oídos enteras de rato en rato, cuando la vehemencia en el decir o alguna rápida exclamación hacían subir de punto las entonaciones del diálogo entre las dos establecido.

—Elvira —decía doña María de Albornoz a su camarera—, Elvira, ¡cuánta envidia te tengo!

—¿Envidia, señora? ¿A mí? —contestó Elvira con curiosidad.

—Sí; ¿qué puedes desear? Tienes un marido que te ama y de quien te casaste enamorada; tu posición en el mundo te mantiene a cubierto de los tiros de la ambición y de las intrigas de la corte…

—¿Y es doña María de Albornoz, la rica heredera y la esposa del ilustre don Enrique de Villena, quien tiene envidia de la mujer de un hidalgo particular?…

—¿De qué me sirve ser la esposa de ese ilustre don Enrique si lo soy solo en el nombre? Mira lo que en este momento está pasando; tres días hace ya que partió a caza de montería; en esos tres días Fernán Pérez de Vadillo ha venido dos veces a ver a su mujer, y el conde de Cangas y Tineo prefiere a la vista de la suya la de los jabalíes y ciervos del soto. Elvira, si se hicieran las cosas dos veces, doña María de Albornoz no volvería a dar su mano a un hombre cuyos sentimientos no le fuesen bien conocidos, ¡maldita razón de Estado!, a un hombre de quien no supiese con seguridad que había de ser el mismo con ella a los tres años que a los tres días.

—¿Dónde está, señora, ese caballero? —preguntó con distracción Elvira, lanzando un suspiro—. ¿Dónde está?

—¿Dónde está? —repitió asombrada la de Albornoz—. ¿Tan difícil crees encontrar un esposo que me ame más que don Enrique?

—Si me lo permitís, diré que no sería difícil; pero desde que un esposo os ame más que don Enrique hasta el hombre que buscabais hace poco hay la misma distancia que hay desde la idea imaginaria que del matrimonio os habéis formado, hasta la realidad de lo que es este vínculo en sí verdaderamente.

—No te entiendo, Elvira.

—¿Y me entenderíais si os dijera que hace tres años que me casé enamorada con Fernán Pérez de Vadillo, y que él no lo estaba menos según todas las pruebas que de ello me tenía dadas, y si os añadiese que ni yo encuentro ya en mi excelente esposo el amante por más que le busco ni él acaso encontrará en mí a la Elvira de nuestros amores?

—¿Qué dices?

—Acaso no podréis concebirlo. Es la verdad, sin embargo; estad segura, empero, de que en Castilla difícilmente pudierais encontrar matrimonio mejor avenido; él me estima, y yo no hallo en el mundo otro que merezca más mi preferencia. ¡Ah! señora, no está el mal en él ni en mí; el mal ha de estar o en quien nos hizo de esta manera o en quien exige de la flaca humanidad más de lo que ella puede dar de sí… Perdonadme, señora; no debiera acaso hablar en estos términos, pero solo a vos confiaría estos sentimientos que quisiera mantener encerrados eternamente en mi corazón. La vida común, en la cual cada nuevo Sol ilumina en el consorte un nuevo defecto que la venda de la pasión no nos había permitido ver la víspera en el amante, se opondrá siempre a la duración del amor entre los esposos. En cambio, una estimación más sólida y un cariño de otra especie se establecen entre los desposados, y si ambos tienen alternativamente la deferencia necesaria para vivir felices, podrá no pesarles de haberse enlazado para siempre.

—¡Qué consuelo derraman tus palabras en mi corazón, Elvira! Sí tú no te consideras completamente dichosa, creo tener menos motivos para quejarme; sin embargo, de buena gana te pediría un consejo que creo necesitar. Si tu esposo te insultase diariamente con su frialdad y su indiferencia nada menos que galantes, si tus virtudes no te bastasen a esclavizarle y contenerle en la carrera del deber…

—Redoblaría, señora, esas virtudes mismas; no sé si el cielo me tiene reservada esa amarga prueba; pero si tal caso llegase, fuerzas le pediría solo para resistirla y para vencer en generosidad al mal caballero que con tan negra ingratitud premiase mi cariño y mi conducta irreprensible.

—Basta, Elvira, basta; seguiré tu consejo; está en armonía con mis propios sentimientos. Sí, la paciencia y la resignación serán mis primeras virtudes. ¡Ah, don Enrique, don Enrique! ¡Y qué mal pagáis mi afecto! ¡Y qué poco sabéis apreciar la esposa que tenéis!

—¡Tened, señora! ¿No oís la señal del conde? ¡No habéis oído una corneta?

—Imposible; llevan solo tres días y fueron para cuatro.

—No importa; no he podido equivocarme; no, no me he equivocado; ¿oís las pesadas cadenas del puente?

—¡Cielos! No le esperaba. ¡Ah! estoy demasiado sencilla; Dios sabe si no será perdido el trabajo que emplee en adornarme.

—¿Qué decís?

—Sí; llama a mis dueñas.

Acercáronse dos dueñas de las que en la extremidad de la sala bordaban a la indicación que Elvira les hizo levantándose y prosiguió la condesa:

—Arreglad mis cabellos, pasadme un vestido con el cual pueda recibir dignamente a mi esposo; probablemente nos dará lugar; nunca que viene de fuera deja de dirigirse primero a la cámara del rey para informarle de su llegada. Jamás me parecerá bastante todo el cuidado que puedo tener en engalanarme y aparecer a sus ojos armada de las únicas ventajas que nuestro sexo nos concede. Este mismo cuidado le probará el aprecio que hago de su amor; acaso vuelva en sí algún día avergonzado de su conducta, y acaso no se frustren estas esperanzas que ahora te parecen infundadas.

Llegaron dos doncellas que en el menor espacio de tiempo posible recogieron sus hermosos cabellos sobre su frente y los prendieron con una rica diadema de esmeraldas, sustituyendo asimismo al sencillo vestido que la cubría otro lujosamente recamado de plata.

—Llegad, Guiomar —dijo a una de sus sirvientes doña María de Albornoz—, llegad hasta el alabardero de la cámara del rey y ved de inquirir si es efectivamente don Enrique de Villena el caballero que acaba de entrar en el alcázar, como tengo sobrados motivos para sospecharlo.

Inclinó Guiomar la cabeza y salió a obedecer la orden que se le acababa de dar.

—¿Puedes comprender, Elvira, la causa que me vuelve a mi esposo un día antes de lo que esperaba? ¿Acaso habrá amenazado su vida algún riesgo inesperado?

—No lo temas, señora. En el día y en este punto de Castilla ningún miedo puede inspirarnos ni el moro granadino ni el portugués, y por parte de los demás grandes, don Enrique está bien en la actualidad con todos. Acaso el rey le habrá enviado a buscar; algún asunto de Estado podrá reclamar su presencia.

—Dices bien; me ocurre que la llegada del caballero que a todo correr entró esta mañana en el alcázar pudiera tener algo de común con esta sorpresa…

—¿Qué motivos tienes, señora, para presumir?…

—Motivos…, ninguno…; pero mi corazón me engaña rara vez; y aun si he de creer a sus pensamientos, nada bueno me anuncia este suceso.

—¿Pero sabes, señora, quién fuese el caballero?

—Hanme dicho solo que venía con su escudero de Calatrava.

—¿De Calatrava? ¿Y no sabes más?…

—Dicen que es un caballero que viene todo de negro…

—¿De negro?

—Quien me ha dado estos detalles ha dicho que no sabía más del particular; pero paréceme, Elvira, que te ha suspendido esta escasa noticia que apenas basta para fijar mis ideas. ¿Conoces algún caballero de esas señas?…

—No, señora… son tan pocas las que me das…

—Estás, sin embargo, inmutada…

—Guiomar está aquí ya —interrumpió Elvira, como aprovechando esta ocasión que la libraba de tener que dar una explicación acerca de este reparo de la condesa—: ella nos dará cuenta de…

—Guiomar —dijo levantándose doña María de Albornoz—, Guiomar, ¿es mi esposo quien ha llegado?

—Sí, señora, es don Enrique de Villena.

—Elvira, nuestros esposos.

—No, señora, viene solo con su juglar y con el escudero del caballero del negro penacho, que llegó esta mañana al alcázar.

—Mi corazón me decía que tenía algo de común un suceso con el otro… ¿Y por qué tarda en llegar a los brazos de su esposa, Guiomar?

—Señora, no puedo satisfacer a tu pregunta: ni yo he visto a tu señor ni le han visto en la cámara del rey todavía.

—¿No?

—Parece que se ha dirigido en cuanto ha llegado a preguntar por la habitación del caballero recién venido de Calatrava.

—¡Qué confusión en mis ideas! Despejad vosotras, siento pasos de hombres; ellos son; Elvira, permanece tú sola a mi lado.

Oíanse, efectivamente, las pisadas aceleradas de varias personas, y se podía inferir que trataban andando cosas de más que de mediana importancia, porque se paraban de trecho en trecho; volvían a andar y volvían a pararse, hasta que se les oyó en el dintel mismo del gran salón. Las dueñas y doncellas salieron a la indicación de su ama, y solo la impaciente doña María y su distraída camarera quedaron dentro con los ojos clavados en la puerta que debía abrirse muy pronto para dar entrada al esperado esposo.

—Podéis retiraros —dijo al entrar don Enrique de Villena a dos personas de tres que le acompañaban, y saludándose unos a otros cortésmente, el conde con su juglar se presentó dentro del salón a la vista de su consorte anhelante.

—Esposo mío —exclamó doña María, previniendo las frías caricias de su severo esposo—. ¿Tú en mis brazos tan presto?

—¿Os pesa, doña María? —contestó con risa sardónica el desagradecido caballero.

—¡Pesarme a mí de tu venida! Yo que no deseo otra dicha sino tu presencia y que solo para ti existo.

—Y que solo para ti me engalano, pudierais añadir, hoy que os encuentro tan prendida sabiendo que estoy en el monte.

—Y si solo tu venida…

—Me es indiferente, señora…

—Indiferente… ¡Ah!… Venís a insultar como de costumbre a mi dolor y a mí…

—Acabad…

—Sí, acabaré… a mi necedad…

—Basta; no estamos solos, señora.

—¡Elvira! —dijo la de Albornoz, echando sobre su camarera una mirada de dolor.

—Te entiendo, señora… te esperaré en tu cámara.

Salió doña Elvira del salón por una puerta que daba a otra pieza inmediata, con rostro decaído, ora procediendo su abatimiento de la prolongación imprevista de la ausencia de su esposo, o, lo que es más creíble, de la esperanza chasqueada que de ver entrar al caballero de Calatrava había alimentado inútilmente.

—Ferrus, vos también podéis iros —dijo don Enrique a su juglar—; esperadme en mi cámara, pero haced retirar a todo el mundo; que se acuesten mis donceles y mis pajes; vos solo podéis quedaros… tenemos que tratar materias en que no habemos menester testigos.

—Serás obedecido —dijo el juglar, y salió dejando a la de Albornoz retorciendo sus manos en medio de su desesperación y con los ojos clavados en el conde con cierto asombro, nada de extrañar en quien estaba como ella muy poco acostumbrada a tener con su esposo escenas solitarias como la que al parecer de intento la preparaba.

—Ya estamos solos —exclamó don Enrique levantándose—. Extrañaréis este paso sin duda, la de Albornoz… —Al llegar aquí calló como si no estuviera muy resuelto todavía a decir lo que traía pensado, y empezó a pasearse a lo largo con pasos tendidos y acelerados…

—Perdonadme si no os he respondido más pronto —contestó su esposa después de una ligera pausa—; creí que ibais a seguir hablando. ¿Deberé alegrarme de esta inesperada entrevista? ¿Por fin vuestro corazón, don Enrique, se ha rendido a mi amor? ¿Habéis pensado ya decididamente volver la paz al pecho de vuestra esposa y cortar de raíz las rencillas que han amargado hasta ahora nuestra desdichada unión?

—¿Desdichada?, maldecida debierais decir —murmuró entre dientes el conde, paseándose siempre sin volver los ojos una sola vez a mirar a su afligida mitad.

—Si tal es vuestro intento —continuó sin oírle la de Albornoz—, ¿qué tardáis en venir a los brazos de la mujer que más os ama y que no ha amado nunca sino a vos?… Desechad esa dura indiferencia… Si algún rubor de vuestra pasada frialdad os impide darme ese contento, yo os lo perdono todo.

—Perdón… —gritó fuera de sí el conde al oír esta palabra, que le sacó de su letargo—. Perdón… vos a mí. ¿Y sabéis antes si os perdono yo a vos?

—¡Santo cielo! ¡Qué palabras! ¿Pues en qué pude yo ser culpable jamás? ¿En amaros demasiado, en sufriros?… ¡Ah! perdonad, pero soy vuestra esposa y tengo derecho a vuestro amor, o por lo menos a vuestra consideración.

—No se trata ya de amor.

—¿Se ha tratado con vos alguna vez?

—Lo ignoro; solo sé que ha llegado el caso de un rompimiento completo.

—¿Un rompimiento? ¡Desgraciada María!… ¿Y qué causa podréis alegar para tan indigna conducta?

—¡María! —gritó don Enrique.

—Sí, sacad el puñal todo; no os contentéis con apretarle en vuestra mano; aquí tenéis el corazón criminal que os ha querido bien; acabad de una vez con el único estorbo de vuestros intentos… De otra manera, don Enrique, jamás conseguiréis esa separación; yo quiero antes saber el motivo que os conduce a…

—Ya lo podéis haber conocido; el estudio que ocupa todas las horas de mi vida me impide que me entregue como debiera a la contemplación de una belleza terrenal… los hondos arcanos de las ciencias, el objeto importante de mis tareas misteriosas…

—¿Vos pretendéis embaucar como al vulgo de las gentes a vuestra misma esposa?… ¡Delirios!

—Bien, señora, pues que no os satisface esa respuesta, os diré secamente: mi voluntad.

—Para ese divorcio que pretendéis necesitáis de la mía.

—Y ésa es precisamente la que vengo a pediros…

—¿Yo dar mi consentimiento?

—Vos…. sí.

—Jamás.

—¡María! ¿Conoces mi furor? Tú me lo darás…

—¡Ah!, vos ocultáis mal vuestra perfidia; vos amáis a otra; no, no puede tener otro origen ese extraño interés que manifestáis.

—¿A otra mujer? —interrumpió rojo de cólera don Enrique—. Cuando don Enrique de Villena pueda volver al estado de la estupidez y de la ignorancia de un ente que nace al mundo, entonces amará a una mujer…

—¡Mentís, don Enrique!…

—¿Mentís, María, habéis dicho? ¿Mentís?

—Nada temo ya; mentís como fementido caballero; yo os he visto más de una vez, yo os he visto profanar con miradas de iniquidad la faz más pura acaso y celestial que existe sobre la tierra; yo he leído en vuestros ojos el pecado, no me lo ocultaréis…

—¡Silencio!

—Los ojos de una mujer que quiere ven más de lo que pensáis los hombres insensatos e ignorantes en medio de vuestra sabiduría…

—¡Silencio, repito! —dijo con voz ronca don Enrique—. Oíd; quiero conceder vuestras gratuitas suposiciones: ¿pretendéis, imagináis vencer mi repugnancia a fuerza de amor? Si tanto sabéis, no podéis ignorar que vuestra solicitud sería inútil…

—Lo sé; dad gracias, don Enrique, a que no de ahora lo sé, y a que he llorado muchas lágrimas que han desahogado mi corazón; que de no, con mis propias manos yo os hiciera pagar…

—Teneos, María; y acabemos… Si lo sabéis, y si ya de mucho tiempo habéis consentido en ello, de nada servirá vuestra tenacidad; dadme vuestro consentimiento y retiraos a un monasterio. Los Estados de Salmerón, Alcolea y Valdeolivas que me trajisteis al matrimonio pagarán espléndidamente vuestra dote.

—Nunca; lo sé, y sé que todos mis esfuerzos serán inútiles; cederé, sí, cederé a la fuerza de los sucesos; empero nunca pondré yo misma la primera piedra para el edificio de mi deshonra. Haced, don Enrique, lo que gustéis; pero puesto que queréis guerra, guerra os juro de muerte…

—María, es en vano; desprecio tus balandronadas; mira ese pergamino: tu firma hace falta al pie…

—Dejadme… Soltad…

—No os iréis sin firmarle.

—¿Cuál es su contenido?

—Una demanda de divorcio que pedís vos misma…

—¿Yo? Soltad.

—No —exclamó don Enrique deteniéndola con una mano, mientras le enseñaba el pergamino extendido sobre la mesa con la otra, en que relucía su agudo puñal.

—¡Nunca! ¡Socorro! ¡Elvira! ¡Elvira! —gritó la desesperada condesa huyendo hacia la cámara.

—Callad, o sois muerta —interrumpió con voz reconcentrada el conde, fuera de sí, arrojándose delante de ella para impedirle la salida—; callad o templad este puñal.

Pero ya era tarde: la condesa había llegado al colmo de su indignación, que estallaba en aquella coyuntura con tanta más fuerza cuanto mayor tiempo había estado comprimida en el fondo de su corazón. En vano procuraba taparle la boca su iracundo esposo imponiéndole repetidas veces la mano sobre los labios; no bien la separaba, sonidos inarticulados se escapaban del pecho de la condesa y resonaban por los ámbitos del salón; en balde trataba el conde de sujetarla a sus plantas, la condesa, de rodillas conforme había caído al querer huir, hacía inconcebibles esfuerzos por desasirse de aquellos lazos crueles que la detenían.

—¿No firmaréis? —repitió cuando la tuvo más sujeta don Enrique—. ¿No firmaréis?

En este momento se oyó una puerta que, girando sobre sus goznes ruidosos, iba a dar entrada en el salón a Elvira, que asustada acudía a las voces de su señora.

—Sí —gritó levantándose la de Albornoz animada con el ruido de la puerta, que hacía perder asimismo su posición opresora al conde—, sí, firmaré, firmaré —y añadiendo pero de esta manera, y precipitándose sobre el pergamino, lo arrojó al fuego inmediato, sin que pudiera evitarlo don Enrique estupefacto, a quien había quitado la acción la inesperada vista de Elvira.

—¿Qué tenéis, señora, que dais tantos gritos? —preguntó azorada Elvira, echando una mirada exploradora de desconfianza hacia el conde, que con los brazos cruzados, pero sin pensar en esconder el puñal, parecía su propia estatua enclavada en medio de su casa.

Arrojose la condesa en brazos de Elvira sin tener aliento sino para exhalar tristísimos ayes y profundos suspiros y regar con abundantes y ardientes lágrimas el pecho de su camarera, donde ocultó su rostro avergonzado.

Volvió el conde al mismo tiempo las espaldas, sonriéndose con cierta expresión sardónica de desprecio y de indignación, y sin proferir una sola palabra que pudiese dar a Elvira la clave de lo que entre sus señores había pasado, anduvo varios pasos, escondió su puñal en la vaina y al llegar a la pared apretó con su dedo un resorte oculto en la tapicería, el cual cedió y manifestó una puerta de la altura y ancho de una persona, secretamente practicada en aquella parte. Por ella desapareció como un espectro que se hunde en una pared o que se borra y desvanece al mirarle detenidamente; que no otra cosa hubiera parecido el conde al espectador que le hubiera mirado estando ignorante de la salida misteriosa, la cual no dejó después de su desaparición la menor señal de fractura, raya o llave, por donde pudiese conocerse que no era obra de magia o de encantamiento.

Capítulo IV

Este es aquel Albenzayde
Que entre todos tiene fama.

Floresta de varios romances

La cámara de don Enrique de Villena, adonde vamos a trasladar a nuestro lector, era una rareza en el siglo XV. Una ancha y pesada mesa, que en balde intentaríamos comparar con ninguna de las que entre nosotros se usan, era el mueble que más llamaba la atención al entrar por primera vez en el estudio del sabio. Varios voluminosos libros, de los cuales algunos abiertos presentaban a la vista del curioso gruesos caracteres góticos estampados, o mejor diremos, dibujados sobre pulidas hojas de pergamino; un reloj de arena; un enorme tintero, cuyos algodones hubieran podido prestar zumo para varios tomos en folio; dos o tres lunas redondas, de aquellas con que solía surtir la reina del Adriático entonces a las personas ricas; algún espejo metálico girando sobre un eje a la manera de los modernos tocadores de las damas; varios instrumentos groseros de matemáticas, que el vulgo creía talismanes mágicos, y no pocos alambiques y redomas aplicables a usos químicos, si así podemos llamar a las confecciones misteriosas de los que en aquella época encanecían buscando la piedra filosofal o la esencia del oro; crisoles y aparatos sencillos, si bien costosos, de física, eran los objetos que cubrían la mesa que hemos procurado describir; veíanse a otra parte de la habitación armas ofensivas y defensivas, que, según la estima que en aquellos tiempos belígeros tenían, no dejaban nunca de verse en las cámaras de los caballeros; una lámpara de cuatro mecheros, suspendida del artístico artesón, y otra manual y más pequeña colocada entre la confusión de objetos que llenaban la mesa, iluminaban el laboratorio del conde de Cangas y Tineo.

Un enorme sillón de baqueta, donde hubieran podido sentarse cómodamente más de dos personas, completaba el ajuar del misterioso personaje de nuestros primeros capítulos.

En la noche a que nos referimos, y a una hora medianamente avanzada, consideradas las costumbres del siglo, se hallaba en aquella pieza un hombre solo, en quien el lector reconocerá al momento a Ferrus con solo notar su sonrisa

43

maligna y el aire de importancia y franqueza con que paseaba a lo largo y a lo ancho en una habitación de que ciertamente no era él el dueño. Después de un momento de pausa:

—Rui Pero —dijo en voz baja Ferrus—, Rui Pero.

A esta interpelación se manifestó otro hombre en la cámara.

—¿Habéis llamado, señor Ferrus?

—Sí; ¿se ha recogido todo el mundo?

—Solo queda en pie el ballestero de la parte exterior de la puerta.

—Bien.

—Y yo, que, como camarero de nuestro amor, estoy aguardando su venida para prestarle los servicios de mi cargo.

—Es inútil; yo le serviré.

—Mirad que soy su camarero.

—Le serviré os he dicho; sé sus intenciones.

—En ese caso me retiraré.

—Es lo mejor que podéis hacer.

—Buenas noches, señor Ferrus.

—Esperad… decidme antes, ¿no habría algún paje cerca por si fuese necesario después servirse de una tercera persona?…

—Jaime ha quedado conmigo; está en la antecámara.

—Llamadle.

—Está bien.

—Id con Dios. Ya se fue… No sé por qué razón —dijo para sí luego que estuvo solo el juglar mirando a todas partes—, no sé por qué razón he de tener miedo, cuando estoy solo en esta cámara. Verdad es que nunca he podido comprender cómo hay hombres valientes, y eso que en más de un encuentro me he hallado yo mismo con el enemigo; pero puedo jurar que me da más miedo esta soledad que la compañía de diez moros y veinte portugueses en un día de batalla. Estas voces que corren de que mi amo es nigromante y este aparato… ¡Dios me valga! No tocaría a una redoma de ésas por mil cornados… ¿Quién sabe cuántas legiones de demonios podrán caber en cada una…? No será malo hacer la señal de la cruz y santiguarme… ¿Qué es esto…? ¡Ah!, no es nada; es mi sobrecapote, lo estaba pisando; hubiera dicho que tiraban de mí… Disimulemos el miedo; ya está aquí el paje: es preciso buscar un pretexto para estar acompañado.

A esta sazón entraba ya un pajecito que podría tener catorce o quince años todo lo más.

—El camarero dice…

—Sí, el camarero dice bien —interrumpió Ferrus sin enterarse y sin saber todavía qué pretexto suponer para justificar aquella intempestiva llamada—. ¿Dormías, Jaime?

—Pesia mi alma si he podido en mi vida pegar los ojos en esta maldita cámara. El miedo me tiene más despierto que una liebre.

—¿El miedo?

—Pienso que puedo hablar francamente con el señor Ferrus y que no irá a decir a su señoría…

—Habla sin temor. «Vamos, el muchacho es de los míos» —dijo para sí el ingenioso juglar.

—Si va a decir verdad, puedo jurar por el salto que dio el Cid sobre la puerta de Burgos estando un día a caballo, según nos cuentan…

—Adelante.

—Puedo jurar que no veo sino espíritus del otro mundo… y a cada paso se me antoja que me arrebatan por los aires…

—¡Eh! —interrumpió Ferrus echando una mirada a todas partes—. ¡Bah!, niñerías, Jaime, niñerías; yo te creí hombre de más valor. ¡Qué valiente es uno —añadió para sí— cuando está con un cobarde!

—¿Niñerías? ¿Os parece, señor Ferrus, que cuando las gentes han dado en hablar de la magia blanca o negra, que ni aun eso quiero saber, de nuestro amo, no se lo tendrán bien sabido? Si hubierais de dormir, como yo, algunas noches tabique por medio con nuestro señor conde, ya me daríais noticias de las niñerías; y si no decidme, ¿con quién habla mi amo cuando no habla con nadie?

—Claro está, con nadie.

—Quiero decir cuando está solo.

—¿Y con quién puede hablar?

—¿Con quién ha de ser? Con el diablo que me lleve; ello es que habla, y que a él nadie le responde, y que se pasa las noches de claro en claro trabajando y afanado sobre esos cacharros que llama crisoles y rodeado de llamas, y que anda un olor tal, que Dios me perdone si se me pasa por la imaginación hacer conocimiento con el pomo de esencias de donde la saca… Venid aquí —añadió el barbilampiño cogiendo de la mano inesperadamente a Ferrus, que se estremeció al sentirse tocado en tan crítica circunstancia—; venid aquí, decidme qué significan esos garabatos que escribe sobre ese papel, y si no son signos diabólicos… ¡Mal año para mí si quiero permanecer más tiempo al servicio del señor conde…! No, sino estéme yo aquí y lléveme el diablo mi alma una noche, sin tener arte ni parte en los productos que sin duda le dará a nuestro amo por precio de la suya. Os digo que no se pasarán tres días sin que me torne al servicio de mi hermosa prima Elvira. A lo menos allí no hay más hechizos que los de sus ojos.

—¡Tate! señor paje, ¿con que se os entiende también a vos de esotros hechizos?

—Os aseguro que no estoy para aplaudir vuestras gracias. Mirad bien esos caracteres.

—Bien, paje, pero no hay necesidad de acercarse tanto; verdad es que son raros; imagino, sin embargo —añadió el coplero afectando una indiferencia que estaba muy lejos de sentir—, imagino que ésos pueden ser versos, porque has de saber que el conde hace versos… y como ni tú ni yo sabemos leer ni escribir, acaso maliciemos…

—¡Voto va! ¡No sabéis escribir! ¿Pues no hacéis vos trovas también?

—Cierto que hago trovas, y las canto, que es más; empero no las escribo.

—¿Eh? ¿No digo yo que ésos serán encantos?… Mirad, Ferrus, os quiero porque nos soléis hacer reír en el hogar con vuestras sandeces, quiero decir con vuestras sales… yo os aconsejaría que imitarais mi ejemplo y os vinierais…

—Eso no, señor paje; paso, paso, que antes me dejaré llevar de todos los espíritus que tengan el menor interés en especular con mis huesos que abandonar a mi amo. Verdad es que no las tengo todas conmigo; pero todos los caballeros de la Tabla redonda, incluso el rey Artus, que se volvió cuervo, ni los doce de Francia, no me convencerán de que don Enrique de Villena es tonto, y si él sabe más que yo, quiero yo perderme cuando él se pierda…

—A la buena de Dios, señor Ferrus; mas ¿no oís pasos?

—¡Santo cielo! —exclamó Ferrus—. ¡Ah! sí, es don Enrique; sí, será don Enrique; vete retirando… poco a poco… ¡Jaime! Más despacio; pudiera ser que no fuese él…

Miraba atento Ferrus a la parte de donde provenía el rumor, a tiempo que el paje, de suyo poco inclinado a esperar aventuras de ninguna especie y menos de aquella a que él se figuraba pertenecer la que se presentaba, se había puesto ya en salvamento en la antecámara, donde le parecía que no estaba tan al alcance de los perniciosos efectos de las maléficas redomas que tanto temor le infundían. Santiguábase allí a su placer y dábase prisa a besar una santa reliquia que en el pecho para tales ocasiones llevaba, con más fervor que besaría un enamorado la blanca mano de su Filis dejada al descuido entre las suyas.

Miraba atento Ferrus, y no esperaba nada menos que el ver alguna desmesurada fantasma o ridículo endriago que viniese a pedirle cuentas de su mal pasada vida. Abriose, por fin, una puerta tan secreta como la que en nuestro capítulo anterior hablando del salón dejamos descrita, y se presentó a los ojos del espantado confidente la persona del mismo don Enrique, a la cual daba cierto aire nada tranquilizador la escena que acababa de pasar entre él y su desdichada esposa, la de Albornoz.

—¡Maldita tenacidad! —entró diciendo con voz iracunda el enojado conde, sin reparar en su medroso confidente, ni menos acordarse de la orden que de esperarle en su cámara le tenía anteriormente conferida—. Mal conoce a don Enrique el desdichado que pretende atravesarse en el camino de sus planes —añadió acercándose a la mesa—; resiste, infeliz, resiste mañana todavía, y conocerás bien pronto quién es don Enrique de Villena.

—Señor, perdonadme si os he ofendido —exclamó hincándose de hinojos el espantado Ferrus e interpretando contra sí el sentido de las últimas palabras del conde, únicas que había oído distintamente— Perdonadme…

—¡Ah!, ¿estás ahí? —dijo don Enrique volviendo en sí—. ¿Qué haces en esa postura? ¿Rezas, insensato?

—Sí, gran señor, insensato, pero te juro que mi intención es buena.

—Alza, ¿has perdido el juicio? Bien que nunca lo tuviste. Alza, miserable, ¿no sabrás distinguir jamás cuándo es ocasión de farsas y cuándo no?

—Dios me perdone —dijo levantándose Ferrus—; Dios me perdone mis muchos pecados. Dame tus órdenes y te probará tu esclavo si desconoce la oportunidad de servirte.

—¿Estás solo?

«Solo con mi miedo», iba a decir el intempestivo juglar, pero el gesto mal encarado de su amo le recordó lo que acababa de decirle en aquel tono que tiene tanto prestigio sobre las almas débiles.

—Solo, señor —pronunció titubeando—. Jaime es el único que vela en la antecámara.

—Dale las señas de la habitación del caballero que ha llegado esta mañana de Calatrava. Que llegue a ella, que dé tres golpes y que pronuncie mi nombre en voz baja; nada más. Es señal convenida.

Salió Ferrus a obedecer la orden de su señor, y no tardó mucho en volver a entrar con la noticia de que quedaba desempeñada su comisión con el mismo celo de que tantas pruebas tenía dadas.

—En buena hora, Ferrus. Llégate más cerca y habla bajo. Conozco tu celo, y tú conoces mi poder. Hasta la presente creo haberte recompensado más allá de tus esperanzas, y aún más allá de lo que tus méritos exigían.

—Estoy harto pagado con el honor de servirte —dijo el astuto juglar.

—Bien, dejemos lisonjas que tú no crees ni yo tampoco; toma esas monedas; cada cornado que aceptas debe pesar mas que el plomo en tu bolsillo si piensas faltarme algún día; del plomo sabría hacer oro si lo hubiese menester; pero también del oro sabré hacer fuego si tu conducta…

—Ofendes a Ferrus, señor.

—Quiero creerlo así; escucha, dame el pergamino que te he confiado. Bien. El maestre de Calatrava ha muerto; ésta es la nueva que aquí me dan.

—Dios le haya perdonado y tenga su alma…

—Bien; ésas no son cuentas nuestras. Atiende primero, luego le encomendarás; en el estado en que está puede esperar mucho tiempo; lo mismo es hoy que mañana. Nadie sabe en la corte todavía este importante suceso. El doncel favorito de Enrique III ha llegado a darme este aviso, y no ha descansado desde Calatrava hasta Madrid. Es preciso ser gran maestre de Calatrava antes que nadie piense en pretenderlo.

—Tendrás, señor, por enemigo a don Luis Guzmán, sobrino del muerto.

—Despreciable enemigo, otro tengo más cerca, Ferrus, y más temible.

—¿Más temible y más cerca?

—Sí, más cerca y más temible. Soy casado.

—Cierto que es mal enemigo la mujer propia…

—El instituto de la orden exige voto de castidad.

—También es mal enemigo ese voto.

—Tregua a las chanzas, Ferrus. No es el enemigo el voto, ni en eso pudiera yo pararme. Pero ¿cómo combinar ese voto con mi estado?

—No serás el primero que se haya divorciado; yo te citaré ejemplos…

—Ninguno ignoro, y el paso ya le he dado, pero inútilmente; he levantado la caza y he perdido el rastro. La de Albornoz ha dado en el más raro desatino que se pudiera imaginar: ama a su marido y es constante.

—Con todo, es mujer.

—Desgraciadamente, como hay pocas.

—¿Es posible?

—Y sin embargo es preciso buscar un medio.

—Quedose un momento pensativo el conde, como hombre que busca en su imaginación agotada algún arbitrio, o que espera en la inacción que la casualidad le presente alguna idea luminosa que él se siente desesperado ya de encontrar.

Ferrus discurría en tanto más deprisa, y aun un buen fisonomista, al ver sus ojos inciertamente fijos en el conde y sus labios moverse por sí solos maquinalmente, hubiera conocido cuán importantes reflexiones ocupaban su cabeza, que era en realidad mejor y mas firme de lo que a él le convenía aparentar. Bajo el velo de una lealtad ciega y de una estupidez atolondrada, ocultaban vastos planes, que sin duda hubiera llegado a realizar si la educación ignorante que había recibido en la clase ínfima de la sociedad no le hubiera rodeado de preocupaciones y supersticiones vulgares que continuamente se atravesaban como obstáculos insuperables en el camino de su ambición. En una palabra, no era el malvado bastante impío para las exigencias de su ambición. Ya hacía tiempo que varias conversaciones que había tenido con el conde le habían iluminado acerca de sus miras de alcanzar un maestrazgo; porque es de advertir que Villena, acostumbrado a no ver en Ferrus sino un juglar grosero e incapaz de planes para sí, lo tenía a su lado y en su favor con preferencia a cualquier otro; contaba con que era bueno para ejecutar, y a la par incapaz de penetrar los motivos de sus acciones, las cuales no siempre los tenían tan buenos que pudiese él gustar de que por el conducto de algún incauto o taimado confidente llegase el público a saberlos. Hacíase el conde, además, la doble ilusión tan común en los hombres, y especialmente en los de talento, de creer que era sumamente dificultoso escudriñar las causas de sus acciones y encontrar el hilo de sus intrigas. Así que, en muchas ocasiones en que no esperaba nada de la inventiva de su confidente, contábale, sin embargo, sus cuitas y hablaba alto delante de él, depositando en el taimado Ferrus sus más importantes secretos con la misma tranquilidad con que deja un moro sus pecados en el agujero practicado para el descargo de su conciencia. Si quería Ferrus influir en las determinaciones de su señor, soltaba las ideas que a su entender había de aprovechar; pero soltábalas como ideas ocurridas al acaso, sin plan ni conocimiento y riéndose él primero de su supuesto desatino; tenía de este modo la habilidad de hacer que creyese don Enrique que eran suyas propias las ideas que más de una vez le hacía él solo adoptar. Las más veces se contentaba con escuchar, afectando una completa inmovilidad e indiferencia en sus facciones, actitud que le favorecía mucho para no perder una sola palabra; y en estas ocasiones se hubiera creído que don Enrique y su juglar eran un solo ente compuesto de dos personas: la una sublime e inteligente que debía discurrir, hablar y proponer, y la otra material y brutal encargada de escuchar.

En la circunstancia actual revolvía Ferrus aceleradamente en su imaginación las ventajas que de lograr Villena el maestrazgo le podrían resultar, y cierto que no eran pocas. Don Enrique de Villena era rico por sí, es verdad, pero la pérdida de su marquesado de Villena le había privado de un sinnúmero de castillos y vasallos, y su condado de Cangas y Tineo estaba casi en su totalidad reducido a tener bajo su jurisdicción dos o tres de los mejores montes de oso de toda España. Las posesiones que su mujer le había traído en dote eran pingües mas nunca había querido contar con ellas como cosa suya, porque habiéndose llevado siempre mal con la de Albornoz, conocía que tarde o temprano había de llegar entre ellos el punto de una eterna separación, y el caso por consiguiente de restituir lo que solo en calidad de dote había recibido. Los maestres de las tres órdenes militares de Santiago, Calatrava y Alcántara eran entonces tres potentados a quienes solo la corona faltaba para poderse llamar reyes. Una infinidad de riquezas, castillos y vasallos no reconocían otro dueño, y su inclinación a cualquier partido hacía un contrapeso casi imposible de vencer por el mismo rey con todo su poder.

Todo esto sabía Ferrus, y bien se le alcanzaba que cuanto creciese en gloria su señor crecería él en poder, y aun ¿quién sabe si habría concebido entre sus miras ambiciosas la de ser armado algún día caballero y verse alcaide de alguna fortaleza o clavero de la orden o aun algo más, si el viento le soplaba en popa como hasta la presente le había felizmente acontecido? Resolvió, pues, en su corazón poner de su parte cuantos medios estuviesen a su alcance para derribar el obstáculo que la de Albornoz presentaba a su futura grandeza, sin hacer escrúpulo alguno hasta de perderla si fuese preciso recurrir a medios violentos, que al parecer no debía tener adoptados todavía su agitado esposo. Quiso, sin embargo, explorar el campo y soltar alguna expresión por donde pudiera conocer la firmeza del terreno en que iba a aventurar su pie mal seguro.

—Es preciso buscar un medio —repitió don Enrique después de otra pausa de inútil reflexión.

—Si mi mujer, gran señor, se empeñara en estar casada conmigo a la fuerza, o me fingiría impotente...

—¿Estás loco? ¿Impotente?

—¿Crees, señor, que ella resistiría a esa prueba?... o... hallaría algún medio para que se quitase ese obstáculo por el mismo término que se nos ha quitado el obstáculo del maestre.

—¿Qué quieres decir?... —dijo espantado don Enrique.

—¡Eh! —dijo Ferrus, afectando una risa estúpida—. Digo que si yo, hablo de mí no más, si yo supiera hacer del plomo oro, como ha un rato me has dicho, también sabría hacer de los vivos muertos —y clavó sus ojos en los del conde para explorar el efecto que había producido su expresión, bien como el muchacho, después de haber tirado la piedra, anda buscando con los ojos en el espacio el punto que debe marcarle el alcance de su tiro.

—Lejos de mí semejante idea; si la separación es imposible, no seré maestre; pero recurrir a una violencia, nunca; todavía no he manchado con sangre mi diestra; si la intriga no basta, no llamaré al puñal ni al veneno en mi socorro.

—¿La intriga? —repitió vagamente el juglar, convencido de que había aventurado demasiado—. ¿Sabes, señor, que si me das licencia yo he de encontrar de aquí a poco una intriga que te plazca? Tengo una idea; ya sabes que soy un necio, o poco menos, pero acaso el espíritu que suele protegerte se valga de este medio grosero e indigno de tu grandeza para poner en tus manos el deseado maestrazgo.

—¿Tú, Ferrus?

—Yo, señor; repito que tengo una idea...

—¿La impotencia de que me has hablado? Cierto que la impotencia es un pretexto, excelente; en el último caso... —dijo para sí don Enrique—, ¿quién se atrevería a probarme lo contrario? ¿Es esa impotencia de que has hablado? ¿Ese medio que me pondría en ridículo y...?

—Mejor aún.

—¿Mejor? Habla, Ferrus, habla; te lo mando: me debes tu existencia, tus ideas.

—¿Y si me engañan mis esperanzas?... ¿Si...?

—Habla de todos modos.

—Si quieres que declare mi proyecto necesito callar un momento y meditarlo.

—¡Mentecato! ¡Necio de mí en creer que de esa cabeza pueda salir una sola idea luminosa!

—¡De esta cabeza! —repitió por lo bajo Ferrus—. ¡Orgulloso conde! ¿Quién sabe si de ella saldrá un día tu ruina? —y añadió en voz alta—: Si me concedes el permiso de callar, ilustre conde, y el de retirarme en el acto, el maestrazgo es tuyo.

—¿Mío? ¡Imbécil! Y si estoy siendo juguete de una ilusión y de una quimérica esperanza, juglar, si me haces perder momentos preciosos, ¿qué castigo te sujetas a sufrir?

—La caída de tu gracia, el sentimiento de no haberte podido servir; ¿te parece tan ligero? —contestó Ferrus con serenidad.

Este cumplimiento lisonjero del hipócrita desarmó enteramente al conde.

—Bien —dijo—, te doy permiso; una sola condición quiero imponerte: supuesto que nada me ocurre a mí propio que pueda ser de provecho en tan crítica circunstancia, quiero probar tu entendimiento. ¿Sabes empero lo que es la vida? ¿Sabes lo que es mi honor? Respeta la primera en la víctima y el segundo en tu amo; ¿te acomoda esta condición?

Una inclinación de cabeza manifestó el asentimiento del juglar.

—En buena hora; adiós —dijo el conde levantándose—. Ferrus, vida y honor; si infringes los tratados, tu sangre me responderá de tu malicia o de tu ignorancia y pagarás cara tu loca presunción; serás la primera víctima que podrá acusarme de haber borrado un ser de la lista de los vivientes.

Otra inclinación de cabeza, su elocuente silencio y la resolución con que Ferrus salió de la cámara, tranquilizaron algún tanto al inquieto Villena, si bien poco o nada esperaba de la inventiva del juglar.

Volviose a su sillón después de la marcha del confidente, ora calculando qué esperanzas podía fundar en su jactancia y seguridad, ora queriendo adivinar los proyectos del loco, ora disponiéndose, en fin, a otra entrevista que debía tener aquella noche misma con un personaje nuevo, que en el siguiente capítulo daremos a conocer a nuestros lectores; entrevista que él creía antes que todo, y antes que el descanso de sus miembros fatigados, necesaria al buen éxito de sus ambiciosas intrigas.

Capítulo V

De un ardiente amor vencido,
Dice: —De cuatro elementos,
El fuego tengo en mi pecho,
El aire está en mis suspiros,
Toda el agua está en mis ojos,
Autores de mi castigo.

Romance del rey Rodrigo

Hacia otra parte del alcázar de Madrid, y en un aposento que a su llegada se había secretamente aderezado por las gentes de Villena, descansaba, reclinado en un modesto lecho, un caballero a quien no permitía cerrar los ojos al sueño un amargo pesar, del que eran claros indicios los hondos y frecuentes suspiros que del pecho lanzaba.

Algo apartado de él aderezaba una ballesta con aquel silencio de deferencia propio de un inferior, y a la luz de una mortecina lámpara que sobre una mesa ardía, aquel mismo Hernando que tan intempestivamente había distraído de la caza al conde de Cangas y Tineo, según en el primer capítulo de nuestra verídica historia dejamos referido.

A los pies de entrambos dormía un soberbio can, de la familia de los alanos, y su inquietud y sus sordos e interrumpidos ronquidos, único rumor que en medio del profundo silencio variaba la monotonía de los suspiros de su amo, daban lugar a sospechar que soñaba acaso hallarse en persecución de algún azorado jabalí en medio del monte enmarañado.

—Hernando —dijo por fin el angustiado caballero—, mañana habremos de madrugar para partir con el alba; recógete y descansa.

—¿Y tú, señor? ¿No tañerás de acogida? —respondió Hernando.

Debemos advertir para la más fácil inteligencia de nuestros diálogos sucesivos, que Hernando, hijo de un montero de don Juan I, y montero él mismo, solo vivía en la caza y en el monte, y así pensaba él en hablar otro lenguaje que el de la montería como por los cerros de Úbeda. No conocía más amistad que la que con los venados del monte hacía tantos años tenía establecida, ni más amor que el de su fiel Bravonel —tal era el nombre del poderoso alano que a sus pies roncaba—, al cual distinguía de todos los demás perros que a la sazón en la corte de don Enrique tenían nota de valientes, no solo por su constancia en seguir y acosar días y noches enteras a la res, sino también por el conocimiento extremado con que buscaba la osera y escatimaba el rastro y levantaba al oso donde quiera que estuviese escondido.

Pagábale, en verdad, el leal Bravonel con usura su marcada afición, y conocíase esto más que en nada en no querer recibir el alimento sino de la propia mano del laborioso montero. Solo se le conocía a Hernando un flaco, que contrapesaba casi siempre con ventaja el cariño que a su perro tenía, a saber, la fidelidad a su amo, único hombre a quien manifestaba respeto y deferencia, y para quien moderaba y suavizaba la condición agreste que en los bosques se había formado con no poco perjuicio de sus adelantos e intereses, pues solía responder a un cumplimiento con palabras tan duras y ofensivas como la ballesta que en la diestra llevaba las más horas del día, en muestra de su pasión montaraz. Con esta pequeña digresión, que en vista de su importancia nos perdonarán fácilmente nuestros lectores, estarán más éstos dispuestos a interpretar la técnica jerigonza con que entreveraba los más de sus discursos y conversaciones.

La pregunta que acababa Hernando de dar por respuesta al taciturno caballero, no tardó en obtener una contestación aclaratoria de la situación del espíritu de aquél a quien se dirigía.

—Nunca, Hernando, nunca —repuso el atribulado señor—, nunca encontrará el reposo entrada en mis párpados desvelados. Mañana al lucir el día partiremos de nuevo para Calatrava, si esta noche, como lo espero, queda concluida la comisión que a Madrid nos ha traído. ¡Si tú supieras cuánto me pesa la atmósfera en la inmediación del!…

Al llegar aquí detuvo la lengua el caballero como si hubiera temido haber dicho ya demasiado con respecto al secreto que tanto en su corazón pesaba.

—¿Y hemos de seguir atados a la traílla del conde? Por el Soto de Manzanares te aseguro que no comprendo cómo un caballero que ha seguido siempre el sonido de la bocina del buen rey Enrique puede vivir contento andando al monte del nigromante de…

—Silencio, Hernando; haces mal en ofender al conde de Cangas con esas voces que el vulgo ha adoptado tal vez con sobrada ligereza. Verdad es que soy doncel de su alteza; empero aceptando el encargo del conde, aprovechaba el único medio que a la sazón tenía para desembarazarme de la confusión de la corte, que aborrezco.

—Solo desde que levantaste la caza… porque antes la amabas como yo amo el monte.

—Como quieras; no por eso dejará de ser verdad que en el día la aborrezco. La muerte es la que me espera en la corte; una estrella fija que la acompaña siempre y que luce en medio de ella como Venus entre los demás planetas, deslumbra mis débiles ojos… La afición que desgraciadamente me ha tomado el rey no hubiera permitido que yo me separase con ningún pretexto de esa corte, donde he de encontrar mi perdición, a no haberle alegado su mismo tío el de Villena, a quien nada puede negar, la falta que de mí tenía. Supe que el conde necesitaba un emisario en Calatrava, fingí adaptar mi carácter al suyo, y aceptó mis servicios. Y he pretendido que esta venida se mantuviese oculta a todo el mundo, y así he exigido de don Enrique, porque si el rey supiera mi estancia en su propio palacio, no me sería tan fácil volver al lugar apartado donde la distancia de la causa de mis penas me pone a cubierto de los peligros que su inmediación me prepara.

—Confieso, señor, que no entiendo tu manera de cazar. ¡Voto va! Cuando yo sé que hay venado en el monte, en vez de salirme de él, cada vez me interno más en la maleza, y o perezco en la demanda, o salgo con la res.

—Bien, Hernando; pero el venado de los montes donde cazas es tuyo y de todo el que tiene perros para levantarle.

—¿Tiene, pues, dueño el venado que has visto? Te asiste entonces sobrada razón. Nunca he metido mis sabuesos en monte ajeno ni vedado. A quien Dios se le dio, san Pedro se la bendiga. Pero en justa compensación, ¡ay del que hiciera resonar una bocina en monte de mi señor! Mi fiel Bravonel, que duerme ahora descansadamente, y la punta de mi venablo, le enseñarían la salida y le sabrían obligar a tañer de sencilla.1

—Hernando, calla, calla por Dios y por Bravonel.

---

1 Toque de los cazadores, cuando se retiraban tras no encontrar presas. (N. del E.)

No sabía el tosco montero, poco cortesano, cuán adentro había entrado en el corazón de su señor su última alegoría, más despedazadora que el agudo acero de su mismo venablo.

—Callaré; pero antes he de decir que el montero que pasa por monte vedado, si el diablo le tienta para escatimar el rastro, ha de apretar los ijares al caballo e irse a monte suyo. ¡Voto va! que hay venados en el mundo y no se encierra en un monte solo toda la caza de Castilla. Yo quiero darte el ejemplo. ¿Te parece que no habrá sufrido Hernando cuando ha oído esta tarde en medio del monte las bocinas de sus amigos, y cuando en vez de aderezar la ballesta ha tenido que contentarse con sacar del bolsillo un inútil pergamino, y volverse como perro cobarde con las orejas agachadas y sin siquiera ladrar por obedecer a su amo?

—Seguiré tu consejo, Hernando —repuso el caballero lanzando un suspiro—, lo seguiré, y con la ayuda de Dios y de mi buen caballo, estaremos al alba fuera de Madrid. Recógete, pues, Hernando, y descansa.

No había acabado aún de hablar el resuelto caballero, cuando levantándose Bravonel sobre sus cuatro patas, abrió una boca disforme, lamiose los labios, agitó la cola, y sacudiendo las orejas, acercose a pasos lentos y mesurados a la puerta, como dando muestras de oír algún rumor que reclamaba su atención y vigilancia. No tardó mucho en romper a ladrar después de haber imitado un momento por lo bajo el sordo y lejano redoble de un tambor.

—Bravonel —dijo Hernando acercándose y dándole una palmada en el lomo—, vamos, ¿qué inquietud es ésa? No estamos en el encinar. ¡Vamos, silencio!

Lamió las manos de Hernando el animal, más tranquilo ya con el tono seguro y reposado de su amo, y de allí a poco tres golpecitos iguales y misteriosos sonaron en la puerta, que Hernando se acercó a abrir, preguntando antes quién a semejante deshora venía a turbar el reposo de los caballeros que habitaban aquella parte del alcázar.

—«Don Enrique de Villena» —respondió en tono algo bajo una voz mal segura que delataba la corta edad del que la emitía.

—Abre, Hernando; es la señal —dijo en oyéndola el caballero, y se levantó del lecho donde yacía vestido—; abre y retírate. ¡Lléveme el diablo si no quiero reconocer esta voz, y si comprendo por qué es éste el emisario de don Enrique!

Abrió Hernando la puerta, y Jaime el pajecillo, a quien enviaba el conde de Cangas y Tineo, entró en el aposento, manifestando bien a las claras cuánto gusto tenía en poner término al miedo que se había acrecentado en él al recorrer las escaleras oscuras y largos corredores poco alumbrados del espacioso alcázar de Madrid.

Retirose Hernando, obediente a las indicaciones de su señor, y con él el terrible alano, a cuya vista se había detenido algún tanto el azorado paje en el dintel de la puerta. No bien hubieron desaparecido los dos inoportunos testigos, cuando alzando la cabeza el caballero y alzándola el paje, entrambos a dos quedaron inmóviles dudando aún de la identidad de la persona que cada uno de ellos en frente de sí veía. Revolvía el primero en su cabeza mil ideas encontradas; dudaba si sería aquél el emisario de don Enrique, y reflexionaba si podría haber dado la señal convenida, sin saberla, por una casualidad posible, si bien no probable. En este último caso pesábale de que aquél más que otro supiese de su repentina llegada.

El paje fue el primero que volvió del estupor en que su agradable sorpresa le había puesto, y arrojándose casi en brazos de su interlocutor:

—¿Vos en Madrid? ¿Sois vos, señor *Macías*? —exclamó.

—¡Silencio, paje indiscreto, silencio! —dijo el caballero, separándole con extraña frialdad, que cortó la manifestación de su alborozo—. Hay más gente que nosotros en el castillo, y las paredes oyen, y oyen más que las mujeres.

—¡Ah! perdonad, señor... señor Ma... no os sé llamar de otra manera; como me daba tanto gozo pronunciar vuestro nombre, no creí que podría ser malo... Pero ya veo que habéis mudado de amigos, y no sois el que antes erais. Bien dice mi hermosa prima Elvira que no hay afecto que dure, ni hombre constante... Me voy, me voy.

—Detente, paje; has hablado demasiado para no hablar más. ¿Dice eso tu prima Elvira? ¿Cuándo? ¿A quién lo dice? ¡Habla! —repuso el caballero, a quien llamaremos por su nombre de aquí en adelante, supuesto que ya nos lo ha revelado el imprudente paje—; habla —repitió asiéndole fuertemente de un brazo, no pudiendo disimular la vibración de la cuerda principal de su corazón, herida fuertemente por el muchacho.

No sabía el paje si su antiguo amigo, como le había llamado, había perdido el juicio; mirábale de alto abajo y sonriéndose por fin le contestó:

—Os preciáis de invencibles los caballeros, y ved aquí que una sola palabra de un pobre paje ha alterado toda la serenidad de un doncel tan cumplido como el trovador M…, no tengáis miedo, no lo volveré a pronunciar. Pero veo en el calor con que habéis oído mis palabras —añadió maliciosamente— que tomáis todavía algún interés por vuestras antiguas conexiones.

—¿Te complaces en atormentarme, paje? ¿De parte de quién vienes? ¿Qué te trae aquí? Si es quien tengo motivos para sospechar, dilo presto; nunca enviado alguno habrá logrado una recompensa más brillante.

—Os equivocáis. Guardad la recompensa para mejor ocasión.

—¡Cielos! —exclamó *Macías*—. Bien que… —añadió para sí—, ¿no ignora mi venida? ¿Y no es mi voluntad que la ignore? ¿Te envía el infierno para abrir mis heridas mal cicatrizadas?

—Bien podéis decir que me envía el infierno, porque vengo de parte de su mayor amigo.

—¿Estás loco?

—Del nigromante. ¿No me entendéis?

—¿Es posible que el conde no pueda destruir esa voz injuriosa que corre de él y crece de día en día?

—Buenas trazas lleva de querer destruirla, y ha alhajado su gabinete por el estilo del de el físico de su alteza, el judío Abenzarsal, y se andan a la magia de mancomún…

—¡Silencio otra vez! Dejemos la magia y el judío y el nigromante. Respóndeme, paje. ¿Y por qué te envía a ti don Enrique de Villena? No me había dicho que serías tú su emisario.

—Oslo diré si me soltáis este brazo, que me va doliendo más de lo que es menester; no os acordáis que tengo quince años. Si el brazo fuera de mi prima, no os distrajerais de esta manera.

—Basta; habla, pues, la verdad; con esa condición te suelto.

—Apuesto que me habéis hecho un cardenal.

—¿Quieres apurar mi paciencia, paje? Habla, o te hago otro en el otro brazo.

—Piedad de mí, señor caballero. Pero no dudéis que me envía don Enrique. «Busca la habitación donde para el caballero que ha llegado esta mañana de Calatrava —me dijo de su parte Ferrus— llega a la puerta, da tres golpes y pronuncia el nombre del señor de Villena.»

—Bien, lo sé; era la señal convenida para anunciarme que lo esperase. Pero ¿eres por ventura de su familia?

—Sí soy; habéis de saber que don Enrique, estando un día con Fernán Pérez de Vadillo…

—¿Fernán Pérez?

—Sí, el marido de Elvira, a quien conocéis como a mí…

—Prosigue, paje, y no me irrites más con tus digresiones.

—Me vio en el cuarto de mi prima y hube de agradarle; díjome que si quería servirle en clase de paje, y acepté a pesar de mi prima, que quería tenerme a su lado, porque como solo conmigo podía hablar de… ¿Queréis que lo diga?

—Acaba, paje del infierno.

—De vuestra señoría —añadió el paje malicioso quitándose una especie de birrete que en la cabeza traía y haciendo una profunda cortesía.

—¿De mí? ¡Ah! tiembla, Jaime, si te diviertes a mis expensas.

—Os quiero demasiado para eso; como os digo, entré a servirle, pero os juro que desde mañana me vuelvo al lado de mi prima que he cobrado miedo a sus hechizos. Dicen que sabe alzar figura y… ¡Jesús!… yo me entiendo.

—Paje, óyeme: nadie en el mundo pudiera haberme hecho más feliz con menos palabras; tú has renovado ideas que yo debiera haber abandonado hace mucho tiempo; pero nadie puede más que su destino. Si en tu vida has sospechado alguna cosa del mal que padezco, calla como la tumba; si nada has sospechado, nada preguntes, nada inquieras. Sobre todo, vuelvas o no al lado de Elvira, júrame no abrir tu boca para decir que me has visto en Madrid; toma —añadió quitándose un anillo que en el dedo pequeño traía—, toma, y éste te recordará la obligación en que quedas conmigo, y que el doncel de Enrique III no olvida jamás a las personas que una vez quiso bien. Ahora parte y calla. Nada has oído, nada has visto.

—Señor doncel, ignoro el valor de estos diamantes, pero aunque fuera este anillo de hierro, bastaba para lo que yo lo quiero. Decidme solo que no quedáis enojado conmigo.

—¿Enojado, Jaime? ¿Enojado? ¡Dichoso, Jaime! Adiós; si algún día necesitas del socorro de un caballero, acuérdate del doncel de Enrique III. Adiós; a esta hora no me convendría que te encontrase nadie en mi aposento; parte, Jaime, y si vuelves a don Enrique, di que tu comisión ha quedado completamente desempeñada.

Acomodó el paje en el dedo en que mejor ajustó el anillo del doncel y, despidiéndose afectuosamente, no tardaron en oírse sus pasos por los corredores; de allí a poco sus ecos fueron gradualmente perdiendo sonido hasta desvanecerse y perderse del todo en la distancia.

La escena del diálogo inesperado que acababa de sostener el desdichado doncel no era lo más a propósito para tranquilizar su agitado espíritu. En cuanto dejó de oír los últimos ecos de los pasos del mancebo, que había abierto casi inocentemente sus antiguas llagas y había echado leña seca en el fuego que ardía, hacía poco al parecer amortiguado, en su pecho, cerró su puerta y comenzó a pasear su pena por la pieza con pasos tan vagos como sus ideas. Largo espacio de tiempo duró en aquel estado de lucha consigo mismo, ora paseando aceleradamente, ora parándose de repente como si el movimiento de su cuerpo se opusiese al de sus pensamientos. «Dulce señora mía —exclamaba de cuando en cuando—, duélete de tu caballero, y no quieras a rigores acabarle.» «Jamás —decía otras veces—, jamás le diré mi pensamiento; el fuego que me devora habrá entregado al viento la última pavesa de mis cenizas antes de que sepas, oh señora mía, que tus ojos le han prendido. ¿No había, cielos, otras bellezas —añadía después—, de quien pudierais haberme hecho prendarme, que fue preciso que me entregaseis a discreción de la única tal vez de quien un juramento sagrado y una unión mil veces maldecida para siempre me separan? ¡Yo romperé esa ara, yo la destrozaré! ¡Yo hollaré con mis propios pies ese altar funesto que nos divide!», concluía al cabo de un paseo más agitado.

Pero de allí a poco volvía la reflexión a ocupar el lugar de la pasión y se le oía entre dientes: «No; el infeliz *Macías* te probará el exceso de su amor en el mismo exceso de su silencio; él será eternamente desdichado, pero jamás tendrá valor para perturbar tu felicidad».

En estos y otros soliloquios a éstos semejantes lo encontró el momento de la visita que esperaba. El conde de Cangas y Tineo, envuelto en un sobrecapote de fino vellorí, y con una linterna sorda en la mano para alumbrar sus pasos, se presentó llamando a su puerta. Abriole, y después de un corto y silencioso saludo, dieron principio al importante coloquio que nos vemos precisados a dejar para otro capítulo.

Capítulo VI

Calledes, conde, calledes.
Conde, no digáis vos tale.
[...]
El conde desque esto oyera
Presto tal respuesta hace:
—Ruégote yo, caballero,
Que me quieras escuchare.

El conde Dirlos

Cuando don Enrique de Villena entró en el aposento de *Macías*, éste le arrimó un asiento, el cual ocupó sin hacerse de rogar, como hombre que se reconoce superior en jerarquía al que guarda con él una consideración. *Macías* se sentó en otro, colocándose de suerte que quedaba la mesa con la lámpara que en ella ardía en medio de los dos; y lo hizo con el aire de un hombre que si bien se cree en el caso de tributar atenciones a aquel con quien está en sociedad, no se imagina de ninguna manera en posición de sostener de pie, con él sentado, una larga conferencia. Colocados de esta manera, daba la luz de lleno en el rostro de entrambos, y como creemos no haber dado hasta ahora idea alguna de las fisonomías y exterior de estos dos principales personajes de nuestra narración, aprovecharemos esta coyuntura favorable para describir lo que en ellos hubiera visto o al menos creído ver cualquier observador que los hubiera acechado, por pocos progresos que hubiese hecho en el arte lavateriano, posteriormente reglamentado por el sabio abate, pero cuya existencia tiene tanta antigüedad como el dicho vulgar, en todos los países y épocas conocido, de que los ojos son las ventanas del corazón y la cara el traslado del alma.

Don Enrique de Villena era de corta estatura; sus ojos, hundidos y pequeños, tenían una expresión particular de superioridad y predominio que avasallaba desde la primera vez a los más de los que con él hablaban; su voz era hueca y sonora, calidades que no contribuían poco a aumentar en el vulgo la impresión mágica que en los ánimos débiles ejercía. Su nariz afilada y su boca muy pequeña le daban todo el aire de un hombre sagaz, penetrante, vivo, falso y aun temible. Sin embargo, como ha podido inferir el lector de su diálogo con Ferrus, no estaba tan corrompido su corazón que no respetase todavía en la sociedad en que vivía una porción de consideraciones, que su criado, por el contrario, atropellaba sin el más mínimo escrúpulo de conciencia. De Ferrus dijimos que no era el malvado bastante impío para sus fines, y de don Enrique podemos, por el contrario, asegurar que no era el impío bastante malvado para los suyos. Naturalmente afeminado y dedicado al estudio, faltábanle el vigor y la energía de carácter que corona las empresas aventuradas. Difícil nos sería decir si era o no religioso; nos contentaremos con exponer a la vista del lector varios rasgos que pueden caracterizarle cumplidamente bajo este dudoso punto de vista, y él más que nadie podrá juzgar si era la religión para él un instrumento o una preocupación.

El interlocutor que enfrente tenía era un mancebo que en caso de duda hubiera podido atestiguar con su propia persona la larga dominación de los árabes en Castilla. Su color era moreno, sus cabellos negros como el azabache; sus ojos del mismo color, pero grandes, brillantes y guarnecidos de largas pestañas; una sola vez bastaba verlos para decidir que quien de aquella manera los manejaba era un hombre generoso, franco, valiente y en alto grado sensible. Un observador más inteligente hubiera leído también, en su lánguido amartelamiento, que el amor era la primera pasión del joven. Su frente ancha, elevada y espaciosa, y su nariz bien delineada, denunciaban su talento, su natural arrogancia y la elevación de sus pensamientos. Ornábale el rostro en derredor una rizada barba que daba cierta severidad marcial a su fisonomía; su voz era varonil, si bien armoniosa y agradable; su estatura gallarda.

—*Macías* —comenzó a decir don Enrique de Villena después de un breve espacio en que pareció reunir todas sus fuerzas para determinarse a proponer sus ideas—, vengo a daros la muestra que de gratitud os debo por la exactitud con que habéis cumplido la delicada comisión que en vuestras manos confié. Decidme si es posible que tenga alguien en la corte noticia de la muerte del maestre.

—Señor —respondió *Macías*—, Hernando y yo no hemos cesado de correr desde Calatrava a Madrid y a nuestra salida del monasterio éramos los únicos que en la villa sabíamos el infausto acontecimiento; en dos días lo menos no se tendrá en Madrid más noticia que la que nosotros queramos esparcir.

—Ninguna. Dadme vuestra palabra.

—De caballero os la doy.

—Permitidme ahora que os pregunte si habéis sospechado cuál puede ser mi objeto.

—Lo ignoro —respondió *Macías*, asombrado de la pregunta.

—Sabedlo pues: creo no haberme equivocado cuando he pensado en vos para la ejecución de mis planes; el paso que, conociendo ya mi carácter, disteis en Calatrava, me hace pensar que habéis formado planes para vos mismo análogos acaso a los míos.

—Os juro que no tenía más plan que el de serviros.

—¡Doncel! —dijo sonriéndose don Enrique—, en vuestra edad es natural el rubor de confesar ciertas intenciones...

—No os entiendo...

—No importa; si nuestros intereses están unidos, y si os sentís con audacia para poner los medios que he menester, guardad silencio, tanto mejor. Oídme, que acaso mi confesión facilitará la vuestra. Intento ser maestre de Calatrava —añadió bajando la voz.

—¿Vos, señor?

—¿No lo habéis sospechado nunca? Pues bien, si don Enrique de Aragón es algún día maestre de Calatrava, el doncel *Macías* se llamará comendador. ¿Queréis ocupar otro puesto que os venga mejor?

—Ni tanto, príncipe generoso —respondió *Macías* inclinando respetuosamente la cabeza y mirando con asombro al maestre futuro.

—Dejad esa inoportuna modestia; imagino que entrambos nos conocemos —dijo Villena apretando la mano del mancebo admirado—. ¿Estáis sorprendido?

—Permitid que me confiese asombrado. Los vínculos sagrados del himeneo os unen a una mujer, y no podéis ignorar que éste es un obstáculo insuperable.

—Obstáculo sí; insuperable, ¿por qué? —exclamó don Enrique, apoyado en la seguridad del plan que acaba de inspirarle su juglar poco antes de venir a buscar al doncel, y que él había abrazado con tanta más confianza cuanto que su pérfido consejero había empleado para hacérselo adoptar los acostumbrados recursos que arriba dejamos indicados. Verdad es que el plan era diabólico, y tanto había admirado a don Enrique, que aquélla había sido la primera vez que había llegado a dudar si efectivamente el espíritu enemigo del hombre tendría poder para sugerir ideas a sus fieles servidores.

—¿Por qué? —repitió *Macías*—; esperad; solo un medio entreveo: ¿consiente vuestra esposa en un divorcio ruidoso y…?

—Jamás consentirá. En balde la he querido reducir.

—En ese caso…

—Oídme. Cuento con vos.

—Disponed de mis pocas fuerzas, si el honor y…

—Oíd y dejad a un lado esas fórmulas de sentido, inútiles ya entre nosotros, para usarlas con el vulgo que se paga de ellas.

Encendiéronse las mejillas de *Macías*, y bien hubiera querido interrumpir a Villena para darle a conocer cuán lejos estaba de considerar el honor fórmula vana; pero el conde, que interpretó a su favor el rubor del mancebo, prosiguió sin darle lugar a hablar:

—Doncel, mañana al caer del día procuraré que doña María de Albornoz, mi respetable esposa, no interrumpa su costumbre diaria de pasear por el soto, camino de El Pardo; acompáñala por lo regular en este paseo diurno y solitario su camarera Elvira; cuando se haya separado largo trecho de sus demás criados, un caballero, convenientemente armado y ayudado de los brazos que creyese necesarios, arrebatará a la condesa de la compañía de Elvira. ¿Qué tenéis?

—Nada; proseguid —repuso *Macías* pudiendo contener apenas su indignación.

—Observaránse las precauciones necesarias para que ella y el mundo entero ignoren eternamente su robador y su destino. Guardados en tanto por mis gentes los pasos de los que pudieran venir de Calatrava a dar la noticia de la muerte del maestre, sabré ganar tiempo para que de ninguna manera coincida un acontecimiento con otro. Permitidme acabar: me resta designaros el osado y valiente caballero que, robando a la condesa, ha de dar el paso más difícil en tan importante empresa. Si una placa de comendador de la orden no es suficiente recompensa para su ambición, él será el verdadero maestre, y después de don Enrique de Villena nadie brillará más en la corte en poder y en riqueza que el doncel de don Enrique el Doliente.

—*¿El doncel de don Enrique el Doliente?* —interrumpió el impetuoso mancebo levantándose y echando mano al puño de su espada—. *¿El doncel de don*

Enrique el Doliente habéis dicho, conde? ¡Santo cielo! Bien me rece ese desdichado doncel el injurioso concepto que de él habéis indignamente formado, si tantos años de honor no han bastado a impedir que los hipócritas le cuenten en su número despreciable. Bien lo merece, juro a Dios, pues que su espada permanece aún atada en la vaina por miserables respetos, sin castigar al osado que mancilla su buen nombre y espera de él cobardes acciones.

—¡Doncel! —exclamó asombrado, levantándose también a este punto, el conde de Cangas y Tineo. No le permitió pronunciar más palabras en un gran rato la cólera que de él se apoderó al ver defraudadas tan inopinadamente sus anteriores esperanzas. Deteníale, sobre todo, la vergüenza de haber descubierto sus planes al mancebo sin más fruto que su amarga reconvención, y culpábase en su interior de no haber explorado más tiempo el terreno arenoso sobre que había sentado el pie arriesgadamente.

—¡Doncel! —repitió ya en pie—, ¡vive Dios que no comprendo vuestro loco arrebato, ni esperé nunca en vos tal pago de mi indiscreta confianza!

—¿Y quién os indujo a presumir —respondió el doncel— que un caballero y que *Macías* había de poner cobardemente la mano sobre una mujer indefensa? ¿Qué visteis en mí, señor, que os diese lugar a creer que tuviese tan olvidados los principios y los deberes de la orden de caballería que para acorrer a los débiles y a los desvalidos recibí del rey y profeso? ¿No me habéis visto vos mismo pelear con los moros y los portugueses? ¿En qué día de batalla me visteis huir? ¡Oh rabia! ¡Oh vergüenza! ¡Oh buen rey Enrique III! He aquí el concepto que de tus mismos grandes merecen tus donceles.

No veía don Enrique de Villena los objetos que le rodeaban; tal eran la ira y el coraje que crecían por momentos en su corazón. Algún tiempo dudó si, echando mano a la espada, vengaría con sangre los ultrajes a su persona que por primera vez oía, y si sepultaría para siempre en la tumba del impetuoso mancebo el secreto que imprudentemente había descubierto, o hundiría en la suya propia su vergüenza y su afrentoso desaire. Mirábale atento a sus acciones todas, para obrar en consecuencia, el ofendido joven, y bien se veía en su semblante la resolución que tomada tenía de responder con la espada o con la lengua a los desmanes del orgulloso magnate. Reflexionó, empero, don Enrique que un lance ruidoso de esta especie a aquellas horas, y en el alcázar mismo de su alteza, no podría tener en ningún caso buenas consecuencias para sus planes, determinó encomendar a la prudencia los yerros que por falta de ella había recientemente cometido. Revistiose, pues, con asombrosa rapidez la máscara hipócrita que en tantas ocasiones le había sido de conocida utilidad, y envainando del todo con un solo golpe la espada, cuya hoja había brillado ya en parte un corto instante a los ojos de su interlocutor:

—*Macías* —le dijo con voz serena y aun afectuosa—, vuestros pocos años han estado a punto de perdernos a entrambos. Confieso que he errado el golpe, y os devuelvo todo el honor que os había quitado. No penséis, sin embargo —añadió el astuto cortesano recogiendo velas—, que era mi objeto llevar completamente a cabo el plan que os proponía; tal vez quería conocer a fondo vuestro carácter, y estoy completamente satisfecho de vuestra laudable conducta. Con respecto al objeto de mi visita, ignoro si, después de haber pensado mejor los medios que tengo a mi disposición para llegar a ser maestre, elegiré ése u otro. De todas suertes no me sois útil; es concluido, pues, vuestro servicio en mi casa; excusáis volver a Calatrava; mañana os devolveré a su alteza; pero como os supongo bastante talento para conocer el mundo y los hombres, a pesar de vuestros pocos años, espero que nos separemos amigos, como dos caminantes que han pasado una mala noche en una misma posada y que al día siguiente, debiendo seguir cada uno un sendero opuesto, se despiden cortésmente. Si sois el caballero que decís, vuestro honor os dicta si debéis guardar el de otro caballero y los pactos que estábamos hasta la presente convenidos; si creéis, sin embargo, de vuestro deber dar a luz pública nuestro diálogo, sois dueño de hacerlo; pero... acordaos —añadió afirmándose en los talones con ademán de hombre resuelto y dando en la mesa una palmada que resonó en gran parte del alcázar—, acordaos de que don Enrique de Aragón y Villena, conde de Cangas y Tineo, señor de las villas de Alcocer, Salmerón, Valdeolivas y otras, nieto del rey don Jaime y tío del rey don Enrique, no ha menester ser maestre de Calatrava para hacer probar los tiros de su poderosa venganza a un doncel pobre y oscuro del rey Doliente, a quien una imprudencia ha puesto momentáneamente sobre él.

—Deteneos —dijo *Macías* más sosegado, asiéndole de la ropa al ver que se preparaba a salir del teatro de su confusión—. Deteneos; puesto que habéis creído necesaria una explicación antes de concluir nuestra entrevista, permítame vuestra grandeza que con el respeto que debo a su clase, le exponga mis sentimientos sobre frases nuevamente ofensivas que acabáis de proferir. Sé cuánto debo al rango que ocupa don Enrique de Villena en Castilla; sé que mi imprudente arrojo ha podido empañar sus resplandores; sé que debiera haberme limitado a responder no sencillamente; pero si vuestra grandeza es caballero, conocerá cuánto cuesta sufrir cristianamente un ultraje a quien tiene sangre noble en las venas. Si exigís de ello una satisfacción, en esto os la doy; si la queréis de otra especie, mi lanza y mi espada están siempre prontas a abonar mis imprudencias. La amistad que pedís, ni la busco ni la otorgo: vuestra protección no la necesito. Como caballero observaré los pactos y guardaré los secretos que como caballero prometí guardar. Nadie sabrá por mí la muerte del maestre. Con respecto a vuestros planes, no me exigisteis palabra de ocultarlos…

—¿Cómo? —interrumpió don Enrique de Villena, inmutado.

—Permitidme, señor, que hable. No estoy obligado a guardarlos; os prometo, sin embargo, en consideración al nombre ilustre que lleváis, y cuyo brillo no quisiera ver empañado, que no haré más uso de lo que acerca de vuestras intenciones me habéis dicho que el indispensable para salvar a la inocencia que queréis oprimir. Dadme licencia de que os asegure que fuera tan criminal en consentirlo con vergonzoso silencio como en cooperar al logro de la maldad. Mientras pueda salvar a la de Albornoz sin hablar, callaré; mas si puede mi silencio contribuir a su ruina, hablaré. A esto me obliga el ser caballero.

—Hablad en buena hora, hablad —dijo don Enrique en el colmo del furor—, pero ¡temblad!…

—Permitid, señor, que os acompañe hasta que os deje en vuestra estancia —añadió *Macías* con respeto y mesura.

—No, estaos aquí; yo lo exijo; a Dios quedad.

—Ved, señor, que no es ésa la salida; por allí saldréis mejor.

—Ciego voy de cólera —dijo para sí al salir don Enrique de Villena, que en medio de su arrebato había equivocado la puerta interior con la exterior.

Abriole *Macías* la que daba al corredor, y asiendo de la lámpara que sobre la mesa ardía, alumbrole hasta que comenzó a bajar los escalones, y cuando ya se alejó lo bastante para que él pudiese retirarse: «Adiós, señor, y el cielo os prospere» —dijo en voz alta el comedido doncel. Un ligero murmullo que confusamente llegó a sus oídos dio indicios de que había sido oído su saludo y respondido entre dientes, acaso con alguna maldición, por el irritado conde, que se alejaba premeditando los medios de venganza que a su arbitrio tenía, y sobre todo la manera que debería observar para impedir los efectos de la terrible amenaza que, al despedirse de él, le había hecho el magnánimo doncel.

Volviose éste a entrar en su aposento, revolviendo en su cabeza la notable mudanza que había efectuado en su situación la escena en que acababa de hacer un papel tan principal; determinose en el fondo de su corazón a no dejar perecer la inocente y débil oveja a manos del tigre en cuya guarida se hallaba desgraciadamente presa. Después de haber cerrado su puerta con cuidado, llegose a la que daba a la cámara de Hernando y llamólo en voz baja.

—¿Quién pregunta? —dijo entre sueños el feliz montero—. «¿Tañen de andar al monte?»

—Si algo oíste, Hernando, esta noche —dijo el doncel— haz como si nada hubieras oído. Mañana no partiremos al alba; duerme, pues, y descansa, y deja descansar a los caballos.

—Se hará tu voluntad —respondió la voz gruesa del montero, y no tardó en oírse de nuevo el ronquido sordo de su tranquilo sueño.

Bien quisiera imitarle el desdichado doncel, pero no le dejaba el recuerdo de su ingrata señora ni el deseo de buscar trazas que a los proyectos que preparaba para el día siguiente pudiesen ser de pronta utilidad.

Don Enrique, en tanto, despechado se dirigió a su cámara, donde encontró a su Ferrus. Allí trataron los dos, no ya de llevar a cabo su proyecto tal cual primeramente le habían concebido, sino con aquellas alteraciones que exigía la nueva posición en que los había puesto la repulsa de *Macías*, y de la venganza y precauciones que deberían usar contra el doncel antes de que pudiera perjudicar a sus pérfidas intenciones. Después que hubieron conversado largo espacio, trató don Enrique de averiguar qué hora podría ser. Mas fue imposible saberlo jamás por su reloj de arena, pues con la agitación de las escenas de la noche, habíase descuidado volver el reloj al concluírsele la arena; como buen astrónomo, sin embargo, pasó a la cámara inmediata que tenía vistas al soto, y reconoció que debía haber durado mucho su coloquio con Ferrus, decidiéndose en vista de la hora avanzado, que él se figuraba por las estrellas ser la de las cuatro, a entregarse al descanso de que tanto tiempo hacía ya que gozaban los demás pacíficos habitantes del alcázar de Madrid. Iba ya a cerrar la ventana para realizar su determinación, cuando le detuvo de improviso un extraño rumor que oyó, el cual le pareció no poder provenir a aquellas horas de causa alguna natural; empero, permítanos el lector que demos algún reposo a nuestro fatigado aliento.

Capítulo VII

Ya se parte el pajecito
Ya se parte, ya se va,
Llorando de los sus ojos
Que quería reventar.
Topara con la princesa;
Bien oiréis lo que dirá.

Romance del conde Claros

Cuando don Enrique de Villena, volviendo silenciosamente la espalda a su esposa a la aparición de Elvira, que había acudido con tanta oportunidad a atajar los efectos de su furor, la dejó toda llorosa en brazos de su camarera, ignorante de cuanto había pasado, ésta empleó cuantos medios estaban a su alcance para hacerla volver en sí del estado de estupor y de profunda enajenación en que la había puesto la desdichada escena que con su injusto esposo acababa de tener. Sentola en un sillón, donde no daba muestras de vida la infeliz condesa, enjugó las lágrimas que habían inundado en un principio su rostro, pero cuyo curso había detenido ya el exceso del dolor; la aflojó el vestido con que tan inútilmente se había engalanado pocos momentos antes en obsequio del caballero descortés y refrescó la atmósfera que la rodeaba con un abanico.

Al cabo de algún tiempo produjo la solicitud de Elvira todo el efecto que deseaba; comenzó la condesa a dar indicios de querer desahogar su pecho oprimido, y de allí a poco rompió de nuevo a llorar amargas y copiosas lágrimas, exhalando profundos gemidos acompañados de voces inarticuladas, las cuales producía a trechos y a pedazos, en los huecos del llanto, con un acento convulsivo y un tono de voz ora agudo, ora reconcentrado, que ninguna pluma de escritor o de músico puede atreverse a representar en el papel.

Poco a poco fue perdiendo fuerzas su acceso de cólera, como pierde impetuosidad el torrente si, una vez roto el dique que lo enfurecía, halla anchas y fáciles salidas a sus ondas por la tendida campiña; mitigose su dolor, pero por largo espacio conservó indicios del enojo anterior, como se echaba de ver en el movimiento de elevación y depresión de su agitado seno, semejante al mar, cuyas olas, mucho tiempo después de pasada la borrasca, conservan, aunque decreciente, la inquietud que el huracán les imprimió.

Luego que estuvo en estado de hablar con más serenidad, refirió a Elvira cuanto con el conde le acababa de pasar, y fueron inútiles todos los consuelos que su fiel camarera trató de prodigarle. Revolvía en su cabeza mil ideas encontradas: ora quería salir inmediatamente de aquella parte del alcázar que le estaba destinada y refugiarse a sus villas; ora intentaba acogerse al amparo del mismo rey, esperando de su justicia que reprimiría los desórdenes de su esposo y le impondría algún temor para lo sucesivo, pues pensar en que ella consintiese en la separación que el conde manifestaba desear, era sueño, puesto que se había casado enamorada de Villena; verdad es que el trato y la mala vida que la daba hubieran sido bastantes a hacer odioso al más perfecto de los hombres; pero todos sabemos que la frialdad y el despego suelen ser incentivos vivísimos del amor, y lo eran tanto más en la condesa cuanto que, habiendo vivido siempre don Enrique apartado de ella después de su infausta boda, no había dado jamás entrada al hastío que hubiera seguido a una larga y tranquila posesión. Aguijoneaba, además, a la infeliz condesa la saeta de los celos; en varias ocasiones había sorprendido al conde de Cangas en conquista o persecución de algunas bellezas, y aun una de las que había considerado siempre como primer objeto de sus obsequios era aquella misma Elvira en quien tenía puesta toda su confianza; mas como tenía pruebas de que ésta se había negado constantemente a dar oídos a toda proposición amorosa del de Villena, y en la seguridad en que estaba de que cualquiera que a su lado viviese había de excitar los deseos de su esposo, quería tener más bien por camarera aquélla de cuya lealtad y odio a la persona del conde no podía dudar en manera alguna.

En esta ocasión se equivocaba la condesa en sus temores porque no un amor adúltero, sino la ambición era quien a tan descortés procedimiento a don Enrique obligaba. Empero ésta era la verdad: por una parte el amor, que a pesar de los desdenes de Villena en su corazón duraba, y por otra la creencia en que estaba de que solo proponía aquel rompimiento para entregarse más a su salvo a alguna nueva intriga amorosa, eran suficientes motivos para que nunca hubiese ella prestado su consentimiento al propuesto divorcio.

Logró por fin persuadirla Elvira a que se recogiese y tratase de poner un paréntesis a su pesar en el sueño, dejando para el día siguiente el resolver lo que debería hacerse. Hízolo así la condesa, y Elvira se retiró a la cámara inmediata, en donde se proponía esperar, al lado del fuego, a que su señora se hubiese entregado completamente al descanso para seguir su acertado ejemplo.

Sentose cerca de la lumbre, después de haber dado las oportunas disposiciones para que durante la noche no faltasen sus dueñas del lado de la condesa, y púsose a leer un manuscrito voluminoso, que entre otros muchos y muy raros tenía don Enrique de Villena, por ser libro que a la sazón corría con mucha fama y ser lectura propia de mujeres. Era éste el Amadís de Gaula. Hacía pocos años que su autor, Vasco Lobeira, había dado al mundo éste distinguido parto de su ingenio fecundo, y don Enrique de Villena, por el rango que ocupaba en Castilla y por su decidida afición a las letras y relaciones que con los demás sabios de su tiempo tenía, había podido fácilmente hacer sacar de él una de las primeras copias que en estos reinos corrieron. El carácter de Elvira simpatizaba no poco con las ideas de amor, constancia eterna y demás virtudes caballerescas que en aquel libro leía; hubiera dado la mitad de su existencia por hallarse en el caso de la bella Oriana, y aun no le faltaba a su imaginación ardiente un retrato de Amadís cuya fe la hubiera lisonjeado más que nada en el mundo; era éste un mancebo generoso de la corte de Enrique III, a quien había conocido desgraciadamente después que a Fernán Pérez de Vadillo. Habíase casado, en verdad, ciegamente apasionada del hidalgo; pero desde su boda hasta el punto en que la encuentra nuestra historia, se había ensanchado considerablemente el círculo de sus ideas. Fernán Pérez, por el contrario, era siempre el mismo que en otro tiempo había cautivado sin mucho trabajo el inocente corazón de la niña Elvira; pero ésta no era ya la amante que se había prendado de Fernán Pérez; su carácter se había desarrollado de una manera prodigiosa, y un foco de sensibilidad y de fogosas pasiones creado nuevamente en su corazón, había producido en su existencia un vacío de que ella misma no se sabía dar cuenta. Se había formado en su cabeza un bello ideal, no hijo del mundo real en que habitaba, sino de su exaltación; y se complacía en personificar este bello ideal en tal o cual joven cortesano que sobre el vulgo de los caballeros de la corte de Enrique III se distinguían. Uno entre todos había avasallado ya su albedrío bajo esta personificación, y Elvira, juguete de la Naturaleza, que puede más que sus criaturas, no sabía ella misma que iba tomando sobre su corazón demasiado imperio un amor ilícito y peligroso. Por desgracia, su virtud misma era su mayor enemigo; la confianza en que estaba de que nunca podrían faltarle fuerzas para resistir, la hacía entregarse sin miedo, con criminal complacencia, a mil ideas vagas, que cada día iban ganado más terreno en su imaginación. Encontrábase, en fin, en aquel estado en que se halla una mujer cuando solo necesita una ocasión para conocer ella misma y dar a conocer acaso a su propio amante la ventaja que sobre ella ha adquirido. Como un incendio que ha crecido oculto e ignorado en la armazón de una casa vieja, que no ha menester más sino que descubriéndose una pequeña parte de la techumbre que lo cubre, tenga entrada la más mínima porción de aire; entonces estalla de repente como un vasto infierno improvisado, se lanzan las llamas en las nubes, crujen las maderas y viene al suelo el edificio desplomado, sepultando en sus ruinas al incauto y desprevenido propietario.

No era, pues, la lectura de Amadís la que a la triste Elvira mejor pudiera convenirle; pero era tanto más disculpable cuanto que en el siglo XIV no había muchos libros en que escoger, y pudiera darse cualquiera por contento con divertir las horas ociosas por medio del primero que en las manos caía.

Una tristeza vaga y sin causa positivamente determinada era el síntoma predominante de la hermosa camarera de la de Albornoz; y la soledad era el gran recurso de su imaginación deseosa de empaparse sin reserva ni testigos en la contemplación de las seductoras ilusiones que se forjaba; esta disposición de ánimo no era, ciertamente, la más favorable para la virtud de Elvira en las escenas, sobre todo, en que aquella misma noche, fecunda de acontecimientos, debían colocarla.

Poco tiempo podría hacer que con el primer libro de caballería en España conocido se entretenía la sensible Elvira, cuando sintió abrir la puerta del salón, y una persona, que seguramente no esperaba, se presentó a su lado, dándole las buenos noches con rostro alegre y maliciosa sonrisa.

—¿Qué buscas, Jaime, en estas habitaciones y a estas horas? Ya deben ser cerca de las diez; vuelve a la cámara del conde, si es que no te envía como precursor, a anunciarnos nuevos pesares y desventuras.

—Hermosa prima mía —contestó Jaime—, depón el enojo; de aquí en adelante puedes volverme a llamar tu querido primo.

—¿Qué novedades traes?

—Ninguna; pero he tenido miedo de las cosas que se hablan de don Enrique, y esta noche misma le he suplicado que me permitiese volver al lado de mi amada prima. ¡Me acordaba tanto de ti!

Una lágrima de sensibilidad se asomó a los ojos de Elvira oyendo la ingenua manifestación del medroso pajecillo.

—¿Y don Enrique te lo ha concedido?

—Por más señas que no he escogido la mejor ocasión; estaba tan distraído y tan ocupado en sus… mira… se me figura que estaba en uno de aquellos ratos en que dicen que tienen los hechiceros el enemigo… ¡Jesús!

—¡Jaime! ¿Quién te ha enseñado a hablar así de tu señor?

—Bien; no volveré a hablar, ahora ya no me importa. Ya estoy con mi Elvira, que me confiará sus penas —añadió el paje tomando una de las manos de la hermosa camarera.

—¿Qué anillo es ése? —exclamó ésta dejando el voluminoso pergamino que hasta entonces había leído para examinar de cerca el hermoso brillante que relumbraba en un dedo del paje—. ¡Jaime!

—¡Ah! esto no se ve —gritó puerilmente Jaime, retirando y escondiendo su mano—. ¡Esto no se ve! Es un regalito; a mí también me regalan, señora prima, no es a vos sola a quien…

—Vamos, ven acá, Jaime, y dime quién te ha dado ese anillo; o si por ventura tienes que acusarte de algún…

—¡Chitón!, señora prima —interrumpió el paje con indignación.

—¡Ah! ya lo tengo —gritó Elvira aprovechando para asirle la mano aquel momento en que la pundonorosa irritabilidad del paje le había estorbado la precaución—, ya lo tengo.

—No, no me lastimes y te lo daré —dijo el paje viendo que se disponía la interesante Elvira, tan niño como él, a valerse de la superioridad que le daban sus fuerzas para ver a su salvo el anillo; quitásele, en efecto, pero echando a correr en cuanto Elvira le hubo cogido—, no me importa —añadió—; ¿qué veréis, señora curiosa? Nada; un anillo; mas no por eso sabréis quién me lo ha dado.

Equivocábase el inexperto paje; la perspicaz Elvira, que al principio había sido inducida solo por mera curiosidad al reconocimiento de la alhaja, cuya posesión no creía natural en el pajecillo, había fijado notablemente en ella su atención, y examinaba al parecer alguna señal o particularidad por donde esperaba venir en conocimiento de su procedencia.

—No hay duda —exclamó sonrojándose como grana—, no hay duda; una letra pierdo; pero sería mucha casualidad… esmeralda… e; lapislázuli… l; brillante, b; rubí, r; amatista, a. Y luego… una, dos, tres, cuatro, cinco, seis. No hay duda.

El paje, que había alborotado la sala con sus gritos y sus burlas al ver la perplejidad de su prima, no se asombró poco al oír la extraordinaria y no esperada explicación que daba a la sortija; y tanto más confundido quedó, cuanto que creyó no haber sido en esta ocasión sino el juguete del doncel, que se había valido de él para manifestar a Elvira aquel su amor, de que el malicioso paje tenía ya no pocas sospechas.

Nada más común en aquel tiempo que estas combinaciones de piedras y ese lenguaje amoroso de jeroglíficos en motes, colores, empresas y lazadas. Un platero de Burgos había engarzado artísticamente, a ruego de *Macías*, en un mismo anillo aquellas seis piedras, cuya traducción había acertado tan singularmente Elvira por un presentimiento sin duda de su corazón. Había perdido la significación de una piedra, cosa nada extraña, no hallándose ella muy adelantada en el arte del lapidario; pero en cambio había entendido la equivocación del platero, que había significado la v con la b, inicial de brillante; ni el quid pro quo del platero ni el acierto de Elvira tenían nada de particular en un tiempo en que no sabían ortografía ni los plateros ni los amantes. El número, sin embargo, de las piedras, y la colocación de las conocidas, no dejaba la menor oscuridad acerca de la intención del que había mandado hacer la sortija.

Quedábale todavía a Elvira un resto de duda que a toda costa quería satisfacer: en primer lugar no era ella la única Elvira que en Castilla se encerraba, y en segundo, la alusión, que la había puesto en camino de sospechar, no le daba, sin embargo, noticia cierta de quién fuese el que usaba con ella semejante galantería. Deseaba por una parte saberlo; temía por otra oír un nombre indiferente.

—¿Quieres cambiar este anillo, Jaime, por otro mejor que yo te dé?

—¿Y qué diría —dijo el astuto paje— el caballero que me le ha regalado?

—¿Con que ha sido caballero?… —interrumpió Elvira.

—Y de los mejores y más valientes de la corte de su alteza.

—¡Santo cielo! —decía Elvira impaciente—. Jaime, yo te ruego que me des señas de él al menos, ya que no quieras decir su nombre.

—¿Señas?

—Espera; dime primero —exclamó reflexionando un momento—, ¿cuándo te lo ha dado y dónde?

Comprendió el paje al momento la doble intención de esta pregunta, y se sonrió malignamente viendo a Elvira cogida en su propio lazo, porque al punto recordó que no podía saber la llegada del doncel.

—Hoy y en el alcázar.

—¿Hoy y en el alcázar? —repitió Elvira queriendo leer la verdad en los ojos del paje—. ¡Entonces no puede ser! —dijo entre dientes, satisfecha ya al parecer toda su curiosidad, dejando caer los brazos, inclinando la cabeza y saliendo, en fin, de la ansiedad y tirantez en que estaba como arco que se afloja. Siguió mirando, pero más vagamente, el anillo, haciendo con el labio inferior, que se adelantó al superior, un gesto particular entre distraída y resignada.

—¡Ah!, ¡ah! que no lo acierta —exclamó en su triunfo el paje, victorioso—; escuchadme, señora adivina: es un caballero joven.

—Bien; déjame —repuso ella, sin prestar apenas atención a la voz chillona y triunfante del mozalbete.

—No, que lo has de acertar. Cuando se trata de coger sortijas, ensarta con su lanza tantas como corazones con su hermosa presencia. Si monta a caballo, es el más fogoso el suyo y lo domeña como un cordero; si se trata de correr cañas nadie le aventaja; y en un torneo solo don Pero Niño…

—Jaime, él no puede ser más que uno —exclamó levantándose Elvira.

—Cierto que no es más que uno —repuso el taimado paje, que se divertía con su prima como el gato con el ratón.

—¿Ha venido? ¡Ah! Ahora recuerdo que esta mañana un caballero…

—¿Quién? —contestó con cachaza el paje fingiendo no entender.

—Mira, Jaime, vete de aquí y no vuelvas —gritó furiosa Elvira—; marcha, huye si temes mi…

—Bien, primita, lo diré: ése es…

—¿Quién? —preguntó la atormentada belleza—. ¿Quién? acaba o…

—El doncel de…

—Basta. ¿Estás cierto?

Acordose de pronto el imprudente paje del especial encargo que de guardar secreto le había hecho el doncel, y no sabiendo las últimas mudanzas que en la situación volvían infructuoso este cuidado, trató de reparar el olvido de que la escena bulliciosa que con su prima traía era causa y efecto.

—No me habéis dejado acabar, señora camarera. El rey don Enrique III no tiene un solo doncel. Sabed que no os puedo decir más. Ni una palabra más.

Al oír el tono resuelto del rapaz, bien vio Elvira que no sacaría de él más partido que una honrosa capitulación; lo más que pudo recabar de él fue que le dejase el anillo hasta que ella adivinase como pudiese su procedencia; dejósele el pajecillo y se acabó la contienda entre los primos, determinando que por aquella noche Jaime dormiría vestido en una cámara inmediata a la alcoba donde, casi vestida también, trataba de reposar la infeliz Elvira, no atreviéndose a desnudarse del todo por miedo de que hubiese menester la de Albornoz sus consuelos en el discurso de la noche.

Bajose para esto a su habitación, que debajo de la condesa caía, después de haberse cerciorado de que ésta yacía profundamente dormida y de haber dejado advertido a las dueñas que la avisasen a la menor novedad que sintiese su señora o que en aquella parte del alcázar ocurriera.

Echose después en su lecho, habiéndose despedido del paje, y en vano procuró imitar a éste en la prontitud con que concilió el sueño reparador de las fuerzas perdidas.

Revolvía una y mil veces en su cabeza las ideas del día y procuraba atarlas y coordinarlas entre sí; empero agolpábanse todas a su imaginación ferviente; la condesa, la violencia de Villena, sus solicitudes, la ausencia de su esposo, el Amadís, la indiscreta conversación del paje, las dudas que acerca del dueño del anillo había dejado sin resolver después de su inquieto diálogo, todo esto reunido y amasado junto de nuevo en su mente, en medio del silencio y de la oscuridad de la noche, le representaba un cuadro fantástico, lleno de objetos incoherentes, muy semejante en la confusión a esos lienzos que entre nuestros abuelos tanto se apreciaban con el nombre de «mesas revueltas». Pero a proporción que el largo insomnio y el cansancio del día fueron rindiendo sus fuerzas y entornando los párpados fatigados de Elvira, todas esas imágenes confusas tomaron en su cerebro contornos informes y poblaron su sueño de escenas parecidas a las que habían pasado por ella en el día, y de otras que, como combinaciones nuevas del choque de aquéllas, suelen producirse por sí solas en la imaginación cansada de un calenturiento que duerme, o de una persona habitualmente agitada por sensaciones extraordinarias y que pasa por una larga y fatigosa pesadilla.

Capítulo VIII

> Helo, helo por do viene
> El infante vengador,
> Caballero a la jineta
> En caballo corredor.
> [...]
> Iba a buscar a don Cuadros.
> [...]
> El venado le arrojó.
> [...]

Romance del infante vengador

Muy avanzada estaba la noche y muy en silencio todos los habitantes de Madrid y de su fuerte alcázar. No todos, sin embargo, disfrutaban del sueño y del descanso, como hubiera podido cualquiera figurarse. Podemos asegurar que don Enrique de Villena y Ferrus conversaban muy animadamente en el laboratorio del hermético, como arriba dejamos dicho. El enamorado doncel había tratado inútilmente de conciliar el sueño, y se había entregado, desesperado ya de conseguirlo, a la más profunda meditación, buscando en su cabeza un arbitrio por medio del cual pudiese descubrir a la de Albornoz el peligro inminente que la amenazaba. Bien conocía que el aviso urgía, pues si antes de haber descubierto Villena su plan lo tenía aplazado para el día siguiente, era probable que tratase de atropellar la ejecución de sus ideas desde el momento en que había hecho partícipe de él al enemigo.

El doncel estaba determinado a dar su amparo a la de Albornoz, en primer lugar por pertenecer a la orden de caballería que principalmente se daba, como se lee en Amadís de Grecia, «para defender las dueñas y doncellas que tuerto reciben»; orden por la cual «el que la profesa debe ayudar a las dueñas y doncellas fijas dalgo», como en el instituto de la Banda, fundado por Alonso XI, se contiene; orden, en fin, por la cual se advertía a los que la recibían, como en el Doctrinal de caballeros consta al lib. I, tit. 3, que «al caballero o dueña que viesen cuitados de pobreza o por tuerto que hobiesen recebido, de que

non pudiesen haber derecho, que pugnasen con todo su poder de ayudarlos».
Agregábase a esta principal razón otra, si bien menos generosa y obligatoria, más fuerte acaso que todos los institutos y órdenes del mundo; a saber, cierta simpatía que con una persona —ligada a la suerte de la de Albornoz— alimentaba *Macías* en todas sus acciones.

Pero si estaba decidido a favorecer a las débiles víctimas del poder del ambicioso conde, no por eso dejaba de conocer cuán dificultoso era, si no imposible, introducir a aquellas horas un saludable aviso en la habitación de la condesa o de su camarera.

Después de largo rato de discurrir, en que desechó unas ideas, adoptó otras, volvió a desechar éstas y a adoptar y desechar otras ciento, fijose, por fin, decididamente en una que debió de parecerle la mejor y la menos arriesgada de ejecutar si la fortuna le ayudaba. No quiso despertar a Hernando, que sordamente roncaba, para no ser conocido en la expedición que premeditaba si llegaba a sorprenderle fuera del alcázar la madrugada que a largos pasos andando se venía; endosose un basto sayo de montero de su criado, su gorro de lo mismo, su tosco tabardo de paño buriel, ciñó la espada, y tomando debajo del brazo un objeto que, como trovador, siempre llevaba consigo, saliose pasito de su estancia y sin ser sentido llegó hasta la puerta exterior del alcázar, evitando por corredores y patios conocidos de él las centinelas interiores, que hubieran podido interrumpir su proyecto; pero, llegado allí, estuvo tentado varias veces de volver a su aposento y desistir de su empresa, cuando se oyó dar el «¿quien va?» del ballestero encargado de la guardia de aquel punto.

—Un caballero que desea salir.

—Atrás, ¡voto a Santiago! —le respondió una voz ronca del vino o del frío de la noche—. Buena hora de salir a tomar el fresco, cuando está un cristiano deseando el relevo para calentarse.

No había meditado el doncel este inconveniente; no quedaba, sin embargo, más remedio que desistir y abandonar a la condesa a su destino o descubrir su clase de doncel de su alteza, y como tal lograr que se le abriesen las puertas. Calculando que de todas suertes habría de saberse al día siguiente su entrada en el alcázar, puesto que ya no podía por entonces pensar en volverse a Calatrava, decidiose al segundo partido prontamente; hizo llamar al jefe del pequeño destacamento y no tardó en oír su voz, que denotaba el mal humor de un hombre a quien se ha sacado intempestivamente del sueño para cumplir con un deber.

—Por la Virgen de Atocha, vive Dios —exclamó observando y dejando ver su oblonga figura—, que he de escarmentar al borracho que a estas horas…

—Mirad lo que habláis —interrumpió *Macías* al oír hablar de sí, como quien está debajo de una campana, a aquel amalgama de gordura, de bestialidad y de sueño.

—¿Quién sois, voto va, el que habláis tan gordo? ¡Aah! —prosiguió bostezando.

—Por Santiago, ya os debía haber conocido en lo que tenéis de común con los jabalíes de El Pardo. ¿Sois vos, Bernardo?

—¿Quién es, repito, por las muelas de santa Polonia, quién es el que me conoce tan a fondo?

—Dejadme salir; soy un doncel de su alteza y voy a asuntos del servicio del rey…

—¿Doncel? Metedme el dedo en la boca; más traza tenéis que de doncel de don villano —repuso el ingenioso Bernardo a caza del equivoquillo—. El vestido…

—¡Voto va, Bernardo, que os haga arrepentir de vuestra insolencia si insistís en faltar al respeto al!… Pero oíd —añadió acercándose a su oído—, ¿conocéis a *Macías*? Miradle aquí.

—¡Ballesteros!, echadme a ese aventurero en un cubo de agua fresca; dice que es un hombre que está en Calatrava. Voto va el santo patrón del sueño que, o ha trasegado de la botella a su estómago mucho del tinto, o es hechicero.

No pudo sufrir ya más tiempo el doncel el impertinente responder del ballestero; y asiéndole con mano vigorosa del cuello, llevole sin dejarle gañir, ni aun para pedir socorro a los suyos, hacia un farol que cerca de ellos ardía, y enseñándole entonces su rostro descubierto:

—¿Conocéisme, don Bellaco, portero de los infiernos y hablador que Dios no perdone? ¿Conocéisme? ¿O habéis menester todavía que os abra yo los ojos con el puño?

Abría el ballestero unos ojos como tazas, y no acababa de comprender cómo podía salir del alcázar un hombre que no había entrado en él, pues lo creía en Calatrava; hubo, sin embargo, de convencerse, y tendiendo entonces la pierna hacia atrás y descubriendo su cabeza, pidió mil excusas al doncel, y fue preciso que éste pusiera treguas también a sus disculpas y cortesías como a sus impertinencias, sin lo cual nunca se hubiera visto donde por fin se vio, es decir, en medio del campo y recibiendo sobre sí una menuda lluvia que a la sazón comenzaba a caer, lo cual, añadido a la persecución del cerbero del alcázar, no era del mejor agüero para nuestro osado doncel, que dejaremos rodeando los altos muros de la fortaleza para dar cumplimiento a sus caballerescos proyectos.

Mientras que los acontecimientos paralelos de la conversación de don Enrique con Ferrus y la salida del doncel se verificaban en el alcázar a una misma hora, dormía inquietamente y luchando con los fantasmas que su imaginación le representaba, la hermosa Elvira, que en su lecho, medio desnuda, dejamos. Habíase quedado con solo un vestido blanco; cubríale éste desde la garganta hasta los pies, que, desnudos, parecían dos carámbanos de apretada nieve; su cabello, tendido cuan largo era, velaba sus hombros, su seno, su talle y por algunas partes su cuerpo entero; una mano pendía del lecho, y la opaca claridad de la Luna que penetraba por entre las nubes, no muy densas, y sus ventanas, entreabiertas por el calor de la estación, la hacía aparecer un verdadero ser fantástico, como la hubiera soñado un amante deseoso de una ocasión.

Su seno y su respiración interrumpida denunciaban la inquietud de su descanso y el trabajo de su imaginación aun en el sueño.

Fuese casualidad, fuese porque era el que más había dormido, el paje fue el primero que a un extraño rumor que en aquellas inmediaciones se oyó, hubo de interrumpir el reposo en que yacía. Un laúd suave y diestramente pulsado adquiría nueva dulzura del silencio de la noche; oyólo primero el paje entre sueños, pero la realidad tomó en su fantasía la apariencia de una representación ficticia y se creyó transportado a algún sábado de hechiceras, que era la especie de gentes que él más temía. Había templado algún rato el músico, para llamar la atención, pero sin ser oído de nadie; y cuando el paje echó de ver la aventura, y cuando don Enrique había notado la música que le había obligado a no cerrar su ventana, como arriba dejamos dicho, había cantado ya con melodiosa voz, si bien varonil, las dos siguientes coplas, cuyos ecos se llevó el viento antes que fuesen para nadie de provecho a que sin duda aspiraban:

En el almenado alcázar

Duerme Zaida sin cuidado.
Guarda, mora, que tus grillos
Te forja un conde cristiano.
Alza y parte, desdichada,
Primero que veas relumbrar su espada.
Vela tú, si Zaida duerme,
Oh dulce señora, mía.
¡Guar del conde que la acecha!
Que un caballero te avisa.
Alza y parte, desdichada,
Primero que veas relumbrar su espada.

Al repetir estos dos últimos versos del estribillo fue cuando el paje, elevando la voz, llamó a la hermosa Elvira.

—¿Oís, discreta prima?

—¡Cielos! —exclamó Elvira sentándose sobre el lecho—. ¿A estas horas?…

—No he podido entender la letra…

—Oigamos, que prosigue.

Volvía efectivamente a empezar de nuevo el músico, despechado de no advertir ninguna señal de inteligencia en las bellas a quienes advertía su propio riesgo. Repitió, pues, la última copla, que hizo un efecto bien diferente en el paje que en su alterada prima, que aún no había vuelto enteramente en sí de su asombro, y en don Enrique y Ferrus, que prestando la mayor atención desde su cámara escuchaban.

—Ferrus —dijo don Enrique a la mitad de la copla—, desde aquí no podemos ver quién es el músico que tan delicadamente se viene a regalarnos los oídos a deshoras de la noche; el ángulo saliente del alcázar nos impide reconocerle, y aun su voz llega aquí tan desfigurada que es imposible entenderle.

—¿Qué quieres, pues, señor? —contestó Ferrus.

—Importa a mis fines confirmar o desvanecer mis sospechas; ¡voto a Santiago que si fuese!… Escucha, Ferrus: baja al soto lo más deprisa que pudieres…

—¿Yo, señor? —interrumpió Ferrus con algún sobresalto.

—En el acto, Ferrus; ni una palabra más, y quiero darte instrucciones acerca de lo que en todos casos deberás hacer.

No había medio de replicar a una orden tan positiva; oyó Ferrus las instrucciones que le daban y se propuso no traspasar los límites del puente levadizo sin llevar consigo a cierta distancia alguno que otro ballestero del destacamento de la puerta para que le guardase las espaldas contra el músico, que podía no gustar de que saliesen a escucharle al claro de la Luna.

—¡Cielos! —exclamó la agitada camarera saltando del lecho al oír las primeras palabras de la letra—. Conozco la voz. ¿Es cierto, pues, que ha vuelto de Calatrava? ¿Sueño todavía? Mas ¿qué sentido encierran esas palabras? ¡El conde, un caballero te avisa! ¡Entiendo, entiendo!

El músico, que oyó aquel rumor en la habitación donde sabía que habitaba Elvira, clavó los ojos en la ventana, abierta ya de par en par: distinguió un leve contorno blanco, que parecía salirse del mismo fondo de las tinieblas, como nos dicen que salió el mundo del caos; olvidó la prudencia que debiera haber sido su norte y no pudo resistir a la tentación de poner en su carta una posdata para sí.

Volviendo a preludiar en su instrumento, añadió a las dos ya cantadas la siguiente estrofa:

> ¡Pluguiera a Dios que pudiese
> librarse así el caballero
> Que tienes, señora mía,
> Entre tus cadenas preso!…

Al llegar aquí no pudo Elvira contener más tiempo el sobresalto y la agitación que la ofuscaba: «¡Basta! —oyó decir el caballero—, ¡basta, trovador imprudente!», a una voz que resonó en su oído como la campana de la población inmediata en el del caminante perdido, y oyó en pos cerrar con un ¡ay! doloroso la ventana.

Mas no tardó mucho en volverse a abrir. Cesó de pronto el laúd; el músico, cuyo bulto había visto hasta entonces Elvira al pie de su ventana, había mudado entretanto de sitio o había obedecido a la voz celestial; un ruido como de voces ofensivas y alteradas se oyó un breve instante; sucedió un confuso ruido de armas, el cual cesó de allí a poco; sacó Elvira la cabeza por entre los hierros de la reja, como saca el cuello del agua el infeliz, asido de una tabla, que se siente ahogar en medio del mar; un prolongado gemido se siguió al silencio, y retumbó el ruido hueco y resonante de un cuerpo armado que cae en tierra cuan largo es.

Helose la palabra en la garganta de la infeliz Elvira, que era todo oídos, pues nada alcanzaba a ver. Un momento después oyó el ruido de un hombre que monta a caballo y parte aceleradamente.

—¡Infeliz! —exclamó Elvira después de un momento de pausa glacial; pero un nuevo rumor la obligó a prestar atención.

—¿Dónde está? —dijo una voz de hombre que sobrevino de allí a poco.

—¡Qué sé yo! ¡Voto a tal! ¿No le oísteis por aquí? —respondió otra.

—Debió caer.

—Y también debió levantarse.

—O debieron levantarle; según yo oí, no quedó muy bien parado.

—Volvamos, y el diablo le lleve.

—Llévele en buena hora. ¡Ah!

—¿Qué es eso? ¿Os caéis?

—Voto a tal que con el lodo está el piso que parece mármol. Heme caído.

—¿Con el lodo, eh? A ver, volveos; poneos a la luz de la Luna. Por el alma del cobarde, que es el diablo quien le ha llevado o el hechicero, porque aquí ha dejado… toda… su… vida…

—¿Qué decís?

—¿No veis cómo os habéis puesto?

—¿De qué?

—¡De sangre, voto a tal! ¡Y que esto pase por alguna desvanecida!

El diálogo era en todas sus partes destrozador para la infeliz Elvira, que por los antecedentes que tenía no podía prescindir de ver claro en este desdichado asunto; cada palabra retumbaba en su alma como el golpe del martillo que hace entrar a trozos la cuña en la madera; así entraba la horrible realidad en el alma de Elvira. Pero al oír la palabra sangre un estremecimiento involuntario la sobrecogió; la atmósfera pesó como plomo sobre su cabeza al resonar en el aire el amargo reproche con que la frase concluyó; un «¡ay!» penetrante se escapó de su pecho desgarrado; dio consigo en tierra, privada de sentido la triste camarera, sonando su cabeza sobre el pavimento como piedra sobre piedra, y nada volvió a oír.

Llegó el «ay» dolorido a los oídos de los dos que hablaban, y era, efectivamente, tan penetrante e inexplicable, que no solo en aquel siglo de ignorancia,
sino aun en éste, más de un valiente hubiera temblado al escucharle a aquellas
horas, en aquel sitio, sin ver de dónde saliese, y sobre el pedazo de tierra que
acababa de ser teatro de una muerte, según todas las apariencias.

—¿Has oído? —dijo uno al otro—. ¡Cuerpo de Cristo! Aquí ha quedado su alma
para pedir venganza a todo el que pase; ese grito no es de persona; huyamos.

—Huyamos —repuso el compañero, y sonaron un momento sus pasos precipitados al rededor del muro. De allí a un momento nada se oía ni dentro ni fuera
ni en las inmediaciones del funesto alcázar.

Capítulo IX

Ese caballero, amigo,
Dime tú qué señas trae.

Cancionero de romances

La hora del alba sería cuando el famoso caballero don Enrique de Villena, cansado de esperar inútilmente a su juglar, a quien había comprometido, como sabe el lector, en el misterioso y nocturno acontecimiento de la víspera, vacilando entre mil ideas confusas, había entregado al descanso sus miembros fatigados. Ni el miedoso juglar había vuelto, ni él, desde el punto en que le enviara a explorar quién fuese el músico, había tornado a oír más que el confuso ruido de las armas de los desconocidos combatientes. No habiendo querido dar sospechas a nadie en el alcázar de que pudiera tener la menor parte en los sucesos que él se figuraba haber ocurrido, no se había determinado ni a salir en persona a reconocer el estado de las cosas ni a despertar a ninguno de sus pacíficos sirvientes. Habíale, entretanto, sorprendido el sueño en medio de la encontrada lucha de sus opuestos pensamientos, y vestido como estaba, se había reclinado en su rico lecho, determinado a esperar el día y con él la aclaración de los acontecimientos de la noche. El Sol, sin embargo, que a más andar se venía, amaneciendo por las doradas puertas del Oriente, daba la señal a caballeros y escuderos de tornar a las obligaciones diarias, porque en la época de nuestra narración no se había introducido aún la moda regalona de perder las gentes principales las horas más hermosas del día en el mullido y caliente lecho.

La cámara principal del señor de Cangas y Tineo, inmediata a su gabinete alquimístico (cuya entrada no era a todos permitida), presentaba un aspecto imponente, tanto por el lujo y afectación con que se hallaba alhajada como por las diversas personas que en ella se veían reunidas, esperando a que se dignase recibir su acostumbrado homenaje el ilustre pariente de Enrique III. Gentileshombres, caballeros y escuderos de su casa, oficiales de su servicio, donceles y pajes, conversaban en diversos grupos, pendientes del menor ruido que pudiera anunciarles la deseada presencia de su señor. Notábase solo la falta de dos personas, y no se oían más que preguntas misteriosas sobre su extraña ausencia.

¿Qué era del primer escudero? ¿Qué del juglar?

—¿Qué puede causar la tardanza de Fernán Pérez?

—Por el señor Santiago que es cosa difícil de comprender. Cuando volvíamos anoche de la batida, él se adelantó con un solo montero y se separó de nosotros. Desde entonces no le volvimos a ver.

—Sí —reponía otro—, apostaría la mejor pieza de mi arnés a que fue a ver bajo las ventanas de su amada esposa si andaban moros en la costa.

—Bravo modo de decirnos que el escudero es celoso.

—¡Dios me perdone! Como un moro.

—¡Oh! entonces —decía un tercero— ya se explica su ausencia. Habrá tardado en conciliar el sueño… al lado de su dama…

—¡Chitón! La puerta de la cámara se ha abierto.

—Es el camarero.

—El camarero, el camarero —repitieron varias voces por lo bajo. Fijáronse las miradas de todos en Rui Pero, quien con la mayor inquietud preguntó:

—¿No ha venido aún Ferrus? Su señoría pregunta por su juglar.

—Estará haciendo alguna trova o pensando algún donaire —dijo el más atrevido de los caballeretes.

—Cierto que comienza su tardanza a inquietarme —dijo Rui Pero. Y acercándose a los principales personajes de aquella corte—: Su Señoría no se ha desnudado esta noche; Fernán Pérez no aparece; Ferrus tarda… —les dijo misteriosamente—; temo grandes novedades. Voy a prevenir a su señoría —añadió en voz baja y se entró. Duraron otro rato las misteriosas conversaciones de la cámara; pero no tardó mucho en venir a interrumpirlas la presencia del primer escudero.

—Dios nos dé su bendición —dijo en entrando— al comenzar este día —y se santiguó devotamente.

—Dios nos la dé —repitieron los circunstantes, e imitaron, como en las cortes se usa, la acción del valido—. Bienvenido sea el escudero de Su Señoría —exclamaron después.

—Bienvenido, sí, y bien despierto; la trasnochada me ha hecho ser indolente. Vuestras mercedes me darán licencia que entre a tomar las órdenes de nuestro amo. Ya hace rato que debiera estar a su lado.

No le dio lugar, sin embargo, a entrar la salida del conde en persona, a quien acompañaba su fiel camarero. Hízose, como los demás, a un lado respetuosamente Fernán Pérez; y el conde, que le había visto antes que a otro alguno, disimulándolo sin embargo, como para castigarle de su tardanza, dirigió comedidamente la palabra a sus principales cortesanos, después de las ceremonias y fórmulas de uso.

—Caballeros —dijo el conde—, asuntos de alguna importancia me obligan a separarme de vuestras mercedes. Podréis esperarme en la antecámara de su alteza, adonde no tardaré mucho tiempo en seguiros. Fernán Pérez, quedaos.

Inclinaron la cabeza los circunstantes, y hablando entre sí por lo bajo, dejaron la cámara desocupada, no muy contentos con el frío recibimiento del distraído conde de Cangas y Tineo.

—Y bien. Fernán Pérez —dijo a éste luego que quedaron solos— supongo que habéis encontrado en completa salud a la hermosa Elvira.

—Esa pregunta, señor…

—¡Oh! No, hacéis bien; no se puede vacilar entre el servicio de una hermosa y el de un conde. Voy viendo que os debo de armar caballero, porque ya, sin serlo, cumplís perfectamente con la orden de caballería. ¿A qué hora habéis entrado en Madrid? Rui Pero, dispondréis que se busque dentro y fuera del alcázar a Ferrus. Su ausencia me inquieta. Ya estamos solos, Vadillo. ¿A qué hora habéis entrado?

—Podrían ser las cuatro, si dicen las horas las estrellas.

—¿Las cuatro? A esa hora… ¿no habéis visto a la entrada a Ferrus?

—Ojalá, señor, que hubiera visto a Ferrus; algo peor es lo que he visto.

—¿Peor? Explicaos presto.

—Y peor lo que he oído.

—¿Habéis oído?

—Volvía, señor, de la batida, como me dejaste mandado, a la cabeza de los caballeros y monteros de tu casa; al llegar al alcázar habíame adelantado algún tanto para hacer la señal de que nos echaran el rastrillo, cuando creí oír hacia cierto punto del alcázar, pero de la otra parte del foso, un laúd asaz bien templado.

—Seguid, Vadillo.

—Pareciome mal que a tales horas se diesen serenatas hacia la parte precisamente del alcázar que habita…

—Seguid.

—Apreté los ijares al caballo; cuando llegué, la música había cesado; pero un hombre que rodeaba el muro exterior, y que a la sazón se hallaba debajo de las ventanas de mi señora la condesa…

—¡Vadillo!

—De Elvira, señor… Perdonad si mi lengua… ¡maldita sospecha! ahora caigo en que… Aquel hombre, pues, no me pareció bien, y le acometí.

—Por Santiago que acertaste. ¡Es mi hombre! ¿Era el músico?

—Sin duda, puesto que por allí otro alguno no se veía.

—¿Se defendió?

—Trató de defenderse y trató de hablar; pero mi venablo no le dio todo el espacio que él quisiera. Le disparé y cayó.

—¿Cayó? Adelante, Vadillo. Tu recompensa igualará tu servicio.

—Apeéme del caballo para reconocerle, pero fue imposible; había llovido, y él cayó en el fango; mi venablo le había pasado por la frente, y su cara estaba llena de lodo y de sangre; la oscuridad, además, y mi turbación no me permitieron conocerle. Figuréme, sin embargo, que no debía de estar muerto aún, pues latía su corazón y se quejaba. Deseoso de saber quién fuese el músico que a aquellas horas osaba comprometer el honor de las dueñas del alcázar, atraveséloo en mi caballo; sin embargo, antes de entrar lo encomendé al cuidado del montero que se había adelantado conmigo; respondiome de su seguridad. Fui a dar órdenes para hospedar a la gente de la batida, y ahora solo espero las tuyas, gran señor, para reconocer al insolente trovador,

—¡Ah! ¿No sabéis aún quién sea?

—Solo sé que no está herido de muerte; pero el montero al anunciármelo añadió que el maestro a quien había recurrido, al hacerle la cura, había encargado que no se le viese ni hablase. Creí, pues, del caso esperar a la mañana. Pareciome, sin embargo, joven y gallardo mancebo.

—Él es, no hay duda. Te tengo en mi poder, mal caballero. Vadillo, es preciso tenerle a buen recaudo.

—¿Conócesle tú entonces, gran señor?

—Sí, le conozco; tú le conocerás también. Necesito sin embargo a Ferrus. A esa misma hora de las cuatro le envié a reconocer al músico; de entonces acá ha desaparecido. El villano cobarde ha tenido miedo sin duda; acaso luego se aparecerá y creerá desarmar mi enojo con alguna juglaría. Entretanto Rui Pero está en el encargo de encontrármelo muerto o vivo. Sus orejas servirán de pasto a mis lebreles si ha cometido villanía, por Santiago. Ahora, Vadillo, es preciso no perder tiempo; supuesto que está en nuestro poder quien pudiera únicamente desbaratar mis planes, dentro de una hora he de quedar servido. Hernán Pérez, ¿tenéis valor y resolución?

—Dispón, señor, de mi vida.

—Venid conmigo; prontitud y secreto.

Dicho esto, salieron don Enrique y su primer escudero, y atravesando apresuradamente las galerías del alcázar, se dirigieron a las caballerizas del conde; dieron allí varias órdenes, al parecer de la mayor importancia, y separáronse enseguida. El primer escudero buscó y habló misteriosamente a algunos escuderos de la casa de Su Señoría. El movimiento y el sigilo con que ciertos preparativos se hacían, pronosticaban algún proyecto de la mayor importancia. Reuniéronse de nuevo el conde y su primer escudero, y en otra secreta conferencia aquél pareció dar a éste instrucciones de grave peso, después de las cuales se dirigieron entrambos, seguidos de los escuderos y armados que para su plan habían escogido, y desaparecieron entrándose por la cámara de don Enrique. Nada se trasluce en las crónicas del objeto de aquellas ignoradas conferencias. El lector, sin embargo, si presta un poco de paciencia, podrá tal vez adivinarlo por sus prontos resultados.

Capítulo X

Mate el conde a la condesa,
Que nadie no lo sabría,
Y eche fama que ella es muerta
De un cierto mal que tenía.

Romance del conde Alarcos

Cuando Fernán Pérez de Vadillo hubo dejado su presa al cuidado del montero, se apresuró a desvanecer las sospechas que en su alma comenzaban a nacer acerca de la dueña a quien podría haber sido la serenata dedicada. Era evidente que el trovador se hallaba debajo de las rejas de doña María de Albornoz; ¿rondaba, empero, a la condesa? ¿Era acaso Elvira el objeto de tan intempestiva música? La conducta irreprensible de la condesa y de su esposo las ponían en cierto modo a cubierto de cualquier juicio temerario. Los maridos, sin embargo, que nos lean, no extrañarán que el celoso escudero fabricase en el aire mil castillos fantásticos hasta la completa aclaración, por lo menos, de sus terribles dudas.

El taimado pajecillo, entretanto, al oír saltar de su lecho a su hermosa prima, se había levantado y había conseguido hacer que ella volviese en sí de su aturdimiento, golpeando a su cerrada puerta y preguntándole si necesitaba algún auxilio, y cuál era la causa de aquel «¡ay!» doloroso y del extraordinario ruido que acababa de oír.

Repúsose Elvira lo mejor que pudo, y tranquilizando al paje, mandole que se retirase a su lecho, y aun le trató de visionario y de curioso impertinente. A lo de curioso tenía el pobre Jaime que responder, pero en cuanto a lo de visionario, él sabía muy bien que no había soñado lo que realmente había oído, y si obedeció por entonces, no fue sin reservarse el derecho de averiguar todo el caso en amaneciendo. Elvira, satisfecha con el silencio del paje, tornó a escuchar, pero no oyendo ruido alguno que pudiese ponerla en camino de dar con la verdad de lo sucedido, volviose al lecho también; de suerte que a la venida inesperada del celoso escudero, pudo disimular convenientemente la reciente turbación. Después de las primeras preguntas que entre los dos pasaron acerca de aquella imprevista llegada, en balde trató Fernán Pérez de sondear mañosamente el alma de su avisada esposa. Nada había oído, nada sabía de cuanto a Vadillo traía inquieto. Hubo éste, pues, de conformarse y remitir a otra ocasión más favorable la satisfacción de sus deseos. Concilió el sueño de que tanta falta tenía, y cuando despertó se vistió apresuradamente, y despidiéndose de su amada esposa, se dirigió a la cámara de don Enrique, como arriba dejamos indicado.

No deseaba Elvira otra cosa; cada vez más inquieta acerca del oscuro sentido de las trovas de la noche pasada, presagiaba ya mil próximas desventuras; determinó dar aviso a la condesa, quien había oído muy confusamente los sucesos referidos. Antes, empero, de dar este importante paso, llamo al paje y le dijo cómo era inútil que guardase por más tiempo el secreto de la venida del caballero de Calatrava, puesto que ella lo había reconocido; añadiole que importaba mucho a la seguridad de su señora la condesa saber cuál había sido el desventurado lance de la noche, y hablar al caballero, si habla quedado de él con vida y libertad, para que le aclarase sus misteriosos avisos; prometió el paje indagar cuanto hubiese en el asunto, tanto por dar contento a su querida prima, como por el interés que en las cosas del caballero trovador se tomaba. Salió, pues, en busca de él, resuelto a no volver mientras no diese con él y no le indicase el deseo de la condesa, de agradecerle su fina amistad e implorar al mismo tiempo su protección y amparo, si algo sabía que fuese en contra de ella o de los suyos.

Más tranquila después de esta primera diligencia, acudió la triste Elvira a la cámara de su señora, a quien encontró levantada, pero no repuesta de las terribles escenas de la víspera. No contribuyó a aquietarla lo que Elvira le refirió, y entrambas a dos determinaron vivir con cautela, no dudando que las palabras del trovador tuviesen alguna relación con los proyectos que el irritado conde había dejado traslucir la noche antes en medio de su colérico arrebato contra su inocente esposa.

Bien quisiera la condesa penetrar el arcano que las nocturnas trovas encerraban, y aún más quisiera traslucir quién podía ser el caballero generoso que tan bien informado se hallaba de las asechanzas que contra ella se prevenían y que tan singular interés por su seguridad tomaba. No eran pequeñas, por otra parte, las zozobras y la duda que a entrambas nuestras heroínas agitaban acerca de los resultados de la desgracia que al caballero le había acarreado su generosidad.

Era para Elvira evidente que poco después de haber callado el desventurado cantor, le había sobrevenido un trance de armas; la caída de un cuerpo había resonado luego funestamente en sus oídos y en su corazón, y el silencio y la duda habían sucedido a la catástrofe. Era de presumir que el muerto o herido fuese el músico; pero era imposible saber nada a punto fijo antes de la vuelta del paje. Corría entretanto el tiempo, si bien no tan aprisa como al desgraciado que espera le suele comúnmente convenir, y el paje no daba noticias de su persona.

Si nuestros lectores han esperado alguna vez podrán formar una idea aproximada de la penosa agonía de la de Albornoz y Elvira, porque idea exacta de ninguna manera la podrán concebir.

—¿Has oído? —preguntaba en medio del mayor silencio la condesa.

—¡Es Jaime! —respondía Elvira—; mas no, no suena nada —añadía después de un momento de inútil expectación.

—Ahora… ahora sí —exclamaba de allí a un rato la condesa.

—Sí; ahora; pasos son, y pasos acelerados…

—De muchacho.

—Jaime, Jaime es… ahora sí… —repetía Elvira atenta a la puerta, los ojos fijos en sus batientes hojas y palpitándole el seno aceleradamente con el movimiento de las olas azotadas por la brisa; veíala abrirse ya, se medio incorporaba en su asiento, entreabría los labios para hablar a Jaime… La puerta, sin embargo, cerrada, fija, inmóvil como una pared. Los pasos se alejaban, apenas se oían. Nada ya.

—Sería algún criado que pasaba.

Una vez, en fin, la puerta se movió al morir en ella el ruido de los pasos; todavía no se podía ver al que iba a entrar; parecía sacudirse lo bastante para dar paso al paje, que era sin duda el que iba a entrar, la condesa y Elvira unánimemente inspiradas de uno de esos raptos del primer momento, tan comunes e irreprimibles como inexplicables en las mujeres, habían gritado:

—¡Jaime!, entra, Jaime.

Abriose por fin la puerta enteramente y entró don Enrique de Villena. Hay una inclinación natural en el que espera a creer que nadie puede venir sino el esperado; nada tienen, pues, de particular el asombro y la repentina frialdad de la condesa y su camarera al ver echado por tierra tan inesperadamente todo el aéreo castillo de sus fantásticas esperanzas. Miráronse una a otra en el primer momento de estupor; el lector hubiera adivinado en sus semblantes infinidad de ideas que bullían en sus imaginaciones y que por la vista se cruzaban, se comunicaban, se hablaban, se refundían en un solo objeto de entrambas comprendido sin más verbal explicación.

Examinó un momento don Enrique de Villena las cambiantes fisonomías de la señora y su camarera.

—Bien veo —dijo pausadamente después de un momento— bien veo, doña María, que no esperáis a vuestro esposo. ¿Pudiera yo merecer vuestra confianza hasta el punto de saber cuál interés os liga al imprudente paje que ha abandonado de una manera tan imprevista mi envidiado servido? ¿Calláis? ¿Me conserváis rencor aún por la escena de anoche?

Dijo estas palabras con tal acento de dulzura y de reconvención que no pudo menos la ilustre víctima de manifestar a las claras en su semblante su singular asombro. Tenía, efectivamente, el de Villena gran facilidad para revestir la máscara que a sus fines mejor convenía. Nadie hubiera reconocido en sus modales y palabras al tirano esposo de la víspera.

—¿No queréis, señor, que extrañe tan singular mudanza en vuestras acciones? ¿Debo creeros o prepararme para otra?...

—Basta, doña María; ¿es posible que no acabéis de conocer los sentimientos de don Enrique de Villena? No negaré que pudierais estar justamente ofendida; pero vengo a reclamar mi perdón. He pensado mejor mis verdaderos intereses, he reconocido mi error; vuestras virtudes me han hecho abrir los ojos; si sois la misma que habéis sido siempre, Elvira puede ser testigo de nuestra reconciliación.

—¡Don Enrique! —exclamó alborozada la de Albornoz. Miró, sin embargo, a Elvira como para preguntarle con los ojos si podría creer en la sinceridad de las palabras del conde. Elvira bajó los suyos y dejó sin respuesta la muda interrogación de su señora.

—Desechad las dudas, doña María. Vengo a daros una prueba positiva de mi afecto. Espero que esta noche os presentaréis brillante de galas y preseas en la corte de Enrique III. Quisiera que vencieseis en esplendor a todas vuestras émulas, y que la corte toda, a quien hemos dado harto motivo de murmuración con nuestras anteriores contiendas, presenciase los efectos de nuestra nueva alianza. ¿Dudáis aún?

—Esta duda, señor —repuso la de Albornoz—, puede seros garante del deseo que en mi alma abrigaba de veros, por fin, esposo algún día. ¡Ah! si vuestro amor, si esta reconciliación fuesen una nueva artería, si fuesen un lazo…

—¡María!

—Perdonadme; vos habéis dado lugar a mi desconfianza; si esta paz aparente fuese solo la calma precursora de nuevas borrascas, seríais bien cruel y bien pérfido caballero. ¿Qué gloria podría prestarle al león el jugar con la inocente y crédula oveja? Ved mi alma: yo os perdono, don Enrique; perdonémosnos entrambos. Oíd, empero. Si solo intentáis divertiros a costa de mi loca credulidad, Dios confunda al malsín, abandone la Virgen Madre al engañador de las damas y el buen Santiago al mal caballero. Apodérese el ángel malo del alma del traidor, y no le sean bastante castigo las penas todas de los condenados al fuego eterno. He aquí mi mano y mi amor, don Enrique.

Las últimas palabras enérgicas que la de Albornoz había pronunciado con toda la entereza de la virtud y el entusiasmo de la inspiración habían hecho bajar los ojos al imperturbable don Enrique; un estremecimiento involuntario lo había cogido desprevenido, y estrechó la mano de la de Albornoz, diciendo balbuciente y confuso:

—Ved aquí la mía; el cielo sabe la verdad de mis palabras.

Abrazáronse los consortes en presencia de la asombrada Elvira, quien, acostumbrada a la táctica de don Enrique, no hacía sino examinar su semblante como buscando en sus facciones y en el más insignificante de sus gestos pruebas contra sus palabras. La de Albornoz, deslumbrada por su mismo deseo y su amor al conde, se entregaba más fácilmente a la esperanza de ver, por fin, su suerte mejorada. ¿No era, por otra parte, muy posible que sus virtudes hubiesen hecho realmente en don Enrique el efecto que éste acababa de suponer? Nada hay más fácil que hacernos creer lo que con vehemencia deseamos. La de Albornoz tragó, pues, el cebo y el anzuelo.

Repuesto don Enrique de su primera turbación, no perdonó medio alguno de inspirar confianza a su esposa; las palabras más tiernas fueron por él prodigadas y las más vivas protestas de amor y fidelidad. Un amante no hubiera dicho más que el hipócrita marido.

Poco tiempo podía hacer que esta escena duraba en la cámara de doña María de Albornoz, cuando la puerta misma que el día antes había proporcionado a don Enrique retirada, se abrió con admiración de los circunstantes, y se aparecieron seis figuras fantásticas, que un hombre del vulgo hubiera llamado entonces seis endriagos. Venían armados, al parecer, de pies a cabeza, pero unas especies de sayos que sobre la armadura traían, y cuya capucha cubría su cabeza y rostro, a manera de los que usaban los almogávares, no permitían ver quiénes ni qué especie de hombres fuesen.

Suspensas quedaron a tan extraña aparición doña María y su camarera; mirábanse alternativamente, y miraban luego con atención exploradora a don Enrique, deseosas de reconocer en su fisonomía si se presentaban los intrusos allí por su orden o si tendrían ellas motivo para temer algún nuevo peligro.

—¡Vive Dios! —exclamó don Enrique levantándose—; ¿quién es el osado que os envía? ¿Quién se atreve a interrumpir de un modo tan incivil las conversaciones del conde de Cangas y Tineo? Salid fuera y…

No le dieron tiempo a proseguir los encubiertos; el que parecía ser el jefe de ellos desenvainó una espada, a cuya señal se acercaron los demás con sendos puñales a las aterradas damas, todo sin proferir una palabra.

—¡Don Enrique! —exclamó la de Albornoz arrojándose a sus pies y estrechando sus rodillas; al paso que éste, con el acero fuera ya de la vaina, parecía protegerla de todo extraño acometimiento.

—Traición, señora —gritó Elvira—; traición; ¡nos han vendido! —y quiso arrojarse hacia la puerta para demandar socorro. No se lo consintieron dos de los fantasmas, que arrojándose a su paso, la sujetaron fuertemente y pusieron término a sus alaridos cubriendo su boca con un fino cendal y procediendo enseguida a sujetarla a una de las columnas de la cámara. Don Enrique, entretanto, gritaba y maldecía.

—¡Por Santiago! He olvidado mi silbato de plata en mi cámara y ningún criado me oirá aunque los llame. Pero venid —añadía al jefe de los invasores—; llegad y arrancadme la vida antes que el honor.

En vano trató la de Albornoz de separar a su esposo del trance que le esperaba. Don Enrique la rechazó y cruzó la espada con la del desconocido, en tanto que los compañeros de éste, apoderándose de la casi desmayada doña María, vendaban su boca con su propio pañuelo, en cuyas puntas se veían ricamente recamadas en oro las armas reunidas de su casa y la de Aragón; cubriéronla toda con un largo manto negro, que de pies a cabeza la ocultaba, y comenzaron a sacarla fuera de la cámara por la puerta secreta, sin que pudiese oponerles resistencia alguna la consternada y ya enteramente enajenada víctima.

Combatía entretanto don Enrique con el desconocido, el cual, visto lo hecho por sus compañeros, se replegaba defendiéndose con destreza. Miraba Elvira con atención el semblante de don Enrique por ver si descubría en él alguna señal que manifestase estar mancomunado con los traidores. Ofendía y se defendía éste, empero, con bizarría; voceaba llamando a sus criados y persiguiendo siempre al fuerte caballero que protegía la retirada de los suyos con su presa, mas sin poder herirle; al llegar a la puerta secreta el desconocido hizo su último esfuerzo para desembarazarse de su molesto perseguidor, y tirándole un furibundo mandoble desarmó al conde. Bien trató el al parecer irritado Villena de recoger su acero en cuanto vio que el encubierto no se había aprovechado de su ventaja para rematarle, pero la acción de don Enrique dio tiempo al fugitivo; lanzose a la escalera cerrando tras sí la puerta con el oculto cerrojo, de modo que cuando el conde, apoderado ya de su arma, volvió a la carga, no halló más que una pared tersa e insuperable delante de sí, procurando en vano tocar el resorte que solía abrir.

Volviose atrás entonces el conde, y no parando mientes en Elvira, que atada y amordazada permanecía, salió por la puerta principal de la cámara llamando socorro y armas contra los robadores, como los llamaba, y malandrines que acababan de arrebatar a su cara esposa de entre sus mismos brazos, allanando su propia habitación por arte sin duda de Luzbel y con auxilio de todas las potestades del abismo, contra su robusto y valeroso brazo.

—A la mina, mis escuderos, al campo —gritaba—, al Campo del Moro, al Manzanares; allí los alcanzaremos; la escalera secreta no tiene otra salida.

No tardó mucho en esparcirse por el alcázar la noticia del extraordinario robo y desacato cometido en la persona de la condesa de Cangas y Tineo; caballeros y escuderos acudían todos a la voz del conde, y en menos de media hora estuvo éste en disposición de traspasar el rastrillo en busca de los robadores. Quién enlazaba este acontecimiento con la música oída la noche antes bajo la ventana de la condesa, quién suponía que el hecho era imposible, en vista de que solo don Enrique poseía las llaves de los candados que cerraban aquella salida al campo. Todos conjeturaban, todos hablaban, nadie veía clara la verdad.

No era, sin embargo, menos cierto que los robadores habían hallado el secreto de introducirse en la cámara de la de Albornoz por la puerta que la unía con la del conde, y que tenía salida a la escalera, y de allí a la larga mina no conocida de todos. Nada más frecuente en los alcázares antiguos, y de construcción morisca sobre todo, que estas minas secretas; hacíanse prudentemente con la mayor reserva y secreto, y solían parar a una o dos leguas, a veces, del alcázar a que pertenecían. Varias puertas y trampas de hierro, bien cerradas y puestas a trechos, impedían la entrada en ellas a los enemigos, aun en el caso de ser su boca descubierta, cosa de suyo poco menos que imposible, y podían ser de mucha utilidad a los poseedores del alcázar, tanto para hacer una salida imprevista como para introducir víveres, como también para salvarse por ellas en una noche la guarnición del castillo en el caso de verse reducida al último extremo por un ejército aguerrido y numeroso. Por una de estas minas, pues, escaparon los encubiertos; de suerte que ya se hallaban muy lejos de Madrid cuando pudieron llegar sus perseguidores a la boca de la mina, habiéndoles sido preciso reunirse, armarse, salir del alcázar y dar un gran rodeo para su objeto, pues perseguirlos por la mina era caso imposible, puesto que habiendo sustraído y llevado las llaves de las diversas puertas los encubiertos, era claro que habrían ido cerrándolas todas sucesivamente tras sí, como con la primera de la cámara había hecho el jefe de ellos, con el prudente objeto de asegurarse las espaldas.

Dejemos a don Enrique a la cabeza de los oficiales de su casa corriendo el Campo del Moro en busca de su robada Elena y pidamos al lector un ligero descanso que, después de la pasada refriega y aventura extraordinaria referida, habemos en gran manera menester.

Capítulo XI

Cuando el conde aquesto vido
[...]
Fuérase para el palacio
Donde el rey solía estar,
Saludó a todos los grandes,
La mano al rey fue a besar.

Rom. del conde Grimaltos. Silva de varios rom.

La pequeña corte de la antecámara de don Enrique, que dejamos en anteriores capítulos descrita, era un imperfecto y pálido remedo de la del muy alto y poderoso don Enrique III.

Veíanse lucir en ésta, a más de los que tenían los primeros oficios de la real casa de su alteza, las principales dignidades de Castilla. Hallábanse en derredor del trono a derecha e izquierda, y por el orden de su dignidad y favor, el buen condestable don Rui López Dávalos, el almirante don Alfonso Enríquez, don Fadrique, duque de Medinaceli, el conde don Juan Alfonso de Niebla, los maestres de Santiago y Alcántara, el mariscal don Garci González de Herrera, don Juan de Velasco, camarero mayor, Diego López de Stúñiga, justicia mayor, Pero López de Ayala, chanciller mayor y del sello de la puridad, el adelantado Pedro Manrique, donceles y caballeros principales, en fin, que a la corte asistían. En el momento de nuestra narración llegaba su alteza a ocupar su regia silla; acompañábanle al lado don Pedro Tenorio, arzobispo de Toledo, don Juan Hurtado de Mendoza, su mayordomo mayor, y sosteníanle del brazo fray Juan Enríquez, su confesor, y don Mosén de Abenzarsal, su físico. Don Enrique III, en medio de su juventud, tenía el natural aspecto enfermizo que a su rostro prestaban sus habituales dolencias. Semblante pálido y prolongado por la enfermedad, noble con todo, grave y lleno de majestad; sus ojos eran hermosos; mezclábase en ellos cierta languidez y tristeza con la penetración y la severidad; su andar era lento y su voz flaca.

Hasta el momento de la entrada de su alteza habíase tratado con raro interés entre los palaciegos del robo singular de doña María de Albornoz, y ninguno en consecuencia extrañaba la ausencia de don Enrique de Villena y de los caballeros de su casa. Sucedió el mayor silencio a la entrada de su alteza, y éste recorrió con la vista apresuradamente el círculo de sus cortesanos, saludando a uno y otro lado con su natural sequedad.

—¿Y nuestro fiel pariente y vasallo don Enrique de Villena? —preguntó su alteza—. Condestable, ¿creo que me habéis dicho que ha vuelto de la montería del Real de Manzanares?

—Señor —dijo el buen López Dávalos inclinando su cabeza cana y despojada por el tiempo—, cierto es lo que aseguré a tu alteza: don Enrique volvió ayer de El Pardo.

—¡Por san Francisco! que no sabe sus intereses mi primo cuando olvida presentarse a su rey.

—¡Es una omisión imperdonable!… Pero, señor, hay causas a veces que…

—¿Causas? Quiero saberlas.

—Seis enmascarados han robado a su esposa.

—¿Robado? ¿Dónde?

—En su cámara misma.

—¿En mi palacio? No puede ser, condestable. Tal desacato costaría la cabeza… Explicaos.

—Nada hay más cierto, señor.

Aquí el condestable, amigo del conde de Cangas y Tineo, refirió al rey cuanto en el alcázar corría acerca de tan extraño acontecimiento.

—Diego López de Stúñiga —dijo el rey levantándose cuando hubo oído la relación del caso—, el rey Enrique no desmentirá jamás la fama que tiene granjeada de justiciero. Como justicia mayor de mis reinos os cometo la averiguación del suceso. Compadezco a nuestro fiel pariente y vasallo y quiero vengar la felonía cometida en la persona de mi muy amada doña María de Albornoz. Antes de tres meses me habréis descubierto quién sea el reo. Juro por las llagas de San Francisco que no le podré dar seguro aunque me lo pida.

Inclinó respetuosamente la cabeza Diego López de Stúñiga y volvió a ocupar su lugar.

—Vos, Pero López de Ayala, tendréis entendido que quiero que se extienda hoy mismo la cédula que os dije; es mi real voluntad que no paguen mis reinos más monedas, a pesar de no haberse acabado aún la guerra con Granada. ¿Qué os parece, almirante?

—Paréceme, señor, que pudieran recrecerse graves daños de la supresión del tributo de las monedas —repuso el almirante—; si bien con eso contestáis a los pecheros y hombres de afán, también si los moros vuelven a hacer entrada…

—No me lo digáis —repuso el rey—; estad cierto que tengo yo mayor miedo de las maldiciones de las viejas de mis reinos que de cuantos moros hay de esta parte del mar.

Calló el almirante, y alto murmullo de aprobación acogió el paternal dicho de Enrique el Doliente.

Otra media hora pasaría en que el rey de Castilla despachó en medio de su corte algunos negocios del gobierno de sus reinos; ya iba a dar la vuelta a la cámara cuando se sintió ruido como de muchas personas armadas que se acercan; volviendo todos las cabezas hacia el sitio por donde el rumor sonaba, un faraute de su alteza, llegando hasta el medio de la sala, hizo una reverencia, otra a poca distancia, y hecha la tercera a los pies casi del trono:

—Poderoso rey —dijo en alta voz— y justo don Enrique, tu pariente y leal vasallo don Enrique de Aragón, conde de Cangas y Tineo, ricohombre de estos reinos y señor de Alcocer, Salmerón y Valdeolivas, viene a pedir a tus plantas justicia y reparación

—Decid que entre a mi pariente y leal vasallo.

Retirose el faraute con las mismas cortesías, sin volver jamás las espaldas, y llegado a la puerta:

—Entrad —dijo con voz descomunal.

Dos farautes de don Enrique precedían. Don Enrique de Villena detrás, con rostro a la par airado y pesaroso. Seguía a su lado su primer escudero y detrás un caballero de su casa con el estandarte de sus armas, en que lucían sobremanera las barras paralelas de Aragón. El estandarte, pendiente de una asta a la manera de los que aún se usan en algunas procesiones, era ricamente recamado de oro y plata sobre campo azul. Venían después, armados como su señor, los caballeros y escuderos vasallos del poderoso don Enrique.

Pedido y dado el permiso de hablar por su alteza, tres veces reclamaron los farautes de don Enrique la atención y silencio de los demás señores y asistentes.

—Oíd, oíd, oíd el desacato y felonía cometido en la persona de la muy noble e ilustre señora doña María de Albornoz, esposa del muy noble e ilustre señor don Enrique de Aragón, y que en nombre de Dios Padre, Hijo y Espíritu Santo, y de la Bienaventurada Virgen gloriosa, viene a pedir justicia y reparación.

Respondido hablad, tres veces también, por el faraute de su alteza, comenzó don Enrique, hincando en tierra una rodilla, a hacer relación de cómo le había sido, en su misma cámara, robada su muy amada esposa, y de cómo había salido en persecución de los robadores, entre los cuales contábanse criados de su casa, cuya falta había notado al mismo tiempo.

—Alzad —le dijo el Doliente rey—, conde de Cangas y Tineo, y decid cuál sea el fruto de vuestra expedición.

—No me levantaré, señor excelso, mientras no acabe el cuento de mi cuita y no esté seguro de que tu alteza me otorga lo que a pedirte vengo. Inútilmente he recorrido el campo en busca de los robadores; a haberlos encontrado, señor, no hubiera menester pedirte justicia, porque mi espada me la supiera dar muy suficiente. Pero ¡oh dolor!, gran rey, he hallado en vez de la esposa o de la venganza que buscara, esos sangrientos despojos que solo una funesta catástrofe me pueden anunciar.

Adelantáronse, al llegar a decir esto, dos escuderos, que tendieron a la vista del rey el manto y el velo de doña María de Albornoz todos ensangrentados.

—¡Cielo santo! —exclamó horrorizado el piadoso rey. Un movimiento de horror circuló por la corte, y todos apartaban la vista de los sangrientos restos.

—He aquí, señor —exclamó sollozando el desdichado esposo—, ¡y ojalá no hubiera encontrado más pruebas de mi desgracia!

—¿Qué decís? Hablad —exclamó Enrique III.

—Un pastor, gran rey, que es el que ves y puede darte de ello testimonio, me ha asegurado que unas horas antes de encontrar con estas ropas había visto pasar a unos armados con un cadáver de una mujer, a su parecer hermosa y joven; mi esposa, señor. Receláronse de él y quisieron echarle mano para impedir que su mal hecho se supiese; mas el conocimiento que tiene del país, las quebradas de las peñas y sus buenos pies le salvaron, por desdicha mía, para mi amargo desengaño.

—Pastor, llegad —dijo don Enrique—; ¿vos habéis visto eso?

—Verdad dice su grandeza —repuso el pastor con visible turbación, que achacaron todos al asombro de hallarse en tal paraje—. Llevábanla, sin duda, a enterrar en los sitios ocultos en donde los vi.

—Justicia; pues, señor, justicia. Otorgadme que me dé a buscar al alevoso, y que donde quiera que le encuentre, pueda, sin duelo ni formalidad alguna, castigar al que como villano se portó.

—Yo os juro, don Enrique, justicia y reparación. Alzad; ¿tenéis vos indicios de quién pueda ser el robador?

—Ninguno —respondió Villena levantándose.

—¿Sospecháis, por ventura, si una venganza o si una pasión?…

—¡Ay de quien osare ofender la memoria de mi esposa!…

—Nadie en mi presencia la ofenderá, conde de Cangas y Tineo. Imposible me fuera concederos que os entreguéis a buscar al delincuente; necesito vuestra asistencia en mi corte. Pero los oficiales de mi justicia apurarán la verdad y la hallarán donde quiera que se esconda. Os otorgo, sin embargo, en nombre de Dios trino y uno, a quien en la tierra representan los reyes ejercitando su justicia, que matéis al villano, si lo halláis, donde quiera que lo halléis, armado o desnudo, solo o acompañado, por vuestra mano o por la de villanos vasallos vuestros. Otorgo, otro sí, que quede privado de cualquier gracia que pudiere yo hacerle o le hubiere hecho sin conocerlo; mando a quien lo encuentre, caballero, escudero, noble o pechero, y le requiero que lo castigue como su villanía merece, y al que lo mate hágole de su muerte salvo y perdonado. Alzad ahora, don Enrique.

—No esperaba yo menos, gran rey, de tu recta justicia.

Adelantándose entonces don Enrique el espacio que del trono le separaba, llegó con rostro apenado, y doblando de nuevo la rodilla ante el rey Doliente, quitose el yelmo, besole la mano, y diole repetidas gracias por el favor singular que acababa de otorgarle. Retirose enseguida a desarmar, con sus caballeros, por el mismo orden que habían venido.

Quedaron los cortesanos estupefactos de cuanto acababan de oír. ¿Qué motivo racional se podía, efectivamente, dar a la extraordinaria muerte de doña María? Todos discurrían y se hablaban al oído, pero ninguno conjeturaba la verdad, si bien muchos dudaban del relato y de la manera y forma de la muerte por don Enrique referida. Pero donde el rey había creído públicamente, no era lícito, ni aún a los mayores enemigos de don Enrique, dudar del caso sino en secreto.

Todos, por lo tanto, callaron, y el físico de su alteza, que vio que la animada audiencia de la mañana y lo mucho que su alteza había hablado, había alterado visiblemente su color, le advirtió respetuosamente que le convenía tomar algún descanso. Oído esto por el rey, bajó del regio sillón, y despidiendo a sus cortesanos, entrose en su cámara con aquéllos mismos que le habían acompañado a su salida, menos don Pedro Tenorio, el arzobispo de Toledo, que quedó en la sala de audiencia con los más grandes, dando y tomando en la singular aventura del que, entonces más que nunca, comenzó a aparecer verdadero hechicero a los ojos de los suspicaces cortesanos de don Enrique el Doliente.

Capítulo XII

Por dar al dicho don Cuadros
Dado ha al Emperador.
[...]
—¿Por qué me tiraste, infante?
¿Por qué me tiras, traidor?
—Perdóneme la tu alteza,
Que no tiraba a ti, no.

Romance del Infante vengador

No bien hubo llegado don Enrique a su cámara, despachó a sus caballeros y solo quedó a su lado su predilecto escudero; depuesta allí la falsa máscara de la pena, cuando hubo quedado solo el intrigante conde con Fernán Pérez de Vadillo, trabó con él una breve conversación.

—Fernán, nada tenemos que temer.

—Siempre tiene que temer quien no obra bien, señor.

—¡Fernán!

—Perdonadme, pero no apruebo lo hecho. Y ahora que he obedecido tus órdenes sin murmurar tengo algún derecho a descargar mi conciencia.

—Vadillo —díjole al oído el conde—, de nada tiene que acusarme la mía.

—¿De nada?

—Bien; convengo en que el medio ha sido violento, pero era preciso ser maestre de Calatrava.

—Callo, señor; obedezco, pero no lo apruebo. Permíteme que te lo diga por última vez.

—En buena hora; vuestro silencio y vuestra obediencia es lo que necesito. Y vamos a lo que más importa. Tiéneme inquieto el camino que habrán tomado los armados.

—En cuanto a los que llevaron a la condesa, yo te respondo de su silencio y de su fidelidad.

—Bien; ¿y Ferrus?

—¿Tanto sentís la pérdida del juglar?

—¡Sí, la siento, Hernán! Aquél nunca desaprueba nada; su conciencia es la del estúpido; nada le dice nunca; yo soy harto débil y harto bueno todavía para no necesitar tener a mi lado en mis fines un hombre honrado como vos. Quiero un instrumento, no un amigo. ¿Y el trovador prisionero?

—Podemos verle.

—¡Podemos!… Es indispensable. ¿No os dije yo que era él? Ved si ha estado detrás del sillón del trono, como acostumbra hallándose en la corte. El golpe nuestro será tanto más seguro cuanto que nadie tiene noticia de su llegada. Habrá desaparecido del mundo, y quién sabe si alguien notará la coincidencia de su desaparición y de la condesa.

—Eso, señor, pudiera no convenirte.

—Conviéneme mucho ser maestre de Calatrava. Partamos. Guíame a donde esté.

Inquietos iban los dos acerca de la entrevista que con el nocturno músico les esperaba. Al odio que contra él, por la denegación referida, abrigaba don Enrique, agregábase cierto recelo de que hubiese en su conducta algo más que ley de caballería y pura generosidad hacia la condesa; y aunque no amaba a su esposa, como bien a las claras lo acababa de probar, irritábale, sin embargo, la idea de que un simple caballero hubiese puesto los ojos en cosa suya y en tan alta persona. Con respecto a Vadillo, no dejaba de tener alguna inquietud, pues no estaba muy claro para él si daba serenata a la condesa o si acaso su esposa… Imposible y horrorosa le parecía tan descabellada sospecha de la virtud de Elvira, pero la duda se había hecho lugar en su corazón, y es huésped por cierto que, una vez alojado, no se arroja del pecho a voluntad.

A entrambos parecía cosa indisputable que el músico era *Macías*, y nosotros, que desde la noche anterior nada sabemos de su existencia, no podemos menos de abundar en la opinión de los que tal pensaban.

Llegaron, por fin, a una puerta pequeña que en el extremo de una larguísima galería se encontraba.

—Alvar —dijo llamando Vadillo, y se abrió la puerta inmediatamente—. Alvar era el montero a quien en la noche anterior había confiado el escudero la importante presa. Entraron en una pequeña habitación, cerrándose tras ellos la puerta.

—¿Y el preso? —preguntó Vadillo.

—Descansa en la pieza inmediata; debía no haber dormido en un mes, ronca tranquilamente.

—¿Ronca? ¿No está, pues, herido de peligro?

—Más daño debió de hacerle el miedo que vuestro venablo, señor escudero. Tiene algo arañada la cara de la caída y un brazo vendado; pero el maestro que lo ha reconocido esta mañana asegura que podrá salir después del mediodía.

—Despertad a ese caballero —repitió entre dientes Alvar.

—¿Qué respondéis en voz baja? Despachad —dijo Fernán—. ¿Hase quejado de la violencia que con él se ha usado?

—Ayer noche todo era pedir que se le condujese a presencia de su amo el ilustre conde…

—¿Su amo? —dijo el conde—. El trovador ha perdido la cabeza.

—Voy a advertirle que vuestras señorías…

—Presto, Alvar, presto.

Entrose Alvar en la inmediata pieza, mientras que don Enrique y Fernán se preparaban a la extraña entrevista que iban a tener. No tardó mucho en volver a salir Alvar, asegurando que había despertado al enfermo, quien, sintiéndose completamente reparado de fuerzas con el pasado sueño, metía sus vestidos para salir a recibir a sus ilustres huéspedes.

—¿Es segura esa puerta, Alvar? —preguntó el conde.

—Las fuerzas de diez hombres reunidos no bastarían, señor, a violentarla —respondió Alvar—. Además dos monteros le guardan conmigo y está indefenso; de aquí no saldrá sino para donde vuestras señorías determinen. Pero aquí está.

Salía, en efecto, el asombrado prisionero, el cual, no bien hubo visto al conde, cuando, acercándose a él, como quien ve a su libertador, se echó a sus pies, y con lágrimas de gozo y de temor:

—Señor —exclamó besándoselos—, ¿en qué ha podido ofenderte para merecer tan dura prisión tu fiel Ferrus?

Dos estatuas de mármol parecieron a tan inesperada vista el conde y su escudero. No sería mayor el asombro y la indignación del rústico pastor que se viese torpemente cogido en el propio lazo que hubiera preparado para el raposo.

—¿Tú, Ferrus? —exclamó después de la primera sorpresa el furioso conde—. ¿Tú, Ferrus? Fernán, nos han vendido. Venid acá, don villano —añadió derribando por tierra de un empellón al desesperado juglar—; venid acá vos, Alvar, ¿es éste el preso que se os ha confiado? ¿Qué hicisteis, don bellaco, del doncel de su alteza?

Asíale de la garganta, y ahogárale sin remedio, si no se le pusiera por medio Hernán, que más sereno comenzaba a vislumbrar la verdad del caso.

—¿Qué doncel, señor? —gritó cuando pudo Alvar—. Lleve mi alma el diablo si tuve yo jamás en mi poder más preso que el que el señor escudero me entregó, y si no es ése el mismo de que me encargué.

—¿Qué es esto, Hernán? —dijo don Enrique soltando la presa.

—¡Qué ha de ser, señor! Que sin duda debió de ser Ferrus el músico que yo cogí.

—Negra fortuna mía —gritó don Enrique—. ¡Qué músico habíais de coger, ni qué!... ¡Por Santiago! Venid acá, Ferrus; ¿qué hicisteis vos de cuanto os encargué? ¿Quién era el músico, juglar? Acabad o...

—Serénate, señor —respondió temblando el aterrado Ferrus—. Yo obedecí tus órdenes ciegamente; yo rodeaba el muro y me acercaba ya al que tañía, cuando él, echando de ver mi bulto, calló y hundiose precipitadamente en la tierra; el diablo debía de ser sin duda que tomó la forma de músico para perderme en tu estimación...

—¿El diablo? Malandrín... —no pudo menos de sonreírse don Enrique al oír la simpleza de su juglar—. ¿El diablo?

—Señor, lo jurara; lo cierto es que yo no lo volví a ver más; y cuando, todo ojos y orejas, me acercaba al sitio donde lo había visto y buscaba el boquerón que habría dejado al hundirse, sin saber por dónde encontréme con un caballo encima y un caballero... Bien sabe Dios que en aquel trance me santigüé...

—Adelante, miserable, acaba.

—Por acabado, señor; desde aquel punto ni vi ni oí; cuando recobré el uso de mi razón, halléme en ese camaranchón donde me curaban las heridas que el mal enemigo me había hecho.

—Calle el necio —interrumpió, no pudiendo sufrir más, don Enrique—. ¡Vive Dios que nada comprendo, Hernán!

—Yo infiero, señor —dijo Hernán—, que el músico debió ser, si no diablo, muy ligero por lo menos, y yo debí tomar a Ferrus por el que tañía.

—Eso debió ser sin duda. Pero ¡voto a Santiago! que todos los deseos que de encontrar a Ferrus tenía no me pagan del pesado chasco. Alza, Ferrus, y vente con nosotros. ¡Necio de mí que fui a escoger para tan delicada empresa al mandria mayor que vio la tierra! ¿Envíete yo para que cogieras al músico o para que te dejaras coger por el primero que llegase?

—Perdóname, señor —contestó algo repuesto Ferrus—; dijérasme lo que había de hacer contra el diablo en viéndole…

—¿Vuelves a mentar al diablo, menguado? ¿Dónde está el diablo, mal servidor? Enséñamelo, desalmado.

—¡Jesús! Líbreme Dios. ¡Jesús! —exclamó Ferrus, santiguándose a más y mejor.

—Vamos de aquí, Hernán. Juro no abrir libro ni hacer trova, y júrolo por el apóstol Santiago, hasta no tener en mi poder al insolente doncel que de tal manera ha burlado mi esperanza. Ahora está libre, ¡vive Dios! y puede hacernos mucho mal. Alvar, tu fidelidad será recompensada.

Inclinose Alvar, y nuestros tres predilectos personajes salieron silenciosamente a la galería; regocijado Ferrus de verse libre, en poder de su señor legítimo, y disipado ya el nublado que sobre su cabeza tronaba desde la noche anterior; disimulando Hernán la risa que en el cuerpo le retozaba al recordar a sangre fría el chasco inesperado y mohíno por demás el desairado conde, a cuya imaginación se agolpaba, entre otros peligrosos recuerdos, el del secreto que había imprudentemente confiado al perseguido doncel, y dándole no poco cuidado la reflexión de no haberle visto en la corte, siendo así que no era la causa que él había pensado la que podía habérselo impedido.

Capítulo XIII

> ¿Qué es aquesto, mi señora?
> ¿Quién es el que os hizo mal?
>
> Cancion. de Rom.

Largo tiempo hacía que Elvira, atada a la columna y sin poder pedir a nadie auxilio a causa del pañuelo que le tapaba la boca, esperaba con insufrible paciencia a que la casualidad o el transcurso del día le deparase un libertador que de tan crítica situación la sacase. Por fin llegó el momento deseado, y el paje que tanto había tardado en la averiguación de lo que se encomendara a su cuidado, abrió las puertas de la cámara que de prisión servía a la afligida hermosa. Miró en derredor y a nadie veía, hasta que, fijando los ojos en la columna, ofreciose a su vista el espectáculo de su aprisionada prima. Asustose primero y exclamó:

—¡Santo Dios! ¿Qué ha ocurrido aquí?...

Mal podía responderle Elvira sino con los ojos; pero cuando vio el pajecillo que no aparecía nadie, ni había asomos de peligro, soltó la carcajada, impertinente a la verdad en aquel momento, y comenzó a dar brincos.

—¿Quién os ha puesto así, mi señora Elvira? ¿Os ató el señor escudero por?...

Diole lástima al llegar aquí el ver que su prima no parecía gustar de la prolongación de tan pesada chanza. Llegose entonces el atolondrado a Elvira y desató sus crueles ligaduras.

—¡Dios mío! ¡Dios mío! —exclamó Elvira en viéndose libre—. Alguna desgracia está sucediendo a mi señora la condesa. Corramos...

—¿Adónde vais tan deprisa? —repuso el paje deteniéndola—. ¿Y quién me paga mi recado? ¿Quién escucha las nuevas que traigo? ¿Quién, sobre todo, me cuenta lo que os ha sucedido y la razón de haberos encontrado así mano a mano con esa columna negra?

—¿Traes nuevas? —preguntó Elvira olvidando todo lo demás—. ¿Traes nuevas?

—Y buenas —contestó el paje—. El caballero de las armas negras era el que tañía…

—Lo sé… y…

—Pero sabed que le esperé inútilmente dos largas horas, más largas que las del arenero…

—¿Inútilmente?

—Sí, pero por fin llegó.

—¿Llegó? ¿Con que no era él el?… ¡Yo os bendigo, Dios mío!… Sigue.

—¡Si le vierais qué agitado! Descompuesto el cabello, espantados los ojos, entró en su cámara y no me vio. ¡Negra suerte! —exclamó, y despedazó con sus manos el laúd que traía cruzado sobre la espalda—. ¿No me serviréis —dijo rompiendo las cuerdas— sino de gemir eternamente? Viome enseguida. ¿Qué haces aquí? —me dijo con voz terrible; pero al reconocerme templose toda su ira—. Paje —me dijo entonces con voz mesurada—, ¿tornas aún con nuevas demandas del hechicero?

—¡Ah! si supierais quién me envía —dije entonces—; si supierais que una hermosa dama…

—Silencio —exclamó—, no pronuncies su nombre… ¿Es posible? Díjele entonces la comisión que me disteis en nombre de la señora condesa; largo rato suspiró y miró al cielo sin hablar. Paje —me dijo en fin—, no nos veremos más. He creído que mi brazo podía ser útil a una inocente; pero si es fuerte contra los hombres, es impotente contra los recursos de una ciencia misteriosa y… maldecida. El infierno me envía enemigos en medio de la soledad y la Madre de Dios me abandona. Un acontecimiento extraordinario ha interrumpido mis avisos. He rondado la noche toda para volver a entrar en el alcázar; las órdenes más rigurosas, dadas no sé por quién después de mi salida, me han impedido verificarlo. He debido esperar a que entrase el día para que no fuese mi entrada sospechosa. Pero mañana el alba me encontrará lejos, bien lejos de Madrid. Si alguna mujer necesita mi amparo en cualquier ocasión, mal pudiera negársele un doncel de don Enrique. Dígame qué puedo hacer, por mí lo ignoro. Adiós. Apretome la mano de una manera, prima, que yo creí que le atormentaban otros recuerdos que los de nuestra amistad. Envolviose entonces en su pardo gabán, y cubriéndose con él la cabeza, oíle sollozar y salí. He aquí, prima, las nuevas.

—Tristes, bien tristes —dijo pensativa Elvira—. ¿Y de la condesa supiste?…

—¿La condesa? ¿Es su confidenta la que me pregunta?

—Sí, ¿nada sabes?

—Pero, querida prima, ¿qué tenéis? Vuestra palidez, vuestra agitación me asustan...

—¡Ah, Jaime!, la condesa es víctima en este momento de la más espantosa villanía... Volemos a su socorro: no sé adónde me dirija; la menor imprudencia mía puede comprometer su suerte y el éxito mismo de mis diligencias. Si supiera... pero la más completa oscuridad reina en todas mis conjeturas.

Meditó un momento Elvira el partido que tomaría, mientras que hacía nudos a uno de los cordones, que de su cintura pendía, el distraído paje. De pronto pareció que había iluminado su entendimiento un rayo de luz.

—No hay más recurso —dijo—, para los casos extremos son los remedios violentos. Jaime..., deja ese cordón, déjale te digo... Vamos a buscar a mi esposo; averigüemos primero qué voces corren de lo ocurrido y qué se cree en el alcázar... Después, si eres prudente, si has de ser callado, pero callado como la muerte, tú, que sabes el camino, me guiarás adonde pienso ir.

—Puede que algún día pruebe Jaime a su hermosa prima que no es tan atolondrado como lo llaman.

Elvira apretó la mano del inteligente pajecillo con expresión de gratitud, y ambos salieron de la cámara que acababa de ser teatro de tan extraordinarias escenas.

Buscó Elvira a su esposo sin más demora, porque si bien sospechaba que don Enrique hubiera tenido parte en la pérfida desaparición de la condesa, ni veía claro en esto ni menos lo podía asegurar. ¡Tan bien se había representado por todos la farsa que dejamos descrita! Ni por otra parte, aunque a pies juntillas hubiera creído la traición del conde, cabía en su imaginación la menor sospecha acerca del extremado honor de su esposo; sabíale ligado a los intereses de su señor, pero que él hubiese tomado parte activa en el mal hecho no le era lícito a Elvira imaginarlo siquiera.

Así era la verdad: hidalga sangre corría por las venas del escudero y hacía vanidad de honradez y de rectos sentimientos; no era uno de los pocos hombres ilustrados de la época; no hubiera sostenido una intrincada tesis con un teólogo; participaba de las preocupaciones de su siglo; pero era en sus acciones hidalgo, y esto es por lo menos tan recomendable como el talento. Alguna parte había tenido en el criminal proyecto de don Enrique, pero solo aquélla que no había podido excusar en calidad de escudero suyo; así que se había opuesto constantemente a las miras de su señor, habíale afeado los medios y le había reconvenido después, como arriba dejamos indicado; pero la misma probidad que le impulsaba a manifestar francamente sus sentimientos en tan delicado asunto, a riesgo de perder la gracia del conde, le impedía oponerse de hecho a sus deseos: era forzoso obedecer y callar por el propio honor del deslumbrado magnate; propúsose, pues, ser completamente pasivo y guardar el más riguroso silencio. Sospechando, sin embargo, que la primera que había de poner a prueba su fidelidad había de ser su esposa, no había vuelto a desatar las crueles ligaduras en que había quedado presa, y de que había sido él la causa, pues desde luego había manifestado al conde la imposibilidad de separarla de él y la dificultad que hubiera encontrado para realizar su voluntad mientras Elvira pudiese obrar libremente en los primeros momentos. Había, pues, dejado a alguna casualidad que no podía tardar en sobrevenir el cuidado de su esposa, deseoso de retardar a cualquier costa el instante de una explicación con ella, para la cual no tenía todavía muy meditadas las respuestas.

Avínole mal, no obstante, pues poco tardó Elvira en presentarse ante sus ojos, con una agitación tal, que no le pudo quedar duda al infeliz del objeto de su intempestiva venida. Hubiera él querido hallarse a cien leguas entonces de su consorte y del mundo entero, en cuyas miradas creía ver a cada paso otras tantas reconvenciones a su reservada y ambigua conducta. Repúsose, con todo, lo mejor que pudo, y ni las preguntas sencillas de Elvira, ni sus halagos, ni sus reconvenciones, lograron recabar de él la menor noticia que pudiese dar luz sobre lo ocurrido a la desconsolada hermosa. Obstinose en negar constantemente la menor participación del conde en el robo de la condesa; en una palabra, manifestó con toda enteresa hallarse en la misma ignorancia que la corte toda, y aun se indignó con notable aire de verdad a la menor idea de sospecha presentada por Elvira. Comenzaba ya ésta a dudar si serían sus juicios temerarios, pero nunca pudo convencerse a sí misma; vio además a don Enrique y pareciole que brillaban al través de su aparente dolor sentimientos de otra especie. Difícil cosa es, por cierto, engañar la natural penetración de una mujer; la inutilidad de los esfuerzos del de Villena para dar con los robadores y el horrible atentado cometido en una mujer que a nadie había hecho daño, reunidos a los antecedentes particulares que de aquel matrimonio desgraciado solo ella acaso tenía, la hacían ver más claro en tan atroz intriga que todos los demás. Inexplicable fue su dolor cuando llegó a sus oídos la funesta nueva, que de boca en boca corría por el alcázar, de la desdichada muerte de su señora; afirmábanse al recordarla todas sus sospechas, ardía en deseos de venganza, y la idea de la impunidad la hacía padecer tormentos imponderables. Resolviose, pues, a realizar el plan que tenía meditado, arriesgado en verdad, y delante del cual había retrocedido muchas veces. El amor, en fin, que a la condesa había tenido, una voz superior y celestial que creía oír continuamente, pidiéndole venganza y reparación, le hicieron creer que el cielo mismo y que su conciencia la obligaban a volver por la inocencia, y constituyose entonces campeón de la ultrajada virtud. Seguida del inquieto paje, que, tan asombrado como ella, lloraba también la desgracia de doña María de Albornoz, entrose en su aposento, donde la dejaremos poniendo los medios que más propios creía para dar cima a la importante empresa que sobre sí tomaba, sin comprometer su honor por otra parte, su virtud y hasta su misma tranquilidad.

Capítulo XIV

Contadme vuestros enojos;
No toméis malencolía;
Que sabiendo la verdad
Todo se remediaría.

Romance del conde Alarcos

En la misma postura que el paje refería haber dejado al melancólico doncel, envuelto en su gabán hasta los ojos y roto a sus pies el laúd, permanecía cuando se presentó delante de él Hernando, diciéndole con su acostumbrada sequedad:

—¿Lloras, señor? Levanta la cabeza y mira, que o yo entiendo poco de rastro o se te viene la res por sí sola a tiro de tu venablo.

Alzó la frente el consternado mancebo y vio a pocos pasos de él una figura envuelta en un ropón negro y cubierta la cara con la mascarilla que usaban en aquel tiempo las damas cuando salían, sobre todo, de su casa o cuando habían de hablar con caballeros desconocidos.

—¿De qué hablas, Hernando? ¿Quién es esta dama? —preguntó desembozándose con enfado el doncel. Mirola entonces de alto abajo y reparando que su silencio podía indicar que no venía a hablarle con testigos:

—Retírate, Hernando —dijo—; yo te llamaré cuando te haya menester —cogiendo entonces de una mano a la dama hízola entrar en su cámara. Luchaban en su fantasía mil encontradas ideas.

—Señora —le dijo con voz mesurada y tímida—, sola estáis; si alguna revelación tenéis que hacerme, si alguna ocasión tenéis que proporcionarme en que pueda seros útil mi débil brazo, hablad; no en vano os habéis dirigido a un caballero de la corte del ínclito y poderoso rey de Castilla.

—Caballeros tiene la corte de don Enrique que pudieran desmentir la hidalguía de vuestras palabras —repuso la tapada con voz que desfiguraba enteramente la mascarilla que cubría su rostro.

—Nombradlos, señora; si algún caballero ha mancillado el nombre de una orden de caballería, él me dará razón y satisfacción.

—No os alteréis y oídme. Sí, caballeros hay, y cerca de nosotros, que amancillan la clase a que pertenecen. Ni la sangre que corre por sus venas, ni el nombre ilustre que ostentan, ni la dorada cuna en que se mecieron, son rémora bastante a sus desenfrenados deseos. ¿Conocéis a la condesa de Cangas y Tineo, a la ilustre doña María de Albornoz?...

—¿Sería posible? ¿Seríais vos, señora?...

—¡Pluguiese al cielo! Pero ni soy la condesa... ni...

—¿Quién sois, pues, vos, la que en su nombre?...

—Templad vuestro ardor, noble caballero, y dadme palabra de oírme y de no indagar quién yo soy...

Latía violentamente en el pecho el corazón de *Macías*; miraba una y otra vez a la desconocida; no osaba, sin embargo, afirmarse en sus sospechas.

—Con esa palabra proseguiré en mi demanda —le dijo la dama.

Contole enseguida al caballero, que de todo estaba ignorante, cuanto de la condesa se decía...

—¡Muerta la condesa! —exclamó *Macías* al llegar al funesto desenlace de tan triste historia—. ¡Y vive el conde todavía... y!...

—¡Silencio! He aquí el objeto de mi venida. La tiranía, la injusticia piden reparación. Mañana una amiga de la condesa se arrojará a los pies del rey y denunciará la traición. Acaso será preciso que un caballero salga fiador con su espada de su acusación. ¿Estaréis mañana en la corte de don Enrique?...

—¿Qué me pedís, señora? Cuando pensaba alejarme de esa funesta corte...

—¿Alejaros? —dijo con un movimiento de sorpresa la dama—; ¿alejaros? —repitió, lanzando un amargo suspiro.

—¡Ah!, señora, ¿ignoráis —repuso el doncel con la mayor agitación— que mi tranquilidad depende acaso de mi marcha precipitada?...

—¿Y dejaréis a la inocencia ser presa de la traición?...

—Jamás; pero...

—¿Y sabéis vos, por ventura, poco generoso mancebo, lo que en este momento sacrifica la que tenéis ante vuestros ojos, los respetos que atropella, los riesgos a que se expone?...

—Acabad, santo Dios, ¿quién sois? Vos, vos... no hay duda...

—Caballero, respetad mi silencio y mi dolor. Acabemos; he procedido de ligero cuando he creído que...

—No, no; mañana estaré en la corte de don Enrique. Una sola gracia os pido. Si he de ser vuestro caballero, dadme una prenda, señora, un color…

—¡Mi caballero! —interrumpió la dama—. El caballero seréis de la inocencia: el mío es imposible…

—¡Imposible! Elvira, vos sois…

—Soltad, imprudente joven, soltad. ¿Por dónde presumís que soy la esposa del escudero? Vuestra imaginación os engaña, y acaso vuestro deseo…

—¡Me engaña!… Mi deseo, señora, es servir a esa dama que conozco como pudiera conocer…

—Vuestra turbación os delata; pero esa imprudencia permanecerá oculta en mi pecho. Conozco a esa Elvira, y su honor me es harto caro…

—Nunca podría padecer su honor…

—Bien, ¿qué importa Elvira? La prenda que me pedís, si mañana, ante la corte toda, el rey decreta el duelo y el juicio de Dios, la tendréis; pero ni os podréis nombrar mi caballero ni exigiréis de mí que me descubra. Básteos saber que conozco demasiado a la dama que nombrasteis y que sé, doncel, que ella no viniera a vos.

—¿Eso sabéis?

—Lo sé.

Dejó caer *Macías* al oír estas dos palabras, pronunciadas con funesta tranquilidad, la mano con que tenía asida una punta de la ropa de la tapada como para detenerla. Inclinando enseguida la cabeza declaró que al día siguiente se hallaría en la corte de don Enrique, y ofreció su mano a la desconocida; aceptola ésta para salir, pero un notable temblor la agitaba; oprimiola suavemente el doncel, como si quisiese tentar este último y desesperado recurso para salir de su terrible duda; un movimiento involuntario y convulsivo correspondió a su indicación, y en el mismo momento la tapada, volviendo en sí, arrancó su mano de la del doncel y se lanzó fuera de la estancia. Arrojose en pos *Macías*; iba a prosternarse a sus pies, iba a hablar, pero un ademán imperioso de la negra fantasma le mandó apartarse, y más rápida enseguida que esas rojas exhalaciones que surcan el espacio en una oscura noche de estío, desapareció a sus ojos la aérea visión. *Macías* creyó ver un ser sobrenatural, la sombra acaso de la misma condesa; permaneció con los brazos cruzados y la vista fija, como si quisiese ver más allá de la oscuridad y de la distancia. Entonces oyó un suspiro lanzado a lo lejos, y pareciole que al desaparecer de sus ojos en el confín del corredor, se había reunido la dama a otra figura más pequeña que allí la estaba sin duda alguna esperando.

—«Sé, doncel, que ella no viniera a vos» —repitió un momento después *Macías* con doloroso acento—. Yo también lo sé: nunca me amó. ¿No amaba a ese infeliz escudero cuando se unió a él en indisolubles lazos? ¡Loco, insensato de mí! Ah, quien quiera que seas la que vienes a implorar mi espada, ¡cuán poco conoces el corazón del hombre! ¡Un amante correspondido, un mortal feliz es invencible; a un miserable despechado y aborrecido un niño le vence!

Capítulo XV

¿De dónde vino este diablo?

Rom. del Cid

De vuelta don Enrique en su cámara con su primer escudero y con su favorito juglar, revolvía en su cabeza los medios de dar a su intriga la feliz conclusión que por tanto tiempo había deseado. Estorbábale la idea de *Macías*, pero dejó al tiempo el cuidado de iluminarle acerca de lo que de él podía temer. Despidió, pues, a Hernán, cuya probidad le incomodaba no poco para sus fines, y solo el juglar, de cuya aparente estupidez nada recelaba, entró con él al secreto laboratorio.

—Libres estamos ya de la condesa, Ferrus —dijo—; pero merced a tu singular valor quédanos en campaña otro enemigo no menos terrible...

—¿Eres ya maestre, señor?...

—Lo seré, Ferrus, o poco ha de poder don Enrique de Aragón; acabo de recibir un aviso secreto de que ha sido elegido papa en Aviñón don Pedro de Luna bajo el nombre de Benedicto XIV. Esperaba este favorable acaecimiento de un momento a otro. Luna es aragonés, como yo, y vínculos de amistad nos unen; la lucha que habrá de sostener además con Urbano en este cisma de la Iglesia y la necesidad que tiene de Castilla y Aragón, unida a la influencia que él sabe que ejerzo en estos dos reinos, me aseguran su provisión para el maestrazgo; la piedad, por otra parte, de don Enrique III no podrá menos de pesar en la balanza en favor mío cuando éste sepa que mi allegado, el ricohombre de Luna, ha ceñido a sus sienes la triple corona. Ahora necesito sacar partido de la ignorancia en que de esta nueva está la corte y de la feliz tardanza de la noticia de la muerte del maestre de Calatrava...

—Tu antecesor.

—Así lo espero, Ferrus. Tira el cordón que corresponde al cuarto del astrólogo y retírate a esa cámara inmediata.

Hízolo Ferrus como se le mandaba. Apenas había doblado tras sí las batientes hojas de la puerta, oyéronse los vacilantes pasos de una persona de edad que bajaba escalones con toda la prisa que sus cansados años le permitían.

—Entrad —dijo don Enrique, y se presentó en la habitación el físico de su alteza, Mosén Abrahem Abezarsal, el mismo que en la corte de la mañana había acompañado constantemente al Doliente rey. Su estatura era pequeña, su tez pálida y macilenta; brillaban sus ojos en su oscuro semblante como dos carbunclos en medio de las tinieblas de la noche, y era la expresión de toda su persona malignidad y avaricia; su mano descarnada y su barba larga le daban cierto aire de adusta gravedad. Su traje era un largo y amplio balandrán negro cogido con una larga correa; ayudábale a andar un nudoso y retorcido báculo semejante al bastón pastoral, y una toquilla con dos plumas malamente colocadas encubertaba su calva zolloa.

—¿En qué puedo servir al ilustre y eminente?...

—Tregua a las lisonjas; nos conocemos y entre nosotros no son necesarias.

—Sea en buena hora, conde —repuso con humildad el físico—. ¿Habéis menester de mi ciencia y de las relaciones que con el espíritu del ser conservo? ¿Queréis consultar el curso de las estrellas?...

—En cuanto a las estrellas, Abrahem, no creo saber menos que vos. Dejemos a los astros del cielo recorrer tranquilamente su carrera y no nos acordemos más de ellos que lo que ellos se acuerdan de nosotros. Otros astros más humildes que cruzan sombríamente por esta esfera terrestre, haciendo sombra a mis vastos planes, son los que os será preciso desviar y no consultar.

—¿Queréis que amolde una semejanza de cera?... Señaladme la víctima: antes que la noche haya tendido sus densas sombras sobre el alcázar de Madrid, veréisla concluida y atravesado el pecho con punzante almarada; una lámpara arderá delante de ella; cuando gustéis, una vez pronunciado el funesto conjuro, vos mismo apagaréis el resplandor mortecino, y el que os haya ofendido, bien pudiera estar en el apartado polo, caerá herido de invisible mano...

—Tregua, viejo miserable, tregua al torpe manejo de vuestra pérfida ciencia. ¿Creéis, por ventura, que tengo yo mi tiempo libre para oír vuestras impertinencias? ¿Creéis que habláis con el imbécil don Enrique el Doliente, a quien su débil contextura arroja como una víctima inerme en vuestros groseros lazos? ¿Creéis que he pasado años enteros sobre los triángulos y los crisoles, llamando inútilmente a ese espíritu de las tinieblas, para dejarme deslumbrar de vuestra imprudente charlatanería? Guardad para el vulgo esa necia ostentación y acordaos de que es más fácil oír que adivinar.

Temblaba el viejo de mal reprimido coraje, pero no osaba arrostrar la indignación del impaciente Villena.

—Ea, Abrahem —dijo entonces don Enrique, más sosegado con el terrible efecto que en el réprobo habían hecho sus tonantes expresiones—, ¿cuánto oro habéis fabricado esta mañana?

—¿Oro? ¡Pluguiera al cielo! En vano he intentado encerrar en el crisol un rayo de ese Sol que nos alumbra; él contiene la apetecida esencia del oro; pero el medio, el medio…

—¿No sabéis, pues, hacer oro con vuestra ciencia?

—Si supiera hacer oro, señor, ¿imagináis que fraguara, para ganarle, mentiras que algún tiempo yo mismo creí, pero que la experiencia me obliga en fin a desechar tristemente?

—Bien, Abrahem; ahora os ponéis en la razón, ahora habláis con el conde de Cangas. Ved, yo soy mejor alquimista. Sin andar a caza de la esencia del oro encerrada en un rayo del Sol, yo hago ese precioso metal con los terrones de mis estados. Tomad esas doblas —añadió alargando al viejo, cuyos ojos brillaban ya de alegría, un repleto bolsón de cuero—, ése es el mejor conjuro; a la voz de ése no hay espíritu en el orbe que no responda.

—¿Y en qué puede serviros vuestro criado?

—Oíd: ¿sabéis qué os ha elevado al alto favor que en la corte de don Enrique gozáis?

—Con tu licencia, señor, mi padre Abrahem Abenzarsal era ya físico del rey don Pedro el Cruel.

—¿Y os sostendríais, Abenzarsal, en ese lugar, que creéis arrogantemente haber heredado, si el nieto del célebre y primer marqués de Villena quisiese patentizar a la corte entera que vuestra existencia toda, vuestras palabras, vuestra misma persona no son más que una prolongada impostura?

—Pero ¿esas preguntas?…

—Quiero asegurarme vuestra fidelidad. Conozco a los hombres; son fieles cuando tienen interés en serlo. Escuchad ahora. Quiero ser maestre de Calatrava.

—¡Por Israel! Comprendo; un rayo de luz acaba de iluminarme, y la muerte de la condesa no es ya un enigma para…

—Pues os advierto, precisamente, que debe serlo hasta para vos.

—En buena hora, señor; no digas más: confieso que no lo entiendo. Pero hay ya un maestre, y no suele haber dos en ninguna orden...

—Precisamente eso es lo que todas las figuras cabalísticas no os hubieran revelado nunca a vos antes que a los demás. No hay ninguno.

—¡Dios de Abraham! Dos muertos en menos de...

—Con respecto al maestre Guzmán, ese mismo Dios de Abraham que invocáis tuvo a bien llevarle a mejor vida.

—¿Qué dices, señor?

—Ahora lo sabemos dos en Madrid. Vos y yo.

—¿Y creéis que Clemente VII...?

—Clemente VII estará probablemente ahora donde el maestre...

—¡Qué de importantes noticias!

—Don Pedro de Luna ocupa la santa silla de Aviñón. Ahora bien, ¿a qué hora veréis a su alteza?

—Debo asistir a su refacción de la noche.

—¿Qué más pudierais pretender? Deslumbrad a la corte. Allí podéis hacer uso de vuestra recóndita ciencia. Adivinad delante de su alteza las noticias que acabo de daros y adivinad también que el maestre de Calatrava ha de ser...

—Don Enrique de Villena.

—Justo. Mañana me ha de saludar el rey en la corte con ese pomposo título. Para el logro de nuestro fin es preciso que le conste al rey que no nos hemos visto.

—Nada más fácil. Ya sabes, señor, que la quebrantada salud del joven rey me obliga a habitar, ciñéndome a sus mismos órdenes, una habitación inmediata a la suya, y que todos ignoran que tengo una comunicación abierta con vuestro laboratorio. Su alteza juzga que encanezco ahora sobre los crisoles, que consulto las estrellas sobre el éxito de la guerra de Granada y que revuelvo a Dioscórides buscando remedio a sus dolencias.

—Perfectamente. Esperad. Dos personas más me estorban para mis fines...

—Ya sabéis que he recibido no ha mucho de Italia un pomo de aquella agua clara, más cristalina que la que envían las sierras vecinas a esta villa, y que el que la llega una vez a sus labios no vuelve en sus días a tener sed.

—Basta, Abenzarsal, basta. Si el estudio endurece de esa suerte el corazón del hombre, quemaré mis libros, viejo empedernido en el pecado; soy ambicioso, pero creo que hay un Dios, y juzgo que ya he hecho lo bastante hoy para haberle de dar cuentas largas y terribles el día que se digne llamarme a su juicio.

—En ese caso…

—Oíd. La una persona es un doncel de Enrique el Doliente, un mancebo valeroso; las armas no pueden nada con él… pero es mozo de pasiones vivas; acaso manejándolas y volviéndolas contra él mismo…

—¿Se llama?

—*Macías*.

—¿Está en Calatrava?

—En el alcázar, por mi desgracia.

—Prosigue, señor: la otra…

—Elvira, la mujer de…

—Tranquilizaos. Vos ignoráis, acaso, algunas circunstancias que derraman gran luz sobre mis ideas. Mañana os he de decir…

—No; hablad ahora.

—Bien; sabed que ese mancebo ha estado fuera de la corte por una pasión que le domina…

—¿Qué decís? Yo creí que mis servicios solo…

—Os equivocáis.

—¡Ah! ¡De esa ignorancia nació mi error! Proseguid.

—Es bizarro, pero preocupado, supersticioso como los jóvenes todos de esa corte ciega y atrasada…

—Proseguid.

—En una ocasión halléle en mi habitación; iba a consultarme sobre su horóscopo; examiné su temperamento, ardiente, arrebatado; hícele varias preguntas al parecer indiferentes; pero un joven de veinte años mal hubiera pretendido encubrir su flaco a un hombre de mi experiencia. Díjome sin querer decirlo que amaba, y de sus respuestas, que yo aparentaba despreciar, inferí que amaba a una dama casada…

—¿Casada?

—Mi predicción fue vaga. Deseoso de informarme mejor, tomé tiempo para responderle más claramente. Observéle entretanto; de allí a pocos días un ramillete cayó del pecho de una dama desde un corredor al patio de los leones de su alteza; recordaréis que un caballero incógnito, armado y calada la visera, se precipitó a recoger el ramillete a riesgo de su vida…

—Adelante, Abrahem.

—El ramillete era de Elvira; el caballero, *Macías*. En la corte, y entre los que no tenían antecedente ni interés alguno en observarlos, esta anécdota sonó dos días y se olvidó después. De allí a poco anuncié al mancebo que un astro fatal le perseguía en la corte.

—¡Santo Dios!

—El crédulo mancebo me creyó y desapareció. No me cabe duda: ama a Elvira, y la ama como un frenético. Mas, debe de ser correspondido; la dama no pensó en recoger su ramillete. Creedme, lo he examinado atentamente; es de aquellos hombres en quienes el amor es siempre precursor de la muerte.

—¡Qué descubrimiento! ¿Y pensáis que…?

—Pienso que si logramos poner en juego esa pasión, pienso que si el doncel no ha olvidado su amor, vuestros enemigos se destruirán por sí solos, sin que necesitéis cargar vuestra conciencia con un crimen.

—Hacedlo, Abenzarsal, hacedlo —gritó don Enrique fuera de sí—, quitáisme un peso horrible.

—Un medio para reunirlos, una ocasión, y son perdidos.

—Un medio, una ocasión… es más fácil decirlo que…

—No importa. Una ocasión.

—Y que Hernán Pérez…

—Sí; una vez impuesto Hernán Pérez su ruina es cierta; el escudero es osado, pundonoroso, valiente…

—¡Ah! pero me hacéis recordar… Si ha de envolver su desgracia la de mi escudero… Mirad que me ha prestado servicios…

—Tranquilizaos, ilustre conde. ¿Qué mal le podrá venir? ¿Haber de encerrar a su mujer en una reclusión para toda su vida? Supongo que sabéis que un esposo de tres años no se morirá de tristeza por tan terrible golpe… Vos erais también esposo y…

—Abrahem, Abrahem, ya os he dicho que no consiento alusiones en esa materia; dejadme tiempo a lo menos para reconciliarme conmigo mismo.

—Señor…

—En buena hora, concluyamos en ese asunto, pues vos me respondéis de mi inocencia y de la vida de mi escudero; de consuno buscaremos un medio para reunirlos, y acaso la Virgen Santísima de Atocha, de quien soy devoto, nos le proporcione presto. Si lo consigo, ofrezco edificarle un santuario en la mejor villa del maestrazgo...

—Besad este escapulario, señor, que representa su efigie —dijo entonces el redomado físico, alargando el que del cuello traía pendiente—, y ella y su Hijo os ayuden.

—Amén —dijo levantándose don Enrique, con aquella incomprensible mezcla de devoción y de imprudencia, de religión y de vicios, que distinguía así a los hombres vulgares como a los más ilustrados de la época, sin que dejemos de inclinarnos a creer que en hombres como nuestros dos interlocutores eran aquellas prácticas exteriores hijas solo de la costumbre—. Amén —repitió, y apretando la mano del físico, separáronse con una afectuosa mirada de inteligencia; volvió a subir el astrólogo la escalera escondida por donde había bajado, para meditar en los medios de cooperar a los planes ambiciosos de don Enrique, y éste cruzó su laboratorio alquimístico en busca de Ferrus, que en la cámara impaciente le esperaba.

Capítulo XVI

Viendo aquesto un moro viejo
Que solía adivinar...
Suspirando con gran pena,
Aquesto fue a razonar.

Cancion. de Rom.

Inútil es decir a nuestros lectores que el físico Abrahem Abenzarsal contó, en cuanto llegó a su aposento, las relucientes doblas del de Villena, y que animado con su sonido vivificador, y con la esperanza fundada de merecer nuevas confianzas de la misma especie, coordinó sus ideas y estudió preventivamente el difícil papel que ante el rey de Castilla había de representar de allí a poco. Llegada la hora, asistió como tenía de costumbre a la mesa frugal de su alteza, ora previniéndole los platos que debía comer y los que solo debía gustar, ora dando pábulo con sus bien estudiadas respuestas a la conversación naturalmente seca y desabrida de Enrique III. Hubieron, empero, de chocarle tanto a su alteza las misteriosas palabras con que salpicó la cena su médico, que no pudo menos de hacerle entrar en su cámara, y a presencia solo del buen condestable Rui López Dávalos, que gozaba con él de la mayor privanza, y era no poco afecto a supersticiones y hechicerías:

—Abrahem —le dijo—, tus palabras encierran esta noche un sentido que no acierto a comprender. Dime, por tu vida, si algún fausto acontecimiento se prepara para estos reinos, o si alguna calamidad nos amaga, que podamos evitar con el favor de nuestro padre san Francisco, a quien venero particularmente.

—Vana es ya la intención de los santos, señor, cuando es pasada la hora del hombre.

Parose aquí el inspirado varón, arqueó las cejas con siniestro mirar, dio un golpe en el pavimento con su nudoso báculo y permaneció suspenso largo espacio, insensible a las reiteradas instancias del asustado monarca, que puesto en pie y descubierta su cabeza, pendía de su boca, ni más ni menos que el reo que espera oír de la boca de su juez la temida sentencia. Llegándose entonces el astrólogo judiciario a una rasgada y gótica ventana, y examinando el cielo detenidamente:

—No me engañaron —exclamó con voz hueca y sonora, que salía como un trueno de lo más hondo de su agitado pecho—, no me engañaron los infalibles cálculos de mi cábala. El astro que ha presidido tan infausto día, velado entre cenicientas y rojas nubes, acabó su diurna revolución y corrió a lanzarse en la inmensidad de los mundos, dejando tras sí sangrientas huellas de su funesto paso. ¡Oh rey! humilla tu frente soberbia; la Iglesia de tu Dios, dividida y presa de un cisma prolongado, va a caer su columna principal; el sublime vicario de su ungido inclina la frente pálida, soltando sus sienes la triple corona que dignamente llevó y sus débiles manos las llaves de Pedro y el anillo del Pescador.

—¡Dios mío! —exclamaron a un tiempo el piadoso rey y el asombrado condestable—. ¡Clemente VII!

—Sí, Clemente VII —continuó el energúmeno— ha pagado a la tierra el tributo de que solo un profeta de Israel, arrebatado por el fuego del cielo, pudo eximirse. Pero, esperad; veo levantarse sobre su asiento y calzar la sagrada sandalia a un ilustre aragonés; un ricohombre de los de Luna es el elegido del Señor, a quien confía el timón de su nave zozobrante... ¡Oh, Benedicto XIV de este nombre! A alta misión has sido llamado por el cielo. ¡Qué de lágrimas costará tu aragonesa condición, tu invencible tenacidad a los fieles divididos! En ti habrán de estrellarse los esfuerzos conciliadores de Urbano y del Sacro Colegio romano.

—¡Don Pedro de Luna! —exclamó, vuelto hacia el condestable, el sorprendido rey—. ¡Don Pedro de Luna! —y arrodillándose ante una venerada estampa de las llagas de San Francisco—, ¡oh portento! —continuó—; libradme, Señor, de todo mal y purificad mi alma si estas predicciones son hechas por arte de Vos reprobado...

—Rey —interrumpió al oír este escrúpulo religioso el solapado Abrahem—, el Dios del cielo y de la tierra no reprobó nunca la ciencia, si bien quiso descubrir a pocos sus recónditos arcanos. Los hechos que te refiero, además, no son prescripciones de incierto porvenir, en cuya oscuridad no es dado siempre a los míseros mortales penetrar; a la hora esta, si es cierto que hablan los astros a los que poseen el don de entender su lenguaje sublime, Aviñón ha sido testigo ya de los grandes acontecimientos que te anuncio. ¿Ves aquella estrella, cuyo incierto resplandor parece querer apagarse con vacilantes oscilaciones, a la derecha de la Osa menor, siguiendo la dirección de mi báculo? Parece lanzar sus mortecinos reflejos a la parte de Calatrava...

—Abrahem, ¿qué nueva desdicha?...

—Una columna de la cristiandad española yace derribada, el rayo contra el moro de Granada se extinguió. Acaba de entregar su espíritu al Señor...

—¿Guzmán? —preguntó con precipitación el buen López Dávalos.

—Sí; ¿veis aquella parda y manchada nubecilla que el viento del Norte impele violentamente hacia el Mediodía? Miradla reunirse a los demás vapores que un resto del calor del día levanta de la húmeda superficie de la tierra. El astro del virtuoso maestre se ha eclipsado para no volver a lucir jamás.

Al llegar aquí, un profundo silencio sucedió a la tonante voz de Abenzarsal, y don Enrique y el condestable oraron fervorosamente por el alma del difunto maestre.

—Si las señales de mi ciencia —continuó el físico— no han de ser infalibles, sangre más ilustre ha de reemplazar la del piadoso maestre, y el estandarte de Calatrava verá agregarse a su cruz roja las barras de Aragón. Otro aragonés llevará a la victoria a los valientes caballeros de Calatrava. El cielo ensalza a los hijos de don Jaime, y un nieto del primer condestable de Castilla...

—Basta —interrumpió don Enrique III con voz desfallecida—, ¡basta, Abrahem! Los altos juicios de Dios son incomprensibles, pero el tiempo viene a justificarlos. Ayer todo el voto de la orden de Calatrava hubiera apartado a ese nieto del primer marqués de Villena del alto puesto a que está destinado. Un acontecimiento desgraciado, pero cuya causa, escondida hasta ahora, revelan tus palabras, ha llevado a mejor vida a mi muy amada doña María de Albornoz, y su afligido esposo ha quedado desatado de los lazos que le alejaban del maestrazgo. Dios la tenga en su santa gloria. ¡Adoro tus fines, oh Providencia! Abrahem, decid, ¿habéis visto hoy al conde de Cangas?

—Señor —respondió con afectada sorpresa el hipócrita charlatán—, tu alteza sabe que el estudio absorbe las horas de mi vida y desde esta mañana no he cesado de consultar mis pergaminos en mi cámara inmediata a la tuya. Don Enrique, por otra parte, no se aparta de su estancia en estos momentos de luto para su corazón. No he visto, pues, al conde...

—¿No sabes, en ese caso —repuso el rey—, si está dispuesto a admitir el alto cargo a que el cielo le destina?

No creo que haya pensado en ello siquiera, ni menos que pueda saber nadie en el alcázar todavía la triste muerte de don Gonzalo…

—Dices bien, Abrahem. Por otra parte, el nombre ilustre de mi pariente no puede menos de dar realce a la orden de Calatrava, y sus caballeros no opondrían obstáculo a tan acertada elección.

—¡Hágase la voluntad del Señor! —respondió el taimado físico con solemne entonación, e inclinando la cabeza, el recogimiento en que quedó pareció anunciar el fin de sus predicciones.

—Condestable —dijo el rey después de una ligera pausa—, mañana dispondréis que la corte se reúna. Quiero recibir a los embajadores del Tamorlán y del rey de Francia. Abenzarsal, ayudadme a entrar en mi cámara; mis fuerzas se debilitan, y después de la agitación de esta noche necesito que las restaure un sueño reparador.

Llamó el condestable a los camareros de su alteza, y abriéndose las puertas de la estancia en que dormía, despidiose de él el primero; el rey, de allí a poco, apoyado en el brazo de su físico favorito, desapareció, volviéndose a cerrar las hojas de la puerta y quedando aquella parte del regio alcázar sumida en el más profundo silencio.

Capítulo XVII

Yo os repto, los zamoranos,
Por traidores fementidos;
Repto a todos los muertos,
Y con ellos a los vivos;
Repto hombres y mujeres,
Los por nacer y nacidos;
Repto a todos los grandes,
A los grandes y a los chicos,
A las carnes y pescados,
Y a las aguas de los ríos.

Cancion. de Rom.

Aún no había conciliado el sueño el poderoso rey de Castilla cuando ya el impaciente conde de Cangas y Tineo sabía, palabra por palabra, el coloquio que en el anterior capítulo dejamos descrito. A la mañana siguiente creyó ya del caso la llegada de la noticia de la muerte del maestre de Calatrava; tomó en consecuencia sus disposiciones para que el enviado, que precisamente había llegado la víspera y que él había sabido entretener, se presentase en la corte de aquel día, y esperó tranquilo el resultado de su artificio.

El salón principal del alcázar donde tenía corte su alteza se hallaba ya ocupado en la mañana del día que tan fecundo prometía ser en notables acontecimientos por algunos caballeros jóvenes, donceles del rey, por varios pajes de lanza y de estribo, y por los caballeros que guardaban las puertas, como prevenía la etiqueta del tiempo. Algunos caballeros cortesanos, de los que no acompañaban al rey a la misa, que a la sazón oía, discurrían sobre las noticias del día.

—¿Qué novedades —dijo un joven de gallarda apostura y de pulido arreo, a otro caballero que paseaba con él a lo largo del salón—, qué novedades habéis recogido para vuestra corónica, señor coronista Pedro López de Ayala?

—La principal, señor don Luis de Guzmán, es la que de Sevilla me escribe el genovés Micer Francisco Imperial.

—¿El de las trovas que comienzan Gran sosiego e mansedumbre, a doña Angelina de Grecia, la princesa que ha regalado a Castilla el gran Tamorlán, del botín que cogió al turco Bayaceto?

—El mismo. ¡Buen ingenio!

—¿Y qué os dice?

—Díceme que el ginebrino que envió a buscar su alteza a París para componer el reloj de la torre de Sevilla halo compuesto a las mil maravillas, y que da todas las horas como antes de haber caído el rayo hace un año.

—Cierto que es importante, porque no había otro reloj tan maravilloso en Castilla ni quien supiera componer aquella enredada máquina. ¿Premiáronlo bien?

—Merece, más de 10.000 maravedíes. ¿Habéis oído, señor comendador, que acaba de llegar un demandadero de Calatrava?

—Por la Virgen de Atocha que eso me interesaría, porque mi tío el maestre estaba malo...

—¿Sabéis que si muriese, lo que Dios no quiera, podríais pretender?...

—Acaso. Pues nada oí; estuve jugando a las tablas...

—¡Ah!, vos bohordáis bien.

—Sí, ahora que no está aquí el doncel *Macías*; cuando está, nadie lanza con más tino el bohordo, ni derriba más veces el tablero. Cobrole afición el rey solo por eso.

—¿Y qué es de *Macías*? ¡Bravo trovador y buen caballero!

—Desde que está en comisión del hechicero, no se sabe de él. ¿Sabéis que ese hombre es el diablo y que todo el que se le llega desaparece? Mirad ahora la condesa...

—¡Bah! Como dice Rodríguez: del Padrón, el trovador gallego, amigo de *Macías*, ya se le podría hechizar a él con una buena lanza, porque sea dicho sin ofenderle, se le entiende más de lais y virolais, que de achaque de encuentros. Ahora anda enseñando la gaya ciencia al marqués de Santillana.

—Ése sí que es mancebo de sutil ingenio. El joven don Íñigo de Mendoza gusta mucho de letras, y ha de hacer con el tiempo mejores trovas que el mismo Alfonso Álvarez de Villasandino y que el judío Baena. A propósito, ¿cómo lleváis vos vuestro rimado?

—Téngolo suspendido, porque digo grandes verdades en él, y ya sabéis que en palacio…

—¡Oh! la verdad nunca gusta a…

—¡El rey!… —dijo una voz que salía de las piezas inmediatas.

—¡El rey! —repitieron dos farautes que entraban ya, vestidos de ceremonia, por las puertas del salón. Apartáronse los caballeros, y don Enrique subió a su trono, rodeado de los principales señores de Castilla, a cada uno de los cuales seguían los caballeros y escuderos de su casa.

Ocupaba don Enrique de Villena, como tío segundo que era de su alteza, el lugar preeminente, si se exceptúa el del físico y el del condestable Dávalos, que a uno y otro lado pisaban el primer escalón del trono. Tenía el conde a su izquierda a su primer escudero y detrás al juglar, y rodeábanle varios caballeros en cuyos pechos lucían las cruces de Calatrava, en lo cual echará de ver el lector que no se había descuidado aquella mañana en atraérselos con mercedes y distinciones para tenerlos favorables a sus miras. Vestía luto, pero su semblante más anunciaba alegría que dolor, por más que procuraba él disimularla.

—Chanciller —dijo don Enrique cuando se hubo sentado y saludado en derredor a sus cortesanos—, ¿qué letras tenéis?

—Acábanse, señor, de recibir éstas.

—¡Ah! de Otordesillas, de mi esposa. Díceme doña Catalina que está próxima a su alumbramiento. ¿Paréceos, Abenzarsal, que tendrá Castilla que jurar un príncipe de Asturias después de haber jurado solemnemente a la infanta doña María, mi muy amada hija?

—Pudiera ser, señor. ¿Qué mal habría en eso?

—Haced, condestable, que se dispongan tiros, y avisad a los pueblos de aquí a Otordesillas que se hagan grandes fogatas y ahumadas en las eminencias luego que las vean hacer en el pueblo inmediato, empezando Otordesillas mismo en cuanto su alteza dé a luz un príncipe. De esa suerte sabremos ese fausto acontecimiento pocas horas después; dispondréis que no falten atalayas. ¿Hay más?

—Señor, desea besar los pies de tu alteza el sublime Mahomat Alcagí, embajador del llamado gran Tamorlán.

—Que entre —dijo su alteza, y los cortesanos todos volvieron las cabezas con ansiosa curiosidad hacia la puerta, como quien iba a ver una cosa que no todos los días se veía.

Entró, efectivamente, el tártaro con áspero continente al aviso de un paje de antecámara. Acompañábanle al lado Payo Gómez de Sotomayor y Hernán Sánchez de Pazuelos, embajadores del rey de Castilla al Tamorlán, que habían vuelto con él después de haber recorrido vastas regiones, climas apartados y diversas costumbres de países.

Hablaba el bárbaro, y Sotomayor, que en dos años que su larga embajada había durado, había tenido ocasión de aprender algún tanto su lengua, le sirvió de truchimán.

—El rey Tamurbec el Honrado, Tabor Bermacián, mi señor, me envía a ti, rey de las ciudades y lugares de Castilla y de León y de España. Dure tu tiempo y buena fama en noblezas generales y en gracias cumplidas. El rey, mi amo, noticioso de la grandeza de tu reino, acepta la amistad y buena correspondencia que con tus embajadores le enviaste a ofrecer. El Profeta te sea en ayuda, te dé sus salutaciones. En muestra de buena amistad, envíate el rey mi señor el presente de joyas y las dos hermosas damas que te traje para tu harem, que al hijo de Osmín ha cogido en la gran victoria que le ha ganado. El rey de los reyes ha humillado la soberbia condición del hijo de Osmín, y hoy, en una jaula de hierro, sirve de estribo al poderoso Tamurbec, rayo de Dios.

—Recibo vuestra embajada, valiente Mahomat Alcagí, y no os doy respuesta —dijo don Enrique—, porque quiero que tornen embajadores míos a vuestro amo y señor el muy honrado Tamurbec, con mis cartas y presentes. Rui González de Clavijo —añadió vuelto a éste su camarero, que entre la turba de cortesanos andaba oscurecido—, quiero que vos y fray Alonso Páez de Santa María, maestro en Santa Teología, y Gómez de Salazar, mi guarda, hagáis este viaje como embajadores míos.

Adelantose entonces Rui González de Clavijo, y poniendo en tierra una rodilla:

—Beso a tu alteza los pies —dijo— por la lisonjera distinción con que honras a tu vasallo.

Retirose el embajador de Tamorlán, y salieron con él algunos caballeros, curiosos de preguntarle y saber las varias noticias que de tan luengas tierras y afamadas hazañas podía darles.

Entraron enseguida los embajadores del rey Carlos de Francia, sexto de este nombre, los cuales dijeron a su alteza, después de las primeras fórmulas de etiqueta, cómo se hallaba bastante malo el rey su amo de resultas de habérsele prendido fuego en un baile de máscaras a una piel de salvaje de que iba vestido. Aseguraron después a los cortesanos, en confianza, que lo que en Francia más se temía no eran las resultas de este accidente, sino que corría el rumor de que el buen rey Carlos VI estaba a punto de perder la razón; que se había observado ya muchas veces tal cual desatino en su conducta, que pasaba los días enteros sin hablar y otras extravagancias de esta especie. Estos embajadores trajeron en presente dos truenos grandes, como entonces se llamaban, que fueron la admiración de los cortesanos, por haberse reducido ya a tan cortos límites un arma que había empezado por no poderse usar sino en las murallas de una plaza sitiada, que se había podido trasladar de un punto a otro después por medio de una máquina convenientemente montada, y que ya podía manejar y disparar casi un hombre solo, si bien con trabajo. Apreció mucho este regalo el rey Enrique y despachó a los embajadores, los cuales volvieron para su tierra, no sin dejar alguna moda de las de su traje en la corte del rey de Castilla, pues eran muy galanos y venían lindamente ataviados. Al día siguiente salieron ya varios jóvenes donceles con el pantalón muy ajustado y dos mangas perdidas recorta-das como las habían visto en los embajadores; moderaron la barba, que antes se dejaban crecer en derredor de la cara, porque los embajadores no la traían, y hubo quien sacó el zapato retorcido y puntiagudo, que entonces se llevaba, con más de seis pulgadas de punta, ni más ni menos que el asta de un toro.

Presentose, enseguida de los embajadores franceses, un demandadero de Calatrava, el cual anunció a su alteza la infausta noticia de la muerte del maestre.

—La sabíamos —dijo el rey—, y hoy mismo le nombraré sucesor.

—Hernán Pérez —dijo el de Villena dándole con el codo.

—Entiendo, señor —contestó el taimado escudero.

Apenas se había retirado el demandadero, cuando se dejó ver en las puertas del salón, precedida de dos dueñas vestidas de negro, una dama enlutada y con antifaz que le tapaba completamente el rostro… Grande fue la sorpresa de los cortesanos todos; examinaban detenidamente sus contornos por ver si descu-brían quién fuese la que de aquella manera se presentaba. Llegose la tapada lentamente hasta los pies del trono y prosternose en actitud de esperar a que su alteza le diese licencia para hablar.

—Condestable —dijo curioso y admirado don Enrique—, ¿por qué no me habéis prevenido que hoy nos las habíamos de haber con fantasmas? Vive Dios que hubiera preparado mi alma a recibirlas dignamente. ¿Sabéis quién sea esta dolorida?

—Ha burlado sin duda la vigilancia de los ballesteros; si su presencia te incomoda, señor, harásela salir.

—Es mujer, condestable, y su manera de presentarse encierra algún misterio que es fuerza aclarar. Alzad, señora —prosiguió don Enrique—, alzad y declarad qué causa extraordinaria os fuerza a venir de esta manera.

—¡Justicia, señor, justicia! —exclamó con doliente voz la arrodillada dama.

—Alzad y contad vuestras cuitas —repuso su alteza—; nunca el rey de Castilla negó justicia a nadie.

—Señor —prosiguió la dama levantándose y mirando en derredor con notable inquietud, como si buscase a alguien que apoyase la demanda que iba a hacer—; señor, un crimen se ha cometido en tus dominios, en tu villa de Madrid, en tu propio palacio.

—¿Un crimen?

—Un crimen, y crimen destinado a quedar impune. Los poderosos que rodean insolentemente tu trono, validos de tu favor, son, señor, los que infringen tu justicia y los que la arrostran. Doña María de Albornoz, la ilustre condesa de Cangas y Tineo, ha sido asesinada…

—Lo sabemos, dueña —dijo don Enrique—, y ya hemos dado nuestras órdenes para que se descubran los autores de tan horrible atentado.

—¿Los autores, señor? Uno hay no más, y ése no corre los campos fugitivo a esconder, como debiera, debajo la tierra su insolente rostro; ése se ampara en tu misma corte. Ése nos oye.

—¿En mi corte? —dijo don Enrique mirando dudoso a todas partes. Agolpáronse al oír estas palabras los cortesanos para escuchar más de cerca a la atrevida acusadora. Don Enrique de Villena, de cuyo semblante había desaparecido su natural serenidad desde el momento en que había columbrado el sentido de las palabras de la dama, la miraba con ojos indagadores, y afectando una curiosidad hija del interés que le convenía aparentar por el descubrimiento del perpetrador del asesinato de su esposa.

—Hernán —dijo en voz baja a su escudero durante la pausa que se siguió a las últimas palabras de la tapada—, Hernán Pérez, ¿qué quiere decir esto?

Hernán Pérez estaba tan inquieto como el conde; por una parte creía que la tapada no podía ser otra que una persona que muy de cerca le tocaba. Su voz, aunque disfrazada, le había hecho un efecto singular; por otra parte no podía concebir que se diese tal paso sin su noticia.

—Señor —contestó al conde—, sea lo que fuere, tu escudero no desmiente nunca su fidelidad.

—En tu corte —prosiguió la dama—; él nos oye y él recibe tus beneficios…

—Nombradle —dijo el rey—, nombradle.

—Sí —añadió con voz trémula el de Villena, echando el resto a su mal sostenido disimulo—, ¿quién es?

—¡Vos! —respondió una voz tonante—, ¡vos!

—¿Yo? —preguntó don Enrique—. ¿Yo?

—¡Don Enrique! —exclamó el rey mirando alternativamente a Villena y a la tapada.

—¡Don Enrique! —repitieron en voz confusa, casi a un mismo tiempo, los señores todos que rodeaban el trono.

—¡Santo cielo! —exclamó el agitado conde, volviéndose al rey con ademán y gesto hipócrita—. ¿No me bastaba, señor, que una fatal estrella me privase de mi esposa; era preciso que la calumnia se uniese a la alevosía y que don Enrique de Villena se viese así ultrajado en tu misma corte y en tu presencia misma? Toma, señor, los honores que me has dado, recoge las distinciones con que me has honrado; toma esta espada, acepta esa banda que mal pudiera llevar con honor quien vio de esa manera el suyo atropellado…

—Serenaos, don Enrique —dijo tranquilamente, después de un breve rato de meditación, el rey justiciero—, serenaos; conservad esas distinciones, que tan bien os están, y tened presente que la calumnia se embota en el inocente como la punta de la lanza en el bruñido peto.

—¿La calumnia? —repitió mirando de nuevo en derredor la dueña desconsolada.

—Dueña —dijo don Enrique entonces con entereza—, ¿sabéis el nombre que habéis tomado en boca y la persona a quien ultrajáis…?

—La verdad nunca puede ser ultraje.

—¿Sabéis a ciencia cierta lo que dijisteis…?

—Juráralo si fuera menester.

—¿Que caución dais de vuestras palabras? ¿Quién sois? ¿Por qué venís tapada a acusar al delincuente? La verdad trae la cara descubierta a la faz del Sol. La mentira es la que se esconde.

—¿Quién yo soy, señor? Si pudiera decirlo no viniera de este modo. ¿No es posible que circunstancias personales me impidan descubrirme en público? Tomad, señor —dijo entonces la tapada, presentando a su alteza un anillo que en el dedo traía—. Ese anillo puede decir quién soy algún día.

Tomó su alteza el anillo y examinole detenidamente.

—¿Conocéis ese anillo, Abenzarsal, o la seña que dice esa dama?

—Señor —dijo Abenzarsal al oído de su alteza—, las piedras forman un nombre.

—Guardadle, pues.

—Además, señor, no trato de huir; póngome bajo tu salvaguardia; sé que desde el punto en que tomo sobre mí esta acusación, mil peligros me rodean.

—¿Y sabéis, incauta dueña, que la pena del talión espera al impostor…?

—Solo sé que el crimen debe denunciarse y desenmascararse al criminal.

—¿Sabéis que si os faltan pruebas, o un caballero que sostenga vuestra acusación, seréis puesta en tormento y…?

—¡En tormento! —dijo espantada la dama, volviendo a mirar en derredor con inquietud—. ¡En tormento!

—A tiempo estáis de desdeciros…

—¡Desdecirme!… —exclamó la dama enlutada, clavando en don Enrique los ojos, que aparecían en medio de su antifaz como los relámpagos que rasgan la negra nube en medio de una noche tempestuosa—. ¡Jamás!

—En ese caso es forzosa la muerte del delincuente o la vuestra.

—¡Nadie, nadie! —dijo entre dientes la demandante mirando a las puertas, y escuchando con la mayor ansiedad—. ¿No hay un caballero —exclamó entonces con despecho, volviéndose a los cortesanos todos—, no hay un cortesano siquiera del poderoso rey de Castilla que sepa empuñar una lanza por la inocencia, que salga por una mujer?

Leve y susurrante murmullo corrió por la asamblea a esta invitación desesperada. Pero lucían en los pechos y en los brazos de los más jóvenes caballeros prendas del amor de sus damas; un caballero que tenía la suya no podía adoptar otra. No era, además, seguro que la acusadora no hubiese perdido el juicio, cuando con tan poco apoyo y favor osaba habérselas con el más poderoso señor de Castilla. ¿Quién la conocía? Nadie; ¿quién estaba seguro de no ser víctima del rencor del de Villena si tomaba la defensa de la advenediza?

—¡Oh oprobio! ¡Oh mengua! ¡Oh caballeros! —exclamó sollozando la desairada hermosa—. ¡He aquí la corte de don Enrique III! Lo veo, aunque tarde: la inocencia no encuentra defensa entre los hombres. ¡No importa! Insisto en la acusación.

—Faraute —dijo entonces su alteza—, haced vuestro deber.

Adelantose un faraute, y en la fórmula del tiempo anunció tres veces en alta voz la acusación hecha a don Enrique de Villena; preguntó si algún caballero tomaba la demanda de la acusadora, y sucediendo a sus voces sepulcral silencio, intimó a aquélla que en el plazo preciso de tres días había de presentar un defensor o las pruebas de su acusación, y que cumplido el plazo sin presentarle, sería puesta en tormento y llevada al suplicio, donde le sería la lengua cortada y arrojada a los canes; después de ello ajusticiada por calumniadora.

No pudo oír esta última parte de la intimación la desolada dama sin exhalar un gemido de terror, y abandonándola sus fuerzas, dejose caer en brazos de una de las dueñas que la habían acompañado.

Movido a lástima el rey al ver su situación, alzose en el trono y puesto en pie:

—Don Enrique —dijo—, estoy seguro de vuestra inocencia, y el cielo en todo caso saldrá por ella. Aflígeme, sin embargo, el estado de esa desgraciada, y la administración de la justicia exige que yo satisfaga la vindicta pública. Dadme, Abenzarsal, ese anillo. Quiero yo mismo requerir por última vez un defensor. Ricoshombres, caballeros, ¿quién de vosotros toma esta demanda? El caballero que se proclame su defensor recibirá este anillo como prenda de la dama que va a defender, y si sale con victoria de la prueba a hierro y demuestra en el palenque, con el favor de Dios, la verdad de la acusación, que no creemos, este anillo le servirá de seguro para los días de su vida; la persona que me lo presente logrará la gracia que pida, y su dueño será libre de toda pena en el momento de presentarlo. ¿Quién de vosotros toma la demanda de la acusadora?

—¡Yo! —exclamó una voz estentórea que resonó fuera de la cámara todavía.

—¡Él es! —gritó con penetrante alarido la enlutada, y el exceso de la alegría, pudiendo más en su alma que el pasado dolor, la derribó sin sentido en brazos de sus dos dueñas.

Volvieron los ojos los cortesanos a mirar quién fuese el temerario que en tan arriesgada demanda se entrometía, y don Enrique de Villena, cuya alegría se había manifiestamente conocido por algunos instantes, dirigió miradas de fuego y de incertidumbre hacia el advenedizo defensor de su acusadora.

Entraba éste ya por la cámara con ademán resuelto y pasos precipitados. Venía armado de pies a cabeza; su sobrevesta negra y su penacho del mismo color, que ondeaba funestamente sobre su capacete, parecían anunciar la muerte a todo el que se opusiese a su bizarro valor.

—Yo —repitió con voz fuerte entrando. Dirigiéndose enseguida hacia el trono, arrodillándose, pidió a su alteza para tomar la demanda de la desconocida, fuese la que fuese.

Mirábanse unos a otros los circunstantes; no sabían qué pensar de las aventuras de la mañana.

Dijo el rey volviéndose a Rui López Dávalos:

—¿Será que hoy no hayamos de conocer a ninguno de nuestros vasallos? ¿Qué decís, conde de Cangas, de este defensor? ¿Le conocéis?

—No responderé nunca, señor, a la acusación de dos enmascarados.

—¿Y responderéis a la mía? —preguntó alzándose la visera el denodado mancebo.

—¡*Macías*! —exclamó el rey.

—¡*Macías*! —repitieron asombrados los más de los que presentes estaban. Don Enrique fue el único que, sobrecogido de la ira y del terror, ni acertaba a pronunciar palabra ni osaba levantar los ojos del suelo, al cual se los habían hecho bajar mal su grado la seguridad y la audacia de las miradas de *Macías*

—Perdóneme tu alteza —prosiguió éste vuelto a don Enrique el Doliente— si me hallo en tu palacio sin haberme presentado antes a recibir tus órdenes; tu alteza conoce mi lealtad, y solo poderosísimas causas pueden habérmelo impedido.

—Sensible es a mi corazón, doncel, que cuando os veo después de tan larga ausencia sea para declararos contrario de mi muy amado pariente el conde de Cangas y Tineo y para defender contra él una acusación que estimo calumniosa.

—El cielo, señor, puede solo decidir esta querella.

—Aquí, pues, tenéis —dijo el rey presentando a *Macías* el anillo de la tapada, que ya había vuelto en sí de su desmayo— la prenda de la dama que elegís.

—Perdóneme tu alteza —exclamó la dama arrojándose en medio del rey y de *Macías*—, permite que no reciba de mi mano ese anillo hasta el día en que haya de verificarse el combate. Yo informaré a la persona de tu confianza que elijas, de mis circunstancias, y quedaré hasta que las sepas en tu poder, si necesario fuese. Como prenda de que os admito por mi campeón, aceptad este lazo, noble caballero.

Arrodillose el mancebo, a quien palpitaba violentamente el corazón dentro del pecho, y mientras que su dama rodeaba su cuello con una banda negra que tenía por lema estas dos palabras bordadas imposible, venganza:

—¿Será posible —le dijo en voz baja— que insistáis en ocultaros de quien ha de ser vuestro caballero no solo acaso en la lid...?

—Imposible —repuso, por lo bajo también, la tapada.

—¿Qué tenéis, pues, derecho a exigir de mí?... —repuso *Macías*.

—Venganza —volvió a contestar la dama, concluyendo de anudarle el lazo.

—Y bien, *Macías*, ¿tenéis que pedirme gracia? —dijo el rey.

—Ninguna —respondió el doncel—, sino que oiga tu alteza y apruebe mi desafío. Oíd, ricoshombres, caballeros y escuderos. Yo, *Macías*, doncel del poderoso rey de Castilla don Enrique III, a ti, don Enrique de Aragón de Villena, conde de Cangas y Tineo, tomamos por testigos a todos los aquí presentes, te desafiamos de mal caballero, descortés y aleve, y te retamos a muerte como matador de tu esposa la muy ilustre doña María de Albornoz, a ti y a todos los caballeros de tu casa, a lanza o a espada, a pie o a caballo, mientras corra la sangre en las venas, renunciando a la mía, y sobre esto Dios y la Virgen de Atocha me ayuden. A ti solo o a varios.

Al decir estas palabras, arrojó *Macías* su guante. Gran suspensión y silencio siguió a esta acción determinada.

—Conde de Cangas y Tineo —dijo el rey, volviéndose a alzar en el trono y comenzando a bajar los escalones—, *Macías*, mi doncel, ricoshombres, caballeros, escuderos aquí presentes, yo don Enrique, rey de Castilla, concedo el juicio de Dios a mi doncel *Macías* y a don Enrique de Villena para que en combate singular riñan, cuerpo a cuerpo, y declaro traidor y aleve y digno de muerte al que fuere en la lid vencido, si saliere del vencimiento con vida. Dios sea en favor de la inocencia y de la justicia. Conde, ¿qué hacéis? —añadió viendo que don Enrique, inmóvil, no recogía el guante que le había arrojado su contrario.

—Espero, señor, que no permitirás que yo descienda de la clase en que el parentesco que nos une y los honores con que me has distinguido me han colocado para rebatir cuerpo a cuerpo con un simple doncel de tu alteza una calumnia que desprecio y...

—Si os empeñáis —contestó el rey picado—, igualaré al doncel *Macías*...

—No es necesario, señor —replicó Hernán Pérez, adelantándose a recoger la prenda abandonada—, no es necesario, yo la alzaré por mi señor...

—Teneos... —gritó *Macías* poniendo un pie en el guante—: sois escudero.

—Lo armaré —dijo el conde— y será vuestro igual; y en tanto, Hernán, alzad el guante por mí. O yo o vos. Bastamos cualquiera de los dos para castigar la insolencia del campeón de las damas desconocidas.

Iba a responder *Macías* a este sarcasmo, pero el rey, volviéndose a entrambos:

—Conde —dijo—, espero que vos, o un caballero en vuestro lugar, sostendréis vuestra buena fama. Os hago maestre de Calatrava; espero que ni los caballeros de la Orden ni Su Santidad desaprobarán esta elección que recae en mi misma sangre.

—Señor —dijo inclinándose con mal rebozada alegría el conde—, estoy pronto a aceptar esta nueva honra si los caballeros de la Orden...

—¡Viva el maestre don Enrique! —clamaron tumultuariamente varios de los presentes.

—Bien, señores, bien —dijo el rey—; no esperaba menos de mis leales caballeros de Calatrava. A vos, *Macías*, os doy un hábito de Santiago, y os cubriré yo mismo. Habéis manifestado hoy valor y cortesanía. Espero que entraréis en mi cámara en cuanto os desarméis.

Inclinose *Macías* en señal de gratitud, y el rey se retiró diciendo al condestable:

—Rui, me recordaréis que debo fijar el día del combate. Vos, Abrahem Abenzarsal, encargaos de esa dueña en vuestra cámara hasta que órdenes posteriores mías os indiquen dónde puede permanecer durante el plazo que falte para el combate.

El físico, en consecuencia, intimó la orden a la dama enlutada y la encaminó con un paje a su cámara. Retirose el rey, y con su marcha desaparecieron en pocos momentos los más de los cortesanos.

—No ha sido del todo feliz el día —dijo Abenzarsal a don Enrique, que se retiraba con su escudero—; pero no importa, son nuestros; haced por dirigir a la noche a Hernán Pérez a mi cámara.

—¿Habéis hecho algo? —preguntó don Enrique.

—Espero hacer.

Dicho esto se separaron por no dar sospechas. Don Enrique y su escudero se fueron, departiendo cerca de los muchos sucesos buenos y malos que habían pasado aquel día, y acerca de quién podía ser la dama, si bien muy pocas dudas les quedaban, y ya se proponía salir de ellas al momento el escudero.

Entretanto rodeaban a *Macías* varios caballeros, quién a darle la bienvenida, quién a preguntarle nuevas de Calatrava. Entre los muchos que se le acercaban tocole uno en el hombro con misteriosa familiaridad.

—¡Ah! sois vos, padre mío, buen Abrahem —le dijo *Macías* con un estreme-cimiento involuntario, y una nube de tristeza envolvió su frente.

—Bienvenido a la corte.

—¡A la corte!

—Sí; adiós, joven osado...

—Escuchad; esas palabras... me dijisteis, es verdad... ¡corte, corte funesta!

—Adiós.

—¿No podéis explicaros?

—Ahora imposible; si queréis verme, al anochecer os esperaré en mi cámara.

—¿Cierto, Abrahem? Esperadme. Adiós.

—Adiós.

Siguió el astrólogo con su aparente prisa la dirección de su cámara y *Macías*, distraído, revolviendo mil confusas ideas en su imaginación, quedó entre sus curiosos amigos, a quienes ni contestaba ya acorde ni podía apenas atender.

¡Tal era la impresión que la palabra corte, pronunciada por el físico, había hecho en su imaginación!

—*Macías* ha perdido la cabeza —iban diciendo sus amigos al despedirse de él—. Ese maldito hechicero, en cuyas comisiones ha andado, le ha turbado el juicio. ¡Habéis visto qué desconcierto! ¡Qué distracción! O está enamorado o ha perdido el seso.

Capítulo XVIII

Melisendra está en Sansueña,
Vos en París descuidado,
Vos ausente, ella mujer.
Harto os he dicho; miradlo.

Rom. de Gaiteros

En cuanto había llegado a su habitación don Enrique de Villena se había despedido de él el escudero, ansioso de saber definitivamente si era su esposa la que, por obsequio a la memoria de la condesa, se había presentado con tanta osadía en la corte del rey de Castilla. Pesábale en gran manera que hubiese cabido en la imaginación de su consorte tan heroica determinación, pero lo que con más cuidado le traía era la circunstancia de haber llegado tan a punto el doncel para tomar sobre sí su demanda, y la exclamación de la tapada al oír la voz de su defensor, circunstancias entrambas que ligaba, mal que bien, con el músico de la noche anterior a la desaparición de la condesa. Podía ser casual esta coincidencia; podrían muy bien, su consorte por amistad a doña María de Albornoz, y *Macías* por amor a esa misma, o por cortesanía de caballero ocioso, encontrarse en el mismo camino. Esta reflexión, sin embargo, no bastaba a aclarar sus dudas, y pensó en el partido que debería tomar si no encontraba a Elvira en su cuarto.

Sucediole, sin embargo, lo que no pensaba. Llamó el escudero a su habitación, y la primera persona con quien dio fue con el listo paje, el cual con aire sumamente alegre:

—Buenos días —le dijo—, señor Hernán Pérez; bien hacéis en venir, porque desde que la señora condesa ha desaparecido, no hay medio de alegrar a mi prima. Venid, venid a consolarla; mis esfuerzos todos son inútiles.

—¡Vuestra prima, señor paje! —dijo con asombro y gravedad el escudero—. ¿Supongo que no os queréis burlar de mí?

—¿Yo burlarme, señor escudero, pesia mi alma? Para burlas estamos por cierto, y no se cesa de llorar hoy en esta habitación. Entrad vos mismo y lo veréis.

Abrió Hernán Pérez la mampara inmediata y quedose como de piedra cuando, contra todas sus esperanzas, vio levantarse, al presentarse él, a Elvira, que con afectuosas palabras:

—Esposo —le dijo—, cuán mal lo hacéis conmigo; vos tenéis secretos para mí, vos pasáis los días enteros lejos de mí; hoy, sobre todo, me habéis dejado sola, y sabéis que no tenía ya la compañía de la condesa…

—Perdonad, Elvira, si… Yo… ya sabéis que… —pero nunca pudo decir más el asombrado escudero. Su esposa estaba vestida de negro, sí, pero su ropa no manifestaba haber salido aquella mañana; por otra parte, la dama enlutada había quedado en palacio.

—¿Qué tenéis? ¿Traéis mala nueva?

—Sí por cierto —contestó más repuesto Fernán Pérez—; os traigo la de que me he vuelto loco.

—Muy cuerdo lo decís.

—Jurara que os había visto en otra parte…

—Puede…

—¿Cómo? ¿Puede?…

—Tantas veces me habéis dicho que no me separo un punto de vuestra imaginación, que me veis en todas partes tal cual soy… Qué… ¿no es cierto?

—Sí —replicó mordiéndose los labios el desairado esposo—. Pero esta mañana no os creí yo ver de ese modo. En fin, parece que estáis aquí…

—¿Os estorbo, Vadillo? Habladme con el corazón en la mano… ¿Queréis que salga efectivamente…?

—No, no es eso; es que me he vuelto loco, ya lo he dicho.

—Lindo humor traéis, esposo. Si hubierais perdido una amiga, si os persiguiese una voz que os gritase continuamente en vuestro pecho: un crimen se ha cometido y el criminal está impune…

—¿Qué decís? ¿Oís vos esa voz?

—Os digo que no puedo desechar de mi imaginación que esa pobre condesa ha sido malamente muerta, y que una persona…

—¡Silencio! —gritó con terror Vadillo.

—¿Silencio, por qué? Esta noche lo he soñado.

—¿Qué habéis soñado?

—Tonterías; pero cuando está una afligida y prevenida por una idea… no sé qué efecto…

—Contad.

—Nada; soñé que había estado en la corte no sé por qué accidente, y que una dueña enlutada se había aparecido a pedir justicia…

—Proseguid —dijo temblando Vadillo.

—Sus facciones eran las de la condesa, su voz la misma; arrojéme a abrazarla y…

—¿Vos?

—Yo, y me rechazó: «Aparta —dijo—; estoy manchada de sangre; ¿no la ves correr aún?». Un chorro, entonces, pareció salpicarme toda, y temblé… Pero ¡Dios mío! vos tembláis también.

—No.

—Sí.

—Bien, sí… Estoy mortal —añadió para sí, levantándose, Vadillo—; ¿si habrá muerto efectivamente la condesa? ¿sería capaz el conde?… ¡Qué horror! Por otra parte, conociéndome, si lo hubiera hecho, me lo hubiera ocultado… yo le afeé… ¡Dios mío! ¡Dios mío! ¿Yo he sido cómplice de un asesinato? La dueña enlutada no podía ser sino la sombra misma de la condesa. ¡Jesús! ¡Jesús! ¡Virgen Santísima! —gritó Vadillo fuera de sí.

—Esposo, ¿qué es eso? ¿Sabéis que empiezo a temer que sea cierta la pérdida de vuestra razón?… Contadme, por Dios…

—Nada; imposible; en dos palabras: ¿vos no habéis salido?

—¡Qué pregunta!

—¿No saldréis?

—¡Qué aire!

—Adiós, Elvira, adiós. No me esperéis hasta la noche. Asuntos de importancia me llaman al lado de don Enrique…

—¿Os vais? ¿Para eso habéis venido? Mirad…

—Bien sé que me queréis, que me sois fiel; soy un loco… pero… la condesa… ya sabéis… Ahora dejadme, por Dios, dejadme, vuestra presencia me hace mal.

Separose, al decir esto, casi por fuerza de los brazos de su esposa, la cual quedó sollozando en un sillón con el paje al lado.

—Esto es mejor —dijo el paje—. ¿Lloráis de veras?

—Jaime, sí. Hace una tantas cosas contra su voluntad; las consideraciones del mundo…

—¿Cómo? ¿Lo decís porque tenéis que agasajar y poner buen semblante a vuestro esposo?

—¿Qué dices, Jaime? —preguntó, lanzando un suspiro, Elvira—. ¿Quién te ha dicho eso? Es mentira, mentira. Yo amo a mi esposo; ni pudiera amar sino a él; ¡es tan bueno!

—Pues entonces —dijo el paje— no os entiendo; yo por mí, si no os viera llorar, ahora me reiría, soltaría la carcajada.

—¿Por qué? ¿Porque una circunstancia desgraciada le ha puesto en el caso bien triste de no poder distinguir la verdad del engaño? ¿Porque una mujer tenga mil veces que parecer artificiosa con su esposo se habrá de deducir que éste es risible? Ah, Jaime, en todo engaño ten lástima siempre del engañador, que en realidad ése es el más risible, y ése es acaso realmente el engañado.

Después de esta pequeña reprimenda no osó hablar el pajecillo.

—Mira, Jaime, si va lejos ya Hernán Pérez.

—Tan lejos que no le alcanzaría el mismo Hernando, que no hay corza que no alcance.

—Vamos, pues, paje; no hay tiempo que perder; ya tienes tus instrucciones. Prudencia y silencio… como la muerte, ¿estás?

—Como la muerte —respondió el paje. Dichas estas palabras, Elvira y el paje pasaron a otra pieza, donde no nos es lícito penetrar con ellos.

Fernán Pérez, entretanto, recorría con más terror que celos las inmensas galerías del alcázar; cada pisada suya le parecía las de la condesa. Hay muchos hombres valientes, temerarios contra un millar de enemigos armados en un día de batalla y que perecen de terror ante la idea de un muerto y el recuerdo de una fantasma, que treparían los primeros a la brecha y no subirían nunca solos una escalera oscura. En aquel momento Hernán Pérez era de éstos; el menor ruido que hubiera oído realmente, la menor sombra que se hubiera puesto delante de sus ojos, le hubiera derribado por tierra sin sentido. Tal traía él la imaginación llena de ideas de muertes y apariciones, de sombras y emplazamientos. Llegó, por fin, a la cámara de don Enrique. Abriola de golpe y precipitose dentro con los cabellos erizados y los ojos casi fuera del cráneo.

—¿Qué traes, Vadillo? —dijo levantándose don Enrique al ver el desorden de su escudero.

—Es su sombra, señor, es su sombra —repuso Vadillo, mirando atrás todavía y procurando componer su semblante.

—¿Qué sombra? —replicó don Enrique—. Será la que hace vuestro cuerpo al pasar por delante de la lámpara de la galería.

—No es eso, señor, no es eso.

—¿Qué es, pues? Explicaos.

—Mi esposa...

—¿Vuestra esposa es sombra? ¿Qué decís?

Temblaba ya Ferrus de pies a cabeza con la explicación del escudero, y no sabía don Enrique qué creer de semejante asombro.

—Digo, señor —concluyó Vadillo reponiéndose—, que la dueña enlutada no es mi esposa, porque mi esposa está en su habitación, y mi esposa no ha salido ni saldrá...

—¿Estáis seguros?

—Como estoy vivo.

—¿Quién puede entonces?...

—No puede ser —dijo Ferrus—, sino...

—La sombra de la condesa —concluyó Vadillo.

—¿La sombra de la condesa? ¡Ésa es buena! —exclamó soltando una estrepitosa carcajada don Enrique de Villena.

—¿Te ríes, señor?

—¿No he de reírme, si habéis perdido entrambos la cabeza?

—Ah, señor —repuso Vadillo—, veo que si yo contara un sueño... En fin, quiero que me hayáis referido de la condesa la pura verdad. ¿Estáis seguro de que el encargado de...?

—Deliráis, Vadillo, deliráis. Verdad es que ahora pierdo yo el hilo de mis observaciones y no sé... Puesto que decís que estáis seguro de haber visto a vuestra esposa, confieso que no entiendo... De todos modos, es necesario que vayáis a buscar al astrólogo; os aguarda para darme una razón que espero con ansia. ¿Os atreveríais, ya que vais, Vadillo, a averiguar quién sea la tapada? ¿Tendríais resolución...?

—Manda, señor, a tu escudero.

—Bien, pues yo confío a vuestro talento esa intriga; si el nigromántico lo sabe, os lo dirá; si no, ved de tocar siquiera esa sombra, que como la toquéis, y como ella ofrezca cuerpo y resistencia —añadió riéndose don Enrique— podéis estar seguro, no quiero yo decir de que sea vuestra esposa, pero a lo menos, sí, de que es persona; y a ser hombre, como parece mujer...

—Entonces, señor, yo os prometo que mi espada hiciera pronto la experiencia. Perdona si el sobrecogimiento de una escena que he tenido tan rara, tan extraordinaria, me ha hecho parecer a tus ojos, señor...

—Vadillo, os he visto pelear; sé que tenéis valor. Conozco, por otra parte, a los hombres: son débiles y miserables en todo. Una preocupación es más fuerte que cien caballeros.

Iba a despedirse el escudero para la cámara del astrólogo, donde le esperaban acontecimientos más extraordinarios cien veces que los pasados; pero don Enrique le detuvo para dar lugar, lo uno a las intrigas que debía preparar el nigromante, y lo otro porque entonces, que en realidad le engañaba, una voz interior le gritaba que debía tratarle con más amistad y consideración que nunca. No debía faltarles tampoco que hablar desde que don Enrique era maestre, desde que iba a ser Hernán Pérez caballero, y desde que el singular duelo de la mañana había venido a complicar tan extraordinariamente los negocios y los intereses de los principales personajes de nuestra verídica historia.

Capítulo XIX

Y después de haber propuesto
Su intento y sus pretensiones
A los de guerra y estado
Que atento le escuchan y oyen,
En confuso conferir
Se oye un susurro discorde
Que sala y palacio asorda
La diversidad de voces.

Rom. de Bernardo del Carpio

Cosa indudable es que don Enrique de Villena, una vez adoptadas sus ambiciosas ideas de elevación, no perdonaba medio alguno de llevarlas a cabo ni daba punto de reposo a su imaginación, buscando trazas para asegurarlas. El alto puesto que anhelaba era, sin embargo, bastante apetecible para que se le ofreciesen naturalmente en el camino de sus intrigas temibles maquinaciones de sus enemigos y poderosos contendedores. No habrá olvidado el lector tan pronto, si es que ha llegado a tomar alguna afición a los sucesos que le vamos con desaliñada pluma narrando, aquel don Luis de Guzmán, que paseaba el salón de la corte en la mañana de este mismo día, hablando con el famoso cronista Pero López de Ayala. Si no ha olvidado a aquel caballero, y si recuerda el diálogo en que se lo presentamos por primera vez, tendrá presente, también, que el cronista le había designado como sucesor probable de su tío don Gonzalo de Guzmán, último maestre de Calatrava. Llamábanle, efectivamente, a este alto puesto, en primer lugar su parentesco con el difunto, su vida ejemplar e irreprensible conducta, el título de comendador de la Orden y la confianza que inspiraba a los más de los caballeros. Era generalmente querido, y en realidad más digno del maestrazgo que don Enrique de Villena, en aquella época, sobre todo, en que el valor solía suplir todas las demás cualidades; teníale don Luis en alto grado, y había dado de él repetidísimas y brillantes pruebas en las guerras de Portugal y de Granada; al paso que de don Enrique se podía sospechar fundamentalmente que no era su virtud favorita, pues nadie recordaba haberlo visto jamás en ningún trance de armas. Había probado, además, don Luis que conocía los deberes todos de buen caballero en las diversas justas y torneos en que había sido mantenedor o aventurero; sabía manejar en todas ocasiones con singular gracia un caballo, rompía una lanza con bizarría, corría parejas con extrema donosura, cogía sortijas con destreza y disparaba cañas con notable inteligencia. Don Enrique, por el contrario, empleaba todo su fuego en semejantes circunstancias en hacer una trova muy pulida y altisonante, en que cantaba las hazañas ajenas a falta de las propias. Pero era el mal que en la corte de don Enrique no habían obtenido todavía las trovas aquel grado de estima que en reinados posteriores llegaron a alcanzar; cosa en verdad que no dejaba de ser justa, si se atiende a que las trovas servían solo para matar el fastidio momentáneamente en un banquete de damas y cortesanos, al paso que una lanza bien manejada derribaba a un enemigo; y en aquellos tiempos belicosos eran más de temer los enemigos que el fastidio.

Las intrigas de don Enrique habían impedido que este mancebo generoso supiese a debido tiempo la infausta nueva de la muerte de su tío. La primera noticia que de ella tuvo fue la que en pública corte recibió, y en el primer momento la sorpresa de no haber sido de ella avisado, circunstancia que no acertaba a explicarse a sí mismo fácilmente, y el dolor, le embargaron toda facultad de pensar y abrazar un partido prontamente. Sacole, empero, de su letargo la elección que hizo el rey de su pariente para suceder en el maestrazgo, e indignole, aún más que semejante nombramiento, la bajeza con que se adelantaron varios caballeros de su Orden a proclamar casi tumultuosamente al conde. Mal podía, sin embargo, en aquella circunstancia manifestar su agravio, ni menos oponerse a la dicha de su competidor. Aunque lo hubiera intentado, hubiérale sido muy difícil pronunciar una sola palabra, porque debemos añadir a lo que de su carácter llevamos manifestado, que tenía tanto don Luis de cortesano como don Enrique de valiente. Todos sus conocimientos estaban reducidos a los de un caballero de aquellos tiempos; habíanle enseñado, en verdad, a leer y escribir, merced a la clase elevada a que pertenecía; pero cuando no tenía olvidado él mismo que poseía tan peregrinas habilidades, que era la mayor parte del tiempo, no comprendía por qué se habrían empeñado sus padres en hacerle perder algunos años en aquellos profundísimos estudios, que no le podían ayudar, decía a rescatar una espuela ni el guante de su dama en un paso honroso.

¿Qué cota, por débil que fuera, qué almete por mal templado, había cedido nunca a la lectura de un pergamino, por bien dictado que estuviese, o al rimado de una trova, por armoniosa que sonase? Despreciaba, asimismo, las galas del decir y el elegante artificio de la oratoria, porque solía repetir que él llevaba la persuasión en la punta de su lanza; y efectivamente había convencido con ella a más moros que los misioneros que iban continuamente a Granada; éstos no solían sacar otro fruto de su peregrinación cristiana que la palma del martirio, la cual podía ser muy santa y buena para su alma, pero no daba un solo súbdito a la corona de Castilla, sino antes se lo quitaba. Bien se ve por este ligero bosquejo que era don Luis hombre positivo y que no hubiera hecho mal papel en el siglo XIX. En esta candorosa ignorancia, y en la fuerza de su brazo, consistía su popularidad, porque entonces, como ahora, se pagaba y paga la multitud de las cualidades que le son más análogas y que le es más fácil tener; en ellas tomaba su origen el carácter impetuoso y poco o nada flexible de don Luis; cuando oyó la elección que había hecho el rey Doliente, miró a una y otra parte todo asombrado, como si no pudiese ser cierta una cosa que no le agradaba, enrojeciose su rostro, cerró los puños con notable cólera e indignación, miró enseguida al rey, miró al conde de Cangas, miró a los caballeros calatravos que le proclamaban, encogiose de hombros y sin proferir una sola palabra saliose determinadamente de la corte; acción que en otras circunstancias menos interesantes hubiera llamado extraordinariamente la atención de los circunstantes. Nadie, sin embargo, la notó, y el ofendido caballero pudo entregarse libremente al desahogo de su mal reprimida indignación. Hubiera él dado su mejor arnés y su mejor caballo por haber sabido el golpe que le esperaba en el momento aquél en que la acusadora de su rival había apostrofado a los caballeros presentes en favor de su demanda. No hubiera sido *Macías* entonces el que se hubiera llevado el honor de salir por la belleza; porque es de advertir que la acusación, que, como a todos, le había parecido inverosímil en el instante de oírla, comenzó a tomar en su fantasía todos los visos no solo de verosímil, sino de probable, y hasta de cierta, desde el punto en que se vio suplantado porque era objeto de la querella. «Es evidente —dijo para sí—, que don Enrique es un fementido; mientras más lo pienso, más me convenzo de su iniquidad. ¡Felonía! ¡Matar a una mujer!» Desde que hizo este raciocinio hasta el día de su muerte, don Luis de Guzmán no pudo admitir jamás suposición alguna que no fuese en apoyo de esta opinión; era evidente para él que don Enrique había matado a su esposa, y aunque la hubiera vuelto a ver de nuevo buena y sana, cosa que no sabremos decir si era fácil ya que sucediese, hubiera dudado primero de sus propios ojos que del delito de don Enrique. Así juzgan los hombres, y los hombres exaltados sobre todo.

Llegado don Luis a su casa, llamó a su escudero y le dio el encargo de convocar a los caballeros de Calatrava en quienes más confianza tenía y que no habían asistido a la corte de aquel día. Mientras que el escudero partió a desempeñar su delicada comisión, quedó don Luis paseando a lo largo de su habitación y maquinando cómo podría asir la dignidad que acababa de deslizársele entre las manos.

De allí a poco comenzaron a ir llegando los caballeros de Calatrava, llamados unos, de su propia voluntad otros, al saber la escandalosa novedad que en la Orden ocurría. Varios entre ellos tenían el mismo motivo de agravio que don Luis, es decir, que no podían alegar más causa de su enemistad a don Enrique que el haber éste conseguido lo que ellos para sí deseaban; estos tales se hubieran reunido igualmente con Villena contra don Luis si hubiera sido éste el afortunado, El amor propio ofendido y el deseo de derribar al poseedor eran su único objeto al reunirse, cosa que sucede comúnmente en los más de los conspiradores y descontentos. No sucedió, pues, en esta ocasión sino lo que suele siempre suceder en casos semejantes; pero había una circunstancia favorable para ellos esta vez, a saber: que Villena prestaba mucho campo a la oposición, de suerte que en realidad no eran sus enemigos los que tenían ventaja, sino él el desaventajado.

No tardaron mucho tiempo en hallarse reunidos en la casa posada de don Luis de Guzmán más de veinte entre caballeros y comendadores de Calatrava. Seguía paseándose en silencio el desairado candidato y solamente una seca inclinación de cabeza y un ademán más seco todavía, con que hacía seña de ofrecer asiento, marcaban de cuando en cuando la entrada de un nuevo concurrente. Al ver tan distraído y preocupado al dueño de la casa, sentábase cada cual y esperaba con humilde resignación a que tuviese por conveniente romper tan incómodo silencio; lo más a que se extendía el atrevimiento en tan solemne reunión era a preguntar, en voz imperceptible, alguno a su compañero y adlátere el objeto de aquella misteriosa asamblea. Luego que le pareció a don Luis suficiente el número de sus oyentes, soltó la rienda a su desnuda elocuencia con toda la seguridad de un hombre que está muy lejos de imaginar que puedan reprochársele las frases que usa o vituperársele los vocablos que para expresar sus ideas adopta.

—¡Por Santiago, caballeros de Calatrava —exclamó—, que hoy luce un día bien triste para nuestra Orden! Día de oprobio, día que no saldrá fácilmente de vuestra memoria. Un rey débil, un rey enfermo, un rey en cuya mano estaría mejor la rueca de una dueña que la lanza de un caballero osa atropellar vuestros fueros y privilegios, y ¡voto va! que no luce bien la cruz roja en un pecho dispuesto a sufrir humillaciones. ¿Sabéis lo que es honor, caballeros de Calatrava? —se interrumpió bruscamente a sí mismo el comendador, parándose de pronto en su paseo, como hombre que ha perdido el hilo de un largo discurso que trae mal estudiado y que se decide por fin a reasumir en una sola frase enérgica y terminante todos sus cargos y argumentaciones—. ¿Sabéis lo que es honor, caballeros de Calatrava?

A la primera enunciación de este inesperado apóstrofe, dejose percibir sordo murmullo de desaprobación en el auditorio, y poniéndose en pie uno de sus principales oyentes:

—Duda es ésa, señor don Luis de Guzmán —dijo— que cada uno de los que aquí miráis reunidos a vuestro llamamiento sabría desvanecer bien presto, a no ser vos el que la anunciáis. Ignoro los motivos que podéis tener para haber llegado a darle entrada en vuestro corazón, pero yo en mi nombre, y en el de todos los presentes, os ruego que os sirváis exponernos brevemente la causa que a esta convocación os mueve y a declarar qué habéis visto en los caballeros de la Orden que provoque tan alta indignación. Espada tenemos todos, y en cuanto al valor, no será esta la primera ocasión en que probemos que no estamos acostumbrados a sufrir ultrajes impunemente.

—Nunca dudé —contestó don Luis con la satisfacción de un hombre que ve abundar a sus oyentes en sus mismas opiniones— nunca dudé de vuestro valor. Como comendador más antiguo, como pariente de nuestro buen maestre, que acaba de fallecer en Calatrava, he creído tener derecho a convocaros cuando se trata de los altos intereses de la Orden y de evitar acaso su ruina.

—¿Su ruina? —exclamaron a una todos los caballeros.

—Su ruina, sí —repitió Guzmán—; su ruina. Hoy ha llevado un golpe que tarde o nunca se reparará. Varios de vosotros lo habéis oído. Escuchadlo los demás con espanto y con indignación. No se espera ya a que los caballeros de la Orden, reunidos en su capítulo, pongan a su cabeza, movidos de justas razones, al caballero más perfecto, más experimentado en las lides, más prudente en los consejos. No; un rey por sí, atropellando nuestros más sagrados derechos, eleva a la dignidad que mil hechos heroicos, que una larga vida de virtudes bastan apenas a merecer, ¿a quién? A un hombre cuyo penacho no sirvió nunca de guía a los valientes en una batalla, a un hombre que nunca dio el primero ni oyó resonar en torno suyo el grito de ¡Santiago y cierra España!; a un hombre que ha trocado la lanza por la pluma, cuyo campo de batalla es una mesa cubierta de inútiles pergaminos, que no ha vencido nunca sino las necias dificultades de lo que llama él rimas; a un hombre, caballeros, de quien con fundada razón se dice que tiene inteligencia con los espíritus y que...

—¡Qué horror!

—Oídlo, sí, con escándalo, nobles compañeros. Ése es el hombre que nos destinan por maestre; un afeminado cortesano, un intrigante ambicioso, un rimador, un nigromante en fin...

—¡Fuera, fuera! —gritaron a una los caballeros, cuyos ánimos iba templando ya el calor comunicativo y la natural elocuencia de la pasión que dominaba en el comendador.

—¿Lo sufriremos? —continuó don Luis, como una piedra que caída de una altura desmesurada sigue rodando largo espacio después, de llegada al llano—. ¿Lo sufriremos? Yo por mí, nobles caballeros, juro a Santiago de no dormir desnudo y de no comer pan a la mesa mientras que vea la Orden a su cabeza al... al... ¿para qué callarlo, en fin? Al asesino de su esposa.

No necesitaban ni tanto ya los caballeros; reunidos en casa del comendador para acabar de perder la poca sangre fría que les quedaba. La última frase del orador produjo el efecto de una chispa lanzada en medio de un montón de estopa seca. Veíase lucir en todos los semblantes la misma animación que en el de Guzmán; todos provocaban y excitaban mutuamente su cólera con la relación de las ofensas que en aquel momento se figuraba cada cual haber recibido o del rey Doliente o del intruso maestre. Inútil es decir si se recapitularon largamente las calidades del conde de Cangas. Había quien le había visto horas enteras evocando los manes de los difuntos en un cementerio, en compañía del judío Abenzarsal; había quien le había visto sepultarse en una larga redoma y desaparecer a los ojos de los circunstantes, y hasta se llegaba a probar que había estado en más de una ocasión en dos partes opuestas a un mismo tiempo; lo cual, como convinieron todos, no podía obrarse sino por arte del demonio, si se atiende a que cada uno suele tener en el mundo más que un cuerpo. Ahora bien: era cosa sabida que el demonio no hace nada de balde, circunstancia que podría hacerle pasar perfectamente por escribano o agente de negocios, de lo cual era forzoso inferir que don Enrique le habría vendido su alma, si bien no había entre tanto ilustre caballero quien osase descifrar las ventajas que al demonio le podían resultar de poseer el alma de don Enrique de Villena, tanto más cuanto que a todo tirar no era realmente de las mejores.

Quedó, sin embargo, establecido por punto general, primero, que don Enrique había sido, era y sería eternamente nigromante por pacto con el demonio; segundo, que había sido asimismo, era y sería eternamente el asesino de su esposa, lo cual había de ser irremisiblemente cierto, mas que no hubiese tal demonio ni tal esposa muerta, cosas para nosotros, si hemos de decir verdad, igualmente dudosas.

Resueltos estos dos puntos principales, era consecuencia forzosa el resolver la deposición del maestre; esto, en verdad, ofrecía mas dificultades, pero la imaginación las superó; convínose primeramente en que don Luis de Guzmán quedaría en la corte para exponer reverentemente a su alteza que los estatutos de la Orden de Calatrava determinaban que solo pudiese ser nombrado el maestre por elección de los caballeros y comendadores reunidos en capítulo; y que para ganar tiempo, mientras se recababa de su alteza la revocación del nombramiento ilegal, saldrían varios de los caballeros presentes en calidad de emisarios a los diversos puntos donde había fortalezas y castillos de la Orden para evitar que se reconociese y prestase juramento de pleito homenaje al conde de Cangas. Uno, sobre todo, debía ir y declarar al clavero de la orden, residente en Calatrava, que era la voluntad del mayor número de los caballeros que siguiese desempeñando las funciones de maestre; lo cual, además, le suplicaban rendidamente por el bien de todos, mientras que se procedía a la elección del que hubiese de ser válida y legalmente nombrado.

No perdieron, pues, instantes preciosos, y antes de anochecer los caballeros habían hecho voto solemne de llevar adelante su empresa mientras que estuviese pegado el puño de la espada a la hoja y mientras que corriese una gota de sangre por las venas; todos habían ofrecido al santo de su devoción el don que les parecía más grato a sus ojos, y se habían separado, después de conferidos poderes a cada uno de los emisarios en nombre de aquella junta, que llamaron capítulo extraordinario, y al cual supusieron igual poder que al capítulo general, en vista de la urgencia y apuro de las circunstancias en que se había celebrado.

Verdad es que tampoco se había dormido don Enrique de Villena, a quien no se le ocultaba que podría encontrar una enérgica oposición en los caballeros; antes, disponiendo de varios de los que se habían pronunciado en su favor en la corte de aquella mañana, tomó igual providencia, enviando a Calatrava, a Alhama y a otros puntos, emisarios que le dieran a reconocer, que animasen a los tibios con promesas de adelantamiento, ganasen a los descontentos con plazas efectivas de comendadores y enardeciesen a los amigos para que no pudiese en ningún caso ser contraria a la elección de su alteza la elección del capítulo, que bien sabía él que se necesitaba para la tranquilidad e indisputable posesión del apetecible maestrazgo.

Dejemos, empero, a los emisarios de uno y otro corriendo los campos de Castilla, y llevando de una parte a otra órdenes contradictorias, y volvamos a seguir el hilo de las maquinaciones de que era teatro la parte del alcázar destinada a las habitaciones de su alteza y de sus más allegados servidores.

Capítulo XX

Quien esto vos aconseja,
Vuestra honra no quería.

Rom. de don García

Empezaba a anochecer cuando el astrólogo Abrahem Abenzarsal, paseándose en su laboratorio con notable inquietud, parecía esperar a alguna persona, o el éxito por lo menos de alguna de las muchas intrigas en que le tenía embarcado a la sazón su desmedida avaricia.

—¿Si habré cometido una imprudencia? —decía—. ¡Oh, a mi edad sería imperdonable! ¡Los motivos que me expuso fueron tan poderosos y tantas sus lágrimas, tan eficaces sus ruegos! ¡No sé qué principio de condescendencia hay en el corazón del hombre, el más duro, el más empedernido, el más viejo, para con una mujer, y una mujer hermosa y joven que suplica!... Pero... alguien viene... ¡Ah! No cometí imprudencia alguna. Señora, me halláis en la mayor inquietud... estaba anocheciendo ya...

—Os di mi palabra —respondió la dama que entraba— e hicisteis mal en estar con cuidado. Pero os advierto lo mismo que esta mañana os advertí: bien conocéis cuán difícil es que en mi posición pueda continuar semejante enredo. Os he dicho ya que las razones que a ocultarme me obligaron nada tenían de común con su alteza; muchas veces no se puede hacer una obra buena a cara descubierta; las pasiones de la vida... En fin, ya me habéis comprendido. Espero, pues, que si no habéis hablado a su alteza, le habléis cuanto antes os sea posible.

—Esta misma noche, señora, podréis retiraros. Una vez que sepa su alteza quién sois, ¿qué inconveniente podrá haber?...

—¡Qué agradecida debo estaros, sabio Abrahem!

—Vuestra estancia aquí es ahora indispensable. Su alteza pudiera querer veros, y sus órdenes han sido tan terminantes... Por otra parte, no es de extrañar que quiera tomar con la acusadora de su querido pariente todas las medidas que la prudencia indica, sobre todo cuando no presenta acusación tan atrevida vislumbre alguno de verosimilitud.

—¿Vos también, Abenzarsal, vos que conocéis a don Enrique de Villena?...

—Porque le conozco, señora, no le creí nunca capaz de un...

—De todo, Abrahem, de todo.

—Veo que os hace obrar, señora, algún resentimiento particular... ¡Oh! Sabido es que el conde fue siempre aficionado en demasía a las bellas...

—De nada le hubiera servido esa afición para conmigo...

—Conozco vuestra virtud... pero pudiera muy bien...

—¿Sí? ¿Y qué? ¿Para qué negarlo? Largo tiempo duró su persecución; pero si alguno de los dos puede aborrecer al otro por ese recuerdo, él es y no yo...

—Lo sé, señora.

—Por lo que a mí hace, me ha movido la amistad que a la condesa, mi señora, siempre he profesado, y el cielo, no otras consideraciones. Las que puedan moverle a él contra mí me interesan poco, Abenzarsal. Hállome bajo la protección de las leyes, bajo la salvaguardia de mi Estado, bajo la custodia ahora de su alteza mismo.

—Decís bien, hermosa dama. Perdonadme si no entro ahora mismo a hablar por vos a su alteza; pero tengo para mí que ha de estar en su cámara todavía su doncel favorito, cuya larga ausencia no podía menos de dar lugar ahora a largas entrevistas. ¿Conocéis, supongo, al doncel *Macías*? ¡Pero qué distracción! Es vuestro defensor.

—Sin embargo —respondió la dueña cubriéndose el rostro con su abanico morisco— nunca le hablé...

—¿No?

—Ya visteis que su presencia en la corte no tenía indicio de cosa premeditada de consuno. La casualidad sin duda le trajo... a tiempo que ningún caballero de la corte de don Enrique quería arrostrar por una débil mujer el poder del insolente Villena.

—Y su bizarro valor fue, en ese caso, y su cortesanía lo que le obligó a...

—¡Oh! eso no es nada. Más es de admirar la cobardía de los demás caballeros que su valor. Ése es deber...

—No seréis vos, sin embargo —prosiguió el astuto astrólogo—, la que negaréis al único caballero que os ha librado del riesgo en que estabais las brillantes y peregrinas dotes que Castilla toda le concede... no. ¿Sabéis qué hora es?

—Aquí tenéis el arenero... Un solo defecto suelen encontrarle...

—¿A quién?

—Al doncel.

—¿Y cuál? —repuso la dama, afectando una indiferencia que por cierto no sentía.

—Nada; dícese que nunca se le ha conocido dama alguna; sin embargo, tiene ya edad de enamorarse…

—¿Quién sabe si lo estará realmente? ¿Es forzoso decir a gritos?…

—No; pero sabéis que a su edad es raro el caballero que no puede llevar un mal lazo, una banda, prenda del amor de su dama. Hasta es desdoro. Como no sea que adore en secreto a alguna belleza cuyo mote no puede llevar…

—¿Qué decís?

—O es eso, señora, o es que el doncel no es sensible sino al aguijón de la gloria. En ese caso, su galantería sería pura caballerosidad…

—¿Estará ya solo su alteza? —interrumpió la agitada dama.

—Paréceme, señora, que tenéis interés en interrumpir la conversación del doncel… ¿Sería yo indiscreto al hablar delante de vos?

—¡Oh no, no, nada de eso!; hablar de él como pudierais de cualquier otro. Solo me relaciona con él el vínculo de la gratitud que recientemente me ha merecido.

—Solo una cosa tenía que añadir, en el supuesto de que esta conversación no os incomode… ¿Estáis inquieta?

—No, os he dicho que no; estoy tranquila. ¿Por qué no habría de estarlo?

—Digo, pues, que acaso ahora con ser vuestro caballero…

—¡Mi caballero!

—Forzosamente ha de serlo.

—Sí, mi campeón —repuso la enlutada, con un suspiro escapado del pecho a su pesar.

—Como queráis. La posición en que está para con vos, ese misterio que os empeñáis en guardar, la compasión que inspiráis y el entusiasmo al mismo tiempo a que inclina el hermoso rasgo de amistad que habéis…

—No me lisonjeéis y acabad.

—Todo eso, pues, hará nacer acaso en su imaginación ideas que no habrá tenido nunca tal vez, y en su corazón una afición…

—Perdonad, Abrahem, si os interrumpo; pero admiro vuestra penetración. ¿Habéis conocido antes en mi rostro que me sentía incomodada?...

—¿Será cierto? Esta conversación...

—No, la conversación no —repuso la dama reclinándose—; pero la agitación del día, la precipitación, además, con que he tenido que andar, no me ha permitido tomar alimento, y siento una debilidad...

—¿No os decía yo? La palidez de vuestro rostro me lo anunciaba. Ved qué necio, yo creía que era la conversación... ¡Qué tontería! Ya veo que el día que habéis traído hoy es más que suficiente motivo...

—Decís bien.

—Ya sabéis que mi primera ciencia es la de curar; si queréis seguir mis consejos...

—¡Ah! ¿Creéis que esta debilidad...?

—¿Queréis tomar algún alimento?

—Me será imposible...

—Verdad es... Si quisierais una bebida cordial que os diese fuerzas...

—¿Tenéis?...

—Yo mismo os la prepararía... Os daría descanso y fuerzas...

—Como gustéis, Abrahem.

—La tomaréis —dijo el físico preparando unas yerbas— y podréis descansar un rato aquí mientras que paso a hablar a su alteza.

—Pero en vuestra ausencia...

—No temáis; nadie viene a mi cámara; el estudio y el retiro en que vivo alejan de mí las visitas que pudieran turbar vuestro reposo. Ningún sitio del palacio más seguro que éste; su inmediación a la cámara del rey, las muchas guardias que custodian las próximas galerías...

—No, no es que tema ningún peligro; pero...

—Perded miedo; por otra parte tenéis vuestro antifaz, que puede en todo caso guardaros de la indiscreción, y vuestras dos dueñas esperan vuestras órdenes en mi antecámara. A la menor voz, ellas y los ballesteros...

—Decís bien.

—Perdonad si vuestros mismos intereses me obligan a dejaros sola en mi habitación; mi ausencia será corta.

—Eso deseo.

—Tomad, pues, señora, esa bebida.

—Pero ¿me respondéis de su eficacia?…

—Estoy seguro de ella; apuradla.

—Ya veis si tengo confianza en el físico de su alteza; ni una sola gota he dejado.

—Obrasteis como prudente —repuso el empírico con una alegría que disimulaban mal sus ojos de fuego y de esperanza—. Reclinaos ahora un momento.

—No, no hay necesidad.

—Presto conoceréis sus efectos; es maravillosa la virtud de la bebida; al principio parecerá quitaros las fuerzas; pero después… y obra con una rapidez…

—Sí; paréceme que siento como pesadez…

—¿No os dije? Acaso os hará dormir…

—¡Dormir, Dios mío! y aquí… ¡Abrahem!

—¡Señora!

—¡Santo Dios! ¿Por qué no me lo habéis dicho?

—Oh! será un momento… una hora.

—¡Una hora, Abrahem! Quiero marcharme… Me pondré el antifaz…

—¿Qué decís? Si queréis, mi lecho…

—¡Dios mío! ¡Dios mío!… ¡Qué sueño, Abrahem, qué pesadez! Es de plomo mi cabeza… Abrahem, Abrah… ah… Bien.

Apenas tuvo fuerzas para pronunciar esta última palabra, a la cual no podía ya dar la enlutada sentido alguno. Inclinose su cabeza, dejó caer su brazo lánguidamente, abriose su mano y desprendiose de ella sobre su sitial el hermoso pañuelo que bordado de su propia mano traía, y en que lucía su nombre con gruesos caracteres góticos de oro y seda artificiosamente mezclados. El más profundo letargo había sobrecogido a la enlutada, y el astrólogo conocía, efectivamente, muy bien el maravilloso efecto de la narcótica bebida.

—¡Es mía! —dijo, después de un momento de silencio, el físico—. ¡Es mía! —añadió levantando el antifaz con que se había cubierto la dueña la cara antes de dormirse, y volviendo a dejarle caer sobre sus hermosas facciones luego que la vio profundamente dormida—. Téngola segura aquí para hablar con su alteza; otra para el desenlace de esta intriga infernal. Infernal, sí, pero pagada. Ésta es la circunstancia que han de tener las intrigas.

Dichas estas palabras, reconoció el astrólogo su habitación y las puertas de ella; cerró la comunicación con la escalera secreta y salió con dirección sin duda a la cámara de su alteza.

Capítulo XXI

> ¿Cúyo es aquel caballo
> Que allí bajo relinchó
> [...]
> ¿Cúyas son aquellas armas
> Que están en el corredor?
> [...]
> ¿Cúya es aquella lanza
> Que desde aquí la veo yo?
>
> Cancion. de rom. anón.

Más de una hora había pasado desde que el intrigante viejo había sepultado en letargo profundo a la incauta enlutada y no había alterado en aquel espacio el más mínimo ruido la tranquilidad que en el laboratorio reinaba.

Por fin dos hombres, vestido el uno de rica y vistosa seda, de tosco buriel el otro, armado aquél simplemente con una espada, balanceando éste en su diestra mano un agudo venablo, entraron en la pieza inmediata a la del astrólogo.

—¿Con que está decidido —dijo Hernando— que vais a ver a ese astrólogo?

—Citome esta mañana, Hernando —repuso *Macías*—, y no ha mucho que le he visto en la cámara de su alteza. «Dentro de una hora —me dijo— estaré en mi aposento; esperadme, si tardare, un momento.»

—¡Plegue a Dios que no acabe el judío de volverte el juicio, señor!

—¿Por qué, Hernando?

—Por el Soto de Manzanares, señor, que otra vez le viniste a ver y nos ha costado andar meses enteros perdiendo halcones en los montes de Calatrava, que así sirven para los de Madrid como sirven los más de los perros del rey Enrique para mi leal Bravonel.

—Así estaba escrito, Hernando; mi negra estrella lo dispuso de esa suerte.

—Voto va, señor, que yo no tuve nunca más constelación que mi mano derecha; y lo que sé decirte es que siempre está escrito que muera el venado contra el cual disparo mi venablo.

—¿Niegas tú, pues, la influencia de las constelaciones?

—No niego nada, pesia mí; pero si tienes enemigos, señor, y si quieres conjurarlos, ¿por qué no me dices: Hernando, escatima el rastro de aquel oso que me incomoda? Mal año para Hernando si antes de la Luna nueva no habías de poderte hacer una buena zamarra con la piel de la bestia.

—Muchas veces, Hernando, conviene cazar de otra manera. Puede más el ingenio que la fuerza.

—¿Y qué? ¿No tiene ingenio un montero? No todo ha de ser tampoco dar lanzada; pero maneras hay de cazar, si bien no se hicieron todas para monteros de corazón. No gusto yo de ardides; pero por ti, válame Dios, que monteara yo presto de todos modos. También yo estuve en tu tierra; allí en Galicia aprendí la montería a buitrón, y más de un lobo he cogido al alzapié.

—Bien se trasluce, Hernando, que se te alcanza más de ardides de montería que de intrigas de corte. Mira si puedes esperar a mi salida, y dejemos para mejor coyuntura tus toscos lazos.

—Toscos, señor, pero seguros. Aquí te espero, y a la buena de Dios. Quiera éste que no caigas tú en la hoya del adivino y salgas cazado pudiendo cazar.

—No temas, Hernando, que en el último apuro no ha de faltarme nunca una buena lanza, y eso es todo lo que necesita un caballero. Entretanto, no tengo que temer del astrólogo, a quien nunca hice mal, sino de mí mismo, y este peligro es el que vengo a prevenir, que aquél prevenido está.

—Como de esas veces sale la fiera de donde menos se espera. El oso era enemigo del hombre antes que el hombre supiera cazarle. Anda con Dios, señor, mientras yo le quedo rogando que sea más feliz esta predicción del astrólogo que la pasada.

Sentose a un lado Hernando dichas estas últimas palabras, y el dudoso doncel entró en el laboratorio del judío, inquieto por sus propios presentimientos, reforzados con las palabras del montero y por el objeto de su supersticiosa visita.

La luz que alumbraba la habitación era una lámpara de que solo ardía un mechero, y ése con pálido resplandor, porque el adivino no ignoraba cuán favorable es a la osadía en el amor un débil reflejo que sirve de velo al pudor y de capa al enamorado deseo. El doncel, por lo tanto, dirigió la vista a la mesa a la que solía estar sentado trabajando el judío, y no vio a nadie. El sitial, donde estaba la dama reclinada, caía del otro lado de la mesa, y el aburrido caballero se creyó solo por consiguiente.

—No está —dijo para sí—; le esperaré.

No hacía mucho que se había abandonado en un asiento a sus melancólicas imaginaciones, cuando le sacó de su distracción un ruido acompasado semejante al que produce el desigual aliento de una persona que duerme agitadamente. Miró a todos lados y creyó que su oído le engañaba, cuando un profundísimo suspiro vino a confirmarle en su primera sospecha.

—¿Quién hay aquí? —dijo levantándose—, ¿quién? Alguien duerme en esta habitación. ¿Será que el judío, rendido al poder del sueño?... Pero, Santo Dios, ¿qué veo? —añadió reparando en la dormida, cuyo vestido se confundía en color con el fondo oscuro de los muebles y de la habitación—. Una persona... ella... ella es... La dama que esta mañana... no hay duda. Yo te doy gracias, santo Dios, por esta ocasión que me deparas propicio para averiguar lo que tanto anhelaba saber. ¡Oh! —añadió acercándose con blando paso, temeroso de despertarla—. ¡Haced, Dios mío, que no venga nadie ahora, nadie!

La postura que el abandono de su letargo había hecho adoptar a la dormida era tan elegante como puede serlo la de una hermosa dormida: su ropa la cubría enteramente; uno de sus pies adelantado indolentemente, y levantando el extremo de su vestido, dejaba ver el torneado y ascendente contorno de una pierna modelada por el deseo: no la hubiera hecho más perfecta la imaginación. Reclinábase sobre la una mano su cabeza, y la otra, naturalmente caída, parecía destinada a ser el objeto de la osadía de un amante arrodillado. Su extrema blancura, que se destacaba del fondo negro del vestido sobre que descansaba, la hacía semejante a esas pequeñas manchas de nieve que suelen verse todavía a fines de la primavera, desde larga distancia, resaltando entre las quebradas de una escarpada y oscura montaña. La agitación de su descanso marcaba a cada sobrealiento la delicada forma de su seno, que se alzaba y deprimía como suelen alzarse y deprimirse las leves ondas al blando impulso de la brisa azotadora. Su aliento desigual solevantaba de cuando en cuando el ligero antifaz de seda y dejaba descubierta un instante la extremidad de su rostro, por la cual parecía poderse deducir fundamentalmente la hermosura del resto que no se llegaba a ver; levantándose alguna vez un poco más el antifaz, llegaba a descubrirse cerca de la boca la huella de una fugitiva y vaga sonrisa; bien como un relámpago más prolongado suele, en una noche tenebrosa, ofrecer por un instante a la vista del ansioso espectador una porción del cielo que dejan a descubierto los intervalos de las nubes o la lejana y suave superficie de un arroyo plateado.

El doncel, cruzado de brazos a su lado, y sin atreverse a respirar ni acercarse por no terminar él mismo con el más leve ruido la dicha de su contemplación, esperaba el inmediato movimiento del antifaz, como si hubiese de ir viendo cada vez más porción de aquel tan deseado rostro, que la importuna tela robaba a sus ansiosas miradas.

No era, sin embargo, el descanso del tierno objeto de su expectación aquél que en la inmediación de la mañana tiñe en alegres imágenes la fantasía de una bella; era el sueño fatídico de una horrible pesadilla producida por la pena o por una bebida ponzoñosa y antinatural. Algún gemido se escapaba de cuando en cuando del pecho oprimido; un ay oscuramente pronunciado moría al nacer en sus trémulos labios, y la mano que pendía, moviéndose con dificultad, parecía querer desviar de su dueño la fantástica figura que atormentaba sin duda su intranquilo sueño.

—Padece la infeliz, padece —dijo entre dientes *Macías*—. ¡Ah! ¿Quién puede ser sino ella? ¿Quién sino ella podría atar de esta manera mis acciones? ¿Quién producir este respeto y esta agitación que a un mismo tiempo me dominan?

Un movimiento, en fin, más marcado pareció anunciar que iba a despertarse.

—Dejadme, dejadme —dijo confusamente—; huid. La muerte, la muerte…

—No —dijo *Macías* sin poderse contener por más tiempo—, no; la vida, la vida a tu lado eternamente. ¿Quién se atreverá a ofenderte estando *Macías* a tu lado?

Arrojose entonces a sus pies, e iba a levantar con mano atrevida el antifaz.

—Salgamos de una vez —exclamó— de esta penosa situación.

Recordó entonces que en la mañana del mismo día había manifestado la enlutada su deseo de no ser conocida, y que él le había empeñado su palabra de no descubrirla.

—¡Horrible tormento! —exclamó—; pero respetaré tu voluntad, mujer cruel. Atreviose entonces a llegar su mano a la de la tapada, y un fuego desconocido corrió por sus venas.

—¡Dios mío! —gritó despertándose la dama, al sentir su mano oprimida por la del doncel—. ¿Dónde estoy? ¡Ah! ¿Qué hacéis? ¡Abrahem! Pero, cielos, ¿qué veo? ¿Pierdo la cabeza? ¿Quién sois? Soltad… Guiomar, Guiomar —añadió levantándose y llamando a una de sus dueñas que en la antecámara la esperaban.

—Callad, por Dios, callad —exclamó *Macías* mirando a la puerta—. No llaméis a nadie; señora, ¿qué tenéis?

—¿Quién es? ¡Ah! ¡Sois vos! ¿Me engaña mi deseo?

—¿Tu deseo? ¿Has dicho tu deseo? Repítelo otra vez, repítelo.

—No; no, caballero; no he dicho mi deseo. Perdonad si... no sé lo que pronuncio; el sueño, la... Pero decidme, ¿por qué estáis aquí? ¿Qué hacéis? Huid, huid, ahora que os conozco.

—¡Cruel! ¿Por qué?

—Soltad mi mano; soltadla, que no es vuestra...

—¡No es mía! ¡Mil rayos me confundan! Perdonad si mi dolor... Pero ¿qué veo? Este anillo... ¡Santo Dios! ¡Ella es! ¡Ella es! ¿Quién sino ella pudiera tener este anillo? Es el mismo, le conozco, es el mismo.

—¡Imprudente! —exclamó la dama retirando y escondiendo precipitadamente su mano.

—¡Elvira!

—¡Silencio!

—Vos sois, vos sois; no me lo ocultéis por más tiempo si no queréis que muera a vuestros pies.

—Y bien, yo soy —respondió la dama abalanzándose hacia atrás para poner todo el espacio posible entre ella y el doncel—; yo soy, puesto que fuera inútil negároslo por más tiempo. Y ¿qué queréis? ¿Qué exigís de mí?

—¿Qué exijo, señora, qué exijo? —preguntó el doncel arrebatado de su loco frenesí—. ¿Tengo derecho a exigir algo de vos?

—Huid, pues, y no turbéis por más tiempo mi tranquilidad.

—¿Vuestra tranquilidad? Y la mía, señora, ¿quién la turbó sino vos? ¿O no es nada por ventura mi tranquilidad?

—¿Yo?

—¿Quién sino vos emponzoñó mi existencia, antes feliz y descuidada? ¿Quién sino vos me dijo: *Macías*, mírame y ama?

—¿Yo?

—Vuestros ojos, vuestros ojos se clavaron cien veces en los míos y bien claro lo dijeron. ¡Ah! Elvira, yo he aprendido bien a mi costa a leer en ellos.

—Santo Dios, ¿qué decís?

—¿Juzgáis, señora, por ventura, que es lícito mirar a un hombre y elegirle con los ojos entre la multitud para abrasarle impunemente? ¿Creéis que no vale tanto un hombre como una mujer? ¿Imaginasteis que su vida no es nada, que su existencia es vuestra? Vuestra, sí, si la compráis; pero con una sola moneda, con la sola moneda que la paga; ¡con amor!

—Pero *Macías*, ¿deliráis?

—Sí, deliro, porque te veo, porque te hablo, porque ésta era la felicidad que anhelaba y que huía hace tres años. ¡Tres años, Elvira! Tú sabes los días, los larguísimos días que encierran, cuando se pasan sin esperanza. He huido yo también, pero no hay hombre más fuerte que su destino. Te amo, Elvira, te adoro. Ámame o mátame.

—Elegid, caballero, lo que gustéis —exclamó Elvira fuera de sí y haciendo un esfuerzo sobrenatural—. ¡Vos osáis ofenderme, vos abusáis de esa manera de mi loca confianza! ¿Quién os ha dicho que os amé? ¿Olvidáis que no puedo ser vuestra nunca, jamás?

—¡Yo olvidarlo, señora! ¡Pluguiera al cielo que me fuera dado olvidarlo! ¿Quién más dichoso entonces? Pero nunca creí que vos misma os complaceríais en repetírmelo. Añadidme ahora que amáis a ese hidalgo…

—¿Y si os lo dijera mentiría? Lo amo…

—¡Silencio! El infierno, el infierno se abre en este momento ante mis ojos… Necio de mí, que consumí una vida entera de amor en conquistar este desengaño… Pero, ¿qué veo? ¿Lloráis? Elvira, ¿lloráis? Nos entendemos; se hablan nuestras almas a pesar de nosotros y de los obstáculos, confesadlo; es imposible que no me améis. No se ama nunca con este amor que me abrasa para no ser correspondido. Os comprendo. ¿Teméis? ¿Miráis a todas partes? Bien, callaré, señora, callaré. Pero decidme os amo y nada más.

—Basta ya; ¡es imposible! ¿Paréceos que la superchería que conmigo usáis, y que este encuentro, casual sin duda, en la habitación del astrólogo, merecen de mi parte premio y galardón? Creedme, joven imprudente, un mundo entero existe entre vos y entre mí; jamás lo traspasaréis.

—¡Jamás! ¡Dios mío!

—Y escuchad; si queréis evitar mi odio, si mi aprecio os interesa, jamás me habléis de amor; os prohíbo que habléis de amor, os prohíbo que os presentéis delante de mí, os prohíbo que me dirijáis trova ni canción alguna; os prohíbo...

—Prohibidme el vivir, cruel, y acabaréis más pronto —contestó el doncel con toda la amargura de la desesperación.

—Juradlo, *Macías*, juradlo si sois caballero.

—¿Que jure yo no amarte? Jurad vos no ser hermosa, jurad que vuestra voz no será dulce y penetrante, jurad que vuestros ojos no me abrasarán en lo sucesivo y yo juraré entonces...

—¡Silencio! Soy perdida. ¿No sentís pasos? ¿No oís? ¡Abrahem, Abrahem!

—Sí; pero esa puerta se cerrará...

—¿Qué hacéis? Teneos. ¿Queréis hacerme delincuente cuando soy solo desgraciada?

—Señor Fernán Pérez —dijo a este tiempo la conocida voz del astrólogo en la antecámara—, entrad en mi habitación y daré satisfacción a vuestras preguntas.

—Él es —exclamó *Macías* apretando por última vez la mano de Elvira, que se desasió de él, y lanzando un ¡ay! agudo y penetrante, se dejó caer sobre el sitial que detrás de sí tenía.

El lejano y repentino ruido de la conocida tormenta no pone más pavor en el corazón del asustado marinero que el que produjo en el pecho del hidalgo la voz acongojada que en balde intentaba desconocer.

—¡Santo cielo! —gritó—; ¡esta voz es la suya! —lanzose enseguida en la habitación como se abalanza el tigre al redil llamado por el tímido balido de la inocente oveja.

Detúvole, empero, y acabó de confundir todas sus ideas la presencia del doncel, que ya en pie, y echada la visera, parecía el ángel tutelar de la enlutada, puesto allí delante de ella para defenderla de todo riesgo.

—Abrahem —dijo entonces vuelto hacia el astrólogo—, ¿quién es esta enlutada?

Fingía el judío hallarse en la mayor agitación.

—Señor —le respondió por último—, permitid que no descubra a nadie este secreto que se me ha encargado, y menos a vos...

—¿A mí?... Yo he de saberlo... —Acercose entonces, resuelto, a la tapada, con ánimo al parecer de descubrirla.

—¿Qué hacéis, hidalgo?… —preguntó una voz de trueno, deteniéndole al mismo tiempo el brazo del doncel.

Llegándose entonces el astrólogo a la dama, que se había arrojado de rodillas como a implorar piedad ante el celoso marido, asiola de una mano, y aprovechando el momento en que forcejeaba Hernán Pérez con el doncel, sacola de la cámara, diciéndola al oído precipitadamente:

—Me ha sido imposible evitarlo; pero salvaos.

—La he de seguir —exclamó el hidalgo.

—No mientras esté yo aquí —repuso el doncel—. Id, señora…

—¿Y con qué derecho?…

—Con el de la fuerza.

—¡Ah!, os conozco, mis dudas se desvanecen; ¿sois vos el doncel…?

—Yo mismo.

—Sacad la espada…

—¿Osado y descortés?

—Sacadla.

—No en el alcázar —gritó el astrólogo arrojándose entre los dos—. Imprudentes, respetad mis canas. *Macías*, no tenéis razón sino para envainar vuestro acero. Hidalgo, os deslumbra tal vez…

—¡Basta, pérfido astrólogo! —gritó fuera de sí el irritado hidalgo—; ¡basta! Doncel, respetemos este lugar; pero en otra parte tengo que hablaros, salgamos.

—Salgamos —repuso *Macías* echando a andar tras el escudero—. ¡Tiempo hace que lo deseaba! —añadió en lo más profundo de su corazón.

—¡Oídme! —gritaba el astrólogo—. ¡Teneos!

Pero de allí a poco dejó de oír sus pasos precipitados. Mirando entonces hacia la puerta por donde habían salido:

—¡Miserables —dijo cerrándola—, os preciáis de fuertes y de entendidos y un torpe anciano juega con vosotros como con sus maniquíes!

Abriendo enseguida la comunicación que daba a la cámara de don Enrique, asió de una lámpara y bajó silenciosa, pero precipitadamente, la escalera retorcida. Daba la luz en parte solo de su rostro, merced a su mano derecha, que interpuesta le defendía los ojos del resplandor. Sonaban sus sandalias de escalón en escalón, y su larga ropa crujía barriendo el pavimento. Parecía el genio del mal de aquel oscuro alcázar, que recorría sus más recónditos rincones, buscando víctimas nuevas que sacrificar el día siguiente a su insaciable furor

Capítulo XXII

Cuando la noche cerró,
Ambos se fueron armare,
Cabalgaron a caballo,
Salieron de la ciudade,
Armados de todas arma
A guisa de peleare.

Rom. del marqués de Mantua

Con feroz expresión de alegría llegó Abenzarsal a noticiar al conde de Cangas y Tineo el funesto resultado de su bien combinada intriga; gran parte había tenido en ella la casualidad; pero ni creyó oportuno declarárselo así al conde ni acaso lo creería él mismo. Regocijose mucho don Enrique de Villena al principio de su narración, pero fue oscureciendo su rostro una nube de descontento cuando, llegando al desenlace de la escena referida en nuestro anterior capítulo, calculó que a la hora en que él estaba escuchando tranquilamente de boca del empedernido viejo la horrible maquinación, ésta podría estar costándole la vida a uno de los dos combatientes, pues no era difícil inferir que a pelear y no a otra cosa habían salido en aquella forma y a aquellas horas del alcázar el amoscado hidalgo y el impetuoso caballero. Pareciole de veras mal que pasase la burla tan adelante. Cuando había admitido para este asunto los auxilios del astrólogo judiciario o se había lisonjeado de que éste conseguiría colocar las cosas en cierto punto del cual no pasasen, y que bastase, sin embargo, para poner fuera de combate a sus enemigos; o lo que es más probable, no se había tomado el trabajo de reflexionar suficientemente que las pasiones no se manejan con la mano, y que el tino ha de estar en ver cómo se ha de soltar el león de la jaula, porque una vez suelto, ni hay retroceder ni hay calcular dónde y cómo habrá de parar el estrago. Como todos los hombres débiles y faltos de energía, había procurado ahogar en un principio los latidos de su conciencia, si se nos permite esta atrevida metáfora. En balde trató el viejo redomado de tranquilizar su espíritu y embotar sus remordimientos presentándole el caso menos arriesgado de lo que era y debía ser realmente; en balde le citó mil ejemplos de desafíos empezados y no concluidos, y enumeró infinidad de ellos terminados al llegar al campo por miedo de uno o de los dos adversarios, o por cualquiera extraña casualidad sobrevenida; o llevados a cabo, en fin, a costa solo de algunas heridas de poca importancia y gravedad. Para haber cedido a la insinuante persuasión del físico era preciso no haber conocido el pundonoroso espíritu del hidalgo, y haber ignorado completamente la fibra irritable y la arrojada decisión del doncel. Luchaba el conde con mortales angustias entre el deseo de ver perdido al doncel y el temor de que quedase envuelto en su ruina su fiel escudero, cuyos leales servicios y cuya probidad, solo cariño y respeto le podían merecer. Si hubiera sido posible que por una causa ajena enteramente de él hubiera desaparecido *Macías* y callado para siempre la importuna honradez del hidalgo, hubiérase alegrado tal vez, pero la idea de que iba a recaer sobre su cabeza la sangre de un semejante suyo, no era bastante malvado para arrostrarla. ¡Estado infeliz del hombre que ni puede llamarse bueno ni malo completamente, en cuyo corazón domina todavía el conocimiento de lo primero, sin el suficiente vigor para desechar lo segundo! El tiempo, entretanto, corría, y era forzoso decidirse presto.

—Abenzarsal —dijo por fin Villena con la violencia que se hace el enfermo para pasar de un trago la amarga medicina a que ha de deber mal su grado su salud—, Abenzarsal, me habéis perdido. Nada habéis hecho por mí si muere alguno. Corramos a evitar una catástrofe. ¡Ay de nosotros si llegamos tarde! No os mandé yo tanto.

—¿Qué dices, señor? —repuso asombrado el astrólogo, que contaba todavía con la indecisión del conde y con su propia elocuencia para acabarle de determinar—. ¿Pretender lograr tus planes con semejante cobardía? ¿Nada quieres sacrificar? Nada, pues, lograrás. El entendido maestro corta un brazo para salvar los demás miembros. Los términos medios nada remedian. Dejémosles correr su suerte. Si su constelación, por otra parte, es morir, ¿qué poder tendremos para contrastar los astros?

—¡Los astros!, ¡los astros! Acostumbrado a ese pérfido lenguaje, queréis deslumbraros a vos mismo. Si uno de ellos está pereciendo en este instante, ¿qué astro sino vuestra intriga los habrá perdido?

—Eso querrá decir, don Enrique, que su constelación era que les perdiese mi intriga.

—Basta, Abenzarsal —gritó Villena mirando al reloj—. Cada grano de menuda arena que veis caer en la parte inferior de esa vasija es una gota de sangre tal vez, y no encierran tantas gotas las venas de ningún hombre como granos contiene ese arenero. Abenzarsal, yo quiero que su constelación no ordene su muerte; venid conmigo…

—¿Adónde? ¿Quién es capaz de adivinar dónde han dirigido sus pasos en medio de las tinieblas de la noche, dos locos, que…

—Locos, sí, locos; pero hombres, en fin, que cuerdos o locos no tienen más que una vida, y ésa la perderán si los dejamos.

—¿Y bien? ¿Serán los primeros que hayan muerto víctimas de su necedad? ¿Soy yo, por ventura, quien los ha persuadido de que vale tanto una hermosura pasajera como la vida del hombre? Si no han aprendido a conocer a la mujer, ¿será nuestra la culpa de su muerte? ¡Insensatos! Los que consienten en morir por un ser pérfido no merecen que dé nadie dos pasos para salvarles la vida. ¿Serán por ventura más felices cuando la conserven para vivir esclavos y fascinados por el loco capricho de un sexo envenenador, para creer gozar en una falsa sonrisa, para llorar lágrimas de sangre ante un injusto desdén? Su muerte será acaso su felicidad.

—¡Sofisma, Abenzarsal, bárbaro sofisma!

—Es decir, pues —replicó el viejo, batido en sus últimos atrincheramientos—, es decir…

—Es decir, viejo insaciable, que no consiento réplicas. ¿Cuánto oro necesitas para ceder? ¿En cuánto aprecias la vida de dos hombres?

—Si por eso lo decís, en nada. De balde les salvaré.

—Tomad, sin embargo —repuso Villena arrojándole otro bolsón parecido al que poco antes le había dado—, tomad y acallad con oro vuestra conciencia, si es que os remuerde de obrar bien alguna vez. Vamos de aquí. ¡Quiera el cielo oír mis votos! Aseguraremos sus vidas, y no nos faltarán medios después para deshacernos de ellos de un modo menos culpable.

Al decir esto asió del brazo al astrólogo, que obedeció de mala gana a la violencia que se le hacía.

—¡He aquí el hombre! —salió diciendo entre dientes detrás de Villena, que a pasos precipitados se lanzó fuera del aposento—. Inventa recursos, Abenzarsal —añadió hablando consigo mismo—, imagina arbitrios para engrandecer a un ser débil y de carácter indeciso, y él mismo derribará la obra que hayas edificado. ¡Remordimientos, remordimientos dos hombres! Sin embargo, si mueren por una hermosa, la hermosa al saber su muerte, la colgará como trofeo en el altar de sus conquistas, y volverá los ojos a emponzoñar tranquilamente con sus nuevas sonrisas y desdenes la existencia de un tercero. ¡Y nosotros, entretanto, con remordimientos!

Mientras esto pasaba en la cámara de don Enrique de Villena, caminaban hacia el Soto de Manzanares con el mayor silencio nuestros dos competidores. El hidalgo, al salir por la puerta del cubo de la Almudena, se había vuelto a *Macías*, que le seguía con la indiferencia y serenidad de un hombre que nada espera y que está por consiguiente dispuesto a todo, y le había dicho:

—Caballero, mientras más apartados de la población, reñiremos con más libertad.

Al decir estas palabras, que fueron sin duda oídas, aunque no contestadas, hizo un ademán con la mano dando a entender que debían seguir algún trecho más adelante, camino de la casa de El Pardo, que a la sazón edificaba don Enrique el Doliente en medio del famoso soto. *Macías* manifestó su asentimiento a tal proposición, siguiéndole a pocos pasos. Así anduvieron largo trecho, conservando siempre entre sí igual distancia y el mismo silencio; parecían en medio de la oscuridad dos troncos cortados a igual altura, que movidos de impulso extraordinario, se trasladaban a otro punto, por entre sus muchos lozanos compañeros, que desafiaban a las nubes con sus altas copas, por cuyas ramas pasaba, agitándolas y susurrando tristemente, el viento de las vecinas sierras. Por fin, llegaron a una especie de plazoleta formada por los leñadores, que habían hecho su carga en aquel paraje derribando algunos arbustos y matorrales. Parose al entrar en ella el hidalgo, miró en derredor, y dando con el pie en el suelo y desembozando su corto capotillo:

—«Aquí —dijo con voz alterada por la cólera—, aquí.»

Imitó el doncel su acción, y desenvainando su espada sosegadamente, esperó a que le acometiera su contrario con resuelto continente. Desenvainó la suya también el escudero, pero antes de proceder al combate cruel que les esperaba:

—No creo inútil —dijo al doncel— que fijemos los pactos de nuestro duelo. En primer lugar deseo preguntaros si tenéis noticia de una música que se dio no hace muchas noches al pie de la ventana de mi señora la condesa de Cangas y Tineo.

—Sí —contestó *Macías* secamente—. Defendeos.

—Esperad. ¿Y sabéis quién era el músico?

—No me creo obligado a contestaros —repuso *Macías* en el mismo tono, volviendo a hacer ademán de dar principio al combate.

—¿Y queréis decirme quién era la dama enlutada que acusó esta mañana en pública corte a mi señor el conde?

—Los mismos datos tenéis para conocerla que yo.

—¿Qué motivos tuvisteis para abrazar su defensa?

—Los que creí justos.

—¿Cómo os he encontrado solo con ella en el laboratorio del judío? ¿Sabéis que soy su esposo?

—He dicho una vez por todas que no me creo obligado a responderos. No acostumbro a sufrir interrogatorios.

—No me podréis negar que una entrevista de esa especie supone relaciones que mi honor…

—Vuestro honor está ileso. Vuestra esposa, inocente.

—Probádmelo.

—Con la punta de mi espada, al momento.

—¿No tenéis, pues, otras pruebas?

—Para hablar, hidalgo, no necesitábamos habernos apartado tanto de Madrid.

—Decís bien —repuso el hidalgo, en quien la ira crecía más y más en el corazón con cada respuesta del arrogante mancebo—: vengamos, pues, a los pactos de nuestro duelo. El que venza…

—El que venza —dijo *Macías* irritado ya por la tardanza— enterrará al otro, o lo dejará, si le parece mejor, para pasto de los cuervos de Castilla.

—Si le venciese, empero, sin matarle, podrá imponerle…

—Os prevengo, hidalgo, que no me venceréis sino matándome. Por lo demás, recordad que no estáis armado caballero, y cuando me sujeto a reñir con vos, no puede haber pacto por consiguiente entre nosotros.

—No estoy armado, pero soy hidalgo. Por no haberla recibido no desconozco la orden de caballería…

—Probadlo, pues.

Bien vio el hidalgo que en balde intentaría obtener de su adversario más amplias explicaciones. Meditó un momento buscando en su imaginación algún medio que pudiera hacerle conocer si era realmente tan culpada su esposa como él lo había imaginado o si habría procedido de ligero; pero no hallando ninguno, y temiendo, por fin, que sus dilaciones diesen motivo al doncel para dudar de su valor, púsose en actitud de acometer sin proferir más palabras, y dentro de pocos instantes sonaban ya las espadas cruzándose con desapacible y temeroso ruido. La oscuridad no permitía una defensa tan hábil como la exigía la seguridad de cada uno; pero en cambio podemos decir que realmente entrambos a dos tiraban más bien a ofender al contrario que a resguardar su propia vida del contrapuesto acero. Por otra parte, los dos manejaban las armas y las conocían perfectamente. Imposible nos fuera enumerar y describir los golpes que se tiraron y las heridas que recibieron: nada dicen de esto las leyendas. Lo único que podemos asegurar, como si lo hubiéramos visto, es que a poco rato de encarnizada refriega, se hallaba ya tinto el suelo en más de un paraje con la roja sangre de los combatientes. Ni una palabra se oía; ni una exclamación involuntaria que exhalara alguno al sentirse herido o al conocer que su estocada había dado en el cuerpo del contrario; y el aullido de algún lobo, que al ruido del hierro huía precipitadamente todo espantado del sitio del combate, era el único rumor que en gran trecho a la redonda se percibía.

De allí a poco, parándose de pronto el doncel y clavando en tierra la punta de su espada:

—Hidalgo —dijo en voz baja—, teneos; ¿no habéis oído algo?

—Nada —respondió el hidalgo, cesando de pronto en el acometer.

—Imaginé haber oído pies de caballos en el camino inmediato, y aun si mi oído no me engaña, pasos de alguna persona entre esos espesos matorrales.

—Alguna fiera que busca su guarida. ¿Estáis cansado?

—De vivir y de que me resistáis. Espero que no podré temer una emboscada ni…

—¿Qué decís? ¿No hemos salido juntos?

—Perdonad.

—¿Estáis herido?

—No —contestó *Macías* con voz que reprimía el dolor, tal vez, de los golpes recibidos—. No es vuestra la herida que me duele.

—Ahora creo yo oír gente —dijo a su vez Fernán—; sintiera que nos interrumpiesen.

—¿Interrumpir, hidalgo? ¡Ea!, acabemos de una vez. A buen tiempo llegan; enterrarán al vencido.

—Acabemos —respondió Fernán.

Y volvieron con nuevo furor al interrumpido combate, no ya como hasta entonces batiéndose según las reglas de la caballería, y atacando y respondiendo. Alzadas a un tiempo mismo las espadas, descargábanlas simultáneamente, sin cuidar más de la defensa que si tuvieran dos vidas. Iban a acabarse muy presto uno a otro, pues que si bien *Macías* llevaba indudablemente ventaja en el manejo de las armas, la oscuridad y su rabia no le permitían usar de ella, y el hidalgo reñía con celos. La casualidad, empero, quiso que Hernán Pérez, al arrojarse sobre su adversario, pusiese el pie en un paraje del suelo humedecido con la sangre que ambos habían perdido, y por tanto resbaladizo; no bien le había sentado, cuando el mismo impulso que su cuerpo llevaba le hizo venir a tierra a los pies del enfurecido doncel. Vencedor ya éste, dirigió la punta de su espada al rostro del caído.

—¡Sois muerto! —le gritó; pero al mismo tiempo una mano, más fuerte que las manos unidas de diez hombres, asiendo del brazo del vencedor, no solo le detuvo en su mortífero intento, sino que levantándole en el aire, le apartó largo trecho del sitio de la pendencia, con la misma facilidad que lleva el viento un ligero copo de nieve de una parte a otra. No volvía el doncel de su aturdimiento, ni acababa de entender el caído hidalgo cómo le duraba la vida todavía.

Oyose al mismo tiempo gran ruido de caballos que se abrían paso por entre la espesura de la selva.

—¡Aquí están —decían unos a otros—, aquí!

Llegándose enseguida dos de los jinetes, que para alumbrarse traían teas en la mano, al que en el suelo yacía, y no debía de estar muy bien parado según lo indicaba su extrema palidez; probó a levantarse al sentir sobre sí aquella máquina de gentes extrañas, pero inútilmente; el terrible golpe que acababa de llevar, cayendo cuan largo era, había abierto más sus heridas, y así permaneció en tierra, esperando en silencio el desenlace de aquella extraordinaria interrupción. *Macías*, en tanto, buscaba con los ojos, por todo lo que alcanzaba a ver a la luz de las teas, al atrevido que había osado apartarle de aquel modo, tan incivil como peregrino, de su ya conseguida victoria; pero en cuanto los de las teas hubieron reconocido al hidalgo y —a su contrario, matando las luces de repente:

—El caído es Fernán Pérez —dijo el que parecía principal de ellos—; el otro el doncel.

Y no bien hubo acabado estas palabras, cuando precipitáronse tres jinetes sobre el doncel, que se dirigía ya hacia ellos con el objeto de reconocer qué gente fuese, desenvainaron las espadas y comenzaron a acometerle todos a una con la ventaja de los caballos y con la de gente no cansada ya como él de pelear. Amparó *Macías* en tan inminente peligro sus espaldas del tronco de un árbol, y defendíase como un león acosado a la puerta de su caverna por una manada de hambrientos lobos.

—Date —le gritó uno de los tres—; no queremos tu vida, sino tu persona.

—Jamás, cobardes —les gritó *Macías* defendiéndose con bizarría, y a los primeros golpes acertó a dejar a uno desmontado, hiriéndole peligrosamente el caballo. Los compañeros, que vieron tan indeciso el combate, acudieron en número de otros tres al auxilio; y era evidente que *Macías* no hubiera podido resistir mucho tiempo a lucha tan desigual.

—Date —repitió el mismo que había hablado al ver llegar el socorro—, date o eres…

No pudo acabar la frase, porque dio consigo en tierra desde el caballo, con no poca admiración del doncel, que entretenido con otro, no había podido ofender al que hablaba. Igual suerte tuvo de allí a un momento el que más acosaba a *Macías*.

—¡Mueren por sí solos mis enemigos! —exclamó *Macías*—. Villanos —prosiguió cobrando ánimo con la invisible protección que el cielo le daba—, rendíos, y decid quiénes sois, y qué intento os ha traído. Si sois salteadores…

—¡Muera! —dijo uno de los tres que le quedaban acometiendo—. ¡Muera! Yo daré cuenta de su muerte. Él ha muerto a tres de los nuestros —abalanzose sobre él *Macías*, pero antes que su espada hubiese llegado a tocarle—: ¡Cielos!, ¡soy muerto! —y cayó cuan largo era.

Al oír esta exclamación tan inesperada, llenos de terror sus compañeros, dieron a correr gritando:

—¡Es hechicero! ¡Es hechicero! ¡El diablo le defiende!

Arrojose tras ellos *Macías*, pero conoció que sería vano intento querer alcanzarlos; detúvole en aquel punto la misma mano que parecía haberle salvado aquel día de tantos peligros.

—¿Quién eres? —iba a decir *Macías* a su invisible protector, cuando una voz ronca que parecía hablar sola en medio de las tinieblas, dijo con reposado continente:

—¡Voto va! dejad ese venado, que ni sirven esas piezas para yantar, ni menos para vestir. El montero de ley no ha de cazar nunca raposas, cuando puede cazar venado más noble.

—¡Cielos! —exclamó *Macías*—; ¿eres tú, Hernando? ¿Es a ti a quien debo esta noche la existencia acaso?...

—¡Por Santiago! Yo creí que ya sabía mi amo el doncel *Macías* que donde está la fiera allí está Hernando.

—¡Hernando! —exclamó *Macías* arrojándose en sus brazos.

—Vaya, dejemos eso. Si esta noche me debéis la vida, yo os la estoy debiendo todo el año, pues me mantenéis. ¡Voto va!, ¿y qué pieza era ésa que estaba ahí tendida?

—Hernando, me recuerdas mi deber; busquemos a ese desgraciado. Está vencido y debemos dar treguas al rencor.

Pusiéronse a buscar enseguida al hidalgo, pero inútilmente.

—¡Esta es buena! —dijo Hernando—. Los pícaros lo han llevado. ¡Bella presa! ¿No dije yo, señor, que no podía salir nada bueno de ese astrólogo? A mí líbreme Dios de hombre que no caza. En su vida ha cogido un venablo.

—¡Ea! Hernando, esas reflexiones son para otro lugar; puesto que el hidalgo no aparece y que nosotros cumplimos ya con nuestro deber, partamos. Necesito curar mis heridas…

—¿También eso? Vamos, señor; ¡vive Dios! Hernando quiere que lo manteen a él si vuelve a suceder, mientras estemos en esta maldita corte, que se separe un punto de su amo y señor.

Concluida esta imprecación, hicieron otro rebusco por si a una parte u otra podrían encontrar vivo o muerto al escudero. Y yendo apoyado *Macías* en su fiel montero, por el dolor que empezaban a causarle las heridas, tomaron enseguida el camino de Madrid, por el cual ningún vestigio habían dejado los de los caballos, si es que por él habían pasado.

Capítulo XXIII

¿Qué mal tenéis, caballero?
¿Queredes me lo contare?
¿Tenéis feridas de muerte?
¿O tenéis otro algún male?
—Hame ferido Carloto,
Su fijo del emperante,
Porque él requirió de amores
A mi esposa con maldade;
Porque no le dio su amor,
Él en mí se fue a vengare.
Pensando que por mi muerte
Con ella había de casare.

Rom. del marqués de Mantua y Valdovinos

Cuando Elvira fue sacada de la mano por el astrólogo de su cámara, a la inesperada entrada de Fernán Pérez de Vadillo, apenas tuvo tiempo aquél de indicarle que habiendo informado ya a su alteza de sus circunstancias, la daba éste licencia para restituirse a su habitación tranquilamente hasta el día en que, realizándose el combate, hubiese de concurrir a sostener en el juicio de Dios su acusación, por medio de sus pruebas o del esfuerzo del caballero que había escogido por campeón. Pero por una parte, ella esperaba ya este resultado, y por otra el sobresalto en aquel primer momento no podía dar lugar a la reflexión; así que, huir debió ser su primer cuidado. En realidad, ninguna de las acciones de Elvira era culpable; por un exceso de amistad poco común, y animada del espíritu caballeresco y reparador de agravios que se dejaba sentir tan generalmente en aquella época, se había lanzado a un acto de generosidad que nadie podía reprocharle con razón fundada. Conociendo que no podía vengar a la condesa, o descubrir su suerte y paradero, sin ofender al conde, de quien al fin era escudero su esposo, un principio de delicadeza le había inspirado la idea de ocultarse, a lo cual se había añadido otra importante consideración: no conocía en la corte de don Enrique caballero tan valiente ni generoso como *Macías* a quien dirigirse para que amparase su debilidad contra el enemigo que iba a granjearse; pero era demasiado perspicaz para no conocer cuán falsa era la posición en que estaban uno respecto de otro, y demasiado virtuosa para no tratar de huir de toda ocasión en que pudiese aventurar aquél verbalmente una declaración que ya tantas veces le habían hecho sus ojos con elocuente silencio. En este asunto no había, pues, en sus acciones otro delito ostensible contra su esposo, sino aquella especie de reserva que con él había guardado; reserva tanto más disculpable, cuanto que a no haber sido por la intriga del astrólogo, enteramente independiente de Elvira, y que no podía por consiguiente haber entrado en sus planes, le hubiera salido a medida de su deseo, puesto que solo se hubiera sabido que era ella la acusadora, del modo que sabemos haber estado en un baile de máscaras una persona a quien creemos haber conocido, pero que no se descubrió nunca en él y que niega constantemente su asistencia; lo cual no es saber las cosas, sino dudarlas. El que su esposo la hubiese encontrado sola con el doncel en el laboratorio del químico, ella sabía, y el lector sabe perfectamente, que no podía ser argumento contra ella. Pero el lector sabía acaso una cosa que Elvira no sabía por lo visto, o que no había reflexionado bastante, y es que no hay posición más falsa que aquélla en que se pone una persona al guardar secretos para otra que tiene derecho a exigir una total franqueza. El misterio hace aparecer culpables las cosas más inocentes, y por otra parte es fuerza confesar que si las acciones de Elvira no eran culpables, acaso no podía ella decir otro tanto de sus pensamientos, por más que procurase sofocarlos de continuo; y cuando nosotros mismos nos reconocemos culpados, de nada sirve para nuestra tranquilidad que nos tenga el mundo por inocentes. Si solo hubiera abrigado Elvira indiferencia con respecto a *Macías*, no se hubiera creído perdida al ver entrar a Vadillo; de lo cual es forzoso inferir: primero, que Elvira huyó de sí misma, creyendo huir de su esposo; y segundo, que para ser malo es preciso serlo del todo; una mujer menos virtuosa que Elvira, en todo este desgraciado asunto no hubiera comprometido ella misma su seguridad, porque hubiera calculado más y dominado mejor sus emociones.

Su primer pensamiento fue huir sin saber adónde; pero a poca distancia del aposento de Abenzarsal ofreciéronse a su imaginación las reflexiones todas que hubieran debido ocurrírsele un momento antes: era inocente; declararía a su esposo francamente su posición, y esta franqueza le granjearía más y más su aprecio. ¿Y adónde podría dirigir sus pasos sino a su habitación? Cualquiera otro partido hubiera sido indisculpable. Llena de la idea de que en último resultado nada podía echársele en cara, pues que había sabido resistir a las seductoras palabras del doncel y nada había en su conducta verdaderamente reprensible, dirigiose a su departamento, no sin luchar algún tanto, y aunque a su pesar desventajosamente, con el recuerdo perseguidor del diálogo que acababa de tener con un hombre más peligroso de lo que ella pensaba para su tranquilidad. Habíanla seguido sus dueñas, inquietas al notar su zozobra e indecisión.

Quitáronle el manto en cuanto llegó y el antifaz, y pudo entregarse ya más libremente a reflexionar sobre su verdadera posición.

La primera idea que entonces le ocurrió fue el riesgo de un próximo rompimiento en que había dejado a *Macías* y a su esposo. Segura, empero, e ignorante, al mismo tiempo, de las sospechas y recelos que le atormentaban de algún tiempo a aquella parte, no creyó que lo ocurrido pudiese ser motivo suficiente para comprometer su existencia; a lo cual se agrega la reflexión de que a aquellas horas y en aquel sitio tan inmediato a la cámara de su alteza, no era posible que se enredasen de palabras hasta el punto de realizar sus temores; y para el otro día se prometía haber desvanecido ya todo género de duda en el corazón de Vadillo con respecto a su conducta, porque en esta materia las mujeres suelen contar siempre demasiado con los recursos que concedió el cielo a su sexo, naturalmente fascinador y artificioso. Más serena con estas reflexiones, esperó la llegada de su esposo con toda la tranquilidad que en su posición cabía, si bien sin hacer caso de las continuas interrupciones con que el pajecillo cortaba de cuando en cuando el hilo de su meditación. Viendo éste, por fin, que eran inútiles cuantos recursos empleaba para distraer a la melancólica Elvira, y que tampoco estaba ésta por entonces de humor de descargar en su pecho el peso de sus secretos, decidiose a guardar silencio, esperando otra ocasión más propicia de averiguar las penas que debían de afligir a su hermosa prima. Retirose con mal humor a un rincón de la pieza por ver si le llamaba al cabo de un rato de desvío; pero no habiendo surtido tampoco efecto alguno este inocente arbitrio, quedose al cabo de un rato profundamente dormido, con aquel sueño que tan fácilmente se toma como se deja en aquella feliz edad de la vida que nuestro paje alcanzaba. Mucho tardó en llegar el momento tan deseado y temido, al mismo tiempo, de Elvira; pero cuando, por fin, después de horas enteras de ansiosa expectativa, vio a su esposo, ¡cuán distinto lo vio de lo que esperaba!

Abriose la puerta de la cámara, y lo primero que se ofreció a la vista de Elvira fue Fernán, llevado en brazos de dos siervos del conde de Cangas y Tineo. Apenas creía a sus ojos; pero cuando no pudo rechazar por más tiempo la horrible realidad, arrojose hacia él exhalando un i ay! que salía de lo más hondo de su corazón y que hizo abrir al herido los ojos lánguidamente, si bien volvieron a cerrarse casi en el mismo instante.

—¡Vive, vive! —exclamó la desdichada esposa reparando su movimiento, y llegando sus labios a los suyos para reanimar su amortiguada vida. Dirigió enseguida a los que le traían mil preguntas, que se sucedían tan rápidamente unas a otras, que apenas dejaban entre sí espacio para las respuestas.

—¡Dios mío! ¡Dios mío! —exclamó medio informada ya de lo ocurrido—. ¡Fernán Pérez! ¡Querido esposo! —estrechábale en sus brazos, regaba el pálido rostro de Vadillo con sus ardientes lágrimas, cogía una de las manos del herido entre las suyas, acercaba éstas otra vez a su corazón por ver si palpitaba todavía… En una palabra, en aquel momento *Macías* entero había desaparecido de su imaginación; su esposo, herido, bañado en su sangre, moribundo, acaso por su imprudencia, la ocupaba toda. Toda lucha había desaparecido, y el más débil, el más necesitado, triunfaba entonces en su corazón de mujer.

Dejémosla entregada a su acerbo dolor y al tierno cuidado del doliente hidalgo; otros personajes de nuestra historia reclamaban por ahora nuestra atención. Con respecto al caballero, no había salido tan mal parado de la refriega, pero no dejaban de reclamar sus heridas algún cuidado. Apoyado en el brazo de su tosco montero, llegó a las puertas de Madrid y del alcázar poco después que su adversario. Introducido en su cuarto, salió Hernando inmediatamente a buscar un maestro en el arte de curar, como se llamaba entonces generalmente a esos seres de suyo carniceros que llamamos en el día cirujanos, el cual maestro declaró que ninguna de sus heridas era mortal, con tanta seguridad y un tono tan decisivo, como si él efectivamente lo supiera. Aplicole las yerbas que más convenientes le hubieron de parecer, y por esta vez hubiera sido notoria injusticia dudar un solo momento de su ciencia. Corriose por la corte al punto que el doncel favorito de su alteza, a quien nadie conocía en lo distraído de su vuelta de Calatrava, había tenido un duelo singular en el Soto de Manzanares, de cuyas resultas debía guardar el lecho por algunos días. Y en atención a que el escudero de don Enrique de Villena había necesitado también los auxilios del arte, y se hallaba igualmente en cama, no se dudó un momento que hubiese sido entre los dos el ruidoso duelo. Ahora bien: sabido esto, no era difícil que la pública maledicencia añadiese alguna particularidad notable a las circunstancias de la desavenencia y que tratase de hallar el verdadero motivo de ella. Algunos de los enemigos del conde de Cangas no necesitaron más que asegurar que éste, cuya natural prudencia era pública, tratando de evitar la necesidad, siempre desagradable, de responder a la acusación intentada contra él, y sostenida por el doncel, había determinado a su escudero a acometer a aquél, acompañado de otros varios, una tarde que había salido a halconear por el Soto de Manzanares; relación a que daba bastante verosimilitud la circunstancia de haber vuelto Fernán en brazos de algunos siervos del de Villena. Otros, sin embargo, de los amigos de *Macías* que habían notado su singular aislamiento, su profunda tristeza y que habían creído interceptar en varias ocasiones algunas miradas de rencor dirigidas por el doncel a Vadillo, y que recordaban con este motivo una serenata dada cierta noche a los pies de la habitación de la condesa, no se sabía por quién, tuvieron lo bastante para decir que el doncel había puesto los ojos en cierta dama, cosa que no le había parecido bien, según ellos, al hidalgo, que aunque no era caballero, era marido, y según malas lenguas un si es no es celoso. A esta versión daba algún peso tal cual sonrisa maligna que el judío Abenzarsal había dejado escapar en algunos corrillos de la corte, donde se había referido el duelo singular. El propalar estas especies no era, en verdad, servir amistosamente la pasión de *Macías* ni hacer gran favor a la buena opinión y fama de Elvira; pero hay autores que aseguran que la amistad no excluye la envidia, de donde infieren que las conversaciones de los amigos no son siempre las más favorables. Nosotros, que estamos lejos de participar en esta opinión arriesgada, creemos más bien que algún amigo de *Macías* sospechó aquella explicación como la más satisfactoria y natural sobre el lance ocurrido; éste, en confianza, comunicaría su idea a algún otro amigo, quien la trasladaría a otro bajo la misma fe del secreto, de cuyo modo fue corriendo la noticia; y como nosotros somos defensores acérrimos de los amigos, en los cuales creemos como en nuestra salvación, nos atrevemos a asegurar que al repetirse sus conjeturas de boca en boca, siempre irían acompañadas de aquellas expresiones cariñosas tales como: «¡Pobre

Macías! ¿Sabéis que el desafío fue por Elvira? ¿Qué decís? Sí, no lo digáis; pero es indudable, está perdido de amores por ella, y es lástima, ciertamente», y otras semejantes que descubren a cien leguas la más pura amistad hacia el objeto de tales conversaciones.

Lo cierto es que esas voces corrieron, y como fieles historiadores, nos creemos obligados a asegurar, porque lo sabemos de buena tinta, que ni *Macías* ni el hidalgo pudieron dar lugar a ellas. Aquél estaba harto interesado en guardar el más riguroso silencio sobre punto tan delicado, y a éste no podía convenirle en manera alguna poner en claro la causa verdadera del desafío, pues tan de cerca tocaba al honor de su esposa. El mismo Enrique III tentó más de una vez el vado con *Macías*, usando de las expresiones más afectuosas; pero nunca pudo recabar nada de él, y otro tanto sucedió con el hidalgo, a quien quiso arrancar el conde de Cangas y Tineo la confesión de aquello mismo que él sabía ya demasiado bien por el astrólogo judiciario.

Por lo que hace a éste y al ilustre colaborador de su funesta intriga, ya habrá conocido el lector que, después de los escrúpulos que habían atormentado, como arriba dejamos dicho, al indeciso conde, habían salido ambos con varios criados en busca de los desafiados, con el intento de salvar al escudero del peligro que le amenazaba peleando con tan acreditado caballero como era *Macías*, y de hacer desaparecer a éste de la corte, apoderándose de su persona, como en aquellos tiempos solían practicarlo los poderosos con los débiles, y encerrándolo después en alguno de los castillos del conde, desde donde no hubiera podido volver a oponer obstáculos en su vida a los planes del nigromántico, como le llamaba el vulgo justa o injustamente. Si este proyecto se había malogrado, no había sido en verdad por culpa del intrigante maestre, ni de su servicial consejero, sino merced al valor de *Macías* y a la desconfianza, penetración y fuerza sobrenatural del montero Hernando, quien, luego que había visto salir en aquella forma a su señor y al escudero, no había dudado un solo momento en seguir sus pasos a lo lejos y en espiar todas sus acciones, como el lector ha visto en nuestro capítulo anterior. Apenas había podido distinguir en medio de la oscuridad cuál de los dos combatientes era su señor, pero luego que notó que uno de ellos había caído, creyó que en todo caso lo más seguro era separarlos, y solo al asir del que era realmente su amo, le había conocido.

No sabemos si era su intención favorecer, como favoreció, a su enemigo, pero lo que no se puede dudar es que sin su destreza en herir a los servidores del conde con los venablos arrojadizos de que se había provisto antes de salir del alcázar, acaso se hubiera terminado nuestra historia mucho antes de lo que nosotros mismos deseamos, y de lo que quisiéramos que desearan también nuestros lectores.

Capítulo XXIV

Todo le parece poco
Respecto de aquel agravio;
Al cielo pide justicia,
A la tierra pide campo,
Al viejo padre licencia,
Y a la honra esfuerzo y brazo.

Rom. del Cid

Después del mal éxito que había tenido la tentativa de don Enrique de Villena y del judío Abenzarsal para quitar de en medio el estorbo de *Macías*, apenas quedaba a éstos otro recurso que esperar el sesgo que quisiesen tomar las cosas.

En realidad solo podían temer ya de él fundadamente el juicio de Dios, que acerca de la acusación quedaba pendiente, porque las medidas que habían tomado para asegurar el maestrazgo habían sido tales y tan buenas, que aunque quedaban declarados por la parcialidad de don Luis de Guzmán gran número de castillos y lugares de la Orden, podía contar el maestre, sin embargo, con la mayor parte. Estaban por él Alhama, Arjonilla, Favera, Maella, Macalón, Valdetorno, la Frejueda, Valderobas, Calenda y otras villas del maestrazgo, con más infinitos castillos, en los cuales había puesto ya alcaides a su devoción. Con respecto a Calatrava, donde estaba el primer convento de la Orden y el clavero, hechura todavía del maestre anterior, no se habían apresurado a prestarle el homenaje debido, sino que habían respondido, tanto a él como a su alteza, que convocarían el capítulo para elegir y nombrar, según los estatutos de la Orden, al maestre. Lisonjeábase el clavero en su respuesta de que la elección de su alteza hubiese recaído en un príncipe tan ilustre y de sangre real, y se prometía que los votos todos unánimes de los comendadores y caballeros serían conformes con los deseos del rey don Enrique; pero esto era, en realidad, resistirse a la arbitrariedad y ganar tiempo con buenas palabras. El artificioso conde no había creído oportuno, sin embargo, intrigar para que se acelerase la reunión del capítulo, porque se prometía acabar de ganar las voluntades de sus enemigos en el ínterin, y solo Luis de Guzmán era el que no perdonaba medio de llevar a cabo cuanto antes sus intenciones. Presentose, en consecuencia, a su alteza con una humilde demanda, firmada por él y sus parciales; en ella alegaba el derecho de la Orden de elegirse su maestre, y no dejaba de apuntar el que creía tener a la dignidad de que estaba ya casi en posesión el de Villena. No fue tan bien recibida esta moción de su alteza como se esperaba; pero el rey Doliente era demasiado justiciero para atropellar abiertamente los fueros de una Orden tan respetable; convencido, además, de que el cielo había designado para maestre a su ilustre pariente, curábase poco de creer en la posibilidad de otra elección, y así, fue su decisión que el capítulo se reuniría en cuanto él recibiese las noticias que esperaba de Otordesillas, que eran en realidad las que más por entonces le ocupaban, pues deseaba ardientemente que su esposa doña Catalina diese a luz un príncipe digno de suceder en su corona, si bien estaba jurada ya princesa heredera por las cortes del reino la infanta doña María, su primogénita. Más de un astrólogo de los que en aquellos tiempos de credulidad y superstición vivían especulando con la pública ignorancia, le habían lisonjeado con esperanzas conformes con sus deseos. Quedó, pues, pendiente por entonces el litigio del maestrazgo, y cada uno de los contrincantes procuró aprovechar aquel intervalo para engrosar su partido. Don Enrique era, entretanto, el mejor librado, pues disfrutaba a buena cuenta de las prerrogativas y de gran parte de las rentas y dominios del maestrazgo, que la adulación de sus parciales se había adelantado a poner a su disposición.

Quedaba en pie, solamente, la otra merced que en la mañana de la acusación de Elvira había dispensado su alteza al adversario de Villena. Pero no tardó mucho *Macías* en estar en disposición de concurrir de nuevo a la corte, y de acompañar al rey en sus partidas de cetrería, especie de caza de que gustaba mucho su alteza, y en que su doncel sobresalía singularmente; afianzose más en ella la amistad que el rey le profesaba; en consecuencia, de allí a poco su alteza mismo quiso, como lo había prometido, poner el hábito de Santiago a su doncel; esta ceremonia, con toda la solemnidad que de tal padrino podía esperarse, se verificó en la iglesia de Almudena, con presencia del maestre de la Orden y de todos los comendadores y caballeros santiaguistas que asistían a la sazón a la corte; favor singular que hubiera lisonjeado singularmente el amor propio de *Macías* si hubiese él podido desechar la funesta idea que le perseguía siempre por todas partes desde que por primera vez había visto a Elvira, y en particular desde que la explicación desgraciada que había tenido en la cámara del judío no había podido dejarle a ella duda alguna acerca de su amorosa pasión. El doncel, desde aquella funesta noche, no había vuelto a ver al objeto de su amor, que viviendo en el mayor retiro, y cuidando solo de la salud de su convaleciente esposo, evitaba toda ocasión de presentarse en público, fuese porque la tristeza, que cada vez se arraigaba más en su corazón, le hiciese no hallar gusto sino en la soledad, fuese porque se hubiese afirmado en quitar al doncel todo motivo de esperanza; fuese, en fin, por desvanecer en el ánimo de Fernán Pérez de Vadillo todo género de duda acerca de su irreprensible conducta. ¿De qué servía, empero, al doncel no ver personalmente a Elvira, si un solo momento no se separaba su recuerdo de su ardiente imaginación?

Entretanto se restablecía diariamente el hidalgo de sus heridas; el cuidado de su esposa, la flaqueza que aún le quedaba y la ausencia del doncel, si no habían bastado a aplacar su rencor, contribuían no poco a debilitar la fuerza de sus sospechas y a embotar en gran manera sus primeros celos, Pero conforme iba volviendo la serenidad al corazón de su esposo, conforme iba el peligro desapareciendo, volvía a tomar imperio sobre Elvira el recuerdo de su perdido amante. Le hubiera sido, además, imposible olvidarle del todo. En la corte ningún caballero hacía más papel que *Macías*; era raro el día que no tenía que oír de sus mismos criados los elogios suyos, que de boca en boca se repetían. Ya había bohordado en la plaza con tal primor, que había dejado atrás a los mejores jugadores de tablas; ya había compuesto una trova o una chanzón tan tierna, tan melancólica, que no había dama que no la supiese de memoria, ni juglar que no la cantase al dulce son de la vihuela de arco, instrumento de quien dice el Arcipreste de Hita, autor contemporáneo.

> La vihuela de arco fas dulses de balladas,
> Adormiendo a veces, muy alto a las vegadas,
> Voces dulces, sonoras, claras, et bien pintadas
> A las gentes alegra, todas la tiene pagadas.

¿Y cómo resistir, sobre todo, a este mágico poder, si al leer la trova o la chanzón donde los demás no veían más que una brillante poesía, Elvira no podía

194

menos de leer un billete amoroso? Parecía que sus composiciones la estaban mirando continuamente a ella, como los ojos de su autor. Miraba a veces a su esposo, al parecer, Elvira, y su imaginación solían estar muy lejos de él. Una lágrima entonces, dedicada al doncel, solía asomarse a sus ojos. Vadillo, convaleciente aún, la miraba absorto y enternecido: «Elvira —le decía—, da tregua a tu aflicción; todo peligro ha huido; me siento mejor ya, y esas lágrimas que por mí derramas solo pueden contribuir a afligirme». Volvía en sí Elvira al oír esas palabras; un oculto sentimiento de vergüenza teñía sus mejillas de carmín, y la despedazaba la idea de abusar, sin querer, de la credulidad de su esposo.

En los primeros días había esperado Elvira a que Fernán Pérez le hablase del acontecimiento que le había reducido a aquel término; y lo había esperado con ansia y con temor, pero en balde. El hidalgo, fuese por amor propio, fuese por no tener bastante seguridad para emprender una explicación en que él no podía hacer todavía el papel de acusador, guardó el más riguroso silencio. En vista de esta conducta, pareciole a Elvira que lo mejor que podía hacer era aventurar alguna pregunta; pero igual suerte tuvo su arrojo que su expectativa. No solo no consiguió ninguna explicación satisfactoria en este punto, sino que habiendo conocido que toda conversación relativa a la noche del duelo, alteraba visiblemente a Vadillo, hubo de renunciar a su importuna curiosidad. Creyendo el hidalgo, también, que su esposa le negaría haber sido ella la enlutada encontrada en el cuarto del astrólogo, y que mientras no tuviese otras pruebas irrecusables sería más bien espantar la caza que asegurarla el hablar del caso, observaba sobre este particular la misma conducta que sobre el duelo, reservándose, sin embargo, dos cosas: primero, el propósito de espiar más escrupulosamente en lo sucesivo todos los pasos de Elvira; segundo, la intención decidida de terminar cuanto antes, con cualquier ocasión y pretexto que fuese, el suspendido duelo con el hombre primero que había aborrecido en su vida, y que había aborrecido como se aborrece cuando no se aborrece más que a uno.

Constante en estos propósitos, no bien estuvo Hernán Pérez restablecido, dirigiose a la cámara de su señor el conde de Cangas. Su semblante dejaba ver todavía la huella de la enfermedad.

—Hernán Pérez —le dijo don Enrique con afabilidad—, ¿os han permitido ya dejar el lecho? Debierais recordar, sin embargo, que vuestra salud es harto importante para vuestro señor, y no exponerla con tan temerario arrojo a una recaída peligrosa.

—Las heridas del cuerpo, gran príncipe, aquéllas que hizo la lanza o la espada —repuso Vadillo con reconcentrada tristeza— sánanse fácilmente; las que recibimos en el honor son las que no se curan sino de una sola manera.

—¿Qué decís? ¿Será que, por fin, os habréis decidido a abrirme francamente vuestro corazón? —contestó don Enrique—. ¿Será que queráis explicarme los motivos de vuestra conducta, de ese duelo singular, cuyos efectos se ven todavía en vuestro rostro, y de esa reconcentrada melancolía que deja diariamente en él huellas aún más indelebles y duraderas?

—Señor —contestó Vadillo—, ya creo haber manifestado a tu grandeza en varias ocasiones que mi mayor pena es no poder confiarte las muchas que agobian a tu escudero.

—Quiero no darme por ofendido —contestó fríamente Villena— de vuestra inconcebible reserva.

—Perdónala, señor —dijo Vadillo, hincándose de rodillas—, y permite que puesto a tus plantas solicite tu escudero de tu grandeza una gracia, que acaso nunca te hubiera propuesto sino en el campo de batalla, si una ofensa, y una ofensa mortal, no le obligara a ello.

—Alzad, Vadillo, y decid la gracia, que yo os juro por Santiago que os será concedida.

—No me levantaré, señor, mientras que no sepa que nadie en lo sucesivo podrá decir impunemente a un hidalgo: «No ha lugar a pacto entre nosotros, pues no eres caballero». Ármame, señor. Si mis largos servicios te fueron gratos; si pasando de la clase de doncel, en que fui admitido a tu servicio, a la honrosísima que ocupo hoy a tu lado, no dejé nunca de cumplir con esas sagradas obligaciones que los más grandes señores no se desdeñan de ejercer; si desempeñé los deberes de la hospitalidad con tus huéspedes y los de la mesa contigo; si fue siempre la fidelidad mi primera virtud; si has tenido pruebas de mi valor alguna vez, confiéreme, señor, esa orden tan deseada. Y si no bastan mis méritos, básteme esa hidalguía, de que en balde blasono, si puede cualquiera deshonrarme impunemente como a villano pechero.

—Alzad, Vadillo —dijo don Enrique viendo que había acabado su petición el afligido escudero—. Por mucho que me sorprenda vuestra demanda en esta coyuntura —continuó—, por mucho que me dé que recelar, mal pudiera negaros una gracia, a que sois, Vadillo, tan acreedor.

—Guarde el cielo, señor, tu grandeza…

—Remitid, Vadillo, vanos cumplimientos. Os armaré; os lo prometí en pública corte y no ha mucho tiempo, y tomo a repetíroslo ahora. Pero decidme, ¿qué causa en esta ocasión más que en otra?…

—Tu honor y el mío. Has sido calumniado, atrozmente calumniado; porque tú dijiste, señor…

—Calumniado, sí, Vadillo, calumniado. Pongo al cielo por testigo que podéis, fiado en la justicia de mi causa…

—Bástame tu palabra a desvanecer mis dudas todas. Quiero, pues, que mi primer hecho de armas, en que gane mi divisa, sea la defensa de mi señor. Yo alcé en tu nombre el guante que un mancebo temerario arrojó públicamente en testimonio de desafío. Yo responderé de él; si tu causa es justa, la victoria es segura.

—¿Cómo pudiera no aceptar vuestra generosa oferta, Fernán Pérez? Quédame, sin embargo, una duda; duda que, en obsequio vuestro, quisiera desvanecer. Solos estamos; abridme vuestro corazón; decidme, ¿no tenéis alguna otra causa que os mueva?…

—Señor…

—¿Presumís que puede tenerse noticia de vuestro encuentro con *Macías* en el soto… y del arrojo con que os adelantasteis en la corte a alzar el guante, al punto que visteis ser él el mantenedor de la acusación, sin sospechar al mismo tiempo que causas muy poderosas?… Hablad…

—Acaso las hay. No lo niego.

—Escuchad —añadió Villena en voz casi imperceptible—, ¿sería cierto que tuvisteis celos?

—¿Celos, señor, yo celos? —exclamó Fernán con mal reprimido amor propio—. ¿Quién pudo decir?…

—Nadie, Fernán, nadie; yo solo soy el que he creído en este momento…

—¿Vos solo? Si supiera…

—¿Y bien? ¿A mí por qué no descubrirme?… ¿Vuestra esposa, sin embargo?…

—Basta, señor, no hablemos más de eso. ¡Mi esposa, Dios mío! ¡Mi esposa! Si mi esposa pudiese faltar...

—¿Qué es faltar, Vadillo?

—Si pudiese tan solo con su pensamiento empañar la más pequeña porción de mi honor, no necesitaría castigar a ningún caballero; dagas tengo aún; la última gota de su sangre, la última, no sería bastante indemnización de tan insolente ultraje. ¡Elvira, a quien amo más que a mí propio! ¡Mi bien! ¡Mi vida!

—Sosegaos, Vadillo; nunca fue mi propósito ofenderos; pero pudierais, sin que Elvira hubiese empañado nunca vuestro honor...

—Jamás, señor. Si un atrevido hubiera osado poner sus ojos en mi esposa, ¿viviría aún, viviría? —contestó el hidalgo pudiendo disimular apenas la lucha que existía entre sus palabras y sus ideas.

—Entonces, pues, ¿qué ofensa?...

—Permite, gran señor, que la calle. La hay, lo confieso, y si alguien pudiera vencerme en la lid, si me pudieran vencer todos, nunca *Macías*; un fausto presentimiento me dice que lavaré en su sangre mis ofensas. Confiéreme la orden de caballería, y yo te respondo, gran señor, de una victoria pronta y segura.

—Sea —contestó don Enrique— como lo deseáis. Mañana os la conferiré. Mañana juraréis en mis manos defender la fe, el honor y la hermosura.

Después de este breve diálogo, el candidato besó las manos del conde de Cangas y se retiró a esperar con mortal impaciencia el nuevo día, que había de poner término a todas las esperanzas que contentaban por entonces su ambición.

Capítulo XXV

Agua le echaron por el rostro
Para facerlo acordado,
Y vuelto que fuera en sí
Todos le han preguntado
Qué cosa fuera la causa
De verlo así tan parado.

Rom. del Cid

A la mañana siguiente brillaban con fuego extraordinario los ojos de Fernán Pérez. Leíase en su semblante la alegría que inundaba su corazón. Efectivamente, la orden de caballería era en aquel tiempo la más alta dignidad a que pudiese aspirar un hombre de armas tomar. Su virtuoso origen y sus fines, aún más virtuosos, le daban tal prestigio, que los reyes se honraban con tan honorífico dictado, y un caballero, solo con serlo, tenía derecho a comer en su mesa, honor que no disfrutaban ya ni sus mismos hijos, hermanos o sobrinos, mientras no entraban en aquella noble cofradía. Era preciso ser hidalgo por parte de padre y madre, y con la antigüedad por lo menos de tres generaciones; era preciso haber dado pruebas de valor y gozar de una reputación pura e inmaculada. A muchos les costaba, además, pasar por el largo noviciado de paje y escudero progresivamente. Los que habían entrado al servicio y a hacer prueba de su persona con un rey o un príncipe de alta categoría, en calidad de pajes, se llamaban donceles; *Macías* se había hallado con Enrique III en este caso, y si se le llamaba todavía públicamente el doncel, era porque habiéndole tomado Enrique III, con quien se había criado, más afecto que a otro alguno, habíale conservado aquel nombre por modo de cariño, aun después de haber recibido la orden de caballería. En el mismo caso se había hallado con don Enrique de Villena el hidalgo Fernán Pérez; habíale entrado a servir primero en calidad de paje o doncel, y había pasado a ser su escudero. El cargo de escudero, en estos tiempos, y hasta ese nombre, parecen sonar mal a los oídos delicados. Podemos asegurarles, sin embargo, que no solo no tenía en aquel tiempo nada de denigrante, sino que antes era tan honorífico, que muchísimos grandes, señores y príncipes que habían llegado a ser caballeros por el orden regular de los grados requeridos para ello en tiempos de paz, no se habían desdeñado de ejercerlo. En la recepción de un escudero, los padrinos o madrinas del paje prometían en su nombre religión, fidelidad y amor, con la misma formalidad e importancia que en la recepción de un caballero. Reducíase la obligación del escudero a seguir por todos partes a su señor o al caballero con quien hacía veces de tal, llevándole su lanza, su yelmo o su espada; llevaba del diestro sus caballos, en los duelos y batallas proveíale de armas, levantábale si caía, dábale caballo de refresco, reparaba los golpes que iban dirigidos contra él; pero solo en grandes peligros le era lícito tomar armas por sí en las pendencias y encuentros a que asistía. Sus deberes domésticos se ceñían a trinchar y presentar las viandas en la mesa, y aun a ofrecer el aguamanil a los convidados antes y después de comer. Pero estos cargos se desempeñaban con tanta más dignidad, cuanto que los platos los recibía de mano del maestresala, que ya era por sí una dignidad, aunque más subalterna, y el agua de mano de los pajes, que la tomaban ellos ya de los domésticos inferiores. En público, y en los banquetes en que reinaba toda etiqueta y ceremonia, no podía sentarse el escudero a la mesa de su señor. Para probar que ni el oficio de doncel ni el de escudero eran sino muy honoríficos, concluiremos diciendo que en las historias francesas del siglo XIII hallamos designados estos donceles y escuderos con el nombre de valets, más humillante aún en el día que los de damoiseau y écuyer, que corresponden a aquéllos en la lengua francesa. Diremos que Villehardouin, en su historia, hablando del príncipe Alexis, hijo de Isaac, emperador de los griegos, le llama en repetidas ocasiones el valet (o escudero) de Constantinopla, porque aquel príncipe, aunque heredero del Imperio de Oriente, no había recibido todavía la orden de caballería. Por igual causa son calificados con la misma designación por los historiadores sus contemporáneos, Luis, rey de Navarra; Felipe, conde de Poitou; Carlos, conde de la Mancha, hijo de Felipe —y otros infinitos—. Entre nosotros fue paje y doncel famoso y nobilísimo don Pero Niño, conde de Buelna, y el mismo don Álvaro de Luna, célebre por su prodigioso favor como por su ruidosa desgracia.

En tiempos de guerra, y en los principios de la orden de caballería, se confería ésta con menos pompa y formalidad; el rey o el general creaba caballeros antes y más comúnmente después del combate; en esos casos reducíanse todas las ceremonias a dar la pescozada o espaldarazo dos o tres veces en el hombro del candidato con el plano de la espada, diciéndole en alta voz: «Os hago caballero en nombre del Padre, del Hijo y del Espíritu Santo». Solía ser otras veces el teatro honroso donde se confería la orden de los valientes, leales y esforzados, un torneo, un campo de batalla, el foso de un castillo sitiado o asaltado, la brecha abierta ya de una torre o una fortaleza feudal. En medio de la confusión y tumulto de la refriega, arrodillábase el escudero a las plantas del rey, del general o de un caballero cualquiera acreditado ya por sus altos hechos de armas. Cuando el famoso Bayardo, caballero sin tacha y sin reproche, confirió de esa suerte la orden de la caballería al rey Francisco I: «Oh, espada mía —exclamó—, mil y mil veces venturosa por haber dado hoy la orden de caballería a un rey tan grande y tan poderoso, yo te conservaré como preciosa reliquia y te preferiré siempre a cualquier otra». Después, añade el historiador que nos ha conservado este rasgo singular, dio dos saltos y envainó su espada.

En tiempos de paz, y cuando posteriormente hubo llegado esta famosa institución a su más alto grado de esplendor y a su verdadero apogeo, se solía aprovechar, para conferirla a los escuderos que se habían hecho de ella merecedores, alguna solemnidad. Un día grande de la Iglesia, el aniversario de una famosa victoria, la boda o nacimiento de un príncipe o una coronación, eran las coyunturas más comúnmente escogidas, y en tales casos hacíase la promoción con otra pompa y con más minuciosas formalidades; las cuales complicaron más y más, sobre todo desde el siglo XI, en que pareció tomar aquella orden un carácter nuevo con la mezcla de ceremonias religiosas y profanas que para la admisión de los señores en esta vasta cofradía se exigieron.

Fernán Pérez de Vadillo no podía menos de dar a su nueva dignidad la importancia que en aquellos siglos tenía. Todo aquel día empleó en los preparativos de la ceremonia solemne que se preparaba para él. El condestable Ruy López Dávalos quiso ser su padrino, y obtuvo que fuese madrina la noble esposa de don Juan de Velasco, camarero mayor de su alteza. El conde de Cangas y Tineo era un personaje bastante calificado para que la dignidad que iba a conferir a su escudero llamase la atención de la corte. Su posición ventajosa, en aquel momento más que en otro alguno de su vida, le granjeó la asistencia a aquel acto y la cooperación de las primeras personas de Castilla. Don Pedro Tenorio, arzobispo de Toledo, se brindó a oficiar en la ceremonia, y el mismo rey don

Enrique, al señalar para ella la capilla de su regio alcázar, quiso presenciarla, también, desde una tribuna, a pesar de sus dolencias. El candidato ayunó aquel día, conformándose con los usos establecidos; revestido de una larga túnica cenicienta, verdadero traje de su clase de escudero, asistió a la comida que dio don Enrique de Villena a los que debían presenciar la ceremonia. El candidato, colocado aparte en una mesa pequeña, mientras los demás comían en la principal, permaneció en ella servido por donceles del conde su señor; pero éste, escrupuloso observador de la etiqueta, le intimó al sentarse que no podría hablar ni reír durante la comida, ni aun llegar bocado a los labios. Concluida esta ceremoniosa comida, fue llevado el candidato por sus padrinos, acompañado de los demás concurrentes y seguido de gran número de juglares y ministriles, que tañían gran variedad de instrumentos y cantaban baladas alusivas al acto que se preparaba en la capilla del alcázar. Esperábale ya, custodiada por dos hombres de armas de Villena, una hermosa armadura blanca sin mote ni divisa, de que le hacía merced su señor. Separose de él allí la concurrencia, y quedó Fernán Pérez de Vadillo velando sus armas y en oración la noche entera, después de haberse despojado de la túnica escuderil y haber vestido una cota, embrazado la adarga y empuñado la lanza.

Llegada la mañana, confesó devotamente con fray Juan Enríquez, confesor de su alteza. No sabremos decir si vuelto su corazón a Dios hizo sacrificio ante el altar augusto de la penitencia del rencor y de los sanguinarios proyectos de venganza que le habían determinado a armarse caballero. Presumimos que así lo haría, y creemos que si luego, más adelante, la historia nos ha conservado algunos rasgos que podrían oponerse a aquella concesión cristiana, debe achacarse más bien esta inconsecuencia a la flaqueza del corazón humano o a la mezcla extraordinaria de pasiones y religión que reinaba en aquella época, que a la falta de verdadera contrición del noble hidalgo. Hecha, su confesión, y veladas ya las armas, retirose el candidato por el mismo orden que había venido, y llegado a su habitación, vistió el traje de caballero, más rico y adornado que el de escudero, que acababa de dejar para siempre. Allí recibió las visitas y felicitaciones de sus deudos y amigos, y varios señores allegados a don Enrique de Villena vistiéronle, sobre la cota de menuda malla, una ancha loriga guarnecida de piel, adorno reservado solo en aquel tiempo a personas de categoría, y pusiéronle sobre los hombros un gran manto, cortado a manera de manto real.

En esta forma, y llevando colgada del cuello la espada, llegó, seguido de los padrinos, de los convidados y de sus amigos, a la real capilla, donde esperaban el momento de dar principio a la augusta ceremonia. Su alteza en su tribuna, rodeado de varios dignatarios, el arzobispo, que había salido al altar al verle llega, y gran número de damas. Distínguíase entre ellas la madrina del novel caballero, ricamente ataviada, y a la derecha del buen condestable, arrodillados los dos al lado de la epístola en ricos reclinatorios de terciopelo carmesí, en que se veía recamado en oro el escudo de sus armas respectivas y de que pendían largos borlones de aquel precioso metal. Algo detrás, y entre otras damas principales, se veía a Elvira, esposa del hidalgo, cubierta con un velo, al través del cual se traslucía, sin embargo, su hermosura, como suele verse al través de ligeras nubecillas el resplandor del Sol. A la otra parte se colocó el poderoso conde de Cangas, acompañado de algunos caballeros principales y seguido de dos de sus pajes, con su yelmo el uno y el otro con las espuelas y demás piezas de la armadura que debían revestirle a Vadillo en acto tan solemne.

El resto de la capilla estaba ocupado por la numerosa concurrencia que la calidad de las personas había traído, y por bandas de ministriles que habían seguido la comitiva, tañendo dulcemente sus instrumentos. Era gran gusto oír la desacorde confusión que producían, tocadas a un tiempo, la cítola sonora, la guitarra morisca, de las voces aguda e de los puntos arisca, el corpudo laúd, el rabé gritador, el orabín, el salterio, la adedura albardana, la dulcema de axabeba y el hinchado albogón, la cinfonia, el odrecillo francés y la reciancha mandurria, cuyos ecos distintos se unían al sonsonete de las sonajas de azófar y al estruendo de los atambores y atambales, de las trompas y añafiles; instrumentos todos con que se verían tan apurados nuestros músicos del día para organizar una sola tocata medianamente agradable, si se los trocaran de pronto con los que la civilización música les ha perfeccionado, como se verán nuestros lectores para formar una exacta idea de su figura y armónica melodía sin más datos que esta breve enumeración, por más fidedigna que la constituya la autoridad del trovador arcipreste a quien la robamos.

Establecido ya el silencio, arrodillose el hidalgo ante la reverenda persona del arzobispo, quien le quitó del cuello la espada que traía suspendida y la colocó en el altar en que iba a oficiar. Comulgó enseguida el candidato con edificante fervor. Después de un momento de oración y recogimiento, principió el arzobispo los oficios, acabados los cuales se levantó el candidato, e hincándose de hinojos ante la persona de su señor feudal, el poderoso conde de Cangas y Tineo, pidiole reverentemente que le hiciese merced de conferirle la orden de caballería. Juró enseguida en manos del ilustre maestre de Calatrava no excusar su vida ni sus bienes en defensa de la santa religión católica, apostólica, romana, y guerrear hasta morir en toda coyuntura y ocasión que se presentase contra los infieles de aquende y allende el mar; fórmula en que se comprendían no solo los moros que mantenían guerra todavía con los reyes de Castilla, sino también los sarracenos que poseían a la sazón el santo sepulcro, y contra los cuales se dirigían de todos los puntos de Europa continuamente innumerables cruzados. Juró amparar y defender las viudas y huérfanos que hubiesen recibido tuerto, y los desvalidos que a su fuerte brazo recurriesen para deshacer sus agravios, no pudiendo de otra manera los enderezar. Prestado este noble juramento, leyéronsele los Evangelios, sobre los cuales le repitió nuevamente. Hecho lo cual, el arzobispo, cogiendo la espada que había estado sobre el altar durante el oficio divino, la bendijo y se la ciñó. Llegándose a él sus padrinos, calzole la una espuela el buen condestable don Ruy López Dávalos y la otra la esposa del noble don Juan de Velasco, a quienes el novel caballero dirigió las más expresivas gracias por la merced singular que le dispensaban. Uno de los principales señores que acompañaban a don Enrique de Villena le ciñó la coraza antigua, compuesta del peto y espaldar, dándole paz después. Don Enrique de Villena, adelantándose enseguida, le dio tres espaldarazos con el plano de la espada, armándolo caballero en nombre de Dios, de San Miguel y de Santiago. Recibiole después en sus brazos, y enseguida hicieron con él igual ceremonia todos los demás asistentes, como para darle a entender que se gozaban mucho de tener admitido en su gremio caballero que tan completo prometía ser como el noble hidalgo.

Alzose entonces alegre estruendo de todos los instrumentos, proclamando al nuevo caballero. Entre los que debían dar la paz al recién admitido, hallábase uno armado de pies a cabeza, que se había mantenido constantemente inmóvil al lado del Evangelio y enfrente del sitio destinado a las damas principales de la corte. Ni el oficio divino ni la larga ceremonia, habían sido parte para sacarle de su asombrosa distracción. Parecía la estatua del fundador de la capilla, como en aquellos tiempos solían verse algunas en las más de las iglesias. Pero si se llegaba a presumir que era una persona y no una estatua para comprender su perfecta inmovilidad y la fijación de sus ojos, era preciso creer que un maleficio particular ejercía sobre él una influencia funesta y le obligaba a mirar a aquella parte con la misma irresistible fuerza con que un instinto fatídico obligaba a la incauta mariposa a girar en torno de la vacilante llama que la ha de acabar, y con que una atracción física llama hacia la serpiente cascabel al mísero pajarillo, para hacerle víctima de su irresistible voracidad. Causaba aquel embeleso una dama que no había podido menos de notarla y que en balde había pensado ponerle término interponiendo su velo entre las atrevidas miradas del caballero y su aciaga hermosura. Esta medida había producido un efecto enteramente contrario al que esperaba. Si las miradas habían sido antes continuadas, pero naturales, tomaron después un carácter de investigación muy parecido al que tienen las de aquel que trata de leer durante el crepúsculo o a la opaca luz de la Luna. Apenas quedaba concluido el acto, cuando deseosa la dama de esconderse a tan imprudentes miradas, se había confundido y desaparecido entre la multitud; los ojos, sin embargo, del caballero, acostumbrados a ver en aquel punto su contorno, le seguían viendo gran rato después de haber desaparecido, como le sucede al que se atrevió a mirar fijamente por largo espacio al luminar del día. Horas enteras conserva su retina la impresión indestructible, y por más que haya desviado ya los ojos de su deslumbrante luz, por más que los cierre, en fin, ve el Sol todavía donde no lo hay. Al llegar Vadillo al caballero, acababa de levantarse la dama. Tendió el hidalgo los brazos naturalmente a recibir de él, como de los demás, el beso de ceremonia, e hizo la misma figura que el que fuese a abrazar un árbol o una columna. No pudo menos de levantar la cabeza y de reparar en la especie de estatua que delante de sí tenía. Conociólo, y su primera acción fue volverse con la rapidez del rayo a seguir la visual del caballero y ver en qué objeto se paraba; si alcanzó a ver algo todavía, o si el punto a que las miradas se dirigían bastó a contestar a su muda pregunta, eso es lo que no sabemos. Diremos solo que su rostro se tiñó de carmín, y que vertiendo fuego por los ojos y los poros de su encendido semblante, sacudió con una mano al distraído diciendo por lo bajo, pero con reconcentrada cólera:

—Ya puede haber pactos entre nosotros, que ya no soy escudero.

A esta sacudida inesperada, volvió en sí el caballero como quien despierta de un largo sueño. Reconoció su imprudencia al reconocer al que le hablaba, y no ocurriéndole nada que responder de pronto a su rara interpelación, bajó los ojos y quiso enmendar su pasada distracción, tendiendo entonces los brazos al hidalgo. Éste, empero, poniendo entrambas manos en ellos:

—Dejad —le dijo— el abrazo para ocasión en que estéis menos ocupado, que yo quisiera que el que nos diésemos fuese más estrecho y más largo.

—Como gustéis, hidalgo —repuso el caballero con arrogancia—, como gustéis.

No había podido menos de notarse por la concurrencia esta pequeña escena episódica lanzada en medio de aquel acto solemne; nadie oyó lo que se dijeron, pero los más tuvieron algo que decirse al oído acerca de aquella rara singularidad. Nosotros diremos, como fieles historiadores, que la dama, cuando se creyó fuera ya del alcance de las miradas del importuno, volvió la cabeza y alcanzó aún a ver algo, que fue lo bastante para despertar en ella ideas de inquietud a que hacía ya algún tiempo que no había dado lugar en su corazón.

Acabada la ceremonia, retirose cada cual, y el novel caballero, acompañado de sus padrinos y de sus deudos, se trasladó a la habitación del señor de Cangas y Tineo, donde esperaban ya a la comitiva varias damas y convidados, y donde un magnífico banquete, dado por el ilustre maestre, terminó con toda pompa, digna de tal solemnidad, un día señalado en la vida de nuestro celoso hidalgo.

Capítulo XXVI

> Mucho os ruego de mi parte
> Me lo queráis otorgar,
> Pues que de mi nigromancia
> Es vuestro saber y alcanzar,
> Que me digáis una cosa,
> Que yo os quiero demandar.
> La más linda mujer del mundo
> ¿Dónde la podría hallar?
>
> Rom. de Roldán y Reinaldos

La situación de los principales personajes de nuestra historia era bien precaria. No hablemos de la infeliz condesa de Cangas, a quien no pudimos menos de abandonar a su triste suerte. Aun entre los que en el día ocupan nuestra atención había más de uno que no tenía motivos para estar contento con su estrella. Elvira, en primer lugar, llevaba continuamente clavado en el corazón el dardo que se ahondaba más mientras más esfuerzos hacía por arrancarle, y tenía no pocos motivos de inquietud y melancolía. La falta de la condesa, a quien echaba de menos entonces más que nunca, le recordaba sin cesar que tenía pendiente una acusación, en el éxito de la cual se hallaba comprometida, no solo la vida del hombre a quien no podía menos de amar, sino la suya propia, pues era condición de tales juicios que había de morir el acusador o el acusado, si no en el combate, después de él. Elvira se hallaba libre en su cámara; pero lo debía a la buena opinión que había merecido siempre en la corte. Luego que se había dado a conocer a Abenzarsal, y éste había expuesto a su alteza sus circunstancias y las causas particulares que la obligaban a guardar secreto, se le había dejado en libertad bajo su palabra, con la única condición de haberse de presentar en el juicio, como acusadora, el día que su alteza tuviese a bien señalar, día que se retardaba ya demasiado, según lo que solía en tales casos practicarse. El vulgo de las gentes, sobre todo, que no había podido dar explicación ninguna a la acusación y circunstancias de la tapada, no sabía a qué achacar semejante tardanza, si no era a las brujerías de don Enrique de Villena. Mientras tanto, no era menos cierto que Elvira debía estar en la más cruel expectativa. La conducta de su esposo era incomprensible, al mismo tiempo, para ella; nunca le había dicho una palabra del encuentro en la cámara del astrólogo; semejante reserva, agregada a aquella tristeza misteriosa que le había dominado hasta el día en que había recibido la orden de caballería, manifestaba que tenía oculto algún proyecto, idea que no podía menos de hacerla temblar.

Hernán, por su parte, a quien saben nuestros lectores ocupado únicamente en llevar a cabo su venganza contra el doncel, no era más feliz. Había llegado a creer fijamente que *Macías* estaba prendado de su esposa; la pequeña escena que había pasado entre los dos en la capilla del alcázar no le podía dejar duda acerca de este particular; así pues, esperaba con impaciencia el momento de llegar a las manos entonces, que ya tenía permiso de su señor para defender su parte en el juicio de Dios. Con respecto a su esposa, debía estar seguro ya de que era la acusadora de don Enrique; pero justamente resentido de ese paso, tampoco le había hablado de este asunto, y como tan complicado con el otro que en un mismo día había él de morir, o castigar al atrevido y al objeto de su osadía, cuidábase ya poco de esto. No estaba seguro de que su esposa participase de la culpable pasión de *Macías*, pero eran tan vehementes sus sospechas, que ésta era la única razón por que no había temblado al considerar que o había de morir en el combate o había de morir su esposa si él vencía. Triste alternativa, por cierto, para otro a quien no hubieran tenido tan ciego los celos como al hidalgo. Entretanto trataba con la mayor dulzura a su esposa, porque creía que éste era, si había alguno, el medio de asegurar más la aclaración de sus sospechas. No viendo ella en él ninguna señal alarmante, se abandonaría más fácilmente y caería en el lazo que le tenía astutamente tendido.

Don Enrique de Villena no dejaba de estar inquieto tampoco. Cuando la fortuna se le presentaba tan favorable, cuando había conseguido romper los funestos cuanto incómodos vínculos que le unían a su esposa, cuando tenía asido ya el apetecido maestrazgo, un doncel aventurero y una dama extravagantemente heroica se habían atravesado en el camino de sus planes; si él hubiera tenido maldad suficiente, nada más fácil que haber quitado de en medio a toda costa tan importunos obstáculos como continuamente le aconsejaba el judío; pero ya hemos visto que el indeciso conde creía tener ya harta carga sobre su conciencia con la desaparición de doña María de Albornoz. El juicio de Dios le hacía temblar, no precisamente porque él estuviese convencido de que si el cielo tomaba cartas en el juego no podía estar nunca de su parte, sino porque creyendo más, como creía, en el valor de los combatientes para semejantes trances, que en la participación de la justicia divina, no podía menos de asustarle la idea de que el contrario era *Macías*, que pasaba con razón entre las gentes por caballero mucho más perfecto y cumplido que Hernán Pérez. Éste debía ser víctima probablemente de su temerario y generoso arrojo; y en este caso don Enrique, vencido en la persona de su campeón, tendría que recurrir a medios muy violentos, y que le repugnaban sobremanera, para conservar, no solo el maestrazgo, sino también la vida. Hasta entonces había tenido la fortuna de retardar el señalamiento del día, pero esto no podía durar, porque la otra parte instaría, y porque la acusación había sido demasiado pública y la sentencia demasiado terminante para que pudiese sobreseerse en el asunto. ¿Habría algún medio de evitar que la parte contraria compareciese el día aplazado? Esto era lo que formaba el objeto por entonces de las maquinaciones de don Enrique de Villena, de su juglar confidente Ferrus y del astrólogo judiciario. En ese caso, tanto Elvira como *Macías* serían declarados infames, y reputados culpables de calumnia, y acreedores, por consiguiente, al castigo que habían reclamado en nombre de la ley contra el conde.

Macías era de todos el menos inquieto y, sin embargo, el más desgraciado. Él debía pelear por su amada; pero el que pendiese la vida de aquélla del esfuerzo de su brazo, era para él una gloria, una fortuna inapreciable, antes que un motivo de inquietud, fuese Villena, fuese otro más valiente su contrario; y si Elvira no hubiera huido constantemente de sus miradas, si no le hubiese quitado todas las ocasiones de verla y hablarle, ¿quién como él? Pero desde la mañana en que había sido armado caballero Fernán Pérez, mañana en que había bebido tan copiosamente el veneno del amor, *Macías* estaba en un estado continuo de delirio y de fiebre que no le daba lugar a reflexionar que desde el punto en que el hidalgo había llegado a concebir la más leve sospecha, solo su extremada circunspección podía excusar a la desdichada Elvira mortales sinsabores. El mísero no veía al hidalgo, no veía el mundo que le rodeaba. Ansioso de saber del astrólogo lo que le había querido decir la mañana de su presentación en la corte, después de su llegada de Calatrava, con sus misteriosas palabras, y no habiendo podido verificarlo por el funesto encuentro que en la cámara del judío tuviera, había vuelto a visitar a éste después de su curación. Abenzarsal, siguiendo el plan de enredar a los amantes en el laberinto de su pasión, aun a pesar del ciego temor del conde, pues trataba de salvar a éste mal su grado, no dudó en echar leña al mortecino fuego de, su esperanza.

—Decidme, padre mío, decidme —comenzó *Macías*—, ¿cuál es el sentido de vuestras fatídicas palabras? Esa corte, que me habéis anunciado siempre como un…

—Sí —le contestó Abenzarsal—; la primera vez que os vi conocí que la corte debía seros funesta.

—¿Funesta, Abenzarsal? ¿Pero a qué llamáis funesta vosotros? ¿Queréis decir que podrá acarrear mi muerte?… Porque eso, Abenzarsal, no sería lo peor que pudiera sucederme. ¿Qué causa os conduce a pensar… qué secreto mío?… Mucho me temo que esa ciencia de que os jactáis sea vana y…

—Escuchadme, joven temerario —interrumpió Abenzarsal—. Antes de soltar vuestra inexperta lengua, aprended a respetar lo que no entendéis. ¿Pensáis que puedo vivir ignorante de vuestras acciones, de vuestros deseos, de vuestros más secretos pensamientos? Decid, ¿os acordáis del día en que os dije que al anochecer encontraríais en mi cámara la satisfacción de vuestras dudas?

—Sí, sí; ¿cómo pudiera no acordarme? Sin el concurso de circunstancias que impidieron entonces una entrevista entre nosotros, ésta sería acaso excusada.

—Y bien, ¿y qué encontrasteis en mi cámara?

—¡Cielos! ¿Qué encontré? ¿Sería?…

—Joven incrédulo, ¿no encontrasteis el verdadero astrólogo que buscabais? ¿Quién os podía dar razón más satisfactoria de lo que intentabais preguntarme?

—Lo sabe todo, lo sabe todo —dijo para sí *Macías*—. ¡Ah! tu ciencia es cierta. Yo nunca dije a nadie una palabra. Abenzarsal, tomad ese oro; es cuanto traigo; satisfaced ahora a mis preguntas. ¿Me ama, adivino, me ama? ¡Calláis, santo Dios! ¡Oh! ¡Bien me lo temía!

—¿Y qué hicisteis que no se lo preguntasteis? ¿A qué preguntarme a mí lo que ella debe saber mejor que yo?

—Viejo artificioso, ¿os burláis de mi dolor? ¿No habéis conocido nunca una mujer? ¿Encontraréis una jamás que haya respondido sí, no, a vuestras inconsideradas preguntas? ¿No sabéis que la ficción y el silencio son el arte de las mujeres?

—Harto lo sé; estas canas de que veis cubierta mi cabeza no nacen impunemente.

—Y bien, si tanto sabéis, respondedme: ¿me ama o me desprecia? ¿Son sus miradas las peligrosas redes que las mujeres desvanecidas suelen tender a mil amantes, que tal vez aborrecen, o son las de una hermosa incapaz de engaño y de artificio? ¿Son sus ojos solos, o es su corazón también el que me mira? ¿Es buena o es mala? ¿Quién pudo conocer jamás a una mujer? ¿Soy su juguete, por ventura, soy solo su trofeo, o soy, Abenzarsal, su vencedor? ¡Ah!, cuanto poseo es vuestro. ¡Si me ama, decídmelo! Entonces la corte no puede serme nunca funesta, porque aun muriendo, si muero amado, seré dichoso. Si no me ama, callad. Yo he oído decir que conocéis los hechiceros mil medios que inspiran el amor. Enloquecedla, Abenzarsal, haced vos lo que debiera mi mérito haber hecho; ámeme ella, y sea como quiera. ¿Qué condiciones son precisas? ¿Cuál es el premio de vuestro trabajo?… ¡Oh, Elvira, Elvira, cuánto me cuestas! ¿Necesitáis mi cuerpo, mi sangre? He aquí, herid y consultad mis venas… ¿Necesitáis mi alma? ¡Maldición, maldición! Haced que me adore, Abenzarsal, y tomadla bien. ¡Que me ame! ¡Que me adore, y todo lo demás después!

—Moderaos, joven arrebatado. ¿Qué motivos tenéis para tanta desesperación? ¿No arde siquiera en vuestro corazón una chispa de esperanza?

—¿Y cuándo muere la esperanza en el corazón del hombre? Yo la he visto mil veces; sus ojos me miraban y se detenían sobre los míos, como se detienen los de una amante sobre los de su querido. Cuando se encuentran nuestros ojos no hay fuerza que los desvíe. Nuestras almas se cruzan por ellos, se hablan, se entienden, se refunden una en otra. Pero ¡ah!, Abenzarsal, que huyen a veces, y su rostro airado…

—¿Airado habéis dicho? ¿Y qué más fortuna pedís? Cuando huyen sus ojos de los vuestros, entonces es cuando más os ama; entonces, doncel, os teme.

—¿Qué decís?

—No huye la indiferencia, ni se enoja. ¿Y nunca le habéis hablado?

—¡Ah! por mi desgracia una vez…

—¡Por vuestra desgracia! ¿Le dijisteis?…

—Menos de lo que siento, pero le dije…

—¿Y respondió?

—Mas ¡cómo respondió!

—¿Os respondió que no, que la ofendíais… que huyeseis… que?…

—¡Abenzarsal!

—¿De qué, pues, os quejáis? ¿Queríais, mozo inexperto y precipitado, que una mujer virtuosa, una mujer que debe a su esposo?…

—¡Abenzarsal! —gritó furioso *Macías*.

—Y bien. ¿Queréis que me ría en vuestra cara de esa locura? ¿No os enojáis ahora porque?… Yo creí que teníais muy sabido…

—Sí, sabido, sí; pero ¡ay del que se complazca en repetírmelo!

—En buena hora. ¿Queríais que esa mujer, cuyas perfecciones adoráis?…

—Entiendo, entiendo.

—Sed más confiado, señor, y menos impaciente. Vos mismo la hubierais apreciado en menos, y esto las mujeres lo saben. Quieren ser premio de la victoria, pero de una victoria reñida, porque cuando son vencidas, doncel, ellas mismas hallan disculpa a su flaqueza, disculpa que no encontrarían si no se defendiesen. Las menos virtuosas, *Macías*, quieren parecerlo hasta a sus propios ojos. ¿Qué será, pues, las que realmente lo son?

—Sí, pero no confundáis a Elvira con…

—En buena hora, doncel. Si os habéis prendado de un ángel, id a consultar ángeles; yo solo conozco el corazón humano.

—Judío, ¿y qué me aconsejáis?

—¿Necesitáis consejos después de lo que os he dicho?

—¿Es posible? Ah, padre mío, no me hagáis entrever la felicidad para arrancármela después más amargamente de entre las manos. Si mi constelación…

—Las constelaciones, doncel, mandan que tengamos frío en el invierno, y, sin embargo, si os sumergís en un baño de agua caliente en el corazón de enero, ¿no hubierais de sudar?

—¡Cierto!

—Andad, pues, y venced, si podéis, vuestra constelación. Ella se os anunció funesta. Hacedla vos venturosa.

—Explicaos más claro, padre mío… ved que…

—Doncel, os he dado cuantas explicaciones puedo daros. Recapitulad mis palabras y partid. Solo os añadiré, y ved que no os hablo más en el asunto, que para vencer es fuerza pelear, por más que muchos que pelean no venzan.

Vuestra constelación es funesta; en vuestra mano está, sin embargo, vencerla. Confianza y audacia. Adiós.

—¡Confianza y audacia! —salió diciendo *Macías*—; ¡santo Dios! ¿Serás mía? ¿Será mía alguna vez? —dos lágrimas, hijas de la terrible emoción y de la alegría que henchía su corazón, surcaron sus encendidas mejillas. Desde entonces el audaz mancebo revolvió en su cabeza cuantos medios podían ocurrírsele para tener una entrevista con Elvira; desde entonces no vio más que a Elvira en el mundo, y desde entonces pudiera haber conocido, quien hubiera leído en su corazón, que Elvira o la muerte era la única alternativa que a tan frenética pasión quedaba.

Capítulo XXVII

Eres mujer finalmente.

Rom. de Zaide a Zaida

—Jaime —decía una mañana Elvira a su paje, que sentado a sus pies la miraba de hito en hito con ojos ora tiernos, ora indagadores—, Jaime, ¿te habló hoy Fernán Pérez a ti?

—¿A mí? Prima mía, ya sabéis que no soy santo de su devoción; siempre que me ve hablando con vos más de lo regular, hay motivo bastante ya para que tenga mala cara un día entero. Sin embargo, nunca le hice mal alguno; antes le deseo mucho bien, porque os lo deseo a vos. Con que si no os ha hablado, lo que es a mí...

—¡Ah! tampoco; no sé qué secreta melancolía lo devora desde la noche...

—Sí, aquella noche en que...

—No la recuerdes; mi falta de confianza acaso... el paso que di... si llegó a cerciorarse de que era yo...

—Pudiera ser, pero me parece que tiene alguna cosa más.

—¿Qué cosa?

—Yo he oído decir que los celosos hacen lo mismo que vuestro esposo.

—¡Jaime! ¿Será posible que Hernán Pérez abrigase la menor duda acerca de la virtud de su consorte...?

—No digo eso; antes creo todo lo contrario. Alguna vez le he solido sorprender hablándose solo a sí mismo; acaso me tenga rencor por eso... «Elvira me ama —decía antes de ayer cuando yo lo encontré distraído— me ama tanto como yo a ella; es imposible; no era culpable...»

—¿Eso decía?

—Eso le oí.

—¡Dios mío! ¡Cuán ingrata soy! Y en ese caso, esos celos que dices...

—Esos celos puede tenerlos de alguno, aun sin pensar que vos...

—¿De alguno?

—Escuchad. Ayer en la corte miró a un caballero, que conocéis, de una manera...

214

»¡Ay! Si sus ojos hubieran sido rayos, con la velocidad del relámpago hubiera sido reducido a cenizas el caballero.

—¡Cielos! ¿Qué os hice para merecer tanto rigor?

—Y como se dice que ya en una ocasión ha tenido algún lance con el mismo caballero, y que sus heridas…

—Basta, Jaime, no despedaces mi corazón; tú que le conoces, tú que sabes cuán inocente soy…

—¡Oh! Si yo fuera esposo de la hermosa Elvira, ¡qué pocos cuidados me habían de dar los celos! ¡Cómo dormiría a pierna suelta! ¿No es verdad, prima?

Un estremecimiento involuntario fue la única respuesta de Elvira, y un profundo silencio, indicio de la mayor distracción.

—¿No es verdad, prima? —preguntó de nuevo el inexperto niño, volviendo a aplicar el dedo imprudentemente en la llaga—. Ello, por otra parte, a mí me da lástima.

—¿Qué te da lástima? —preguntó Elvira.

—Si vierais en qué estado está mi pobre amigo; el que solía llamar así…

—¿Qué amigo?

—¡Qué amigo queréis que sea! Si vierais qué rostro tan pálido… tan desfigurado… Por fuerza está muy malo… Si el amor es capaz de hacer tantos estragos, no quiero nunca enamorarme.

—¿Qué dices, Jaime?

—Lo que oís; solo que yo no lo entiendo cuando oigo decir que *Macías* está así porque quiere bien. Yo os quiero bien; no os podrá querer él más y, sin embargo, vame bien de salud. A pesar de eso, todos dicen que está enamorado.

—¿Lo dicen todos? ¡Imprudente!

—Un caballero tan aventajado, tan…

—Jaime, te he prohibido que me hables de él. ¡Por piedad!

—Bien, prima, bien; no os aflijáis. En confianza… —añadió sonriéndose—, es lo último que voy a decir… No tengáis cuidado… en confianza, se me figura que no estáis vos mejor que él…

Elvira se cubrió el rostro con su pañuelo y apretó involuntariamente la mano del pajecillo, que continuó:

—Yo os aseguro que si le vierais… y le hablarais…

—Jaime —dijo volviendo en sí Elvira y levantándose—, nunca, ni verle, ni hablarle… ni hablarme nada de él; lo he dicho ya.

—¿Tan delincuente puede ser porque os ama?…

—Porque es mi voluntad, paje. Callad.

—Pero haceos cargo de que si está enamorado, según dicen, ¿cómo puede él dejar de amar, ni qué culpa tiene? Yo no creía que fuerais tan rencorosa. ¡Ah! Si de ese modo pagáis el cariño de los que os quieren bien, os dejaré yo de querer…

—No hay remedio, Dios mío, no hay remedio —exclamó Elvira desesperada—. No he de volver los ojos donde no lo vea. No he de oír hablar sino de él. Si no queréis, Dios mío, mi perdición, empezad por apartar su imaginación de mis ojos, su recuerdo de mis oídos. Yo os lo pido, y os lo pido de corazón. No quiero sucumbir, no quiero

—Ved, prima mía, que siento pasos, y que si llega alguien y os ve de esa manera, pensará que os he reñido yo a vos, en vez de reñirme vos a mí.

—Sí; voy a enjugar las lágrimas. Jaime, ríes, porque no conoces el mundo todavía; no crezcas, ¡ay! no salgas nunca de tu dichosa edad.

Dichas estas palabras, que dejaron un tanto cuanto reflexivo y meditabundo al pajecillo, que no veía muy claro qué peligro podría haber en crecer como todos habían crecido antes que él, retirose Elvira por no ofrecer su rostro descompuesto en espectáculo a la persona que iba a entrar, si no engañaba el ruido de los pasos, que cada vez se oían más cerca.

Apenas había desaparecido, cuando un caballero, embozado en su capilla, entró mirando con espantados ojos a una y otra parte.

—Tampoco —dijo—, tampoco está aquí.

—¿Adónde vais, señor? —preguntó el paje, asombrado del desorden que reinaba en su fisonomía y en toda su persona—. ¿Adónde de esa suerte?

—Jaime, ¿eres tú? Pues bien, he de verla.

—¿Habéis de verla? ¿A quién?

—¿A quién? ¿Hay otra en el mundo por ventura? ¿Conoces tú otra?

—¿Estáis loco?

—Sí, lo estoy; estoy lo que quieras con tal que me la enseñes. Verla, no más verla. ¿Dónde está?

—¡Desdichado! ¿Y Hernán Pérez, señor?

—¡Ah! Hernán Pérez no vendrá. Ahora halconeaba con el rey en la ribera. Me he perdido de propósito por encontrarla.

—¿Pero no veis cuán mal hecho es lo que hacéis?

—¡Mal hecho! ¡Mal hecho! ¡Siempre la reconvención, siempre el deber y siempre la virtud! ¿Quién te ha dicho, paje, que estoy obligado a hacerlo todo bien? ¡Peor hecho es ser ella hermosa!

—¡Qué palabras! Pues advertid que ver a mi prima es imposible.

—¿Imposible? —repitió con una amarga sonrisa el doncel—. ¿Por ventura no está?

—Estar... —respondió con algún embarazo el paje—. Eso... Mirad: está; pero si queréis creerme, es como si no estuviera. Para vos debe ser lo mismo.

—¿Por qué?

—Porque está mala. ¡Ah, señor, si la vierais...! Tened compasión...

—¡Compasión! ¿La tiene ella de mí? Pero, Jaime, ¿qué mal, qué dolencia?...

—Yo no sé. Se entristece, no duerme, no come, llora...

—¿Llora? ¿Sufre?

—Ya veis, pues, que es imposible.

—Ahora más que nunca la he de ver.

—¿Qué habláis? Yo creía que con deciros...

—¡Ah! ¿conque me engañas, paje?... ¿No es cierto cuanto me dices?...

—Como el evangelio, señor caballero; pero... en una palabra, díjome no ha mucho... Mas, aguardad. Si no me engaño, ella viene...

—¿Ella? ¿Elvira?

—Salid, pues; ved que no gustará...

—¡Que salga! No, paje, no.

—Pero reparad... ¡Anda con Dios! ¡Allá os avengáis! Yo no pude hacer más —dijo el paje encogiendo los hombros al ver que *Macías*, apartándole con brazo poderoso, se dirigía hacia donde sonaba el ruido de los pasos.

—¿Qué altercado es ése, Jaime? —salió diciendo Elvira—. ¡Santo Dios! —añadió en cuanto vio al doncel, que arrodillado ya a sus pies parecía implorar el perdón de su audacia y su descortesía—. ¡Qué imprudencia, señor, y qué osadía! ¿Qué hacéis? ¿Vos en mi habitación?

—Sí, bien mío —respondió *Macías*—. Vana es ya la porfía. Inútil la resistencia; yo os amo, Elvira.

—¡Ah! ¿qué intentáis? Alzad, señor; volveos.

—¿Adónde queréis, Elvira, que me vuelva? —dijo *Macías*, levantándose y estrechando entre sus manos las de su amante—. El mundo entero está para mí donde estáis vos. No hay mas allá.

—¡Silencio! Si mi esposo…

—Elvira, no temáis…

—Salid. Os lo ruego, os lo mando.

—¡Delirio! ¿Os parece que cuando me decidí a acción tan aventurada, cuando me expuse y os expuse a vos misma a los riesgos de esta entrevista, fue para volverme después de lograda?

—Yo tiemblo, Jaime —dijo Elvira—, si por ventura oyeses…

—Perded cuidado, prima mía… —respondió Jaime.

—Corre, sí; si le vieses venir…

—Jaime os probará fidelidad.

Dicho esto, salió el inteligente pajecillo, bien resuelto a ejercer la más activa vigilancia para evitar que la locura imprudente del doncel acarrease a su prima más funesta consecuencia que la de haber de convencerle de cuán temerario era el paso que acababa de dar en aquel momento. *Macías* dirigió al paje, que desaparecía, una mirada en que se podía leer claramente una larga acción de gracias al cielo, que le proporcionaba por fin aquella secreta ocasión de vencer el desdén de la señora de sus pensamientos.

—¡Ah!, *Macías*, si sois generoso, si sois caballero, oíd mis ruegos por piedad. Idos. Soy mujer, y os lo ruego. A vuestras plantas si queréis…

—¡Elvira! —gritó *Macías* fuera de sí, levantando a la hermosa Elvira—. Oídme. Un momento no más. Oídme y partiré. Tres años, señora, hace que os vi la vez primera; tres años os amé, y os amo, yo os lo juro, como nadie amó jamás; igual tiempo callé. Mil veces fue a escaparse de mis labios la palabra fatal; mil veces la sofoqué; la inmensidad de mi amor la ahogó en el fondo de mi corazón. Mis ojos, sin embargo, os lo dijeron. ¿Cómo imponerles silencio? Ellos hablaron a mi pesar. ¿Por qué los vuestros me respondieron? Callaran ellos y muriese yo callando. Ellos me animaron, empero. Bien lo sabéis, señora. Mi amor es obra vuestra.

—¿Mía? ¡Ah! ¡Sed, doncel, más generoso!

—¿Pedísme generosidad? ¿La usasteis vos conmigo? ¿Vos me pedís virtudes? Pedid amor, señora. Es lo único que os puedo dar; amor, y nada más. Si es virtud el amar, ¿quién como yo virtuoso? Si es crimen, soy un monstruo.

—¡Silencio!

—¿Por qué? ¿Pensáis que la Naturaleza ha podido imprimir con caracteres de fuego en el corazón del hombre un sentimiento sublime, un sentimiento de vida, eterno, inextinguible, para que se avergüence de él? ¡Ah! No la hagáis injuria semejante. Cuando lanzó la mujer al mundo, «la amarás», dijo al hombre; inútil es resistirla. Sus leyes son inmutables, su voz más poderosa que la voz reunida de todos los hombres. Os amo, y a la faz del mundo lo repetiré; harto tiempo lo callé…

—¿Pero podéis ignorar, *Macías*, que mi estado?…

—¿Vuestro estado? Preguntadle a mí corazón por qué latió en mi pecho con violencia cuando os vi por la vez primera. Preguntadle por qué no adivinó que lazos indisolubles y horribles os habían enlazado a otro hombre. Nada inquirió. Yo os vi, y él os amó. ¿Por qué, cuando dispuso también de vuestra hermosura? Si solo para un hombre habéis nacido, ¿por qué os dio el cielo belleza para rendir a ciento?

—Vos deliráis, *Macías*.

—Si es delirio el amaros, deliro, y deliro sin fin. Si en mis acciones, si en mis palabras echáis de menos por ventura la razón, vos la tenéis sin duda, que vos me la robasteis. Vuestros son también mi locura y mi delirio.

—Falso es, *Macías*, lo que habláis; es falso. Ni vos me amáis ahora ni me amasteis jamás. ¿Dónde aprendisteis a amar de esta manera? Me veis, y vuestros ojos, funestamente clavados en los míos, están diciendo a todo el mundo: «¡Yo la amo!». Corro al campo a buscar la tranquilidad que en vano me pide mi corazón en la ciudad, y allí *Macías*, allí donde yo voy. Veis a mi esposo, que al fin, *Macías*, es mi esposo, es cosa mía, y hacéis gala de decir a las gentes con vuestras miradas: «Porque ella es suya le aborrezco». ¿Y por qué, imprudente, no he de ser suya? ¿Qué hizo él acaso para merecer tanto odio? ¿Qué hacéis vos que él no haya hecho, y antes, doncel? ¿Gustáis de mí, decís? También él lo decía. ¿Puede ser en él crimen el amarme, y en vos?…

—Crimen, sí, crimen imperdonable, que solo con mi sangre o con la suya…

—Basta ya, temerario. ¿Y vos me amáis, doncel? ¡Y vos me lo decís! ¿Os encuentra ese esposo a mis plantas casi, no hunde su acero en vuestro corazón, como debiera sin duelo alguno, y vos le provocáis y osáis contra él alzar el insolente acero? ¿Eso es amar, *Macías*? Nadie hay en la corte que al pronunciar vuestro nombre no pronuncie el mío al mismo tiempo. ¿Por qué esa unión fatal? Vuestra imprudencia acaso…

—¡Mi imprudencia!

—Y no contento con perderme para siempre, no contento con haber llenado de luto mi corazón, con haber hecho de mis ojos dos fuentes de lágrimas inagotables, ¿osáis aún, a riesgo de ser hallado, traspasar el dintel de mi puerta, osáis comprometer mi vida…, mi honor?…

—¿Yo, Elvira? ¡Maldición sobre mí!

—¿Eso es, decidme, lo que debía yo prometerme de ese amor tan decantado? ¡Ah!, *Macías*, si os amara, ¡cuán infeliz sería!

—¡Si me amara!

—¡Cuán infeliz! Vos mismo habéis cavado entre los dos un abismo insondable…

—Abismo que se llenará, que yo traspasaré, o donde entrambos nos hundiremos. Me amas, Elvira, me amas. Tu llanto, tus acentos, esa voz trémula y agitada, la tempestad que anuncian tus palabras son señales harto ciertas que descubren el volcán inmenso que arde en tu corazón. Si fui imprudente, lo confieso, tú tuviste la culpa. ¿Por qué no me inspiras una de esas débiles pasiones, un amor pasajero, de esos que es dado al hombre disimular, de esos que no se asoman a los ojos, que no hablan de continuo en la lengua del amante, de esos que pasan y se acaban y dan lugar a otros? ¡Ay! Tú lo ignoras, Elvira. Hay un amor tirano; hay un amor que mata; un amor que destruye y anonada como el rayo el corazón en donde cae, que rompe y aniquila la existencia, y que es tan fácil de encerrar, en fin, en lo profundo del pecho, como es fácil encerrar en una vasija esos rayos del Sol que nos alumbra.

—*Macías*, ¡por piedad!

—No; sufre ahora, que yo sufrí también, y sin consuelo y sin indemnización y sin premio. Una vez no más te hablo en la vida, pero me has de oír. ¿Temes el mundo? Bien. Habla, es verdad, habla imprudente lo que sabe, lo que no sabe, lo que existe y lo que acaso jamás existirá. Témele tú en buena hora. Yo lo aborrezco. Huyamos de él, huyamos para siempre. Una lanza para mí y un caballo para los dos. Basta.

—¿Qué escucho? ¿Adónde queréis llevarme?

—Donde no haya hombres, Elvira; donde la envidia no penetre. Una cueva nos cederán los bosques; amor la adornará; tú misma con tu presencia. Solo nosotros hablaremos de nosotros. El león allí no contará a la leona, con maligna sonrisa, que *Macías* ama a Elvira. Las fieras se aman también, y no se cuidan como el hombre del amor de su vecino. El viento solo lo dirá a los ecos, que nos lo repetirán a nosotros mismos. Ven, Elvira, bien mío.

—*Macías* —dijo Elvira desasiéndose de los opresores lazos del doncel—, vos os dejáis llevar de vuestro loco arrebato. Vos me tuteáis…

—¿Y qué importa, señora, que no se tuteen nuestros labios, si nuestros ojos se tutean?

—¡Ea! partid, dejadme —añadió Elvira con una emoción difícil de explicar—. Por la última vez, dejadme.

—Decidme que me amáis y partiré. Una vez sola, una vez; decidme que he de volver a veros, que he de volver a hablaros…

—Soltad; es imposible.

—Amadme, Elvira, ¡por piedad!

—¡Nunca! ¡Jamás! Os aborrezco.

—¿Me aborrecéis? ¿No hay en el cielo rayos? ¿No hay quien me mate? ¡Hernán Pérez!

—¿Qué hacéis?

—Llamarle. Lleve mi vida quien se llevó mi dicha. ¡Hernán Pérez!

—¡Teneos! *Macías*. Bien; yo…

—Acaba, acaba.

—Yo os… imposible, jamás. Os aborrezco.

—¿Y lo dices llorando? Tus lágrimas ardientes corren hasta mis manos. Huyamos. Los amantes son solo, Elvira, los esposos… Inútil es la lucha…

—No, no. *Macías*, hay un Dios. Hay un Dios que nos ve. Mi deber es primero. ¡Santo Dios! —exclamó prosternándose la desdichada Elvira—, dadme fuerza y virtud. Sola no basto a resistir.

—¿Qué escucho? ¡Es mía, es mía!

Macías estrechaba sobre su corazón a la infeliz Elvira, que exánime y sin sentido no oponía a su loco arrebato más resistencia que la pasiva inmovilidad del estupor y del asombro.

—Él viene —gritó de pronto una voz harto conocida a los oídos de *Macías* y de Elvira—. Él viene —repitió de allí a un momento. Así resonó en el corazón del doncel, como el eco lúgubre del bronce que anuncia al amante parado en la playa la despedida del buque que lleva consigo el tierno objeto de sus ansias.

—¿Viene, Jaime?... —preguntó Elvira fuera de sí—. ¡Dios mío! Salid, señor, salid. ¿Veis a qué extremidad me reduce vuestra imprudencia?

—Decidme, pues —contestó *Macías* deteniéndola aún—, decidme una palabra sola de consuelo.

—¡No, no! —contestó Elvira mirando a todas partes con la mayor agitación.

—Ved que no es tiempo ya —repitió el pajecillo, mirando por entre los coloreados vidrios de una rasgada y gótica ventana.

—¡Mi honor, mi honor, *Macías*! —exclamó Elvira.

—Hablad pues...

—Bien, sí; lo que gustéis diré, pero ocultaos.

—Solo por ti...

—¡Hacedlo, por mí! Sí. Ved ese gabinete. Armas es lo que hay dentro. Rara vez llega a él. Presto; ocultaos.

Echó *Macías* una ojeada de dolor a Elvira y otra de despecho hacia la puerta por donde debía tardar muy poco en entrar el hidalgo; impelido, sin embargo, por el brazo de Elvira, que suplicante le rogaba con lágrimas en los ojos, que salvase su honor, ocultose en el gabinete y cerrose por sí misma tras él la pesada puerta.

—¡Dios mío! —exclamó Elvira—. ¡Perdón, perdón! ¡Vos veis, Señor, mi inocencia desde los cielos! ¡Dadme valor para la amarga prueba que me falta!

No bien había acabado de decir estas palabras y de enjugar precipitadamente las lágrimas que se habían agolpado a sus ojos, rogó al pajecillo, no menos asustado que ella, que no se separase de su lado en aquel crítico momento, en que necesitaba su serenidad toda y la de un amigo además, para no revelar ante los perspicaces ojos de su marido la terrible emoción que dominaba en su pecho. Poco después entró Hernán Pérez. El lector nos perdonará si dejamos para otro capítulo la prosecución del cuento de las cuitas de la infeliz Elvira.

Capítulo XXVIII

E si por ventura quieres
Saber por qué soy penado,
Plácete, porque si fueres
Al tu siglo transportado,
Digas que fui condenado
Por seguir damor sus vías,
E finalmente, *Macías*
En España fui llamado.

Don Enrique de Villena
Infierno de los enamorados

Suponemos de buena fe que pocas de nuestras lectoras se habrán encontrado en la situación de Elvira, si bien no nos atreveríamos a asegurar otro tanto de nuestros lectores con respecto a la del encerrado doncel. Era, efectivamente, aquélla bastante extraordinaria. En balde había dirigido la virtud más rígida todas las acciones y palabras de Elvira; en balde había resistido, a costa de los mayores tormentos, a la encendida pasión de su imprudente amante. Una inexplicable fatalidad pesaba sobre ella y sobre cuanto la rodeaba. Ella había inspirado inocentemente una pasión frenética, que solo podía emponzoñar su vida o adelantar su muerte; pero semejante a la abeja, que se lastima al picar y deja perdido el aguijón en la herida que hace, Elvira no había ganado el corazón del doncel sino a costa del suyo. Más virtuosa, como mujer, luchaba más tiempo; pero luchaba con un enemigo más fuerte que ella, y solo la mano del Todopoderoso, que acababa de implorar, podía salvarla del hondo precipicio que ante sus pies miraba. Amaba a su esposo por otra parte; y ¿cómo no amarle? Era, pues, tan inocente como desgraciada.

La misma fatalidad que pesaba sobre Elvira había alcanzado al doncel. Había bebido sin saberlo la ponzoña que corría por sus venas. Largo tiempo había luchado también el deber con el amor; pero un concurso de circunstancias no buscadas le habían venido a poner en tal estado, que así le era fácil sacudir el yugo, como le es fácil a la débil paloma desasirse de las crueles garras del sacre devorador.

La puerta del gabinete donde *Macías* había entrado era compuesta de dos altas hojas, construidas según el gusto gótico, o por mejor decir, góticos arabescos, que tenían entonces todos los adornos arquitectónicos. Pero en cada una de sus hojas una ventanilla cerrada por una cruz de hierro, y puesta a la altura poco más o menos de una persona, proporcionaba desgraciadamente al caballero la deplorable facilidad de ver cuanto pasaba en la cámara donde los dos esposos estaban, no pudiendo ser él visto a causa de la oscuridad en que se hallaba sepultado aquella especie de astillero o gabinete de armas, que no tenía más luz que la que del salón inmediato recibía.

El semblante pálido y deshecho de Elvira, sus ojos encendidos de llorar, una indefinible tristeza que oscurecía sus facciones, como una nube oscurece el día, y cierta agitación particular, hija del temor y del cuidado con que entonces estaba, la hubieran hecho interesante a los ojos de cualquiera por indiferente que hubiera sido a los tiros del amor. Hacía tiempo, por el contrario, que no había tenido Hernán Pérez un día que tanto hubiese contribuido a disipar su natural melancolía. Había cazado con su alteza y con don Enrique de Villena, que ambos a dos la habían colmado de favores; aquélla había sido la primera vez que se había hallado en público en calidad de caballero, y el corazón del hombre es harto débil para no lisonjearse de semejantes distinciones. Deseaba partir con una persona querida su satisfacción; y ¿con quién mejor que con su esposa? Dirigiose a ella con un semblante más animado y franco de lo que comúnmente solía.

—He tardado, ¿no es verdad, Elvira? —dijo acercándose a ella con un hermoso azor en el puño izquierdo—. ¿He tardado?

—No, Hernán; antes paréceme que habéis venido…

—¿No me esperabais todavía? Esta es la suerte de los maridos. Nunca se los espera.

—¡Santo Dios! —dijo para sí Elvira, hasta cuyo corazón había penetrado esta casual alusión.

—¿Estáis triste, Elvira? —continuó Hernán acariciando al pájaro distraídamente—. Cualquiera diría que habíais cometido alguna acción de que tuvieseis que avergonzaros. Si os hubiera sorprendido con un amante no tendríais la cara más lastimosamente melancólica. Si he venido a haceros mala obra...

—¡Esposo mío! —exclamó Elvira, destrozada en su interior—. Sabéis que ha tiempo que la debilidad de mi cabeza...

—Tenaces son esos males de cabeza y terribles —añadió Hernán—. También está triste este pájaro. Miradle, Elvira. Su alteza acaba de cambiármele por el mío; ha cazado tan bien esta mañana que ha querido quedarse con él. Nos ha encantado a todos. ¿Queréis creer que cuantas veces le ha soltado su alteza y don Enrique de Villena, otras tantas ha vuelto con la presa? Solo una vez que le solté yo se vino con las garras vacías. Sobre eso quiso su alteza darme vaya. «¡Ea! —dijo—, Vadillo, hoy no estáis para cazar. Hoy no cogeréis pájaro ninguno...» ¿Qué tenéis, Elvira?... Sobre eso fue tal la rabia que concebí, que se lo ofrecí al rey, y de buena voluntad. Efectivamente no era mi estrella cazar hoy. De ahí a poco su alteza se empeñó en que le soltara su doncel favorito... y también cazó; pero yo nada. Verdad es que *Macías* caza bien. Pero, esposa, ¿os alteráis? Esa agitación... acaso... su nombre solo os ofende. ¿Tanto le aborrecéis? ¿Recordáis por ventura?... Pero veo que os incomoda demasiado. Nunca hemos hablado de eso. No hablemos jamás ya. Volviendo a la caza, Elvira, está visto que hoy no cazo. Diome, pues, este azor en cambio del mío, y ¡pardiez! que está triste. Acaso habrá dejado su compañera al venir a mi poder. Los animales nos dan ejemplo de fidelidad, ¿no es verdad, Elvira? Capaz será de morirse. ¡Azor!, ¡azor! Solo por eso le quiero. Él no caza hoy, es verdad; en eso se parece a mí; pero es fiel, y váyase lo uno por lo otro; porque en eso se parece a vos.

Volvía Elvira la cabeza a una y otra parte; tosía, bostezaba; cubríase el rostro con el pañuelo; pero la agitación que en su exterior se notaba era, comparada con el desorden de sus pensamientos y la lucha atroz de sus sensaciones, lo que es la arrugada superficie del mar azotado por una blanda brisa, comparada con el furor y embate de las montañas de agua que subleva y despide contra el cielo una deshecha borrasca. Al pajecillo íbasele un color y veníasele otro, que aunque de corta edad, ni se le ocultaba el riesgo del encerrado mancebo, ni el de Elvira si llegaba a ser descubierto, ni la terrible simpatía que entre aquella situación y el diálogo del hidalgo reinaba.

Comenzó éste a parar la atención en el singular estado de su esposa.

—Os entiendo, Elvira —dijo después de un momento de pausa—, os entiendo. Las conversaciones de dos esposos que se aman no han menester testigos, y vos tenéis sin duda algún secreto que fiarme.

—¿Yo? —preguntó azorada Elvira—. ¿De qué inferís?...

—Sí; Jaime —continuó Hernán Pérez—, yo te llamaré.

—Ah, dejadle, señor; el paje no incomoda…

—No importa. Lleva este azor adentro. Que le cuiden. Que no se escape sobre todo; era el favorito de su alteza, y tan ilustre huésped no puede sino honrar mi casa.

Preciso le fue al paje obedecer. La orden estaba dada de una manera muy positiva, y el haber insistido, por otra parte, demasiado, solo hubiera conducido a dar sospechas.

Elvira hizo un esfuerzo para levantarse, y dirigiéndose al paje, bastante separado ya de su esposo, aparentó acariciar al ave, pero díjole en realidad al oído:

—Jaime, vuelve dentro de un momento; si he conseguido apartar de aquí a Hernán Pérez, facilita la salida al caballero. ¡Y que no vuelva nunca, nunca!

—Bien, querida prima —respondió el paje en voz alta—, no es éste el primer pájaro que he cuidado. Yo os aseguro de que se le tratará como merece. ¡Azor! ¡azor! —se fue diciendo enseguida, y saltaba al mismo tiempo aparentando con la mayor inteligencia el indiferente atolondramiento de su alocada edad.

—Pienso, Hernán Pérez —dijo Elvira acercándose a su esposo—, que el aire libre me sentaría bien. Si quisierais, pudiéramos…

—Esposa mía —repuso Hernán Pérez, cuyos deseos de conversar a solas con Elvira irritaban más y más los obstáculos que se le querían oponer—, no lo creáis. Se ha levantado un viento fuerte, que solo podría perjudicaros. Venid y sentaos a mi lado. No es mi carácter, Elvira, esa fatal reserva que circunstancias desgraciadas me han hecho usar con vos de algún tiempo a esta parte. El corazón del hombre se cansa del silencio; llega un caso, por fin, en que necesita, como el agua oprimida, un desahogo. Me es necesaria, Elvira, una larga explicación.

—¡Dios mío! —dijo Elvira para sí—, ¡en vuestras manos me encomiendo! —resignada con esta breve oración mental, sentose trémula y agitada al lado de Hernán, que cogiéndole una mano y oprimiéndosela cariñosamente, continuó, clavando tiernamente sus ojos en los de ella:

—Sí, Elvira, oídme. Si os creyese una mujer vulgar, una mujer capaz de guardar secretos para vuestro esposo, no os abriría mi corazón. Pero ¡ah! vos sois víctima también hace ya tiempo de esta fatal reserva que ha helado nuestra existencia. Maldición sobre el ser impasible y yerto, que cerrado siempre para sus semejantes, vive solo dentro de sí y solo para sí. Su consorte es un vivo, condenado a vivir atado a un cadáver.

—¿Qué decís?

—Sé que el destino ha arrojado entre nosotros un ser desgraciado; sé que una inclinación a que disteis acaso demasiado imperio sobre vuestro corazón…

—¡Hernán Pérez! —exclamó asustada Elvira.

—Sí, ¿a qué negarlo? Vos amabais a la condesa, más acaso de lo que la misma amistad tiene derecho a exigir.

—Cierto que la amé siempre mucho —interrumpió Elvira con más serenidad.

—No culpo en vos ese sentimiento, si bien pudiera estar celoso de él. Nace de un corazón generoso; pero…

—Permitidme que en ese punto no dé oídos, señor, a vuestras reconvenciones… —dijo Elvira pensando más en abreviar el diálogo que en meditar prudentemente sus respuestas.

—¿Es posible, Elvira, es posible?

—He jurado guardar silencio…

—Pero ¿cuál misterio…?

—Permitidme que calle ahora; algún día sabréis, y no está muy lejos tal vez, que esa misma amistad que me echabais no ha mucho en cara os hace mirar a don Enrique bajo un aspecto falso. Basteos saber que no he creído faltaros…

—Dejemos en buena hora ese punto, si tanto os incomoda. Vengamos a otro. Sabéis, Elvira, que soy vuestro esposo… Hay un hombre, sin embargo…

—Esas palabras, señor… ¡Ah! soy inocente —exclamó Elvira precipitándose a los pies de Hernán Pérez.

—¿Cómo pudiera yo dudarlo, Elvira? Sois inocente; pero ¿basta acaso en el mundo en que vivimos ser inocente? ¿No es fuerza parecerlo también? Oídme. Vos sabéis cuánto os amé; os conduje al altar, partí con vos mi lecho, os entregué mi casa, porque os amaba, Elvira. Hay un hombre, sin embargo, que ha osado poner en vos los ojos.

—¡Ah!, señor, acaso os deslumbre…

—Nada me deslumbra, Elvira. No os haré cargo alguno. Vuestra palabra me basta. Mi honor está en vuestras manos. Ése fue el depósito sagrado que al desposarme os entregué. ¿Le habéis guardado, Elvira?

—¡Señor! —exclamó Elvira ahogando sus sollozos y volviendo el rostro a mirar con la mayor agitación el gabinete.

—La verdad, Elvira, y nada más. Mirad; yo os pedí vuestro corazón, no os lo robé; yo no os dije «seréis mi esposa», sino «¿queréis serlo?». ¿Para qué pensasteis que enlacé a mi suerte la de una mujer? Para hacerla feliz. No hago trovas, Elvira, no es el talento la cualidad de que blasono. Empero la honradez será siempre mi norte. Sed, Elvira, feliz. Decidme ahora cuáles son los medios que para serlo exigís. Hoy es tiempo todavía; mañana no lo será tal vez.

—¡Ah! —exclamó Elvira en el mayor desorden—. ¿Vos habéis dudado, esposo? Si vierais, sin embargo, mi corazón, si vierais cuánto ha padecido... ¡Piedad, piedad de mí! No mando en mí, Fernán, ni sé quién soy.

—No os turbéis, Elvira; tranquilizaos. Eso me basta ¿Me amáis?

—¡Si os amo! ¿Cómo pudiera no amaros?

—Basta, Elvira; de hoy más mis labios se sellarán; vuestra palabra va a guardar en lo sucesivo mi tranquilo sueño. ¡Elvira, Elvira!

Una larga escena de silencio, pero de elocuente silencio, se siguió a esta enérgica exclamación. Elvira, al oírla, miró dolorosamente al gabinete. Presentose entonces a sus ojos el amor, terrible presagio de sangre y de desgracia. Asustada cerró los ojos, y no pudiendo resistir a la lucha interior que la devoraba y a la imagen de cuánto debería sufrir el que estaba condenado a ser testigo de escena tan amarga, dejó caer su cabeza desmayada sobre el hombro de Hernán Pérez. Un torrente de sus lágrimas inundó el pecho del hidalgo; de esas lágrimas de hiel que se forman y corren lentamente, que manan con dolor, con amarguísimo dolor, del mismo corazón.

—Ah, perdonadme, Elvira —dijo arrebatado el hidalgo de ternura y de entusiasmo—, perdonadme si he podido ofenderos con dudas ofensivas...

—¿Que os perdone, señor? —exclamó Elvira—. ¿Yo a vos? Perdonadme vos a mí.

Al llegar aquí anudáronse las palabras en la garganta de Elvira, y no la dejaron sus sollozos proseguir. Un sentimiento profundo de vergüenza y remordimiento, y una expansión espontánea de generosidad se habían apoderado de ella. Un momento menos de reflexión, y la infeliz Elvira declaraba a los pies de su suspicaz esposo su deplorable estado; pero el doncel estaba en su casa todavía. La menor imprudencia suya hubiera tenido funestas consecuencias. Alzó los ojos al cielo Elvira y contentose con llorar.

—¡*Macías, Macías*! —dijo para sí—. ¡Oh, quién pudiera aborrecerte!

—¡Me ama, me ama como el primer día! —exclamó Hernán Pérez con loco frenesí; arrojándose enseguida en sus brazos, estampó en su pura frente un ósculo conyugal. Elvira sintió su rostro encenderse de rubor al contacto fatal. Bajó los ojos avergonzada, y hubiera querido más bien ver con ellos el infierno todo que haberse encontrado con los de su esposo, tranquilos, entonces, serenos, confiados, como lo está el ignorante pasajero que duerme con placer a la pérfida sombra del nogal.

También el doncel oyó el ósculo dado en la frente de Elvira, que resonó en su corazón como la voz de la verdad en la tumba. Helose su sangre toda dentro de sus venas. Sus ojos, lanzados fuera de su órbita, devoraban desde la oscuridad el rostro divino de la hermosura, reclinada en brazos de otro. Sus manos, cerradas por sí solas y comprimidas, sacudieron la cruz de hierro que cerraba la ventanilla, y si no bastaron a romperla sus esfuerzos, torciéronla como un mimbre delicado.

—¡Se aman, se aman! —exclamó el doncel con voz ronca y apenas inteligible—. ¡Maldición, maldición sobre ellos y sobre mí! —y una lágrima, pero una lágrima sola, se abrió paso con dificultad a lo largo de su mejilla, fría como el mármol.

Capítulo XXIX

Seis años fui de él servida,
Sin de mí alcanzar nada.
Él ofendió a mi marido,
Y de ello yo fui la causa;
Y con todo esto le quiero,
Y le tengo acá en el alma.

Rom. de Gazul

—¡Ah!, Vadillo —exclamó Elvira, creyendo haber oído algún rumor en el gabinete, ¡cuán desdichada soy!

—¡Elvira! —dijo escuchando un momento Fernán Pérez—. Diría que alguien había hablado a nuestro lado.

—¿A nuestro lado? ¿Cómo? ¡Qué fantasía!... ¿Quién pudiera?...

Tiempo es el caballero,
Tiempo es de andar de aquí...

entró cantando a esta sazón con voz descomunal el atolondrado pajecillo, según las palabras de aquel antiguo y famoso romance popular que se cantaba entre las gentes; entraba Jaime como quien creía que habría tenido ya ocasión la bella prima de sacar de allí al hidalgo.

—Sería el paje, señor, el que aquel ruido metía —dijo Elvira aprovechando tan feliz coincidencia.

—¿Qué buscáis de nuevo aquí? —preguntó Hernán Pérez con todo el mal humor de aquél a quien interrumpen en una acusación agradable para la cual no ha menester testigos—. No haría yo mal, ¡vive Dios!, atolondrado, en cogeros de un brazo y encerraros en ese gabinete oscuro hasta que hubieseis aprendido otra mesura y comedimiento.

—Perdonadle —gritó Elvira, asustada.

—Ved que habrá sabandijas en ese cuarto, señor hidalgo —repuso el pajecillo prontamente—; nadie entra en él jamás.

—Vos seréis el bellaco y la sabandija, malcriado —contestó Hernán Pérez—. ¡Ea!, salid.

—De buena gana; pero no será sin deciros que el azor no quiere comer, y que es tan torpe Alvar, el escudero que os habéis echado desde que recibisteis la orden de caballería, que quiero yo que me encerréis de veras si antes de un cuarto de hora no campa solo el pájaro por su respeto sobre alguna torre del alcázar. ¡Pobre animalito! Él, ¡ya se ve!, quiérese escapar. Os digo que se escapará.

—¿Se escapará? ¡Voto va! Paje, a vos os lo di; si él se escapa, acordaros habéis del pájaro de su alteza. Dejad, Elvira, que vea lo que hacen esos necios. Tenedme ahí entretanto a buen recaudo a ese insolente. ¿Escaparse? No se escapará, ¡voto a Santiago!

Diciendo y haciendo, salió precipitadamente el hidalgo, y el paje, vuelto hacia la puerta por donde salía, y poniéndose los puños en los ijares:

—Se escapará —dijo con donaire y burlita sardónica—; sí, señor, se escapará. ¿Pero esperaros yo aquí, eh? Para mi santiguada que no haré tal; no estoy tan mal avenido aún con mis orejas. Vaya, ¿qué hacéis, prima? Ved que el tiempo pasa, y si le perdéis, saldráse con la suya el hidalgo, y el pájaro no se escapará.

—¡Santo Dios! ¿Con que es falso ese recado que nos habéis traído, Jaime? ¿Y no tembláis?...

—Prima, todo el riesgo para mí es perder una oreja, y más perderíais vos si...

—¡Querido Jaime, querido Jaime! —exclamó Elvira estrechando al paje entre sus brazos.

—Luego, prima, luego —dijo Jaime mirando con cuidado hacia la parte por donde acababa de separarse el hidalgo, y dirigiéndose enseguida hacia el gabinete: ¡Caballero —añadió abriendo—, caballero! ¡Vaya que se ha dormido, mientras que nosotros hemos sudado por enmendar sus locuras! ¡Ay, Dios mío! —prosiguió todo asustado viendo salir al doncel. Parecía éste, efectivamente, más bien un espectro que una persona. El amor y los celos luchaban aún en su semblante.

—¡Ingrata! —gritó fuera de sí, dirigiéndose a la desdichada Elvira—. ¡Ingrata! ¿Qué pretendéis ahora de mí? ¿Sacáisme aquí a la luz por si no veo bien allí vuestras infernales caricias, por si no oigo bien vuestros pérfidos juramentos? ¿Qué os hice yo para rigor tan grande? ¿Le amáis, le amáis?

—¡*Macías*!, basta; huid, huid —exclamó temblando de terror y echándose a sus plantas la infeliz—. No más tiempo, no más; que ha de volver.

—¡Vuelva! ¡Vuelva! Aquí mi pecho está. Máteme luego.

—¡Vaya, señor —exclamó el paje—, deje para otro día esa canción! Mire por Dios…

—¡Ah, Jaime! ¡Me aborrece! —le interrumpió *Macías*.

—¿Qué os ha de aborrecer? —repuso el paje.

—¡Jaime! —gritó Elvira, tapando con su mano la boca del inocente—. *Macías*… partid.

—No, no partiré. ¿A qué vivir, si he de vivir sin vos? Sea su triunfo completo. Amadle sin rubor. ¡Perezca solo quien no debe gozar!

—¡Por Dios! ¡Por mí, *Macías*!

—¡Cierto! Soy un testigo importuno para los placeres que os esperan —dijo *Macías* con voz reconcentrada y toda la sangre fría de un hombre desesperado.

—¿Qué han de esperarme, ¡ay de mí!, sino tormentos? ¿Queréis que al fin lo diga? Huid y lo diré.

—Elvira, ¿qué dirás? —gritó *Macías*—. ¿Que le amas, otra vez?…

—No, nunca, no. ¿Qué pude hacer delante de él? A ti amo: solo a ti…

—¿A mí? ¡Ah! ¿A mí? ¡Sueño, deliro!

—¡Qué vergüenza, Dios mío! Pero huye ya; ¿qué esperas? Ya lo oíste de mi boca; por ese amor frenético que veo en tus ojos con placer, por ese amor, *Macías*, ¡huye! ¡Huye por Dios! ¡y por piedad!

—¡Elvira! ¡Elvira! —dijo *Macías* palpitando todo de amor y de felicidad—. Huyo, sí, huyo. Dime, empero, que volveré.

—Volverás si huyes ahora, volverás.

—¡Adiós, Elvira, adiós! —gritó con loco furor *Macías*, y se lanzó fuera del cuarto.

—¡Adiós —repuso con voz apagada Elvira—, adiós! —y cayó sin fuerzas y casi sin sentido sobre un sitial inmediato, escondiendo con ambas manos su rostro descompuesto y avergonzado.

—Alzad, prima; no lloréis —dijo Jaime acercándose a la hermosa desconsolada.

—¿No he de llorar? —exclamó ésta volviendo en sí y mirando a todas partes con temor de ver volver a su esposo—. ¿No he de llorar? ¿Qué le dije yo, Jaime, qué le dije? ¡Imprudente! ¿Y él volverá, volverá? ¡No, jamás!

—Andad —añadió el paje—, templad vuestro dolor. ¿No habéis visto con qué facilidad hemos engañado al buen hidalgo? ¡Ah! Yo necesitaba tener presente cuán serio era el lance, prima mía, para no soltar la carcajada. ¿Habéis notado que no ha dicho una palabra que no pudiera hacernos reír con fundado motivo?

—¡Hacernos reír, Jaime! Maldecida sea mi loca pasión. ¡Sí, dices bien! Yo le hice risible. ¿Yo? ¿Yo pago de ese modo su cariño, su amor, su condescendencia? ¿En qué era, pues, risible? ¿En amarme? Saetas eran sus palabras para mí. ¿Por qué ha de ser risible, Jaime? Porque tiene una esposa infiel, que olvidada de su deber, ha dejado crecer en su pérfido corazón un amor odioso. ¿Y porque ella es ingrata, él es risible? ¡Dios mío! Confundidme. He aquí el premio que doy a su cuidado. Porque ha partido su lecho conmigo, porque me ha confiado su casa, porque me dio su corazón, porque quiso llamarme madre de sus hijos, ¿por eso le aborrezco? ¡Me horrorizo, Jaime! ¡Yo misma me doy horror! ¿Yo cubriré su nombre de ignominia; yo destinaré a eterno oprobio el nombre de mi marido, que es el mío? ¿Las gentes al mirarme lo pronunciarán con befa y con maliciosa risa? ¡Dios mío, Dios mío! ¡Yo pierdo la cabeza! ¿Y cómo amarle, sin embargo? ¿Es mío por ventura mi corazón? ¡*Macías*, me has perdido! Oye, Jaime, si le ves por acaso, dile que nunca, nunca torne a mi presencia. Que huya, que huya. Le adoro, sí, le adoro. Díselo tú también; pero que huya. ¡Qué delirio el mío! ¡Qué locura! ¡Mi voz se ahoga!

—Hermosa prima, Hernán Pérez vuelve. Serenaos.

—¡Vuelve, vuelve! ¡Ah! Evita su furor. Déjame a mí; muera yo sola; ¡yo su castigo merecí!

—¡Ah! No, no parto, si lloráis así.

—Parte. Sí, dices bien, no lloro ya —dijo con interrumpidos sollozos Elvira, enjugándose los ojos rápidamente, y empujando con una mano al paje—: Parte, que no te llegue a ver.

—¿Dónde está —gritó Hernán Pérez—, dónde el insolente que osa jugar con mi cólera y desafiarla?

—¡Adiós, Jaime! —dijo en voz baja Elvira—; corre… Teneos, Hernán Pérez… —añadió arrojándose al paso de su esposo.

—¡Oh! Decidme vos si no —gritó el hidalgo—, ¿hay en esto, señora, otro misterio? ¿Qué significan vuestras lágrimas, vuestros sollozos, vuestra confusión?...

—Jaime, señor, es inocente, inocente; nunca quiso jugar con vuestra cólera. Todos os amamos aquí y os respetamos, todos; pero... mirad... oíd...

—¡Elvira, Elvira! —exclamó con voz descompuesta el hidalgo, que comenzaba a sospechar vagamente.

—¡Perdón! —gritó Elvira con voz aguda y ahogada por sus lágrimas y sollozos—. Esposo mío, ¡perdón! —y cayó de rodillas, abrazando los pies del hidalgo, y dando su frente pura sobre el suelo con asombro de aquél, que cruzado de brazos delante de ella, parecía en la mayor inmovilidad andar buscando en su cabeza alguna explicación de escena tan extraordinaria.

Capítulo XXX

Estando en esto llegó
Uno que nuevas traía.
—Mercedes a ti, fortuna,
De esta tu mensajera.

Romance del rey Rodrigo

—Ya veis que en ningún caso puede convenirme —decía agitado Villena al astrólogo un día—. Cuando tengo vencidos casi los obstáculos todos que a la posesión de mi maestrazgo parecían oponerse; cuando unos ya, merced a mis beneficios y promesas, han vuelto a entrar en la senda del deber; cuando otros, cansados del poco fruto de la diligencia de don Luis de Guzmán, ceden en tan obstinada demanda y dan al olvido su rencor, ¿querrán que yo exponga a los riesgos de un combate el objeto de todas mis ansias y desvelos? ¡Qué bobería, Abenzarsal! Fuerza es para suponer en mí semejante delirio no conocer cuánto he deseado ese maldecido maestrazgo. ¡Por cierto que puede ser dudoso el éxito del combate! No quiero yo decir con esto que mi antiguo escudero Hernán Pérez carezca de valor de ningún modo; pero una cosa es tener valor, y otra estar seguro de vencer a *Macías*. Abenzarsal, el combate no puede verificarse sino para perder yo el maestrazgo por lo menos; y no se verificará.

—No es tan fácil hacerlo como decirlo —dijo Abenzarsal sin mirar al conde, y más bien como quien habla consigo mismo que como quien contesta a otro—; no es tan fácil hacerlo como decirlo. Porque, al fin, ni el mismo rey puede revocar ya la prueba por combate que tiene decretada a petición de parte, ni fuera decoroso en vos solicitarlo.

—Abenzarsal, decirme a mí ahora que nada se puede remediar en el asunto por los términos ordinarios, vale tanto como decirme que Madrid está en Castilla; y por cierto que no tengo ni el tiempo hoy ni la cabeza para aprender verdades de esa importancia. Si os consulto es porque presumo que pudiéramos dar un golpe atrevido. ¿No hay algún arbitrio? ¿No os ocurre a vos nada? ¡Por Santiago! Yo creí que ya habíais comprendido que yo quiero que os ocurra.

—Mi cuerpo, señor, viejo y feo conforme se halla, está a tu disposición; del alma nada te quiero decir, porque no estoy seguro de si puedo disponer de ella como cosa mía, después de la tempestuosa y maliciosa vida que he traído. Dios me la perdone. Pero en cuanto a mis ocurrencias, permite que te diga, señor, que solo conforme me vayan ocurriendo podré irlas poniendo a tu disposición.

—¡Maldito viejo! —refunfuñó Villena entre dientes—. ¿Cuándo queréis acabar de fundirme esa cabeza de bronce que ha de responder a todo el que le pregunte y que me habéis tantas veces prometido? Yo os aseguro que si la tuviera en mi poder, como debiera, a la hora esta ya le habría hecho decir cosas buenas y oportunas acerca del asunto. No habría combate, yo os lo aseguro; no lo habría. Os juro que esa sería la mejor cabeza de Castilla, sin contar la mía, Abenzarsal, se entiende.

—Mientras la mía, señor, esté sobre mis hombros, que será todo el tiempo que yo pueda, paréceme que la de bronce ha de estar de más.

—Veamos, Abenzarsal, esa prodigiosa fecundidad de recursos. Ya imaginaba yo que no dejaríais de sacarme de este molesto apuro.

—¿Has visto alguna vez a tu juglar Ferrus desempeñar, con singular destreza y maestría, el famoso juego de cubiletes que de Italia han traído a España algunos juglares y juglaresas de Provenza?

—Adelante, Abenzarsal.

—Bueno; pues es necesario que aprendas ahora de Ferrus tan peregrina habilidad, y esto sin remedio.

—¿Os volvéis loco, u os burláis de mí?

—Ni lo uno ni lo otro. Lo primero no me tiene cuenta a mí; lo segundo no te la tiene, señor, a ti; sin embargo, afírmome en lo dicho; no tienes, conde, otro remedio, a no ser que quieras valerte del agua aquella que poseo, que no sería tan mal recurso. Pero has dado en apreciar la vida del hombre…

—¡Qué horror, Abenzarsal, qué horror! ¿Habéis tomado a vuestro cargo endurecer mi alma y hacer de mí un pícaro tan redomado como vos? ¿No tembláis el crimen?

—¿Qué es el crimen? ¿Lo que han querido llamar tal los hombres? Soy uno de ellos; tengo derecho a no adoptar sus definiciones.

—¿Me diréis que el quitar la vida a otro ser…?

—¿Qué es quitar la vida, don Enrique? ¿Puede el hombre, necio, insensato, quitar la vida a ningún ser? ¿Puede el hombre crear ni destruir? ¡Impotente! ¡Miserable! Aquél en quien acaba el alma de separarse del cuerpo, deja de vivir a los ojos de los hombres. A los ojos de Dios vive, porque muere a los ojos de Dios; Él ha derramado la vida en los seres todos; unos existen bajo unas condiciones, otros bajo otras. Si el vivo vive de una manera que confesamos, vive también el muerto de otra manera que no conocemos; a los ojos de Dios las acciones todas son iguales; no hay bien, no hay mal; no hay vida, no hay muerte; no hay virtud, no hay crimen.

—¡Blasfemia, blasfemia! —gritó don Enrique—. Os complacéis en aventurar horribles paradojas en los momentos críticos en que tenemos más necesidad de inventiva que de ergotismo escolástico, y de confianza en el cielo que de heréticas impiedades.

—Como gustéis; dejemos en buena hora a los hombres, viles gusanos de la tierra, imaginarse en su vanidad los seres privilegiados de la creación; dejémosles creer orgullosos que para dar vueltas alrededor de su mundo miserable ha lanzado al vacío el Hacedor millones de mundos mayores; dejémosles pensar que son algo y que valen algo; dejémosles, en fin, dar una incomprensible importancia a sus acciones míseras, al que llaman su honor, a su supuesta ciencia, a sus ridículas pasiones, al ruido que hace la boca, que llaman aullido en el lobo, y en sí mismos conversación.

—¿Acabaréis? ¡Por Santa María!

—Dejémosles en tan lisonjero error; convencedle al hombre de que no es nada, y precipitado de la altura del trono que sobre la Naturaleza se ha erigido, se afligirá como si el no ser nada fuese algo.

—¡Por Santiago! —exclamó Villena despechado—; tenéis razón, Abenzarsal. Tenéis razón en todo lo que habéis dicho, y en lo que habéis pensado, y en lo que os habéis dejado por pensar y por decir. Pero ¿y mi maestrazgo? Os suplico que no lo consideréis como cosa de hombres, que yo os prometo probaros antes de mucho que si el hombre puede no ser nada, un maestrazgo por lo menos es algo.

—Vengamos, pues, al maestrazgo —dijo sonriéndose el astrólogo, a quien esta última frase debió de parecer mejor que el mundo y sus míseros habitadores—. Ya he dicho, señor, que no queriendo hacer uso del aqua mortis, necesitáis aprender...

—Pero ¿qué significa?

—Significa que, así como el juglar, y un juglar cualquiera, hace desaparecer entre los dedos la bola mágica, según la llama el vulgo de los hombres, ése de quien yo os hablaba hace poco...

—¿Volvemos? —dijo Villena desesperado, con lastimoso acento.

—No; tranquilízate, señor; así, pues, necesitas tú hacer desaparecer a alguien de la corte de don Enrique.

—¿A quién? ¿Y cómo?

—Voy a decirte, ilustre conde. A Elvira, tu acusadora, es caso imposible, porque está libre bajo mi responsabilidad, así como *Macías* y tú lo estáis bajo la propia del rey, tú por tu clase, y él por su favor.

—Bien. Adelante. Elvira es, además, mujer de Hernán Pérez.

—Cierto; pero a *Macías* no me parece que podría ser difícil. Él está ahora más que nunca poseído de una pasión frenética; pasión cuyos resultados, felices para nosotros, has cortado tú mismo con tus incomprensibles escrúpulos. Sin embargo, puédenos servir todavía. Entreveo un plan asequible tal vez. Necesitaremos de Ferrus. Si el doncel cae en el lazo que le vamos a tender, no será él ciertamente quien venza a Hernán Pérez.

—Abenzarsal, ¡cuánto os debo, amigo mío! —dijo Villena estrechando sus manos.

—Dame, empero, tu palabra, señor, de no estorbar mis intentos, y dame con tu palabra a Ferrus. Sé las escenas que han pasado entre los amantes recientemente, Sé... Pronto lo sabrás tú mismo. Ven en tanto, señor, conmigo... Oigo un rumor extraño en la cámara de su alteza. ¿Será acaso alguna novedad en la salud del rey que debamos sentir todos?

Al acabar el astrólogo estas palabras, dirigiéronse entrambos hacia la cámara de su alteza. Oíase desde ella un prolongado y confuso clamoreo, cuya causa no tardaron en adivinar. Su alteza, rodeado ya de algunas de las primeras dignidades de Castilla, preguntaba a unos y a otros, y parecía haberse hallado largo rato en la misma duda que los personajes de nuestro último diálogo. Brillaba, sin embargo, en su semblante una alegría desusada en él y podíase conocer desde luego que más tenía de fausto que de infausto el suceso que producía en aquella ocasión tanto movimiento.

—Venid, ilustre conde, mi pariente, y vos, Abenzarsal, venid —dijo don Enrique el Doliente saliendo al paso contra su costumbre, con notable olvido de su propia dignidad, a los personajes que entraban en su cámara—. La corona de Castilla tiene ya un heredero varón.

—Señor —dijeron a un tiempo Villena y el físico—, ¿es posible? ¿Ha llegado ya tan alegre nueva?

—Sí —dijo el rey—; el enano que está de atalaya en la torre más alta del alcázar acaba de ver las ahumadas que tenía mandadas disponer para este caso, y los fieles habitantes de mi real villa de Madrid se han apresurado a felicitarme sobre tan feliz acontecimiento.

Oíanse, en efecto, ya más distintamente los repetidos vivas con que de buena fe manifestaba el pueblo su entusiasmo al saber que había nacido un rey, y que no podría faltarle ya en ningún caso quien lo mandase.

Salió su alteza a una de las fenestras de su alcázar, como se llamaban entonces las ventanas en castellano, sin que se pudiera achacar eso a galicismo, pues no había entonces en la pobre villa de Madrid tantos traductores como en los tiempos que alcanzamos de dicha y de ilustración; salió a una de las fenestras, como dejamos dicho, y agradeció al pueblo con claras demostraciones y ademanes de contento y satisfacción su inocente entusiasmo.

Vuelto enseguida a Stúñiga, justicia mayor del reino:

—Diego López —le dijo su alteza—, dispondréis que mañana sea la última audiencia que dé en esta villa a los fieles habitantes de Madrid. Debemos marchar inmediatamente a Otordesillas, adonde se trasladará la corte por ahora. Quiero que al separarme de esta mi villa predilecta, puedan mis vasallos venir a implorar a los pies del trono la justicia que puedan necesitar. Recuerdo, además, condestable —añadió volviéndose al buen Ruy López Dávalos—, que he suspendido en dos o tres casos decisiones de grave interés, prorrogándolas hasta el momento que tan felizmente ha llegado.

Inclináronse el condestable y el justicia mayor, y no puso tan buen gesto como don Luis Guzmán el intruso maestre. Antes, llegándose al oído del astrólogo:

—¿Habéis oído? —le dijo—. Mañana dará orden de que se reúna el capítulo de Calatrava, y mañana acaso fijará el día de nuestro combate.

—No hay tiempo que perder —repuso en voz baja también el judiciario.

Don Luis Guzmán y *Macías* echaron cada uno por su parte una mirada significativa de esperanza y desprecio al conde de Cangas y Tineo. El resto del día se empleó en preparativos para el viaje que la corte disponía, y la noche en músicas y en danzas, en que los ministriles y juglares divirtieron no poco a todos con sus juegos y arlequinadas, farsas y bufonerías.

Capítulo XXXI

Porque le vi ir huyendo
Muy malamente llagado,
Y que a la hora de agora,
Seré muerto o cativado.

Romance del rey Rodrigo

Por ende quien me creyere
Castigue en cabeza ajena,
E no entre en tal cadena,
Do no salga si quisiere.

Marqués de Santillana
Querella de amor

Algunas horas hacía ya que la noche había tendido sobre nuestro hemisferio su tenebroso velo. Ningún ruido sonaba en la campiña ni en las solitarias y tortuosas calles de la villa de Madrid. Solo en el alcázar se veían brillar, en algunas habitaciones, más luces de las que solían comúnmente arder a semejantes horas; oíase desde la calle un rumor sordo y lejano, que se desprendía del altísimo edificio, bien como se desprenden de la tierra los vapores en una mañana clara de invierno. Un caballero acababa de bajar triste y taciturno la escalera principal del alcázar; su traje indicaba que salía del brillante sarao que arriba se oía; su desasosiego, sus pasos vagos y sin dirección, indicaban el desorden y la indecisión de sus pensamientos.

—Sí, volveré —decía hablando consigo mismo—, volveré; ella misma lo decidió. ¡Importuna danza! ¡Ruido mil veces más importuno! ¡Mientras más gente, más solo!

Cativo de mi tristura,
De mí todos han espanto:
Preguntan, ¿cuál desventura

242

Hay que me atormente tanto?

¡Inútiles esfuerzos! ¡Talento estéril! ¿De qué me sirves, de qué? ¡Ni mis palabras la vencen, ni mis trovas la mueven! ¡Elvira!

> ¡Ah! Te place que mis días
> Ya fenezca mal logrado,
> Muy en breve,
> Pues que al infeliz *Macías*,
> Es tu pecho despiadado,
> Tan aleve.

Después de repetir esta endecha tristísima de una de sus composiciones, apoyose el trovador desdichado contra la alta muralla del alcázar donde se encerraban todos sus deseos. Poco tiempo podía hacer que estaba sumergido en la más profunda meditación, ora recordando las contradictorias pruebas que de cariño y odio le había dado su señora, ora repitiendo vagamente y con profunda distracción fragmentos sueltos de las chanzones que le había inspirado su desgraciado amor, cuando una mano se apoyó sobre su hombro con extraña familiaridad.

—¿Quién eres —preguntó airado— el que osas perturbar la meditación del que desea estar solo?

—¡Quien os ha visto salir; quien compadece vuestra pasión; quien os ha de consolar en ella; quien sabe de vuestros asuntos tanto como vos, si no más! —repuso el desconocido.

—¡Ah! Judiciario —dijo *Macías*, reconociendo al físico Abenzarsal, que había salido tras él del bullicioso sarao—. ¿Qué se hicieron tus predicciones, y qué tu vana ciencia? ¿Dónde está mi felicidad, dónde?

—Más cerca acaso de lo que presumes, hombre incrédulo.

—¿Qué decís? Explicaos. ¡Ah! si alguna vez os han engañado, si sabéis, padre mío, lo que es esperar lo que nunca llega y creer lo que nunca sucede, no os burléis de mi necia confianza. Ved que lo creo todo, porque todo lo deseo.

—¡Silencio! ¿Conocéis una reja alta que da sobre el terraplén y el foso, hacia la parte del alcázar que mira al Soto del Manzanares?

—¿Qué me queréis decir?

—Oíd. La reja se abre. He aquí su llave.

—¿Su llave? ¿Para qué?

—¿Para qué preguntáis? ¿No os sirve, pues?

—¡Ah! Dadme, dadme acá. Decidme, ¿de quién, para quién la tenéis?

—No os importa. ¿Conocéis su letra?

—¡Desdichado! ¿De qué la habría de conocer? Si tanto sabéis y adivináis…

—Bien, no importa. Miradla aquí.

—Su letra, Abenzarsal. ¿Es magia esto, es magia? ¿Deslumbráis mis sentidos, por ventura, con las artes de vuestra pérfida profesión?

—Leed y callad —añadió el astrólogo sacando de debajo de su ropa una linterna, cuya luz proyectó sobre un pergamino que le dio al mismo tiempo.

—¡Dios mío! —dijo el doncel acabando de leer—. ¿Es ella, lo sabéis, es ella la que escribe estas breves palabras?

—No, soy yo si os parece —dijo afectando enojo el pérfido viejo—; adiós: puesto que no queréis ser feliz, no os quejéis después.

—¡Ah! no; venid, perdonad, señor, si el exceso mismo de mi felicidad… ¿Es posible?

—¡Ea! Dejad vuestras pueriles exclamaciones. El tiempo corre. Partid. No convendría que nos viesen juntos. Sabéis que el hidalgo está con su alteza. Adiós.

—Escuchad; teneos. ¡Un momento! —dijo *Macías*; pero hablaba solo ya: el astrólogo había desaparecido con indecible presteza—. ¡Qué confusión! —prosiguió el doncel—. ¡Tanta felicidad, Dios mío! Corramos; mas no. ¿Quién sabe los sucesos que me esperan esta noche? Quiero buscar mi espada; con ella al lado, nadie, nadie podrá estorbar mi felicidad.

Dirigiose, dichas estas palabras, el animoso doncel a su habitación y ciñó su espada, cubriendo con un tabardo oscuro de velarte su elegante vestido, que no podía menos de haber llamado la atención de cualquiera que a aquellas horas se lo hubiera notado en el paraje sobre todo donde él pensaba que podría tener que esperar un instante propicio para su dicha.

Volvía a bajar la escalera del alcázar para salir al campo lo más presto posible, y antes que se hubiesen cerrado las puertas de la villa, cuando un encuentro inesperado lo detuvo, no tan a su pesar como podría parecerle a primera vista al que no supiese que el que hacía variar de aquella manera su primer pensamiento, era nada menos que el mismo, el mismísimo pajecillo Jaime, a quien tan apurado y comprometido dejamos por causa del doncel en uno de nuestros últimos capítulos, que acaso no habrá olvidado todavía el lector.

—¡Jaime! —dijo *Macías*.

—¡Señor caballero! —repuso el paje no menos admirado y satisfecho—. Buena la hicisteis la mañana pasada. ¡Ah!, otra vez ved de ser más prudente.

—¿Acaso Elvira?…

—Mirad, de eso nada sabré deciros sino que desde entonces esposo y esposa se tratan de una manera… La señora pasa llorando los días y el señor rabiando las noches… La casa es un infierno. Felizmente, a mí nada me tocó de lo que merecía. Pero a propósito, gózome de encontraros. Diome mi hermosa prima…

—Más bajo.

—No, no hay peligro.

—¿Qué te dijo?

—Que si volvíais alguna vez, como habíais dejado prometido…

—¡Como ella misma!… querrás decir…

—Sí, bien…, como gustéis.

—¿Y qué?

—Nada; no os aflijáis. Mirad: las mujeres son… vos lo conocéis mejor que yo…

—¿Qué hablas, pajecillo? Acaba.

—¡Ah! no, si os enfadáis… Tranquilizaos y os diré…

—¡Acaba, por Santiago! Juro por el infierno que estoy tranquilo.

—Me dijo, pues —contestó el paje aterrado de la extraña tranquilidad del doncel—, que si volvíais, se os dijera que no estaba.

—¿Eso dijo? ¡Perfidia! ¡Perfidia sin igual! ¿Y no lloró al decirlo, no tembló, miserable? Sed generoso con las damas; creed, creed un solo punto. «¡Salvad mi honor, huid, y volveréis!, que os amo», dijo, ¡y todo fue mentira! ¿Y yo salí y obedecí? ¡Necio! ¡Insensato! ¡Ah!, ¡maldecida generosidad! Paje, ¿me engañas? —prosiguió después de una breve pausa, en la cual dio mil vueltas al pergamino que le acababa de dar el astrólogo—. No pudo decir eso; tú burlas mi dolor, y tú…

—¿Yo, señor, yo? Me obligaréis a deciros lo que añadió…

—¿Qué añadió, santo Dios?

—Pues mirad, añadió que se os dijera a vos mismo que ella había dado aquella orden.

—¿Eso? ¡Ella! ¡Ella misma! ¡Oh ultraje! ¡Oh rabia! Paje, ¿conoces tú su letra?

—Poco, señor.

—¿Es ésa? —dijo *Macías* acercándola a un farol de la escalera inmediata.

—Paréceme que… sí…, cierto; yo a lo menos… Verdad es que yo no sé escribir. Yo soy mal juez.

—¿Cuándo dijo lo que me acabas de referir?

—Aquel día mismo.

—¡Respiro! Algún objeto llevaría. Vuela a tu prima, Jaime; dile que me diste ese recado y que espero sus motivos. Escucha. Con respecto a su cita, dile antes de una hora…

—¿Cómo? ¿Os cita?

—¡Silencio!

—¿Y os quejabais vos? Decid entonces que el engañado he sido yo. Ya me encargaré yo de esos recaditos en adelante, para que me cuesten una oreja el día menos pensado, y que la señora luego… ¿Es posible, señor caballero, que han de engañar las mujeres hasta a sus mayores amigos? ¡A todo el mundo, señor… a todo el mundo!

—¡Ea! ¡Silencio! y separémonos. Nada digas, nada hables. En estos asuntos, Jaime, la palabra escapada revuelve sobre el que la dijo, y las imprudencias se pagan con la vida. ¡Adiós, adiós!

Dichas estas palabras continuó el doncel su camino, pidiendo a su señora en su borrascosa imaginación mil perdones por la ligereza con que la habían inculpado, en aquel momento mismo en que acababa de darle, según él, la prueba más singular de su constancia y fidelidad.

Llegó el paje entretanto a Elvira y refiriole lo ocurrido. Mil ideas se cruzaron en la imaginación de la desdichada. Deseosa, sin embargo, de aclarar aquel misterio y bien decidida a no exponerse de nuevo al peligro que no podía menos de correr con el arrebatado doncel:

—¡Jaime —dijo—, quiero salvarme a toda costa! Le amo, le amo con furor, y el infeliz lo sabe. No lo vea, no le hable. Mi honor es lo primero. Juzgue de mí lo que quisiere. Escucha. Yo de mí misma desconfío y tiemblo. Sus ruegos pudieran vencerme… Por otra parte, esa cita solo puede ser un artificio… acaso una horrible maquinación, un lazo que nos tienden. Mira: toma esa llave y ciérrame por fuera; de esa manera no le podré yo abrir aunque sus ruegos me ablandaran. Corre enseguida en su busca. ¿Dónde iba?

—Bajaba la escalera del alcázar.

—¡Soy feliz! Todavía no viene en mucho tiempo. Búscale, Jaime, búscale. Dile que es inútil; que nunca le he citado; que es mentira; que su vida peligra; que está Hernán conmigo… Lo que quieras. Que no venga, y lo demás no importa. ¿Que sería de mí si Hernán…? ¿Será él por ventura, será él el que de esta suerte intenta?… ¡Qué horrible maquinación!

Hizo Jaime lo que su hermosa prima le rogaba con no poco miedo de verse metido a su edad en tan gran laberinto de riesgos y de intrigas, pero con toda la decisión al mismo tiempo de que es capaz la fidelidad.

—¡Otra vuelta! —dijo Elvira al paje, que cerraba ya por fuera—. Así; adiós. Si mi esposo viene, él tiene otra llave. ¡Yo os doy gracias, Dios mío —añadió postrándose con cristiano fervor—; yo os doy gracias, Señor, por el peligro de que me habéis librado!

Apenas había acabado de decir estas palabras cuando se dejó sentir en la parte de afuera de su habitación un rumor, extraño ciertamente a aquellas horas y en aquel sitio tan solitario.

—¿Qué oigo, Dios mío? ¿Qué oigo?

—¡Elvira! —dijo una voz que así parecía bajar del cielo como salir de una profunda cueva—. ¡Elvira!

—¿Quién me llama? —añadió la asustada dama corriendo hacia la puerta para asegurarse de que estaba bien cerrada.

—¡*Macías*! —respondió la voz sordamente, y resonaron dos o tres golpecitos dados con cierto misterio e inteligencia.

—¡No le ha encontrado el paje! —exclamó Elvira—. ¡Ah! si Hernán… ¡Oíd…, doncel…! Nadie responde… y el ruido continúa. ¡Cielos!, no es aquí; no es en la puerta. ¿Dónde, pues, dónde? Aquí —exclamó llegando a la ventana—, en esta parte están. ¿Qué intentan? Esta reja se abre; pero la llave… La llave debe tenerla el alcaide del alcázar… ¡La abren, Dios mío! —continuó escuchando con la mayor ansiedad—. Huid, huid, quien quiera que seáis.

—¡Bien mío! —respondió el doncel abriendo completamente la reja y dando con su espada en la madera, que quedaba cerrada todavía.

—¡Ah, es él, es él! Yo soy perdida. Yo misma me he encerrado —gritó Elvira arrojándose sobre un sillón al tiempo mismo que la madera, destrozada por los furiosos golpes del doncel, cedía a su irresistible fuerza.

—Yo soy, Elvira, yo soy —dijo *Macías* arrojándose a los pies de su amante—. Mil obstáculos he tenido que vencer; no pensé alcanzar a la altura de esa reja, que he debido escalar con la espada en la boca. Ya estoy, en fin, aquí, bien mío, y a tus plantas.

—¡Ah!, no; salvaos por piedad, y salvadme a mí. *Macías*, cada palabra que hablamos es una palabra de abominación; el tiempo es precioso y le perdemos.

—¿Perderle yo a tu lado?

—Cesa ya y parte.

—¿Me llamas, señora, para escuchar de nuevo tus rigores?

—¿Yo os llamé, *Macías*?

—¿Qué escucho? —dijo levantándose—. ¿Cúya es, pues, esa letra?

—¿Esa letra? ¡Cielos! Los traidores la han fingido.

—¿La han fingido, señora?

—Para perdernos, sí.

—¿No es vuestra? ¡Crédulo yo, insensato! ¡Cierto es, pues, lo que Jaime asegura!

—Todo sí, todo es cierto: huid; no os quiero ver; os aborrezco.

—¿Me aborrecéis? Pues bien, nos perderán. Ya su triunfo es completo. ¡Pérfida! —añadió después de haberla contemplado un momento—. ¿De esta suerte pagáis mi generosidad? Tres años de silencio. Hablo por fin, hablo, para ofreceros más generosidad, mayor sigilo aún, amor más grande, ¡y no os ocurren en pago sino pérfidos medios de engañarme! Sed noble, señora, hasta en la perfidia misma. Medios hay aún de ser noblemente malo. ¿Sois veleidosa? ¿Por qué no me decís: «¡*Macías*, soy mujer! ¡Plúgome vuestro amor, mas hoy me cansa! ¿No es para mí, que es harto grande?». Yo agradecería vuestra nobleza entonces.

—Acabemos, *Macías*: no más reconvenciones, no. Idos, y nunca más volváis. Toda comunicación, todo vínculo es roto entre nosotros. Si prendas teníais de mi amor, si insistís en creer que mis ojos, mi lengua, mis acciones os prometieron algo, en buena hora, creedlo; devolvedme, empero, mi libertad…

—¿Que os la devuelva, señora? Volvedme vos la dicha, volvedme la confianza.

—¡Qué suplicio! Por piedad, partid.

—¿Partir? ¡Qué delirio! Mi vida hoy o mi muerte. No os creo ya; nada espero de vos. Todo de mí. Oídme.

—Soltad mi mano.

—No, sois mía, y lo seréis.

—¿Y ése es amor tan grande? ¿Me amáis vos, y me amáis comprometiendo mi honor y mi existencia?

—Sí, porque tú y yo no somos ya más que uno. Los dos felices, o desgraciados ambos. Uniónos el amor: la muerte sola nos separará. Volved los ojos hacia mí, volvedlos; inútil es retirarlos; me veis, me veis donde quiera que los volváis; cerradlos, y aún me veréis. Decidme que me amáis. Mentid, señora, si no es cierto; decidlo empero por piedad, y salgo.

—Jamás, jamás —profirió débilmente Elvira, procurando en vano desasirse de los amantes lazos en que la tenía presa el impetuoso doncel.

—¿Jamás decís? Pues escuchadme —repuso *Macías* con el acento de la más profunda desesperación—. Yo había nacido para la virtud. Vos me consagráis al crimen. No hay sacrificio inmenso de que no fuera mi corazón capaz, o por mejor decir, el amor era mi constelación. Encontrando en el mundo una mujer heroica, era mi destino ser un héroe. Encontrando una mujer pérfida, *Macías* debía ser un monstruo. Yo os di a elegir, señora. Nuestra felicidad y el secreto y cuanto vos exigieseis, o el escándalo y mi muerte. Vos elegisteis lo peor. Escrito estaba así. ¡Muerte y fatalidad!

—¡Ah! Silencio, silencio. No me maldigas ya; ¡desventurada!

—Sí; todo es ya acabado entre nosotros. Nuestra felicidad ha sido una borrasca; formada como el rayo en la región del fuego, debía destruir cuanto tocara. Ha pasado como el rayo, pero como el rayo ha dejado la horrible huella de su funesto paso. Tu amor, tu amor, ¿quién lo creyera?, era el único que no debía dejar más señales de su existencia en tu corazón de hielo, que las que deja el ave que atraviesa rápidamente el cielo, que las que deja sobre tu labio abrasador este ósculo de muerte, que recibes, bien mío, a tu pesar.

—¡Ah! —exclamó Elvira, reluchando inútilmente—; soy perdida, perdida para siempre.

—Y mil y mil —añadió frenético *Macías*—, prendas son todos de nuestra próxima muerte. Ellos son, Elvira, la agonía del amor. ¿No sientes el fuego inmenso que encienden en las venas? ¿No percibes el tósigo? Bórralos jamás, olvídate si puedes, y olvídame después. Venga la muerte ahora —añadió desasiendo a la infeliz Elvira, que, perdidos los ojos en el techo y pálido el semblante, cayó desprendida del doncel sobre el sitial inmediato.

Un momento de pausa y de silencio, semejante al que llena de misterioso terror al caminante después del fragoroso estampido de la exhalación eléctrica, sucedió a las últimas palabras del doncel. Arrodillado a las plantas de Elvira, imprimía todavía en una de sus manos, hermosas como el alabastro, sus trémulos labios; no lloraba ya Elvira, no derramaba una lágrima *Macías*. En las grandes situaciones de la vida no halla salida el llanto. La inmovilidad del mármol, el estupor de la postración, son los caracteres de las emociones sublimes. El silencio entonces es elocuente, porque no hay palabras en ninguna lengua ni sonidos en la Naturaleza que pinten el amor en su apogeo, que expliquen el dolor en toda su intensidad.

—¡Elvira! —dijo por fin *Macías*—. ¡Cuán desgraciados somos!

—Partid, partid —profirió con trabajo Elvira—. ¡No queráis, señor, que lo seamos aún más! Ésta es la última vez que nos veremos.

—¡La última, sí, porque la muerte llega!

—¡Ah! No; no lo esperéis. Ya todo se ha concluido entre nosotros; ahora es cuando os lo digo, sabedlo; os he querido, señor, os he querido, como nadie volverá a querer. Salvadme ahora, después de esta confesión.

—¡Ah, lo decís por fin! Tiempo es aún... Decid que ahora me queréis y huyamos. Pero huyamos los dos.

—No es tiempo ya, no es tiempo. Sed generoso vos ahora; no apure el vaso yo del crimen y del deshonor. Nunca ya nos hablaremos, *Macías*...

—¿Nunca, señora?

—Desistid... ¡por Dios!

—Os juro que no desistiré.

—Ved que los asesinos se acercan acaso ahora... ¡Ah!, no me hagáis aborrecer la vida; no me obliguéis a maldeciros.

—Sí, maldíceme ahora... mas ¿qué rumor...?

—¡Ellos son, ellos son! —gritó Elvira, precipitándose hacia la puerta—. ¡Los traidores!

Oyose efectivamente ruido de armas y personas al pie de la reja.

—¡La puerta está cerrada —gritó Elvira— y él solo puede entrar!

—Dime que me amas —exclamó *Macías*—; decídete, en fin, señora, a participar de mi suerte; dime que siempre me amarás, y mi espada aún nos abrirá paso a través de los pérfidos asesinos.

—No, no, *Macías*; no muera deshonrada —gritó Elvira sin saber adónde refugiarse—. ¡Dios mío, compasión! ¡Dios mío! Salvaos solo, *Macías*.

—Contigo, Elvira.

—Jamás —repuso Elvira abrazándose a un alto crucifijo de plata que sobre una mesa lucía—. El cielo maldice vuestro amor y... yo...

—¡Silencio! Por última vez. Ved, señora, que algún día diréis «es tarde, es tarde», y diréislo entonces con dolor. Ahora que es tiempo todavía...

—No, *Macías*, no; yo le maldigo nuestro amor.

—Elvira, pues, adiós. Mi muerte es tuya, como fue mi vida.

Al decir estas palabras *Macías* cogió su espada, y poniéndola rápidamente sobre su rodilla, partiola en dos desiguales trozos, que después de abrir de par en par las maderas de la ventana lanzó contra los que ya trepaban por la reja.

—¡Hernán Pérez! —gritó—. ¡Hernán Pérez! Heme aquí sin defensa. La muerte os pido, la muerte.

—¡*Macías*! —exclamó Elvira desasiéndose del crucifijo y arrojándose hacia la ventana. Era tarde, empero. *Macías* se había lanzado ya fuera de la reja.

—¡Es nuestro! ¡Es nuestro! Retirarnos; ¡basta! —clamaron a un tiempo varias voces.

—¡Ah! —gritó Elvira con una expresión difícil de pintar—, ¡Socorro! ¡Socorro!

Al mismo tiempo sonó la llave en la puerta.

—¡Él es, él es! —gritó Elvira—. ¡Santo Dios! ¡Piedad de mí, piedad!

Un chillido agudo y espantoso terminó tan horrorosa escena. El que entró se dirigió hacia la reja, mirando en derredor, y nada descubrió. Tendió enseguida la vista por la habitación y solo vio en el suelo el cuerpo de una hermosa privada enteramente de sentido.

Capítulo XXXII

En Castilla está un castillo
Que se llama Rocafrida:
Tanto relumbra de noche
Como el Sol a mediodía.

Rom. de Montesinos

Existe a cinco leguas de Jaén una población pequeña ahora, y pequeña en los tiempos a que se refiere nuestra narración, que tiene por nombre Monilla, ora por haber sido fundación de algunos habitantes salidos de Mona, ora por su inmediación a ésta o por las relaciones que con ella pudo tener en lo antiguo. Pertenecía esta villa al maestrazgo de Calatrava, y era una de las primeras que se habían declarado por don Enrique de Villena, a causa de la influencia que le daban a éste en aquel punto varias posesiones que en su territorio tenía. En el siglo XV presentaba el aspecto que aún en el día suelen presentar muchos pueblos de nuestra patria. Algunas casas que, más que viviendas de hombres, parecían cuevas de animales, esparcidas aquí y allí, formaban irregulares callejones. No era, sin embargo, tan pequeña su importancia que tuviesen que acudir sus habitantes a algún pueblo vecino de mayor cuantía para cumplir con sus deberes espirituales. Poseía una iglesia parroquial, no muy grande en verdad, pero que no dejaba por eso de bastar para su reducido vecindario, y que se hallaba bajo la protección y advocación de Santa Catalina. En el día será todo lo más si puede traslucirse su antigua grandeza en los restos míseros que la constituyen en la humilde jerarquía de ermita; pero en el reinado de Enrique III, nos dice Jimena en sus anales eclesiásticos de Jaén, no solo era la iglesia parroquial, sino que era una obra moderna que no tenía más fecha que los años que hacía que había sido reconquistado aquel país a los moros.

A cosa de un cuarto de legua del pueblo, rivalizaba en grandeza con la iglesia parroquial un castillo sombrío y viejo, que si no era de los más fuertes y afamados de Castilla, no dejaba por eso de ser sólido y una de las posiciones militares más ventajosas de la comarca. Edificado como todos los de aquel tiempo en una eminencia, mejor diremos, en la punta de una peña, podía servir de reducto a un tercio militar en retirada o de baluarte a un destacamento avanzado de un ejército invasor. Tenía su doble muralla almenada, torres, foso, su contrafoso, puente levadizo, en una palabra, cuanto hacía necesario en semejantes edificios la táctica militar de ataque y defensa de aquella época belicosa y de perpetuo temor y desconfianza. Crecía la hierba tranquilamente en derredor de las almenas, prueba evidente de que hacía mucho tiempo que no oponían obstáculos las artes de la guerra a su abundante vegetación. Un largo litigio que sobre la pertenencia de tal castillo había sostenido contra la corona de Castilla la Orden de Calatrava, había sido ocasión de hallarse inhabitado algunos años, y se habían adherido a él, como en aquellos tiempos de ignorancia solía frecuentemente suceder, mil vagas tradiciones, mil supersticiones fabulosas, que habían consolidado algunos malhechores, cobijándose en él secretamente y haciéndole cuartel general y centro de sus operaciones. Era fama por el país que, en tiempos anteriores, un moro, mago si jamás los hubo, había sido fundador del castillo, cuya construcción se perdía en los tiempos remotos de la conquista y reconquista; opinión a que no daba poco realce el color negruzco de la piedra y el aspecto todo venerable y misterioso de sus antiquísimas murallas. El mago había construido el castillo, según la más recibida opinión, para satisfacción de odios y rencores propios suyos; en él había atormentado durante su vida a muchas hermosas doncellas que no habían querido rendirse a sus brutales deseos, pues todas las tradiciones convenían en que éste había sido el flaco del moro encantador y descomunal. Añadíase a esto que no había faltado razón para ello, pues se refería de él la siguiente historia. El moro había amado en sus lucidos abriles a una mora, Ramada Zelindaja, hija de un reyezuelo de Andalucía; la cual había correspondido primero a su pasión, pero le había dejado después, sin verdadero motivo, por otro y otros moros sucesivamente, con la natural facilidad y ligereza de su sexo leal y encantador. El moro, que debía de haber sido hombre de suyo sentado y poco aficionado a mudanzas, había tomado la cosa muy a mal y el desaire muy a pechos, y en vez de volver los ojos a otra Zelindaja mejor que la primera, lo cual hubiera sido determinación de hombre prudente, había jurado vengarse castigando en el sexo toda la culpa de uno de sus individuos. He aquí la causa de su odio a las mujeres; para lograr sus fines habíase dado a la magia y a la confección de bebidas y filtros amorosos. Con ellos enquillotraba a las doncellas, las cuales, al punto que apuraban a poder de engaños la pócima, así quedaban del moro enamoradas como si en el mundo no hubiera habido otro hombre, ni moro ni cristiano. Entonces entraba la parte de su venganza; entonces el pícaro moro hacíase de pencas y dejábalas llorar y suplicar, suspirar y gemir por los sus encantos, con lo cual íbanse consumiendo y acabando las enquillotradas doncellas como bujía que se apaga. Conforme las iba el bribonazo del encantador seduciendo, íbalas encerrando en el castillo, y era todo su placer, cuando veía a una ya tan madura y encaprichada de él como juzgaba necesario, hacerla testigo de los enamorados motetes y de las apasionadas caricias que a otra fingía, usando después con ésta y con todas las sucesivas de igual odioso manejo. Mesábanse los cabellos las infelices y decíanse injurias y ternezas; pero el moro había aprendido tan bien de su Zelindaja, que hacía oídos de mercader, y no parecía sino que había nacido hembra y mora más bien que varón y moro. Todo lo más que solía decirlas cuando las veía presas en las redes de su pérfido amor era contestarlas como le había contestado a él Zelindaja:

—El honor —les decía— no lo consiente.

—Cede, bien mío —replicaban ellas.

—Imposible —reponía él con grave remilgamiento y afectado pudor y compostura—. ¡Mi honor es lo primero!

—¿Y los juramentos, ingrato, y las promesas, falso? —solían responderle.

—¿Yo juré nunca, prometí yo acaso? —añadía el moro haciendo el olvidadizo.

—¿Y los placeres que gozamos?

—¡Insolente, qué osadía! ¿Cuándo, en dónde?

—Ved que mi muerte, moro mío, será obra de tu rigor —acababan ellas.

—Podéis hacer lo que gustéis —concluía entonces el redomado moro cogiendo un abanico e imitando con él y con el desvío de sus ojos el antiguo sistema de su pérfida Zelindaja. Con lo cual tenía a las perdidas doncellas en un infierno perpetuo, muy parecido al que pasan voluntariamente en esta vida los incautos que dan en creerse de palabras y juramentos, de prendas, en fin, y de ternezas de moras pérfidas y veleidosas.

No había parado aquí el rencor del bribón del encantador. Efectivamente, incompleta hubiera sido su venganza si no hubiese caído en sus lazos la misma Zelindaja. Tuvo modo el mágico de engañar a una de sus doncellas, la cual le hizo beber, no se sabe a punto fijo con qué sutil arbitrio, una buena pieza del filtro ponzoñoso; no bien se le hubo echado a pechos Zelindaja, cuando sintió renovarse en sus venas el fuego antiguo en que había ardido por el moro; desde entonces no perdonó medio alguno de anudar de nuevo sus rotas relaciones. Hízolo tan bien el vengativo, que la obligó a que se decidiese a venir a hacer vida común con él a su castillo, donde decía les esperaban delicias sin fin y una vida entera de amor y fidelidad. Cayó en el lazo la incauta cuanto enamorada Zelindaja; pero no bien hubo pasado el rastrillo de la encantada fortaleza, cuando llamándose andana el astuto moro, dio dos zapatetas en el aire, como potro que sale, roto el freno, a gozar al campo de la conquistada libertad, sacudió el amor y comenzó a dar tal cual lección de sufrimiento a la desvanecida hermosa, quien aprendió entonces lo que habrían sufrido sus amantes. Lloraba ella y gemía, y volvía siempre al moro, pero decía él:

—¡Ay, mora mía, es tarde!

—¡Ay, moro! —le decía Zelindaja.

—Es tarde, ¡ay!, es tarde —contestaba el moro, afectando dolor y sentimiento.

Tal era la explicación que se daba a un gran rótulo, labrado en la misma piedra sobre la puerta principal del interior del castillo, que decía efectivamente en letras gordas arábigas y en árabe dialecto: «es tarde».

—No había querido el moro que Zelindaja muriese como las demás a poder de sus desprecios; había decidido, por el contrario, que Zelindaja viviese más que todas, y que a su muerte, la cual él no podía evitar que sucediese algún día, quedase a lo menos su sombra recorriendo perpetuamente los claustros y galerías del castillo, pidiendo a las piedras la felicidad que tanta falta le había hecho en vida, y a los ecos su esposo, como llamaba en su delirio al rencoroso moro.

De aquí la tradición misteriosa de que se oía en el castillo, sobre todo en las crudas noches de invierno, o en épocas de tormentas, una voz de mujer que pedía a los elementos todos su esposo, y no faltaba quien añadía haber visto con sus propios ojos, que habían de comer la tierra por más señas, una sombra blanca, recorriendo, toda pálida y desmelenada, con una antorcha en la mano, las altas bóvedas, como quien busca efectivamente alguna cosa que no encuentra.

Excusado es, pues, decir que no tendría el castillo muchos aficionados, porque era común opinión que el que llegaba a poner el pie en él, hallándose enamorado, ya nunca había de oír más consuelo ni esperanza amorosa que aquel fatal es tarde, que a la fundación y suerte del castillo presidía.

Era igualmente aborrecido el moro y maldecidos su nombre y su memoria en la comarca, porque no había amante desairado que no creyese deberle aquel singular favor a la influencia que ejercía todavía en muchas leguas a la redonda aun después de su muerte. No había padre que no creyese deberle la palidez de su hija, esposo que no imaginase obra suya el despego de su esposa, y zagal enamorado que no le pidiese más de una vez, en sus secretas oraciones, la revocación de la terrible suerte que había dejado en herencia al país en que había vivido.

Nosotros, sin embargo, habremos de abogar por el moro, en primer lugar porque no creemos que tenga en el día influencia alguna el tal mago sobre nuestras mujeres, y, sin embargo, ni dejan de estar pálidas las incautas jovenci-llas, ni dejan de dar su amor a todos los diablos los enamorados zagales, ni se ha acabado el despego entre los esposos, ni deja de suceder con las Zelindajas de que se compone el bello sexo, lo que con los hilos de las sábanas de angeo de la venta de Puerto Lápice, de los cuales decía Cide Hamete, que si se qui-sieran contar no se perdería uno solo de la cuenta.

Si no tenía efectivamente otro delito el moro que engañar a sus amantes, enamorar primero para despreciar después, y variar de amor como de camisa, mal haya si encontramos por qué reconvenirle, en unos tiempos, sobre todo, en que cualquier mujer no necesitaba ser muy mora, ni muy hechicera por cierto, para hacer otro tanto cada y cuando le ocurre, que suele ocurrirles siempre. Somos demasiado defensores y amigos del bello sexo para hacer por ello inculpación alguna al inocente moro.

Enfrente del castillo, pero a más que respetable distancia, se veía el tercer edificio notable, la tercera maravilla de Monilla. Era ésta una casa no muy grande, comparada con la más pequeña de las que adornan en el día la capital de todas las Españas posibles, pero verdaderamente regia, puesta en parangón con la más espaciosa de Arjonilla.

Una anchísima puerta, cuyo dintel presentaba al espectador la huella antigua y honda de la rueda, y un espacioso corral, mitad con cobertizo, mitad con el cielo por techo, hubieran indicado al caminante muy suficientemente que aqué-lla era la posada, o parador, o venta, o como se quiera, de la importante villa por donde transitaba, aun sin necesidad de reparar en un empolvado ramo que de una reja baja salía, inclinando sus secas y marchitadas hojas sobre el camino.

Entrábase dentro del tal ventorrillo, y siguiendo un callejón, en el cual servía la oscuridad de encubrir la poca limpieza, se llegaba a una cuadra, pasábase de ésta a otra peor que la primera, y de allí a la gloria, como suele comúnmente decirse, es decir, a la cocina, pieza principal de la casa. Un mal hogar, coronado de una alta y piramidal chimenea, era todo el mueblaje, si se exceptúan dos fementidas mesas, digámoslo así, que comparáramos de buena gana, en lo largas y estrechas, con el alma de un vizcaíno, si nosotros hubiéramos visto alguna; estaban clavadas y arraigadas casi ya en el suelo, como todas las cosas malas en el país. Dos bancos, remedos asaz perfectos en su instabilidad de las cosas de esta vida, y que en lo poco firmes más que bancos parecían mujeres, tenían cogida en medio a cada mesa, y hacía cada mesa con sus dos bancos la misma figura precisamente que haría un galgo grande entre dos galgos chicos. La superficie de cada mesa era tan desigual como la superficie del mar en un día de tormenta; se tambaleaba, además, y cedía al menor impulso con la misma flexibilidad que un periódico ministerial del día. La construcción de los bancos era un tanto cuanto picaresca y maliciosa, porque cuando se sentaba una persona sola en una extremidad, levantábase la otra irritada de la presión, como si fuera a hablar con su huésped, y era preciso sujetar al rebelde si no quería dar consigo en tierra el recién sentado, cualidad en que parecía cada banco una balanza.

La llama del hogar, oscilante y tan indecisa como un Gobierno del justo medio, alumbraba a relámpagos los barbados rostros de unos cuantos arrieros y trajineros que secaban en la brasa sus húmedas alpargatas, o disponían su cena en ollas y sartenes, asaineteando su rústica conversación con más votos y por vidas que palabras.

Pero como no podía bastar el resplandor intermitente de la leña para iluminar debidamente a los que ya en las mesas cenaban, el inteligente dueño del establecimiento, lleno de previsión, había provisto a esta necesidad con un magnífico candil, cuya materia no era fácil adivinar al través del hollín y grasa que lo enmascaraban, el cual daba de sí más aceite que luz. Pendíase unas veces de la misma pared, asegurando su gancho en un agujero practicado sencillamente al efecto, colgábase otras en una cuerdecita embreada de manchas de moscas; en el segundo caso columpiábase el luminar aquel de la noche de tal suerte, que de buena gana le hubiera comparado un poeta del siglo XVI con el aura meciéndose blandamente en las ondeantes hebras de oro de Belisa, de Filis o de otra cualquiera no menos bella inspiradora. Había además en la misma cocina, y como si dijéramos ocupando el estrado y sirviendo de diván, un corpulento arcón que así era de paja como de cebada, y adonde acudía no pocas veces el mozo de la posada, con detrimento notable de las ropas de los concurrentes, a los cuales no podía favorecer gran cosa el polvillo que, al cerner la cebada, del honrado harnero se desprendía. En días de viento tenía la cocina la singular ventaja de parecerse al Olimpo, mansión de los dioses, en las densas y misteriosas nubes que formaba el humo oprimido y rechazado en el cañón de la chimenea por las corrientes de aire que en la región atmosférica discurrían.

Cenaban a un lado dos paisanos que parecían, si no del pueblo, por lo menos de la tierra, y a otra parte solo, enteramente solo, un individuo muy conocido nuestro y de nuestros lectores, a quien parecía dedicar mil atenciones el dueño de la posada. Servíale primeramente en persona, mientras que servía a los demás, o no los servía, una robusta Maritornes, que nada tenía que envidiar a la de Cervantes si no es la pluma de su historiador y cronista. En segundo lugar quitábase la montera cada vez que aquél le dirigía la palabra, lo cual hacía éste siempre, preciso es decirlo todo, con aire imperioso y hablando como superior a inferior. En tercer lugar reíase a la menor palabra que decía el forastero. Y en cuarto le había sacado de las provisiones reservadas de su hostelería unas aceitunas algo aventajadas, y cierto vino, no precisamente puro, pero en fin, del que tenía menos agua en su bodega.

El forastero cenaba más bien como un gañán que como un señor; pero, fuera de esto, era preciso confesar que entre todos los que formaban aquella escogida reunión no había nadie que tuviese un exterior tan cortesano, ni que más se apartase del tipo primordial del hombre de la Naturaleza, al cual estaban demasiado cerca, en honor de la verdad, aquellos sencillos arjonillanos. De todo el comportamiento del huésped para con el forastero no era preciso ser un lince para inferir que éste era hombre que disponía de más que de medianas facultades, y que aquél se prometía una lucida paga de sus esmeradas y particulares atenciones.

—Traedme más vino —dijo el forastero apurando la primera vasija que a su derecha había puesto el posadero.

—Como gustéis —dijo éste riéndose, y no tardó un minuto en estar servido el huésped—. No se bebe mejor, señor caballero —dijo aquél—, en toda la tierra.

—El pan es el que es malo —dijo el viajero.

—¡Ah, sí, señor, como gustéis, muy malo! —repuso riéndose obsequiosamente el hostelero—. ¡Ya veis —añadió acercándose al oído—. Esta semana no se ha cocido en casa todavía, y ha cargado tanta gente que he tenido que recurrir a un vecino…

—Bien, basta —dijo con tono imperante el huésped.

—¡Eh!, ¡eh! como gustéis —repuso el hostalero.

—Parece que el tiempo está bueno —dijo de allí a un rato el que cenaba.

—¡Ah! ¡ah! sí, como gustéis, señor caballero —respondió con sonrisa agradable el amo.

—¿Tenéis mucha familia?

—¡Eh!, sí, ¡eh! como gustéis, señor caballero; como gustéis —dijo el flexible.

—El hombre es categórico —dijo para sí el preguntón—; no gusta por lo visto de quimeras ni de indisponerse con nadie —y volvió a sepultarse en su distraído cuanto importante y misterioso silencio.

—¿Y vendrá el señor huésped por mucho tiempo? —se atrevió a preguntar el hostelero de allí a un momento, viendo que había caído la conversación y creyendo hacer un obsequio a su huésped en renovarla.

—Como gustéis —le contestó secamente el forastero encargándose a su vez de que no se diese de baja en el diálogo la muletilla del ventero.

—Ya lo creo —repuso el amo—. Vuestra señoría fue de los que llegaron ayer… —prosiguió luchando entre el temor de parecer demasiado preguntón e indiscreto y la curiosidad natural de su oficio—; de los que… es decir, de la casa del señor maestre de Calatrava.

—Como gustéis —respondió más secamente nuestro hombre, levantándose y soltando en la mesa con desenfado una moneda de oro—. Esta noche dormiré aquí. Me haréis disponer la cama.

—Como gustéis, señor; pero cama, eso no habrá, porque vuesa merced…

—¿No habrá, bellaco? ¿Cómo diablo tengo de gustar entonces?…

—Como gustéis, señor caballero; pero es decir que vuesa merced sabe que en estas casas…

—En estas casas… ¡Voto va! Queréis cenar, y os dicen: Se guisará lo que traigáis de vuestro repuesto. ¿Queréis dormir? Traeréis cama. ¿Qué hay, pues, posadero, que Dios maldiga, en una posada?

—Lo que gustéis, señor, lo que gustéis... No siendo cosa de comer, ni de cama, ni cuarto, ni...

—¡Ni diablos que te lleven!

—Como gustéis, señor, ¡eh! ¡eh! —repuso el hostalero sopesando en la mano la moneda de oro—. Lo más, señor caballero, que puedo hacer por vos si urge...

—¿No me ha de urgir, pícaro?... Mañana por cierto no dormiré aquí; pero en el castillo parece que están tan provistos como si fuera una posada. No esperaban a nadie, y hasta mañana... Vamos, hablad: ¿no veis que escucho? ¡Voto va!

—Como gustéis... podéis dormir en la cama de mi mujer...

—¡Por Santiago! Hereje... ¿es tu mujer esa vieja?

—Es decir, señor, que la cama de mi mujer es la misma que la mía; llámola así porque la trajo ella en dote, y gusto de dar a cada uno lo que es suyo.

—¡Ah!, de ese modo... porque de otro...

—Como gustéis, y nosotros dormiremos como podamos.

—Ea, pues, guiad, que he menester madrugar, y voto va que estoy cansado.

—Como gustéis, señor caballero. Señores, con perdón de ustedes —añadió el hostalero echando mano del candil que alumbraba a los que cenaban en la otra mesa y atizándole con los dedos—. Bien pueden vuesas mercedes cenar a oscuras, porque hoy no hay más que un candil en la casa, contando con éste.

Dicho esto, echó a andar delante del viajero con su risita y su natural sumisión, cuidándose poco de lo que quedaban diciendo las gentes de baja ralea que hospedaba aquella noche en su casa y a quienes con tan poco comedimiento había devuelto al caos y a las tinieblas de que el Hacedor supremo los había sacado al criarlos.

—¿Habéis visto, Peransúrez? —dijo al otro uno de los que cenaban.

—He visto, he visto —repuso su comensal—; y pluguiera al cielo que siguiera viendo.

—Decís bien, porque el bueno de Nuño, atraído sin duda por el color de oro del pelo ensortijado del forastero, nos ha dejado ¡vive Dios! como solemos quedarnos al fin de los sermones de nuestro buen párroco, es decir, a oscuras.

—¿Y sabéis quién sea el forastero?

—Nadie nos lo podrá decir mejor que el mismo Nuño, si es que él ve más claro en ese asunto que nosotros en nuestra cena.

Volvía a este tiempo Nuño, que así se llamaba el hostalero; después de restituir el candil a su primitivo lugar y de haberse excusado lo mejor que supo con sus huéspedes, comenzó a restregarse las manos con aire importante y misterioso, como de hombre que sabe raros secretos.

—Ya que habéis tenido por conveniente, señor Nuño —dijo Peransúrez—, llevarnos la luz, que supongo no nos pondréis en cuenta, ¿no nos podríais dar algunas luces, en cambio de la que nos correspondía, acerca de ese misterioso personaje que albergáis en vuestro bien alhajado establecimiento?

—Alhajado o no, señores, como gustéis, es el mejor que de esta especie se conoce, voto a Dios, en muchas leguas a la redonda. Con respecto al forastero, no acostumbro a revelar…

—Vaya, señor Nuño, eche un trago de lo bueno, y siéntese y hable, que no nos dio el Señor en su sabiduría la lengua para callar las cosas que sabemos —dijo el más arriscado—; harto trabajo tenemos con haber de callar por fuerza las que no sabemos. Ése será algún pícaro.

—¡Chitón! —dijo el hostalero apurando un vaso—. ¡Chitón!

—Dígolo porque en estos tiempos anda el dinero por las nubes y no se cogen truchas…

—Como gustéis; pero ¡Dios me libre de que se quite en mi casa la honra a nadie! Además, yo no suelo tratar de pícaro a un hombre que se ha cenado en menos de un cuarto de hora media despensa, y que paga… y que pagará…

—Enhorabuena, señor Nuño. ¿Y qué nuevas trae de la corte el hombre honrado que ha cenado media despensa?…

—Que a la hora ésta estará ya la corte en Otordesillas, adonde se traslada porque nos ha nacido un príncipe…

—¡Oiga! Tendremos mercedes.

—Sí, algún impuesto nuevo para sufragar a los gastos de las funciones —dijo uno de los huéspedes—. ¡Voto va! que para nosotros, pecheros…

—Como gustéis, señores; pero mirad que mi casa…

—Voto a la casa, señor Nuño, que hemos de hablar y no nos habéis de quitar la conversación como la luz. A oscuras vemos aquí más claro que todos los hosteleros encandilados y por encandilar de Castilla y Andalucía. Vaya, ¿qué más dice el forastero? Echa otro trago, que aún queda luz en nuestros bolsillos para aclarar más de un punto.

—Parece que su alteza ha decidido que en cuanto llegue a Otordesillas, se reúna el capítulo de Calatrava y elija maestre.

—¡Voto va! Buena estará la elección, cuando ha elegido ya su alteza. ¿Y a quién, señor, a quién? A un hechicero más nigromántico que el mismo moro del castillo. ¿Y qué se le ha perdido al señor pelo rojo en Arjonilla?

—Más bajo, señores —dijo el pobre hostalero, que necesitaba vivir con todo el mundo.

—Será de la pandilla que llegó ayer y que esperó fuera del pueblo a que anocheciera, sin duda por no enseñar algún punto que traería en las medias.

—Como gustéis —repuso el hostalero—. Lo cierto es que llegaron al castillo, que pertenece en el día al de Villena; que les fueron abiertas las puertas; que el maldecido alcaide que le guardaba ha cedido las llaves al señor pelo rojo, como le llamáis, y que ha venido a hospedarse aquí, dejando en el castillo a su gente. Con respecto a ese punto que decís, hay quien asegura que han traído un prisionero.

—¿Un prisionero?

—¡Chitón!

—Vendrá a hacer compañía a la mora Zelindaja, que anda pidiendo su esposo a las paredes del castillo desde el tiempo de Abderramen…

—¡Bah! —dijo el otro comensal—, ¿vos os creéis también de moros encantados?

—¡Chitón, señores, chitón! —repuso el hostalero—. Lo que yo sé deciros es que no pasaría ni una hora, después de media noche, en el castillo. Mirad: yo había oído contar a mi abuela muchas veces la historia del moro mago y de la mora Zelindaja y del letrero árabe del castillo; y lo que sé decir es que nunca le di un novén a mi abuela porque me lo contase, ni sus padres de ella le dieron una blanca porque lo creyese; lo cual digo para probar que nada se echaba ella en el bolsillo por la mayor o menor certeza del caso. Pero como al hombre le tienta el diablo muchas veces para que dude de las cosas que ve, cuanto más de las que no ve, ni ha visto, ni verá, yo me tenía mis dudas, pesia a mí. Y era cierto que hacía ya algún tiempo ni se oían ruidos de noche en el castillo, ni voz de mora, ni de cristiana, ni…

—Adelante, Nuño, adelante.

—Como gustéis; pero hace cosa de meses comenzó a decirse por el pueblo que se había oído una noche a deshora rumor de gentes que habían entrado en el castillo, las cuales gentes no se han visto salir; quién sabe si serían gentes de estas que se usan; ello es que nadie los vio. Desde entonces ha tornado el run run de las cadenas y de las voces y de los espantos nocturnos, y lo que sé decir es que yo me pasaba una noche, no hace muchas, por el castillo, porque venía de trabajar la huerta que tengo más allá: bien sabe Dios o el diablo que yo me traía conmigo todas mis dudas; era tarde ya, y oí efectivamente yo mismo una voz lamentable que decía a grandes gritos: «Esposo, esposo mío». Mirad, aún se me hiela la sangre en las venas; levanté los ojos, y en una de las ventanas más altas de la torre, de donde parecían salir las voces, se veía una luz, pero una luz pálida y blanquecina que andaba de una parte a otra, y de cuando en cuando parecía ponérsele por delante una sombra, más larga que una esperanza que no se cumple.

—¿Vos lo visteis? —dijo Peransúrez.

—¿No lo creéis? —preguntó el hostalero, más espantado de la incredulidad de su huésped que del mismo caso que refería.

—Mirad —contestó Peransúrez—, toda mi vida tuve grandes deseos de conocer a un encantado, y nunca pude ver la cara a ninguno; desde que fui monacillo, y sacristán después, de la Almudena, tengo ese pío. ¿Sois hombre, compañero, para apurar esta aventura y ver de hacer una visita a ese moro y a esa señora Zelindaja?...

—¿Qué decís? —interrumpió Nuño—. Como gustéis, pero os suplico que miréis...

—¡Quite allá, señor hostalero! ¿Qué decís vos, comensal?

—La verdad, señor Peransúrez —contestó su compañero—, que en esas materias... bueno es mirar dos veces...

—Vaya, ya veo yo que vos no servís para caballero andante y aventurero. ¡Voto va! ¡Que no tuviera yo aquí en Arjonilla a mi amigo Hernando, el montero de su alteza!

—¿Para qué, señor monacillo y sacristán después de la Almudena, ahora montero y guardabosques? —preguntó Nuño con aire socarrón.

—¿Para qué, voto a tal? Desde que me hicieron guarda de los montes de esta comarca por su alteza, no he vuelto a emprender una sola aventura de las que solíamos acometer y vencer en nuestros abriles. Con Hernando al lado, ya me curaría yo de moros y malandrines, de encantadas moras y cristianas. Yo entraría en el castillo, o quedaríamos en él entrambos encantados, o desencantaríamos con la punta de un venablo al mago y a cuantos magos nos fuesen echando a las barbas...

—¿Entrar en el castillo decís, eh?... —preguntó sonriéndose el hostalero.

—¿Y por qué no?

—Más fácil sería entrar en vida en el purgatorio, señor monacillo y sacristán, montero y guardabosques.

—Eso no, ¡voto va!, que para entrar en el castillo no he menester yo a Hernando, ni a nadie.

—¿Vos? —preguntó de nuevo el hostalero, soltando la carcajada—; aunque supierais más latín que todos los sacristanes juntos de Andalucía.

—Yo; apostemos —repuso Peransúrez, picado de la risa del amo y de sus frecuentes alusiones a su sacristanía de la Almudena.

—De buena gana —contestó Nuño.

—Una cántara de vino y media docena de embuchados de jabalí para todos los presentes —gritó Peransúrez dando una puñada en la mesa, que estuvo por ella largo rato a pique de zozobrar.

Al llegar aquella conversación acalorada del montero Peransúrez, acercáronse todos los que en el hogar estaban.

—Señores, sean vuesas mercedes testigos —clamó Peransúrez—; Nuño y yo...

—¡Peransúrez! —dijo en voz baja al oído del montero exaltado un hombre de no muy buena apariencia que había entrado no hacía mucho en el mesón, y en quien nadie había reparado, tanto por su silencio, como por hallarse el amo de la venta entretenido en la referida discusión—; ¡Peransúrez!

—¿Quién me interrumpe? —gritó Peransúrez volviéndose precipitadamente al forastero.

—Oíd —contestó éste apartándose una buena pieza de los circunstantes, que quedaron chichisveando por lo bajo acerca de la apuesta, y de la posibilidad de llevarla a cabo, y del valor de Peransúrez, y de la interrupción del recién venido—. ¿Habláis seriamente, señor Peransúrez? —dijo éste tapando todavía su rostro con su capotillo pardo.

—¿Cómo si hablo seriamente? —gritó Peransúrez.

—Más bajo, que importa. ¿Insistís en lo que habéis dicho de aquel montero vuestro amigo?

—¡Sí, insisto, voto va! Cuando yo he dicho una cosa... una vez...

—¡Bueno! ¿Queréis montear con un amigo?

—Pero ¿a qué viene?...

—Mirad... —dijo el recién llegado desembozándose parte de su cara.

—¿Qué veo? —exclamó Peransúrez—. ¿Es posible? ¿Vos?

—¡Chitón! Me importa no ser conocido.

—Dejad, pues, que cierre mi apuesta..., y esperadme...

—No; ciad en la apuesta. El buen montero ha de saber perder una pieza mediana cuando le importa alcanzar otra mayor. Si queréis entrar en el castillo y desencantar a esa mora, nos importa el silencio.

—Pero ¿y mi honor?

—¡Voto va! por el Real de Manzanares, algún día quedará bien puesto el honor de vuestro pabellón. En el ínterin ved que nos ojean, y si no nos hemos de dejar montear, bueno será que no escatimen nuestro rastro. Os espero fuera y hablaremos largo.

—En buena hora —repuso Peransúrez—. Señor Nuño —añadió volviéndose enseguida a los circunstantes—, un negocio urgente me llama. Mañana, si os parece, cerraremos la apuesta —dijo, y salió.

—¿No decía yo? —repuso triunfante Nuño—; ¿no decía yo? ¡Entrar en el castillo! ¡Entrar! Como gustéis —añadió volviéndose hacia la puerta, por donde ya había salido Peransúrez con el desconocido—, como gustéis, señor guardabosques; pero paréceme que haríais mejor en guardar vuestra lengua para contar esos propósitos a un muñeco de seis años, y vuestro valor para los raposos del monte.

Una larga carcajada de la concurrencia acogió benévolamente el chistoso destello de ingenio del triunfante posadero; en vano quiso el comensal de Peransúrez defender a su amigo citando hechos de valor y atrevimientos suyos de bulto y calibre. Quedó por entonces convencido que el que quisiera beber vino y comer embuchados no debía aguardar a que entrase Peransúrez en el castillo, cosa reputada tan imposible realmente, como entrar en vida en el purgatorio, según la feliz expresión del hostalero, que se repitió de boca en boca y que hizo reír a todos a costa del montero, que había abandonado el campo de la apuesta al enemigo, con notable descrédito de su honor y de su buena fama y reputación.

Capítulo XXXIII

Bien sabedes vos, señora,
Que soy cazador real;
Caza que tengo en la mano
Nunca la puedo dejar,
Tomárala por la mano
Y para un vergel se van.

Rom. del conde Claros

—¿Vos, Hernando, en Arjonilla? —dijo Peransúrez en cuanto se vieron apartados del ventorrillo todo lo que hubieron menester para no ser de nadie entendidos—. ¿Podéis explicarme cómo habéis dejado el lado del doncel *Macías*, a quien
servíais no ha mucho, si mal no me acuerdo?

—Largo es de contar, amigo Peransúrez —repuso Hernando deteniéndose
en un ribazo enfrente del castillo, desde el cual se descubría todo él perfectamente—. Pero si no tenéis prisa en este instante, si podéis atender a la llamada
de mi bocina, os referiré cosas que os admiren, y veréis si tenemos montes y
venado en abundancia, lo cual haré con tanto más gusto, cuanto que me habéis
prometido ayudarme en la montería que me trae a este bendito lugar.

Refirió enseguida el montero Hernando, lo mejor que pudo y supo, cuanto
dejamos en nuestros capítulos anteriores relatado, o a lo menos toda la parte
que él sabía, que era lo muy bastante para poner al corriente a cualquiera de
los negocios del doncel. Al llegar al punto donde dejamos nosotros a nuestros
héroes al fin de nuestro capítulo XXXI, prosiguió Hernando en la forma siguiente:

—Habéis de saber, Peransúrez, que desde el ojeo que dieron a mi amo en
el Soto de Manzanares aquellos desalmados siervos del conde, recelábame yo
de cuanto nos rodeaba, y habíame propuesto no soltar la oreja de mi amo el
doncel *Macías*. Cuando llegó, sin embargo, la nueva del alumbramiento de nuestra señora la reina doña Catalina, un maldecido sarao hubo de darse. Ni podía
entrar yo allí, ni mi leal Bravonel. Viendo, con todo, que tardaba ya el doncel
en demasía, salí a explorar el monte y a ojear los alrededores del alcázar. En
ese tiempo ¡voto va!, debió de volver mi amo a nuestra cámara, porque cuando

yo regresé faltaba un tabardo de velarte que primero no llevara, y su espada. Volví a salir, y cansado de no hallarle, ocurriome que acaso fuera de la villa y debajo de las ventanas de Elvira, que dan sobre la plataforma, podría estar el melancólico caballero tañendo su laúd y cantando alguna balada a la señora de sus pensamientos. Dirigí hacia allá, Peransúrez, mi jauría, y al llegar, ¡voto a San Marcos! hallé rastro. Un ruido extraño me había llamado la atención a alguna distancia; conforme nos acercábamos Bravonel y yo, habíamos oído algunas voces confusas y pasos luego de caballos. Llegamos, y veíase abierta la reja de la cámara de Elvira. Dos o tres piedras enormes, colocadas una sobre otra, parecían indicar que acababan de servir de escala a algún atrevido caballero para alcanzar a la reja. A poco rato de observación pareciome que andaba alguien en la habitación con una luz en la mano; oculteme debajo de la reja lo más arrimado que pude a la pared; el que era se asomó, efectivamente, y al resplandor de la luz que llevaba en la mano vi relucir en el suelo dos trozos de una espada rota. ¡Ésta era la osera!, dije para mí; no bien se hubo apartado el de la luz, que no pude ver quién fuese, reconocí los trozos; era la espada de mi señor. ¿Lo habrían muerto? No, porque estuviera allí su cuerpo, y porque le hubiera olfateado mi leal Bravonel, y hubiera puesto en los cielos el aullido.

—¿No es verdad, Bravonel? —preguntó Hernando a su hermoso alano, que echado a su izquierda parecía escuchar atentamente la relación del montero. Al oír esta pregunta, alzose Bravonel en las cuatro patas, lamió la mano que lo acariciaba, como si quisiese dar a entender a su dueño que no se equivocaba en el buen juicio que acerca de su fidelidad acababa de emitir, dio una vuelta en derredor sobre sí mismo, y volvió a colocarse, poco más o menos, como estaba antes de la extraña interpelación—. ¡Bravonel! —dije entonces a mi alano—, ¡el rastro, el rastro del doncel!

Entendiome el animal, Peransúrez; ¡admirable Bravonel! No bien le hube dicho aquella breve exhortación, comenzó a olfatear la tierra, y antes de dos minutos ya se había decidido por una senda. Quise probar, sin embargo, la certeza de la huella, y aparenté ir por otra, gritando siempre: «¡El doncel, el doncel!». Viéraisle entonces correr a mí, echar por la otra, ladrar, aullar, tirarme, en fin, de la ropa con los dientes. ¡Ah! ¡Bravonel, Bravonel, luz de mis ojos! —añadió el montero abarcando con la mano el hocico del animal e imprimiendo en él un beso, más lleno de amor y de cariño que el primero que da un amante al tierno objeto de su pasión—. ¡Bravonel! El que no ha tenido un perro no sabe lo que es querer y ser querido. ¿Que sirve la mujer? La mujer equivoca siempre la senda, la mujer empieza por montear al venado de casa, y el perro no engaña nunca como la mujer. ¡Bravonel, juntos hemos vivido, y juntos moriremos!

—¿Y seguisteis la huella? —preguntó Peransúrez impaciente por saber el fin del cuento, que Hernando había interrumpido para acariciar al animal.

—¿Cómo si la seguí? A pasos precipitados, con toda confianza ya: dos leguas anduvimos. Allí encontramos un pueblo; tomamos lenguas; el herrador nos dijo que acababa de pasar una partida de jinetes; que habían hablado pocas palabras, pero que habían tenido que detenerse a herrar un caballo desherrado; que caminaban deprisa; que debían llevar un preso, según las señas, y que habían pronunciado en medio de su misterio la villa de Monilla. «¡Mía es la pieza!», dije yo entonces. Até cabos y dije: «El preso es el doncel, y el que lo prende el conde de Villena». Efectivamente, el mismo día se había servido su alteza señalar el día quinceno para el combate que debía tener con el doncel *Macías*. Más claro, Peransúrez. Era fuerza, sin embargo, asegurar mis dudas. ¿Qué hacía yo hasta entonces? Y luego quise más fiar de mi brazo y de mi venablo el logro de mi intento. Volví a Madrid y supe que la corte salía al otro día; sabedor de que don Luis de Guzmán era el que, por su posición con Villena, debía de interesarse más por mi amo, vime con él y expúsele mis dudas; declaréle mi intento, aprobó mi idea, y yo le confié el cuidado de llevar con su menaje a Otordesillas las prendas de mi amo y mías; entre otras, la armadura mejor de Castilla, que si se perdiera, nunca de ello me consolara; es, al fin, la que tiene mi amo destinada por su buen temple para el aplazado combate. Armado después de mi ballesta y dos aguzados venablos, seguido de mi leal Bravonel, y disfrazado lo mejor que pude, púseme la misma noche en camino.

Ayer parece llegaron ellos. Hoy he llegado yo. He aquí, Peransúrez, la causa de mi venida. En aquel castillo, no hay duda, está el doncel. He aquí la presa que habemos menester rastrear. ¿Os acordáis, amigo mío, de un juglar de don Enrique de Villena, que Dios maldiga, hombre de pelo crespo y rojo…?

—¡Ferrus! Recuerdo su nombre; pero él…

—Ferrus, pues, está aquí, y ése es el guardián de mi amo. Le he visto subir a un camaranchón de arriba cuando yo entraba en la venta. Por qué duerme en esta encrucijada y no en su osera, eso no lo alcanzo. Lo que entiendo solo,

Peransúrez, es que ése es el oso que hemos de montear. ¿Insistís en vuestro ofrecimiento, ahora que sabéis cuánto motivo puedo tener de guardar silencio y sigilo, y cuán peligrosa sea la empresa?

—¿Cómo si insisto? Hernando —dijo Peransúrez levantándose del suelo en que estaban sentados—, no es esta la primera montería en que hemos andado juntos. Amo el peligro como buen montero, y osos mayores que ése, amigo mío, me han prestado amistosamente piel para más de una zamarra. Examinemos, si os parece, la posición del castillo, discurramos el medio más prudente…

—El medio, Peransúrez, ¡voto va!, es esperar aquí a ese perro de juglar, a esa raposa cobarde y rapaz, y clavarle en tierra con un venablo, como quien bohorda, más bien que como quien caza. ¿Merece siquiera los honores de ser comparado con una fiera noble y denodada?

—Guardaos, amigo Hernando, de ejecutar tan descabellado propósito. Bien veo que seguís necesitando un consejero prudente que temple el ardor de vuestra imaginación. Mataréis a Ferrus; pero ¿y luego?

—Luego, voto va, luego… Dirigidme, pues, enhorabuena. Bravonel y yo estaremos atentos al ruido de vuestra bocina. Soy yo mejor, en verdad, para obedecer que para mandar. Pero voto a Dios que os despachéis pronto, y nos digáis cuanto antes contra quién he de disparar el venablo, que se me escapa él solo de las manos, y están ya los dientes de Bravonel deseando hacer presa en el animal.

—Ea, pues, venid; demos disimuladamente la vuelta al castillo; enseguida volveremos a Arjonilla; vendréis a tomar un bocado conmigo; que el buen montero, riñón cubierto, y mañana amanecerá Dios, y con su dedo omnipotente nos señalará el rastro de los malvados.

—A la buena de Dios —replicó Hernando—. ¡Bravonel, Bravonel, vamos! Guiad vos, Peransúrez, que conocéis la tierra.

Dichas estas palabras comenzaron los dos amigos su exploración, hecha la cual se retiraron a concertar los medios de introducirse en el castillo por más guardado que estuviera, y de salvar al doncel, que presumían hallarse dentro, con no pocos visos y fundamentos de verdad.

Capítulo XXXIV

En una torre fue puesto
Con cadenas a recado.
[...]
La condesa entrara dentro
Do está el conde aprisionado.
[...]
Ambos hablan en secreto
Y conciertan en celado;
Que por librar tal persona
A más que esto era obligado.

Rom. de Sepúlveda

Cuando Ferrus, encargado por el conde de Cangas y el astrólogo de la prisión del enamorado *Macías*, pensó albergarse en la hostalería del complaciente Nuño, no fue ciertamente porque no hubiese en el castillo albergue digno de él.

Es fuerza remontarnos más al origen de las cosas para explicar de un modo satisfactorio esta singularidad.

Fácilmente comprenderá el lector, impuesto ya en los diversos caracteres sobre que gira nuestra narración, que necesitando los dos autores de esta intriga el mayor secreto, solo podían fiar tan importante comisión al que ya estaba forzosamente en él; el reparo de la falta de valor no podía tener en este caso mucho peso, porque habían de acompañarle otros, los cuales solo sabían que debían prender a un hombre, sin saber quién fuese; y para mandar a éstos y aprisionar con ellos a un caballero que salía descuidado de una cita amorosa, no se necesitaba un gran fondo de arrojo y determinación. Por otra parte, Ferrus era hombre fríamente malo y cruel: ¿quién podía, pues, desempeñar mejor que él la inexorable comisión que se le confiaba? Lográbase, además, de este modo la ventaja de apartar de la corte al único hombre que podría en un caso adverso comprometer al conde, y la de tener en el castillo un ente capaz de cualquier acción determinada, si llegaba ocasión apurada en que estorbase la existencia del preso. Combinadas estas diversas circunstancias, solo quedaba que pensar en ligar el interés de Ferrus al feliz éxito de la expedición, de una manera que hiciese imposible toda traición. El conde para esto creyó que no podría haber medios mejores que la gratitud por una parte y la esperanza del premio por otra; así, decidió hacer libre a su siervo y loco favorito. Quitole el collar de metal que en seña de servidumbre llevaba, e hízole de su siervo un vasallo. Con extraordinario placer renunció Ferrus a su bonete de sonajas de juglar y al molesto oficio de divertir con bufonadas a sus superiores; y sus sentimientos de fidelidad llegaron a tocar en un acendramiento difícil de explicar, ni menos de igualar, cuando el conde le manifestó que le hacía libre entonces para confiarle la alcaldía del castillo de Arjonilla; añadiéndole, que si desempeñaba fielmente este importante cargo, no pararía en esto solo su favor. Bien entrevió Ferrus, por consiguiente, que toda su prosperidad futura dependía de que Villena saliese con el maestrazgo, y siendo eso imposible si se llegaba a probar algún día que don Enrique había muerto a su esposa, hizo firme propósito Ferrus de consentir primero que lo hiciesen pedazos que en dejar la menor esperanza de salvación al asegurado doncel. Su muerte, en último caso, hubiera sido para él una grandísima friolera puesta en balanza con su futura grandeza.

El lector sabe que, merced a la tenacidad de Elvira, se había logrado la industria del astrólogo con más felicidad aún que lo que él podía nunca haber esperado, si bien había contado siempre con la ventaja que le ofrecía el haber de bajar el doncel de la reja alta de una manera que impedía toda defensa. Llevó a Arjonilla unas instrucciones del conde, severas sí, pero no sanguinarias, y otras del judío aplicables a todas las circunstancias que pudieran ocurrir, y un tanto menos escrupulosas, porque éste se hallaba ya tan interesado como Ferrus en la grandeza del conde y sumamente ligado a sus intrigas por el peligro que corría, si llegaba a descubrirse algún día la horrible maquinación en que no había tenido él la menor parte,

No se había previsto, empero, una circunstancia bien temible. El conde, que había tenido grande interés en que su castillo de Arjonilla estuviese de algún tiempo a aquella parte bajo la custodia de alguno de sus más allegados servidores, por razones que él se sabía, y que algún día sabrán nuestros lectores, había confiado su alcaldía a su camarero Rui Pero, de quien no hemos vuelto a hablar por esta causa. Éste era hombre duro y fiel: por lo tanto suspicaz e irascible. No pudo, pues, sentarle bien la orden que le intimó Ferrus en nombre del conde, su común señor, ni menos el imperio y mal entendida arrogancia con que se la oía prescribir a un hombre que acababa de salir de la nada, a un siervo cuyo collar de metal acababa de romper su amo, y cuyas sonajas de azófar y bonete de loco estaban todavía demasiado recientes en la memoria del noble camarero para que le pudiese inspirar respeto ni estimación el que venía a ocupar su mismo destino, con desdoro de su clase y prerrogativas. Mandábale a decir el conde que siendo necesaria su asistencia a su lado, solo tardase en ponerse en camino para Otordesillas, donde debía encontrarle para hacer entrega del castillo al nuevo alcaide, y enterarle de cuanto él se figurase que conducía a su mejor servicio. Rui Pero, llevado de su mal humor, no perdonó medio alguno de inspirar terror a Ferrus acerca de la responsabilidad que sobre sí acababa de tomar y de las dificultades que ofrecía la conservación del castillo de un secreto tan inmediato a población, y en que si era fácil impedir la entrada a los extraños, no lo era tanto estorbar que tuvieran los de dentro alguna comunicación con los de fuera; insistió bastante, además, en la fama que de encantado tenía el castillo y en lo que de él contaban los habitantes, cosa que no contribuyó en nada a tranquilizar el ánimo de Ferrus, ya de suyo naturalmente enemigo de encantos y prodigios. Deseoso de averiguar si debería temer o no cuanto en el particular Rui Pero le refería, determinó dormir una noche en la hostalería del pueblo, así para averiguar a punto fijo el fundamento que podrían tener aquellas tradiciones, que cual telas de araña se adhieren siempre a los edificios viejos, como para escudriñar si se había traslucido algo entre los habitantes de Arjonilla acerca de los misteriosos secretos que encerraba a la sazón la antigua hechura del amante de Zelindaja, y acerca del objeto de su propio viaje. Ésta era la verdadera causa de aquella extravagancia.

No bien se había despertado Ferrus, cuando tenía ya a la cabecera de su cama al complaciente Nuño, con la montera en la mano, y con un como gustéis siempre asomado a los labios para salir a la menor indicación del huésped. Entablose entre ambos, mientras que Ferrus se vestía, un diálogo que por lo largo e inútil a nuestro propósito, perdonamos a nuestros lectores con el interesado objeto de que nos perdonen ellos a nosotros cosas de mayor monta y trascendencia. Baste decir que por él pudo Ferrus formar una exacta idea de su verdadera posición, y no le hubo de parecer tan mala como Rui Pero se la había pintado, porque decidió volver inmediatamente a su castillo, y aun hizo propósito de darse por encargado y enterado de todo lo más pronto posible, pues bien se le alcanzaba que el disgusto y mal humor del camarero solo podían resultar en daño de la intriga de su amo.

Tuvo el hostalero, prevenido por Peransúrez en la madrugada del mismo día, el buen talento de no hablar a Ferrus de la imprudente conversación tenida en público la noche anterior en su cocina después de haberse él recogido, y Hernando, a quien importaba no ser conocido, de Ferrus sobre todo, se mantuvo oculto hasta que supo que había regresado al castillo el ex juglar, pagada ya la cuenta de su gasto, aunque no tan opíparamente como el hostalero esperaba, cosa que se supo porque al despedirse Ferrus de él, díjole:

—Dios os prospere y os dé, buen Nuño, lo que más os convenga.

Y se notó que Nuño no le había respondido el como gustéis de ordenanza. Esta observación de los historiadores del tiempo, que hablan con toda profundidad del lance, es tan justa, que cuando Nuño habló con Peransúrez después de la partida de Ferrus, no solo no insistió en la apuesta, sino que se inclinó ya, por cierta antipatía que había nacido en su corazón repentinamente contra Ferrus, a la parte del emprendedor montero, diciéndole entre otras cosas que tendría un placer singular en que se jugase una pasada que metiese ruido al señor alcaide nuevo del castillo del moro, por su arrogancia y su petulante continente.

No echó Peransúrez en saco roto esta buena predisposición al mal del hostalero, y reuniéndose a toda prisa con Hernando, procedieron a dar el paso que en su deliberación de la noche anterior les había parecido más conducente y atinado para el logro de su arrojado intento.

Entretanto era varia la posición de los habitantes del castillo. En los patios interiores divertían sus ocios tirando al blanco o bohordando hombres de armas, a quienes estaba confiada su defensa y custodia; algún grupo de ballesteros o arqueros pacíficos discurrían más apartados acerca de la singular reserva que reinaba en todas las operaciones de aquel edificio verdaderamente mágico, porque no eran todos sabedores de lo que encerraban sus altas murallas. Algunos sí sabían que habían traído ellos mismos un prisionero, por ejemplo, pero ni sabían quién era ni le habían vuelto a ver. Tales habían sido y eran las precauciones observadas sabiamente por los principales emisarios del conde.

Había sido colocado el nuevo huésped en una sala baja incrustada, digámoslo así, en el corazón de una mole de piedra, que esto y no otra cosa era cada paredón del castillo. No tenía más adornos que el que le proporcionaban algunas telas de araña, indicio de la poca consideración con que al caballero se trataba, y varios informes lamparones que dibujaba la humedad con caprichosa desigualdad en las desnudas paredes de aquel calabozo. Hacía más horrorosa la prisión un rumor monótono y profundísimo, muy semejante al que produce el brazo de agua que sale de la presa de un molino, que rompe por entre las guijas de una cascada o que se desprende de un batán. El que haya tenido alguna vez la desgracia de verse privado de su libertad en una oscura prisión oyendo día y noche el acompasado golpeo de un reloj de péndola, será el único que pueda apreciar la situación del doncel, condenado a aquel tristísimo son. No recibía más luz aquel cavernoso nicho que la que le prestaba en los días más claros del año un agujero redondo y cerrado con cuatro hierros cruzados y practicado en la parte más alta del muro. Hallábase situado a orilla de una zanja, hecha a lo largo de la muralla interior; por la zanja corría, produciendo el rumor que hemos descrito, un residuo del torrente, que llenaba con sus aguas el foso exterior del edificio, y entre la zanja y la muralla interior había una ancha y espaciosa plataforma. Era preciso, pues, pasar la zanja desde la plataforma para entrar en la prisión destinada al doncel; pero esto solo se podía verificar bajando el rastrillo que la cerraba sirviéndole de puerta. La rara colocación de aquella cueva indicaba que había sido construida desde luego para encerrar presos de importancia, y a quienes se quisiese quitar la vida prontamente como represalia, en caso de hallarse ya tomado el castillo por el enemigo. La situación por otra parte, su hondura y el ruido del torrente, impedían que pudiese ser oída en ningún caso la voz del prisionero que en aquella caverna se encerrase. Casi enfrente de ella venía a caer, entre las dos murallas, la torre principal de la fortaleza. Mirando oblicuamente por el agujero conductor de la luz, que dejamos descrito, divisábanse con trabajo algunas altas ventanas. Nada se podía ver de día de lo que dentro de ellas pasaba; pero de noche, cuando reinaba la más completa oscuridad, veía el doncel una luz arder en lo interior de una habitación, moverse a ratos, mudar de sitio, desaparecer, y aun producir sombras de diversos tamaños y figuras, bastantes a atemorizar en aquel tiempo de superstición un corazón menos determinado que el del doncel; sobre todo en un castillo que hacían encantado las tradiciones más remotas del país, y cuyo destino parecía ser realmente el de pertenecer siempre a seres nigrománticos, como le sucedía a la sazón, que era dueño de él el conde de Cangas, a quien nadie tenía por menos mago que el amante de Zelindaja. De noche también, y cuando se columbraban las temerosas sombras, era cuando solía mezclarse con el silbido del viento y el ruido de la lluvia, o el estruendo de la tempestad, una voz aguda y dolorosa, que era la que tenía espantada la comarca, y la que nuestro buen Nuño, había oído la noche que se retiraba de su labor, como en nuestro capítulo anterior dejamos dicho.

Finalmente, otra entrada tenía la prisión del doncel. Una escalerilla de caracol la ponía en comunicación con una larga galería interior del castillo; pero una puerta de hierro sumamente pequeña y cerrada por fuera con pesados cerrojos y candados, cuyas llaves poseía solo el alcaide, imposibilitaba por esta parte toda esperanza de evasión. Un mal lecho había sido dispuesto a ruegos del prisionero en la caverna, y había conseguido por favor singular que le dejasen el pequeño laúd que a la espalda como trovador llevaba cuando su cita amorosa. Con él divertía su amarga posición pulsándolo blandamente, y regándolo con sus acerbas lágrimas, los ratos que no escribía en las paredes con un punzón alguna tristísima endecha, dirigida a la ingrata señora de sus pensamientos, cuyo rigor lo había puesto en tan lastimero trance.

La habitación que por ser la mejor y la más espaciosa se había reservado el alcaide, y que se habían repartido a la sazón Rui Pero y Ferrus, se hallaba en el piso bajo de la torre de que hemos hablado. Un salón anchuroso, adornado con varios trofeos y armas suspendidas en las paredes, era el departamento principal. Una larga mesa estaba clavada en medio; el hogar ardía en la cabecera de la sala, y en el extremo opuesto un aparador o bufete encerraba la vajilla estilada en aquel tiempo para el servicio de la mesa.

Al anochecer del día en que nos encuentra nuestra historia, dos hombres arrellanados en dos grandes poltronas de baqueta española, la más apreciada entonces en Europa, conversaban tranquilamente uno enfrente de otro y separados por la mesa como si hubieran necesitado de un cuerpo intermedio para no reñir. Así parecía indicarlo su gesto displicente. El uno era Ferrus. En su rostro brillaba la satisfacción de un hombre que ha llegado a ocupar un destino superior a sus méritos y esperanzas. El otro era Rui Pero. Su continente era el de un hombre, por el contrario, herido en lo más delicado de su amor propio por un disfavor no merecido, y habíaselas con el emancipado juglar como podría habérselas un general acreditado por sus servicios y conocimientos con un guerrillero a quien hubiese igualado con él la fortuna.

Una lámpara suspendida del techo iluminaba los rostros de entrambos, y los iluminaba mejor una alta vasija, cuyo preñado vientre vaciaba de cuando en cuando, en dos anchas copas, cierto jugo vivificador que embaulaban nuestros dos interlocutores a tragos repetidos en su cuerpo como en un cubo desfondado.

—¿Cuándo pensáis partir, señor Rui Pero? —preguntó Ferrus después de uno de estos tragos, paladeando todavía el licor de Baco.

—¿Habéis tomado ya, señor juglar —repuso Rui Pero—, es decir, señor Ferrus, alcaide del castillo de Arjonilla, las instrucciones que habíais menester?

—Estoy tan apto, señor Rui Pero, para desempeñar la alcaidía de este famoso castillo, como el mejor camarero de Castilla —contestó Ferrus picado.

—En ese caso, señor tal alcaide, pasado mañana al lucir el alba me pondré en camino para la corte, si no manda otra cosa vuestra señoría.

—Gracias, señor Rui Pero.

—¿Habéis mandado relevar las centinelas exteriores de la muralla y las dos de las torres y de la galería interior del preso?

—Bien sabéis —contestó Ferrus— que no es ese cargo mío mientras estéis vos en el castillo. Y espero que no me comprometeréis con mi amo el señor conde ni querréis faltar al deber…

—No acostumbro a faltar a mis deberes, señor Ferrus, y voy por tanto a disponer…

—Esperad. Supongo que seguís con el cuidado de emplear en el servicio de centinelas los ballesteros que ignoran completamente la calificación de los prisioneros. De otra suerte…

—No habéis menester suponerlo —dijo apurando su copa Rui Pero—; bastará con que lo creáis a pies juntillas. Además ya habréis conocido que necesita habilidad para escaparse el preso que tal intente hallándose encerrado en la prisión de la zanja.

—Sí, según me habéis dicho, no conociendo el secreto del rastrillo, solo la muerte sería el resultado de la menor tentativa de evasión. Admirable construcción la de ese calabozo. ¿Y quién construyó?…

—¡Silencio! —dijo Rui Pero al ver entrar un tercero en la sala y gozoso de dar una lección de prudencia al inexperto Ferrus—. ¿Qué queréis vos? —añadió dirigiéndose al extraño.

—Señor alcaide —respondió el faccionario que acababa de entrar—, han llamado al castillo dos caminantes fatigados…

—A nadie se da hospedaje —repuso Rui Pero malhumorado.

—Lo sé, señor alcaide. Pero advierta vuestra merced que no son caballeros, ni hombres de guerra. Son dos reverendos padres que piden albergue por esta noche.

—¿Y por qué no lo buscan en Arjonilla?

—Parece, señor, que van extraviados y pasan a estas horas por el castillo, ignorantes del camino que guía a la población. La copiosa lluvia que ha engruesado el torrente los obliga a pedir albergue.

—¡Voto va! —dijo Rui Pero—. Lo más que por ellos podemos hacer es que les enseñe el camino un hombre del castillo.

—Pero ése, señor, no los pasará en hombros a través del torrente —repuso el ballestero, temeroso de ser él elegido para aquella comisión.

—Por otra parte —añadió Ferrus, a quien los vapores del vino daban confianza y determinación—, ¿qué peligro hay en albergar dos frailes? Dios sabe de dónde serán. Esos padres suelen venir de lejos e ir de paso; muy forasteros deben de ser, pues ignoran que el castillo es encantado y nada hospitalario. Van de paso.

—Sin embargo, si pudiesen pasar el arroyo… —replicó Rui Pero.

—¿Y queréis —dijo Ferrus, acercándose al oído del camarero— que nos expongamos a que pase un hombre del castillo la noche fuera de él y suelte la lengua mas de lo preciso? Eso es peor…

—Peor, peor… —refunfuñó entre dientes el camarero.

—Si gustáis, señor alcaide —dijo el ballestero—, se les contestará que vayan a buscar albergue a otra parte. Ello, la noche es terrible.

—¿Terrible decís? —repuso Rui Pero asomándose a una ventana—. Sí; parece que el cielo se derrite en agua. Sería una inhumanidad por cierto.

—No podemos consentir —añadió Ferrus—, que dos ministros del Altísimo queden a la intemperie en una noche…

—En buena hora; que entren —dijo Rui Pero al ballestero, quien se fue a cumplir la orden,

—¡Voto va! —añadió Ferrus—, éramos dos y seremos cuatro. Aún queda vino en esa vasija para otros tantos, y los padres no se desdeñarán de hacernos un rato de compañía, yendo sobre todo de camino. Todo el peligro que podemos recelar de los santos varones, señor camarero, es que nos echen algún sermón en latín que no entendamos, y así como así, dentro de un rato ya no nos íbamos a entender nosotros dos, según la faena que damos a nuestras copas.

Una carcajada de Ferrus al concluir estas palabras probó que todavía no había perdido la costumbre, que se había hecho en él naturaleza, de decir bufonadas a todo trance, a pesar de su nueva dignidad.

De allí a poco entraron humildemente en el salón dos reverendísimos padres, cuyos hábitos derramaban a hilos el agua, como un paraguas expuesto por gran rato a la lluvia y que se arrima a un rincón a medio cerrar.

Saludáronles cortésmente nuestros dos amigos, y después de los primeros cumplimientos les invitaron a que se acercasen para secar sus hábitos al hogar, donde quedaron mirándose unos a otros largo espacio los dos opuestos alcaides y los dos bien avenidos frailes.

Capítulo XXXV

Mentides, frailes, mentides,
Que no decís la verdad.
[...]
Mató el fraile al caballero,
A la infanta va a librar:
En ancas de su caballo
Consigo la fue a llevar.

Rom. del conde Claros

Al entrar los dos modestos frailes en la sala, no había dejado de llamarles la atención el agradable pasatiempo en que entretenían sus ratos perdidos el antiguo y nuevo alcaide. Habíanse mirado uno a otro como inspirados de la misma idea, y este movimiento hubiera sido notado de los defensores del castillo, a no ser que, no habiendo creído éstos que tendrían ya visitas con quien guardar ceremonia, habían menudeado en realidad del tinto más de lo que a su prudencia convenía. Su misma posición les había excitado a beber, y aun hay cronistas que aseguran que deseosos uno y otro de no tener compañero en el mando, y demasiado confiado cada cual en su propia resistencia, se habían animado recíprocamente a beber por ver si conseguían privar al colega; plan que, merced a la igualdad de sus fuerzas, había resultado en detrimento de la razón de entrambos.

—¡Por san Francisco! Perdonen vuestras reverencias —dijo Ferrus— si les han hecho esperar a la intemperie más de lo que ese hábito que visten merece. Pero sepan que a él solo deben esta acogida, porque el castillo a que han llamado no es en realidad de los más hospitalarios que pudieran haber encontrado en su camino.

—Pax vobiscum —dijo el menos corpulento de los padres con voz grave.

—Como gustéis, padres —repuso Ferrus—, según el estribillo de mi huésped de ayer; porque han de saber sus reverencias que de dos dignos alcaides que tienen en su presencia ahora, ninguno sabe latín.

—En ese caso, Te Deum laudamus —repuso el padre, respirando como aquel a quien le quitasen de encima una montaña.

—Gracias —contestó de nuevo Ferrus, no queriendo ser tachado de poco político por dejar sin respuesta una lengua que no entendía—. Dos cosas debemos suplicar a vuestras reverencias —prosiguió—; primera, que se quiten esos hábitos que traen mojados…

—Et super flumina Babylonis, dice el salmista; vetat regula, la regla nos lo impide.

—Sea en buena hora; pero la regla no impedirá a vuestras reverencias que hagan lo que vieren adonde quiera que fueren; primera regla de hospitalidad entre caballeros —añadió Ferrus derramando vino nuevamente en las copas y ofreciendo una al padre que había llevado hasta entonces la palabra.

Miráronse los padres uno a otro para consultar entre sí lo que deberían hacer.

—¡Voto va! aquí se ofrece de buena voluntad —añadió Ferrus viendo su indecisión—, ¿no es cierto, señor camarero?

—Vos lo habéis dicho —repuso el camarero tomando una copa—. Pero si sus reverencias no se atreven por respetos al, cielo, nosotros, viles gusanos de la tierra…

—Vinum lœtificat cor hominis —interrumpió el padre—. Nosotros agradecemos a vuestras mercedes la buena voluntad; pero solo beberemos en la refacción, si tenéis por bien hacérnosla servir; vuestras mercedes beban, y mientras, nosotros exultemos et latemur.

—A la buena de Dios —dijo Ferrus vaciando su copa—. ¿Y este padre que nada dice, es que no sabe latín, como si fuera alcaide?

Miraban los dos frailes a Ferrus, como buscando en sus ojos si encerraría alguna intención o sospecha aquella pregunta, hecha de aquel modo, o si sería meramente casual e hija de la poca aprensión del que la hacía. Parecioles en conclusión que no se podía leer en los ojos de Ferrus sino la expresión del mosto, y no dudó en responder con cierta serenidad el mismo padre:

—Mi superior está achacoso; es sordo además tanquam tabula…

—Sí, que es gran sordera —repuso Ferrus, presumiendo que así se llamaba la enfermedad del padre.

—Y un tanto tierno de ojos, que es la razón de verle la capucha tan sobre ellos como notarán vuesas mercedes. La humedad, sobre todo, de esta noche debe de haberle perjudicado mucho. Benedictus qui venit... Venga o no venga —añadió para sí el padre.

Efectivamente, no se le veía apenas rostro al padre que había permanecido callado. Ocultábale el medio de abajo una larga barba blanca, y su capucha le envolvía todo el medio de arriba.

—¿Y viajan siempre vuesas reverendas con esos mozos de estribo? —preguntó Ferrus, reparando en un hermoso alano que casi detrás del padre silencioso reposaba, y que había entrado sin ser antes de ellos sentido.

—¡Ah! —repuso el padre—. Dios nos perdone esos medios mundanos de defensa. Aunque manet nobiscum Dominis, bueno es llevar además un amigo consigo. Es el perro del convento; nuestro reverendo abad no quiso que en nuestros tiempos de salteadores, ni el padre Juan ni yo, padre Modesto, como me llaman, para servir a Dios y a vuesas mercedes, nos viniésemos sin ese corto auxilio siquiera para nuestra seguridad, si bien Deus vigilat.

—¿Y de dónde bueno, padre mío? —preguntó Ferrus con audaz curiosidad.

—De Jaén, hijo —repuso con extrema serenidad el padre—; sí, hijo, de Jaén. Llevamos una comisión secreta, que bajo la fe de la obediencia no podemos revelar, para el reverendo prior del convento de Andújar de nuestra misma Orden, que es como veis de san Francisco, hijos míos; pensábamos haber caminado toda la noche y haber llegado allí antes de la mañana; empero Dios que nos ha enviado esta agua, y los achaques de mi compañero, nos han obligado a pedir hospedaje. Introibo, dijimos, ad altare.

—Y bien dicho —habló por fin el camarero, que había estado hasta entonces observando al silencioso fraile—, muy bien dicho, aunque nosotros no lo entendamos. Pero lo dijo vuestra reverencia y basta: si les parece a sus reverencias, que vendrán cansados —prosiguió el cortesano camarero—, harémosles servir la refacción para que se retiren, señor Ferrus.

—Amen —repuso el padre—, tanto más cuanto que mañana hemos de salir a la madrugada, si dais orden de que nos abran temprano en el castillo.

—Daránse las órdenes todas que fueren necesarias —repuso Ferrus, apartándose y hablando al oído al camarero—. Pero ved que las centinelas no se han relevado aún.

—Pudierais vos mudarlas —le contestó Rui Pero— mientras yo hago disponer la cena; estos buenos padres nos dispensarán si les dejamos solos un instante por su propio servicio.

—Ite, missa est —replicó el padre, echando una bendición gravísima a entrambos alcaides, que se dieron el brazo mutuamente a pesar de sus interiores rencillas, sin duda olvidándolo todo en momentos en que necesitaban tanto de recíproco apoyo, y salieron de la sala.

—¡Cuerpo de Cristo! Por vida de Diego Gil y Martín Bravo, los más famosos monteros de Castilla, que Dios perdone —exclamó el padre silencioso soltando una carcajada algo reprimida por la prudencia—. ¡Voto va! que nunca hubiera dicho, fray Juan o fray Peransúrez, que tañeseis de ladradura con tal primor.

Por mi venablo que se os entiende de cazar en latín a las mil maravillas.

—¡Prudencia, Hernando! Sepamos lo que nos hacemos, ya que yo no sé lo que me digo. ¿No os previne de que fui monacillo y sacristán en cierto tiempo, durante el cual, si mucho escatimé el rastro de las vinajeras de la Almudena, no por eso dejé de oír las bocinas de los padres en el coro? Aprendí a tañer la mía en latín como habéis visto, y alguna palabra entiendo, ¡voto a tal!, de cada ciento que digo.

—Pobre venado es éste, Peransúrez; es nuestro —dijo Hernando—. Hace la señal del pezuño chica, y va en la redruña, ¡voto a tal! No tardaremos en tañer de occisa. ¿Pondrémosle canes?

—Ved no nos obliguen a tañer de traspuesta, mirad que se levanta ya el venado a la ceba. Yo os avisaré el momento.

—Los tiempos nos dirán, conforme vengan…

—Sí; pero ved, Hernando, que no es lo difícil la entrada; mirad por la salida.

—Dios proveerá y mi venablo —repuso Hernando, componiéndose sus hábitos y echando de nuevo su capucha—. Ya vienen hacia el buitrón.

Volvían en esto ya los dos alcaides. No tardó mucho tiempo en cubrirse la mesa, a la cual se sentaron los cuatro con la mayor armonía y fraternidad. Poco tiempo hacía que cenaban, con imprudente abandono Rui Pero y Ferrus, con más reserva y comedimiento los frailes, cuando llamó a las puertas del castillo un expreso que enviaba el conde de Cangas y Tineo. Abriéronle inmediatamente, e introducido en la sala, echose de ver en su traza que había corrido mucho y que debía de ser en grande manera interesante su mensaje. Tomó Rui Pero el pliego cerrado que para él traía y apartándose un poco leyole rápidamente, manifestando bien a las claras en su rostro cuánta sorpresa le infundía.

—Señor Ferrus, grandes novedades —dijo después de haberle recorrido.

—¿Qué decís? —preguntó Ferrus tartamudeando.

—Nuestro señor el ilustre conde de Cangas y Tineo, maestre de Calatrava, se halla a pocas leguas de aquí…

—¿Cómo? —exclamó Ferrus levantándose.

—Sí; parece que el día después de vuestra salida de Madrid llegó a la corte la nueva de los disturbios de Sevilla. Las cartas y pesquisidores que envió su alteza a esa ciudad el mes pasado para poner en paz los bandos que han estallado entre el conde de Niebla, su primo, y el conde don Pedro Ponce y otros caballeros y veinticuatros, no surtieron efecto, y el mal se acrecienta por momentos. Temeroso su alteza de los resultados de tan grave daño, hizo suspender su viaje a Otordesillas; hase contentado con expedir pliegos anunciando a la reina doña Catalina que irá allá desde Sevilla y mandado disponer para entonces las funciones reales y torneos que se preparaban en solemnidad del nacimiento del príncipe don Juan. Hase traído consigo a los principales señores de la corte, y esta noche debe dormir en Andújar.

—Gran novedad, por cierto —dijo Ferrus.

—Añádeme su señoría que en ese pueblo permanecerán tres días, por hallarse señalado para mañana la prueba del combate. Encárganos con este motivo —añadió Rui Pero al oído de Ferrus— la mayor vigilancia.

—¡Voto a tal! no hay cuidado —dijo Ferrus dando una carcajada—. No vencerá el doncel. ¿Y piensa venir su grandeza por aquí?

—Parece que no, pues de Andújar pasa su alteza a Córdoba, desde allí irá en la barca grande, el Guadalquivir abajo, a Sevilla, pues que está su alteza muy doliente y no le deja caminar a caballo su físico Abenzarsal. Pero en atención a todo esto, yo partiré mañana de madrugada.

—Sea en buena hora, como gustéis —repuso Ferrus—. Esto entretanto no altera el orden de nuestra cena. Podéis retiraros, buen hombre —añadió Ferrus al emisario.

—Que os den de cenar —dijo Rui Pero al mismo— y disponeos mañana a venir conmigo a la corte.

Retirose el emisario, y siguieron cenando nuestros cuatro paladines, conversando acerca de la determinación del rey y del singular acaecimiento que los había acercado tanto a la corte.

—Bueno fuera, señor alcaide —dijo Peransúrez dirigiéndose a Ferrus, que era el más afectado del licor—, bueno fuera que hubieseis de hospedar en este castillo a la corte…

—¡Bah! —dijo Ferrus—, no pasa por aquí, y además, en un castillo encantado…

—¡Encantado! Dios nos perdone —dijo con afectado escrúpulo el padre.

—¿No ha oído hablar nunca el padre de la mora Zelindaja, Zelindaja la mora…? —siguió Ferrus con dificultad, y riéndose a cada palabra con la estúpida expresión de la embriaguez.

—¡Hola!

—¡Voto va! pues la mora… Rico vino es este, padre; ¿no bebéis?

—Proseguid —dijo el padre haciendo con su mano un ademán de agradecer el ofrecimiento.

—La mora, pues… Vaya otro trago, señor Rui Pero.

—¿Y la mora? —preguntó el padre.

—La mora… Zelindaja queréis decir, la que está encantada en la torre…

—¿En la torre?

—Sí; aquí arriba sobre nosotros. ¡Pero qué vino! ¡Qué paladar! ¿Os dormís, señor Rui Pero? ¡Voto va!

—¿Conque arriba? —preguntó el padre.

—Por ahí la llaman la mora, y dicen que aparece, y que… ¡Ah! ¡ah! ¡ah! —añadió Ferrus soltando una carcajada y mirando el vino que contenía aun la copa—. ¿Qué hacéis vos ahí —prosiguió vuelto enseguida a los que le servían la mesa, escuchando, espiando, a ver si se me escapa alguna imprudencia? ¡Belitres! Si esperáis a que yo os diga dónde está el preso… larga la lleváis. Fuera de aquí; llamaremos cuando hayamos menester. Diciendo y haciendo, levantose Ferrus con trabajo y cerró la puerta después que hubieron salido los sirvientes, espantados de las palabras del alcaide.

—¿Conque el preso…?, señor alcaide —prosiguió Peransúrez, que así como su compañero no perdía una palabra ni una acción de las que se le escapaban al imprudente mancebo.

—El preso no se escapará mientras pendan de mi cintura las llaves todas del alcázar. ¡Ah! ¡ah! ¡ah! Notad, padres míos, la figura que hace un camarero dormido —prosiguió Ferrus riéndose a carcajadas y señalando con el dedo la boca abierta del buen Rui Pero, a quien la hora, el vino y el cansancio tenían cabeceando sobre su poltrona—. ¡Ah! ¡ah! ¡ah!

Al llegar aquí, tocó Peransúrez por bajo de la mesa al pie de Hernando, que de puro impaciente no hacía ya más que moverse hacía un gran rato. Levantándose a un tiempo los dos, precipitose cada uno sobre el que tenía al lado. Tocole a Peransúrez el dormido Rui Pero, que se halló ya maniatado y tapada la boca antes de acabar de despertarse; a Hernando, Ferrus, cuyo asombro fue tal al ver levantarse de repente, y en aquella tan inesperada forma, a los dos reverendos, que no fue dueño de gritar ni de oponer la menor resistencia al montero, el cual así lo fajaba con sus poderosas manos como si fuese un niño. Pusieron nuestros dos amigos a cada uno de los alcaides un palo del hogar atravesado en la boca y sujeto con cordel que preparado llevaban, a manera de mordaza, y atáronlos enseguida fuertemente de pies y manos a sus mismas poltronas, dejándolos conforme se hallaban colocados, es decir, uno enfrente de otro, con la mesa en medio y sus copas delante. Era cosa de ver la figura que hacían, sin poderse mover ni remover, ambos con la boca abierta, y mirándose con ojos aún más abiertos, sin acabar de comprender si estaban encantados por el moro del castillo o si habrían dado hospedaje a dos diablos del otro mundo que venían a castigar su descompuesta vida.

Hecho esto por nuestros dos reverendos, y apoderados ya del manojo de llaves que pendía del cinto de Ferrus, fue su primer cuidado recapacitar lo que acababan de oír al ebrio alcaide.

Parecía por el misterio de sus palabras que la torre era el lugar del castillo destinado al prisionero. Estaban en ella, pero era indispensable hallar una subida, y si había dos, aquélla en que estuviesen menos expuestos a ser notados o a encontrar importunas centinelas. En punto a esto convinieron que era preciso ponerse en manos de Dios, que veía sus intenciones y no dejaría de favorecerlas, y echáronse a buscar una subida, que no tardaron en encontrar. Probando llaves lograron abrir una puerta encubierta detrás del hogar por un tapiz viejo; empujáronla, y una escalera oscura les probó que habían dado con lo que necesitaban. Armado cada uno de un agudo venablo, y llevando en la mano izquierda

Hernando, que iba delante, una linterna sorda de metal, diéronse a subir con la mayor confianza en Dios, donde los dejaremos, ora trepando escaleras, ora recorriendo largas y oscuras galerías, ora, en fin, probando llaves en cada puerta que encontraban, todo con el mayor silencio por no dar la alarma en el castillo.

Hallábase colocado el cuarto, donde se divisaba la misteriosa luz desde los alrededores de la fortaleza, en el extremo de una galería, y como quiera que las puertas fuesen todas de la mayor seguridad, no se creía prudente establecer centinelas demasiado inmediatas. Al único que hacia aquella parte se ponía, preveníasele de antemano que no se separase del extremo de la galería más distante de la prisión. El que se hallaba a la sazón en aquel punto era un mancebo profundamente ignorante acerca de las circunstancias de los presos que parecían custodiarse con tanto interés en la fortaleza, pero que había oído hablar lo bastante del encantamiento del castillo y de la voz nocturna, para no tenerlas todas consigo en aquella incómoda facción.

—Por Santiago —decía, apoyándose en su partesana— que no entré yo al servicio del señor conde para habérmelas con brujas y hechiceras; este instrumento, que bastaría para matar millones de moros, unos después de otros se entiende, acaso no sería suficiente a hacer un ligero rasguño en la mano del moro que fundó este maldito castillo. Dicen que la señal de la cruz es grande arma contra las artes del demonio, añadía en otro paseo de los que daba, sin apartarse mucho de su puesto como el que tiene miedo o frío, y siendo esto cierto, ¿cómo es que hay cristianos hechizados? Cuerpo de Cristo, si me hechizasen, tengo para mí que lo que más había de sentir había de ser aquello del no comer y del no dormir, ¡voto va!

En estas y otras reflexiones cogió entretenido al mancebo cierto profundo gemido que salió al extremo opuesto de la galería.

—¡Santa María! —exclamó, dando diente con diente, el faccionario—. Asunto concluido. ¿Si será la mora que viene a pedirme su esposo, según dicen las gentes que lo pide todas las noches a los ecos? Sin embargo, no soy eco —añadió lastimeramente como si quisiese conjurar el encanto con esta lógica observación.

Otro gemido más prolongado resonó de allí a poco, y el ruido de una cadena arrastrada por el suelo hasta el infinito en el oído del infeliz.

—¡Santo Dios! —decía el soldado, y persignábase tan deprisa como si fuese la última vez que había de persignarse en su vida, sin apartar los ojos del punto de donde él se figuraba que salía el ruido.

En esto estaba, a la orilla de la escalera, y vuelto de espaldas a ella, cuando dos manos de hierro, apoderándose de sus piernas, le levantaron en alto.

—¡Perdón, señora Zelindaja, perdón! —clamó con voz medio ahogada el miserable, y pasando por encima de la cabeza de un padre francisco, a quien no tuvo siquiera tiempo de observar, cayó rodando de espaldas por la escalera, hasta una puerta que habían cerrado tras sí nuestros aventureros, donde quedó casi exánime y sin sentido.

—¿Hay más? —dijo Peransúrez mirando a todas partes.

—No —repuso Hernando—; aquélla debe ser su prisión: ¿no oís una cadena?

—Él es; apresurémonos —sacando enseguida el manojo y llegando a la puerta, comenzaron a probar llaves en la cerradura. Abrió, por fin, una de las más gruesas y entrambos se precipitaron dentro de la prisión, igualmente impacientes de dar libertad al encadenado doncel.

Una lámpara mortecina lucía siniestramente sobre un pedestal.

—¡Basta, crueles, basta ya! —exclamó una voz penetrante, arrojándose a sus pies al mismo tiempo, con todo el desorden del dolor y de la desesperación, una figura cadavérica vestida de negras ropas.

Difícil fuera pintar el asombro de nuestros dos reverendos al ver venir sobre ellos aquella extraña sombra, que no era otra cosa lo que a su vista se ofrecía, y el sobrecogimiento de la víctima luego que paró la atención en sus nuevos huéspedes, de tan distinta especie que los dos hombres que hasta entonces habían solido visitar su encierro para traerle el alimento.

—Religiosos, santo Dios, religiosos —exclamó ésta—. Habéis oído, Señor, por fin mis oraciones, y el bárbaro me envía estos emisarios de vuestra palabra divina para auxiliarme en los últimos momentos de esta vida miserable. Lo acepto, Señor, lo acepto.

Un mar de lágrimas corrió de los ojos hundidos de la encarcelada, que abrazaba con religioso fervor el hábito de Hernando; éste, inmóvil en su puesto, no sabía qué interpretación dar a aquella horrible escena. Todo el valor de Peransúrez le había abandonado; creíase, efectivamente, delante de la encantada mora, y estaba ya a dos líneas de maldecir en su corazón su osadía y su malhadada incredulidad.

Repuesto algún tanto Hernando de su primera sorpresa, hízose atrás cuanto pudo, desviando su hábito del contacto de la infeliz. Ésta, levantando entonces la cabeza, y sacudiendo sobre los hombros una larga cabellera, único resto de su antigua hermosura, quedó mirando largo rato a nuestros amigos sin atreverse a proferir una palabra.

—Quien quiera que seáis —dijo por fin animándose Hernando y descubriendo su rostro—, ser de este mundo o del otro, mora o cristiana, hablad: ¿qué nos queréis?

—Hernando, ¿sois vos? —exclamó la víctima levantándose, después de haber mirado largo rato con la mayor duda y agitación al montero espantado—. ¡Ah! No —continuó—. ¡Hernando era montero! —y volvió a quedar en el mismo estupor.

No pudo menos Hernando, al oírse nombrar por la fantasma como un antiguo conocido, de fijar más en ella la atención, y agarrando con una mano a Peransúrez, que a su derecha y un poco detrás de él estaba:

—¡Cielos! —exclamó sin apartar los ojos de la figura negra—. Dejadme: ¿sería posible?

—¡Ah! conocedme, sí —gritó levantándose y asiendo la lámpara la infeliz—, conocedme, si me habéis visto alguna vez; he aquí en mi rostro los efectos de su barbarie; no soy la misma ya; no soy hermosa… El llanto, el dolor me han afectado. Miradme bien, miradme —prosiguió acercando la luz a su semblante.

—¡Ella, ella es! Peransúrez, salvémonos —gritó Hernando retrocediendo.

—¿Adónde? No; ¿adónde? Deteneos. Yo saldré también con vosotros.

—¡Vivís aún, señora! —exclamó Hernando al sentirse detenido por la víctima—, ¿vivís?

—Vivo, sí, vivo para llorar y padecer; tocadme aún si lo dudáis.

—¿Es falsa vuestra muerte? ¿Sois vos, señora?

—¿Mi muerte decís? —preguntó la desdichada—. ¿El bárbaro la ha propalado? ¡Justicia, Señor, misericordia! —añadió levantando los ojos al cielo—. Por piedad —continuó—, ¿quién sois el que tanto os parecéis al montero de don Enrique? ¿Qué os trae a esta prisión?

Hernando, sumido en el más profundo letargo, apenas reconocía debajo de aquella palidez y cadavérico aspecto a la hermosa que tantas veces había visto triunfante en el mundo de lujo y de belleza.

—¡Monstruo! —dijo por fin para sí—, ¡monstruo, monstruo abominable!

—¿Quién sois? Acabad, y ¿qué queréis? —tornó a preguntar la encerrada—. ¿Venís a prolongar mis males, a remediarlos por ventura?

—A salvaros, señora —repuso Hernando—. Conocedme, ¡voto va! El montero Hernando, señora, os ha de sacar de esta maleza.

—¿Conque no me había engañado? ¡Ah! Decidme, ¿por qué feliz azar os veo, y cómo en ese traje?

—El montero de ley, señora, no caza siempre del mismo modo; dejemos para mejor ocasión ese punto. Ved que necesitamos salir del monte. ¡Ea! Venid con nosotros.

—¿Con vosotros? ¿Adónde? ¡Ah! no me engañéis. Más fácil es que me matéis aquí. ¿Qué resistencia puedo oponeros? Si sois tan crueles como todos los que hasta ahora he visto en este castillo…

—¿Qué habláis, señora? No veníamos a salvaros; no presumíamos siquiera que vivieseis; el bárbaro que ha osado reduciros a este extremo no se ha contentado con una presa. Sin embargo, en el momento actual vuestra presencia nos hace más falta de todas suertes que un ojo avezado al cazador. Vuestra presencia va a confundir la iniquidad y a atajar acaso un torrente de sangre.

Mucho tardaron Hernando y Peransúrez en determinar a la desdichada a que los siguiese; sus preguntas exigían larguísimas explicaciones, que no podían darse en aquel momento sin comprometer la suerte de una expedición tan incierta y azarosa ya por sí… A poder de ruegos, en fin, y de observaciones, lograse de ella que dejase el satisfacer sus dudas para mejor ocasión; el tiempo urgía; nuestros dos reverendos habían pasado ya gran parte de la noche en dar con la prisión, y después de tantos afanes, faltábales aún desempeñar la —misión que en tal peligro les había puesto.

Resolviose unánimemente que Hernando se despojaría del hábito que sobre su traje traía, y que lo vestiría lo mejor que pudiese la recién libre cautiva, porque si bien su estatura era muy diversa, también era de advertir que habían entrado de noche, que iban a salir al rayar el alba, y que probablemente no estarían a su salida de facción los mismos que lo habían estado a su entrada.

Dos frailes habían entrado, dos frailes salían; nada había que decir, si durante la noche no se descubría su acción, cosa difícil, pues habían quedado cerrados por dentro y amordazados Ferrus y Rui Pero. A la salida ningún obstáculo podrían encontrar dos frailes, pues durante la cena se había dado la orden de abrirles el rastrillo en cuanto se dejasen ver a la puerta al amanecer.

Cortó, pues, Hernando el hábito con su cuchillo de monte y dejole más adaptado a la estatura de la hermosa. Hecho lo cual, trataron de buscar, por la parte que no habían recorrido aún, la prisión del doncel, dejando para después de encontrarla el determinar la forma de sacarle y salir el mismo Hernando del castillo, cosa que a éste le parecía sencillísima, pues todo se lo parecía cuando era hecho en obsequio de su señor y cuando tenía en la mano su venablo y al lado su fiel Bravonel, el cual los seguía silenciosamente toda la noche, como si estuviera penetrado de lo mucho que convenía el sigilo en aquella peligrosa tentativa.

Capítulo XXXVI

Ya la gran noche pasaba
E la Luna s'extendía:
La clara lumbre del día
Radiante se mostraba;
Al tiempo que reposaba
De mis trabajos e pena
Oí triste cantilena
Que tal canción pronunciaba.

Don Enrique de Villena
Querella de amor de Mac

No bien hubieron tomado la determinación que dejamos referida, echáronse a buscar otra salida, dispuestos siempre a hacer callar con sus venablos a cualquier centinela imprudente que hubiese podido comprometer su existencia. Felizmente no encontraron ninguno en dos escaleras que bajaron. Al fin de ellas, una tronera les permitió reconocer la parte de la torre en que se hallaban: estarían como a diez varas del pie de la muralla interior.

Fatigados de la faena que la ignorancia de las llaves les acarreaba, y aún más del silencio y cuidado con que les era indispensable proceder, tomaron allí algún descanso. La cautiva, que acababa de experimentar una emoción tan inesperada, y que en medio de su debilidad se hallaba abrumada bajo el peso del hábito desusado, y combatido su ánimo de mil dudas y esperanzas, por desgracia harto inseguras todavía; no pudiendo resistir a tantos efectos encontrados, hubo de apoyarse un momento en un trozo de columna, que felizmente encontró en la pieza en que a la sazón se hallaban. Perdían ya nuestros paladines la esperanza de dar con la prisión del doncel. Asegurábales, sin embargo, su compañera, que en la noche anterior y a deshoras había creído oír un laúd débilmente pulsado, cosa que no le había acaecido nunca desde su llegada al castillo; este dato convenía con la fecha de la prisión de *Macías*, y hubiera jurado, les añadió, que salía el eco del pie de la torre. Esta advertencia solo podía animar a los generosos amigos del prisionero. Sacando, pues, nuevas fuerzas de flaqueza, trataron de examinar qué hora podía ser. Sacó entonces Hernando la cabeza por la angosta tronera, y pudo distinguir que el cielo se había serenado; un viento fuerte de Norte lanzaba hacia las playas africanas algunas nubes dispersas, restos de la pasada tormenta, y el pálido resplandor de la Luna en su ocaso advirtió a Hernando, así como la posición de algunas estrellas que acertó a ver, que podría faltar una hora todo lo más para el alba. Al mismo tiempo que hizo esta observación nada favorable, el ruido acompasado de los pasos de un hombre le hizo sospechar que debajo de ellos debía haber al pie de la muralla, un soldado de facción. Esta precaución le confirmó en la idea de que debía caer hacia aquella parte del castillo la buscada prisión. Resolviéronse, pues, a probar la aventura, poniendo el éxito en manos de Dios, a quien fervorosamente se encomendaron. Hernando hizo voto a la Virgen de la Almudena de una ofrenda proporcionada a sus cortos medios, y la cautiva prometió edificarle un santuario suntuoso si la sacaba con bien de tan peligroso trance. Iban ya a probar una nueva llave en la puerta que debía conducirlos, según todas las probabilidades, al pie de la muralla, cuando el rumor del laúd, que al punto reconocieron la hermosa y Hernando, los dejaron suspensos.

—¡Él es! —dijeron a un tiempo los dos, apoyándose con esperanza la blanda mano de la bella en la tosca y curtida del montero—. Escuchemos.

Un ligero preludio del trovador se siguió a su suspensión, y de allí a un momento una voz, harto conocida para ellos, entonó con lánguido acento una cántica, de la cual pudieron percibir los fragmentos siguientes, en medio de los sollozos que de cuando en cuando la interrumpían, y del monótono rumor del torrente, que a los pies de la torre por la honda zanja se desprendía.

> ¿Será que en mi muerte te goces impía,
> Oh pérfida hermosa, muy más aún ingrata?
> ¿Así al tierno amante, más fino, se trata?
> ¿Cabrá en tal belleza tan grande falsía?
> ¡Llorad, ay, mis ojos, llorad noche y día!
> Mis tristes gemidos levántense al cielo;
> Pues ya en mi tristura no alcanzo consuelo,
> Dolor hoy se vuelva lo que era alegría.
> [...]

La copa alevosa, que amor nos colmó
También heces cría, señora, en mi daño.
Sus heces son ¡ay! fatal desengaño.
La copa y las heces mi labio apuró.
¡Ay triste el que al mundo sensible nació!
¡Ay triste el que muere por pérfida ingrata!
¡Ay mísero aquél, que así amor maltrata!
¡Ay triste el que nunca su dicha olvidó!

¿Por qué, justos cielos, en pecho amador
Tiranos me disteis una alma de fuego?
¿Por qué sed nos disteis, si en tósigo luego,
Bebido, en el pecho, se toma el licor?
Contempla, señora, mi acerbo dolor.
¡Ay! torna a mis brazos, ven presto, mi Elvira:
Ingrata, aunque sea, como antes, mentira,
La dicha me vuelve, me vuelve tu amor.

No más a mis ruegos te muestres impía,
Oh pérfida hermosa, muy más aún ingrata.
No así al tierno amante, más fino, se trata.
No quepa en tu pecho tan grande falsía.
Dolor no se vuelva lo que era alegría.
Mas ¡ay! si en mi pena no alcanzo consuelo,
Si en vano mis quejas se elevan al cielo,
¡Llorad, ay, mis ojos, llorad noche y día!

Callaron al llegar aquí los lúgubres acentos de la cantinela, que había arrancado lágrimas de los ojos de aquellos que silenciosamente la habían oído.

Seguros de que habían llegado al término de sus esperanzas, diéronse prisa a abrir la puerta que les faltaba traspasar, y en pocos minutos se hallaron al pie de la torre. El primero que salió fue el terrible alano, el cual no bien se halló al aire libre, cuando comenzó a ladrar dirigiéndose a un objeto que se hallaba arrimado a la pared.

—¡Bravonel! —dijo Hernando—. ¡Bravonel! Vamos, silencio.

—¿Quién va? —preguntó con voz ronca el centinela, enderezando su ballesta contra el montero, que salió primero a contener a su perro.

No tuvo lugar de preguntar segunda vez el centinela.

—¡Ése es quien va! —respondió Hernando lanzando su venablo, el cual fue recto a clavarse, silbando por el aire, en el pecho del faccionario, que cayó por tierra sin voz y sin aliento.

—¡Ay! —gritó la compañera de nuestros aventureros, apartando rápidamente los ojos del que acababa de caer.

—Silencio, señora, silencio —dijo Peransúrez—; dejad la piedad para después. Plegue al cielo que no hayamos alarmado ya algún otro centinela con este intempestivo ruido.

—Venga enhorabuena —dijo Hernando, caliente ya el feliz éxito de su tiro certero. Inclinándose enseguida sobre el cuerpo del caído, paseíllo un pie en el pecho y sacó de él su venablo ensangrentado con la diestra mano. El venablo, al salir del cuerpo, dejó libre el paso a un surtidor de sangre que salpicó a Hernando, y a poco el infeliz había ya expirado.

Vencida esta primera dificultad, examinaron la posición, y no les quedó duda de que el rastrillo que enfrente veían, servía de puerta a la prisión del doncel; pero ¿cómo pasar la zanja? ¿Cómo soltar el rastrillo? Perplejo Hernando miraba a una parte y otra, moldase los dedos, y daba al diablo todas las fatigas de la noche. Pensar en tomar el opuesto lado del castillo, volviendo por donde había venido, para probar la entrada que debería de tener forzosamente la prisión, era caso imposible, en vista sobre todo de la hora avanzada.

—¡Voto va! —dijo por fin Hernando—. Denme a mí la fiera en el campo; pero ¿encerrada? ¡Cuerpo de Cristo! ¿Y hemos de quedarnos aquí para ser presa de esos perros judíos que quedan en el castillo, en cuanto amanezca?

Su posición tenía más dificultades de las que a primera vista habían creído encontrar. Sin embargo, fue preciso deliberar, y por último, Hernando decidió que lo más acertado sería probar a salir Peransúrez y la bella a favor de su disfraz, quedando él con su alano en aquella posición. Oponíanse los otros a esta generosa determinación; pero Hernando les convenció, probándoles que si a la mañana no había logrado ponerse en comunicación con el doncel y salvarle, o saltaría la muralla y pasaría el foso a nado con su perro, o retrocediendo al salón de la torre se haría rehenes y prenda de seguridad al mismo Ferrus, que probablemente debería de permanecer en el mismo estado, pues no se había dado la alarma en el castillo en toda la noche. Fueron tales, por último, sus ruegos y sus amenazas, que fue preciso ceder a ellas. Importaba mucho, en verdad, que saliese alguien del castillo; fuera ellos, nada les sería más fácil que volver con socorro, y la presencia sobre todo de la ilustre prisionera en la corte, debía de hacer variar completamente la posición del doncel y de Hernando, aun dado caso que quedase preso. Éste, en fin, se aferró en decir que él no saldría del castillo sino muerto o con su amo; lo más que pudo conseguir de él Peransúrez fue que, quitándose su traje de montero, vistiese la ropa del muerto centinela y quedase en su lugar. Si se le relevaba antes del alba, como era de pensar, acaso no sería reconocido, y entretanto tenía aquella probabilidad más de salvación. Hízole así Hernando, y arrojando sus vestidos y el cuerpo del vencido en la zanja con un pie, dio algunas instrucciones a Peransúrez acerca de lo que debería hacer en saliendo del castillo y en llegando a la corte.

Despidiéronse enseguida, como aquéllos que acaso no habían de volver a verse. Peransúrez y su compañera, ocultando su rostro bajo su capucha, siguieron la senda que debía conducirles forzosamente a lo largo de la muralla hasta la puerta principal y puente del castillo, donde era más que probable que no hallasen obstáculos a su salida, siendo como era ya la hora a que había dejado advertido Ferrus la noche anterior que se abriese a los padres descaminados, y donde los dejaremos para acudir a donde nos llamen otros personajes, no menos interesantes, de nuestra historia.

Solo podemos añadir, para sacar algún tanto a nuestros lectores de la incertidumbre en que los dejamos, bien a nuestro pesar, que hacia aquellas horas, pero sin que hayamos podido averiguar si antes o después, el jefe del destacamento, que guardaba la puerta principal del castillo, creyó deber tomar órdenes del alcaide, de cuya ausencia total durante la noche estaba no poco admirado. Subió, pues, al salón que se habían reservado Rui Pero y Ferrus y en vano llamó repetidas veces. Asombrado de esta circunstancia, no dudó en reunir algunos hombres, los cuales quebrantaron con sus hachas de armas la cerradura y les dieron entrada en el salón. Allí fueron encontrados amordazados, en la misma forma singular que los dejamos, Ferrus y Rui Pero mirándose todavía, y sin dar otra respuesta a las preguntas del jefe que un sonido desigual ronco y desapacible, muy semejante al ruido gutural que produce un sordomudo para mover la pública conmiseración. Desatose a los alcaides, diose la alarma, y en pocos minutos era el castillo todo un teatro de actividad difícil de pintar; corrían unos sin saber adónde ni de qué enemigos se habían de guardar; tocaban algunos bocinas en son de guerra; preparaban otros sus armas, recorrían las escaleras y galerías; oíanse votos y juramentos, pésames y proyectos de venganza. Abríanse unas puertas, derribábanse aquellas cuyas llaves habían echado por dentro nuestros atrevidos paladines… en una palabra, era el castillo todo desorden y confusión. Nuestras leyendas, empero, tan prolijas por lo regular en todos los pormenores de sus relatos, parecen haberse descuidado sobremanera en esta ocasión; pues ni una sola palabra dicen por la cual podamos inferir, sospechar o barruntar siquiera, si cuando se dio esta alarma en el castillo habían salido ya al campo los fugitivos o si fue ocasión de que su intento se malograse. Lo cual prueba, además de otras muchas cosas que no son de este lugar, que no es tan fácil el oficio de historiador y cronista como generalmente se cree, sobre todo si no ha de dejarse olvidada ninguna de las circunstancias que puede anhelar saber el impaciente lector.

Capítulo XXXVII

El rey moro de Granada
Más quisiera la su fin;
La su seña muy preciada
Entregola a don Ozmín.
El poder le dio sin falla
A don Ozmín su vasallo,
Y excusose de batalla
Con cinco mil de caballo.

Historia de Alonso XI, escrita en coplas redondillas

Dos mil vidas diera juntas
Por ser el desafiado.

Batalla de Rugero y Rodamonte

Curiosos estarán nuestros lectores, si es que hemos sabido hacerles interesantes los personajes de nuestra desaliñada narración, de saber el estado de la desdichada Elvira, a quien dejamos con la reja de su cámara abierta, ella desvanecida en tierra, y abriéndose su puerta para dar entrada al pajecillo, o a su mismo esposo, únicos poseedores de la llave. Mucho sentimos que la complicación de sucesos que bajo nuestra pluma se aglomeran, no nos haya permitido sacarlos antes de tan incómoda duda; pero todavía sentimos más que el tiempo, que todo lo devora, nos prive aún ahora del placer de satisfacerlos completamente. Recordarán, sin embargo, en disculpa nuestra, que cuando se abrió la puerta de la cámara Elvira estaba desmayada, y nada por consiguiente pudo ver de lo que en torno suyo pasaba; el que entró nada contó nunca, razón que tenemos para sospechar que fue Hernán Pérez, a quien no le podía convenir que nada de ello se supiese; y el cronista de aquellos tiempos, el famoso Pero López de Ayala, se hallaba en el sarao, y nada trae tampoco, por consiguiente, en sus escritos de semejante escena. Por los resultados que ésta tuvo, volvemos a repetir que debió de ser Hernán Pérez. Hubo quien aseguró que había visto hablar al astrólogo con él mucho después de haber vuelto a entrar éste en el alcázar, y como ya conocemos la mala intención del judío, es de presumir que alarmase al marido acerca de lo que en su cámara pasaba; la reja abierta, la puerta cerrada y el estado de Elvira debieron acabar de abrir los ojos a Hernán Pérez acerca de lo que allí podía haber ocurrido.

Lo único que podremos afirmar es que Hernán Pérez de Vadillo, de resultas sin duda de la violenta escena que debió tener con su esposa, decidió aquella noche misma su separación; buscó a su alteza y le expuso con voz trémula y agitada cómo sabía que su esposa era la acusadora de don Enrique de Villena. Añadiole que él había recibido del conde de Cangas la rara prueba de confianza de que pudiese en su nombre defender su parte en el combate; suplicole en vista de ello que tomase a su cargo la acusadora; y por más que hizo para averiguar la causa de tan extraña conducta, solo se pudo sacar en limpio de las cortadas razones de Fernán Pérez que éste había tenido un rompimiento con su esposa; advirtiose desde entonces que cuanto hablaba eran palabras de aborrecimiento y execración, y dirigidas a adelantar el plazo del combate, de resultas del cual debía él morir o morir Elvira. El odio más reconcentrado y profundo había sucedido en su corazón al amor conyugal. No se pudo negar don Enrique el Doliente a la justa demanda del ofendido Hernán, y en consecuencia encargó al judío Abenzarsal de la custodia de Elvira, la cual pasó a poder de éste, con su inseparable pajecillo, aquella misma noche. Decidiose, al mismo tiempo, que se verificaría el combate, donde quiera que estuviese la corte, al quinceno día, por cumplirse el plazo que había dado su alteza al justicia mayor Diego López de Stúñiga para presentarle el reo de la muerte de doña María de Albornoz. Si éste le presentaba con las pruebas legales del delito, excusaríase la prueba del combate. De lo contrario, no quedando otro medio que recurrir al juicio de Dios, sería aquél inevitable.

Con respecto a Elvira, solo diremos que desde aquella funesta noche en balde intentó tener con su esposo una explicación; negose éste a todas sus demandas, y la infeliz, sumida en la mayor desesperación, esperó en un continuo llanto y congoja el día en que había de desenlazarse tan terrible drama y en que había de verse expuesta a los riesgos de un combate por causa suya, y por una imprudente generosidad, que no era tiempo ya de remediar, la vida de su desdichado amante, si es que éste no había perecido ya, como tenía motivos para creerlo, en la funesta noche de su última entrevista.

Puesta a recaudo como estaba, y no permitiéndosele comunicación alguna sino con el paje, solo pudo saber en el particular lo que todo el mundo sabía, esto es, que el doncel había desaparecido. No se le podía ocultar a Elvira que cualquiera que hubiera sido la suerte del doncel, su tenacidad y el empeño con que a todo trance había querido defender su moribunda virtud, había tenido gran parte en ella. No le podía pesar de ello; pero era bien triste reflexionar cuán horrible premio daba el cielo a su conducta. Ora pensando en su esposo, ora en su crítica situación, ora en un amor desdichado que en vano había pretendido lanzar de su pecho por todos los medios posibles, pasábase la desgraciada Elvira los días y las noches de claro en claro, sin dar reposo a la lucha de encontrados sentimientos que tenían dividida su deplorable existencia.

La nueva que llegó a la corte el día mismo que debía haberse trasladado a Otordesillas, hizo variar de determinación a don Enrique el Doliente, como ya saben nuestros lectores, y el día del combate la cogió por tanto en Andújar.

Amaneció este día y nadie en la corte pudo dar razón al rey, cuidadoso e impaciente, del ignorado paradero del doncel; don Luis Guzmán fue el único que pudo exponer sencillamente cómo Hernando, fiel criado del doncel, lo había visitado en la noche del sarao, manifestándole sus dudas y temores, y encargándole el equipaje de su amo mientras él se dedicaba a averiguar su paradero, del que tenía vagas sospechas. Pero afirmó enseguida que desde entonces no había vuelto a tener noticia alguna ni del doncel ni de Hernando. Todos los que conocían, sin embargo, el pundonor caballeresco de *Macías*, no dudaban un punto que se presentaría en la lid el día emplazado, tanto más cuanto que se habían publicado los convenientes edictos y pregones; a no ser que hubiese muerto, acontecimiento que nadie tenía motivos de sospechar. Muchos achacaron la ausencia del doncel a alguna hechicería de don Enrique de Villena y del judío, pero desde sospecharlo a saberlo había tanta distancia como hay de la mentira a la verdad.

Regocijábanse en tanto secretamente aquellos dos intrigantes del feliz éxito de su manejo; sobre todo Villena, que había conseguido llevar a cabo su proyecto sin necesidad de cargar su conciencia con el peso de sangre ajena; descansando en la vigilancia de su emancipado juglar y en la fortaleza de su castillo, lleno todo de gentes a su devoción, curábase poco ya del combate, que mal podía verificarse sin la presencia del doncel. Verdad es que debía quedar condenada Elvira como calumniadora, pero esperaba que su mucho valimiento, y el que debía aumentársele, sobre todo, con el triunfo que el cielo le preparaba aquel día, le bastaría para salvar la vida de la infeliz Elvira, cosa que intentaba pedir inmediatamente a su alteza, proponiendo la conmutación de la pena que imponía la ley en un encierro perpetuo. De esta manera conciliaba al buen don Enrique, con el triunfo de sus intrigas, la tranquilidad de su conciencia, haciendo por una y otra parte transacciones con su ambición y con la voz secreta que le gritaba en el fondo de su corazón que no dejaba de ser culpable por haber evitado la muerte de Elvira y del doncel.

A pesar de la ausencia de éste, anunciaron los farautes el aplazado combate, y reunida la pequeña corte que llevaba consigo don Enrique el Doliente, éste se constituyó en audiencia sentándose debajo del dosel regio preparado para la ceremonia que debía verificarse.

Sentado su alteza, y rodeado del buen condestable Rui López Dávalos, de su físico Abenzarsal, de su camarero mayor, y de las demás dignidades de palacio, compareció ante el trono, llamado por un faraute, el ilustre don Enrique de Villena, conde de Cangas y Tineo, precediéndole dos farautes suyos y un escudero con el estandarte en que se veía lucir su escudo de armas ricamente recamado; seguíanle numerosos caballeros y escuderos de su casa, vasallos suyos. Requerido por el faraute de su alteza, expuso brevemente la demanda que de justicia había hecho en otra ocasión sobre la muerte de su esposa, la condesa doña María de Albornoz. Concluida esta ceremonia, pidió cuenta su alteza a su canciller mayor del sello de la puridad de lo que en el asunto había determinado; recordó éste el cargo que había dado su alteza de averiguar el hecho al justicia mayor, cometiéndole el cuidado del castigo. Adelantose entonces Diego López de Stúñiga, e hizo breve relación de los pasos que había dado para la averiguación de aquel horrendo crimen, el cual, sin embargo, había permanecido oculto, sin duda, añadió, por los incomprensibles juicios de Dios que se reservaba el castigo de tan gran maldad. Oído el justicia mayor, prosiguió el canciller relatando cómo en ese tiempo se había presentado una acusadora del mismo don Enrique de Villena, achacándole aquel propio crimen del que él había pedido satisfacción, y lo demás ocurrido en el caso.

Hizo entonces su alteza comparecer a la acusadora, la cual, guiada de Abenzarsal, a cuya custodia estaba confiada, pareció y expuso de nuevo, en la misma forma que la había hecho la funesta acusación, no sin acompañarla de abundosas lágrimas, que manifestaban bien a las claras el estado en que se hallaba. Tomosele de ella juramento, así como a don Enrique de la denegación del delito, el cual prestaron ambos sobre los santos Evangelios.

Pidiéronse pruebas enseguida a la acusadora, no pudiendo la cual presentarlas, recordó el canciller que fundado en esto mismo, se había dignado su alteza ordenar la prueba del combate.

Alzose enseguida un faraute de su alteza, y en voz alta repitió que era llegado el día en que aquél debía verificarse; lo cual hizo por medio de largas fórmulas, de que nos dispensarán nuestros lectores.

El canciller, enseguida, pidió los gajes al acusado y acusadora, que le entregaron, aquél el guante arrojado por *Macías* el día de la acusación, ésta el anillo que en prenda de su persona había entregado al rey en el propio día. Recogidos ambos por el canciller, fueles preguntado a los dos si se hallaban prontos para la prueba del combate que su alteza había ordenado: esta pregunta estremeció a Elvira, que se vio sola en el mundo en aquel tremendo instante; pero Villena respondió a ella con insolente sonrisa de triunfo y de satisfacción. Requeridos a presentarse ante su alteza los combatientes o sus campeones representantes, adelantose el hidalgo Hernán Pérez de Vadillo, que se había mantenido oculto hasta entonces en el grupo de caballeros de la comitiva de don Enrique de Villena; Elvira, al verle, no fue dueña de sí por más tiempo, lanzó un agudo chillido y ocultó su cabeza entre los brazos de una dueña que la seguía. No se alteró el implacable Vadillo; hincándose, por el contrario, de hinojos ante su señor natural, pidiole la venia, dada la cual anunciose como el campeón de don Enrique.

Este golpe inesperado, y que pocos en la corte sabían, hizo todo el efecto que el lector puede imaginar, reflexionando como reflexionaron los presentes que iba a presentarse un caso singular en semejantes combates. La mujer acusadora por una parte, y el marido campeón del acusado por otra. Elvira, al recibir tan terrible golpe, se precipitó a los pies del trono exclamando:

—¡Santo Dios! ¡rey justiciero, no lo permitirás, señor…!

Era tarde ya, empero, para deshacer lo hecho, y el faraute impuso silencio a la acusadora, con duro gesto y ademán, separándola del trono.

Requiriose entonces a Elvira de que presentase su campeón, y a este requerimiento se sucedió el más profundo silencio. Leíase en los ojos de Elvira la ansiedad con que esperaba el fin de aquella ceremonia. En aquel momento hubiera dado su existencia porque no compareciese el doncel. Temblaba a cada ruido que se oía; todo era para ella preferible al espantoso espectáculo de ver pelear por su causa a su esposo y a su amante.

Por último, vino a sacarla de su mortal angustia el tercer requerimiento del faraute.

Apenas había acabado éste de pronunciarle, cuando prosternándose Elvira y elevando al cielo las manos y los ojos:

—Nadie —exclamó con loca alegría—, nadie. ¡Yo os doy gracias, Dios mío! Señor —continuó dirigiéndose al rey—, no tengo campeón; soy, pues, calumniadora; ¡la muerte presto; la muerte!

—Señor —se adelantó a decir el canciller al rey, que se levantaba para decidir en tan arduo caso—, debo hacer presente a tu alteza que antes de declarar infame al doncel tu favorito, es fuerza esperarle en el palenque todo el día de hoy; si entonces no compareciere, a pesar de los pregones que habrán de repetirse en ese tiempo tres veces, la acusadora será ejecutada.

—Ya lo oís, señora —continuó su alteza—; dentro de una hora concurrirá la corte al sitio del combate.

Una nube de tristeza profundísima enturbió la frente pálida de Elvira, que quedó sumergida en el silencio de la desesperación. Don Enrique de Villena triunfaba, y una mal reprimida sonrisa se dibujaba en sus labios. Hernán Pérez de Vadillo parecía desesperado de no tener contrario y de la inopinada tardanza.

—Señora —dijo don Luis de Guzmán, que veía con despecho triunfar a su enemigo, llegándose al oído de la infeliz acusadora—, si mi brazo puede seros útil, ved que diera mil vidas por ser el acusador.

—¡Ah! Señor —repuso Elvira dirigiendo al caballero una mirada de agradecimiento—, dejad morir a una desdichada —levantó entonces los ojos al cielo y añadió para sí con dolorosa expresión—: ¡Él ha muerto también! ¡Y mi esposo me desprecia! —bajó enseguida los ojos, y dos farautes, notando el pequeñísimo diálogo que quisiera prolongar don Luis de Guzmán, la separaron, advirtiendo a éste que la ley prevenía toda comunicación con la acusadora.

Bajó entretanto su alteza del trono, y preparose la corte a asistir al sitio del combate, donde debía esperarse al campeón de Elvira.

Don Luis de Guzmán vio salir a todos con despecho reconcentrado. Su silencio y su gesto manifestaban cuánto destrozaba su alma impetuosa el próximo triunfo que esperaba a su rival, y que él había tratado en vano de impedir con su intempestiva y no aceptada generosidad.

Capítulo XXXVIII

Traidor sois, Payo Rodríguez,
El mayor que ser podía.
Yo vos faré conocer
Ser verdad lo que decía.
Entraré con vos en lid
Y en ella vos vencería.
—Mentides, Rui Pérez Viedma,
Pai Rodríguez respondía,
Por eso sois vos reptado,
No yo que nada debía.
Diéronse luego sus gajes,
Y en el campo entrado habían.
Procuran de se matar;
Muy cruel batalla habían.

Sepúlveda
Rom.

—Pararemos aquí, si os parece —decía, deteniendo su mula a la puerta de la hospedería de Andújar, un hombre de quien ya hemos dado una pequeña muestra en la escena a oscuras que describimos en capítulos anteriores.

—Como gustéis —repuso su compañero de viaje, a quien solo por su muletilla favorita habrán conocido ya nuestros lectores.

—¡Ah, de la hospedería! ¡Buena gente!

—¿Quién es la buena gente? —replicó una voz agria y descompasada, semejante al desapacible chirrido de una chicharra, la cual salía del endeble cuerpo de una vieja malhumorada que acababa de asomarse a una fenestra—. No hay posada.

—Como gustéis —replicó, apeándose, Nuño—; pero reparad, buena Beatriz, que somos, es decir, que soy vuestro compadre el de Arjonilla…

—¡Si digo que está llena la casa! No hay posada, compadre —tornó a decir la vieja.

—Como gustéis, Beatriz; pero ved que no la pido para mí, sino para esta mi bestia, que es como sabéis la niña de mis ojos; no hay mula mejor en la comarca, miradla despacio; es compra que le hice al prior del convento de Arjonilla; miradla y compadeceos y hacedle un lugar en la cuadra.

—Os digo —replicó la vieja— que como no queráis meterla conmigo en mi camaranchón, no hay dónde. Y no os canséis, Nuño —concluyó la vieja; cerró, después, de golpe la ventana, y se alejó con un gruñido prolongado, como se aleja tronando la tempestad.

—¡Buenas noches! —dijo soltando una carcajada el compañero de viaje de Nuño.

—¡Maldita vieja! —dijo Nuño—. ¡Cuerpo de Cristo!

—Vaya, Nuño, no os desesperéis. Está visto que ha venido media Andalucía a la fama del juicio de Dios que se celebra por la prueba del combate en este pueblo que Dios bendiga.

—Y ¿qué hacemos, señor montero? ¿Os parece que nos recibirá en su audiencia el señor justicia mayor, con mulas y todo?

—Paréceme que no; pero pudieran quedar las bestias con el mozo en las afueras del pueblo.

—Como gustéis —repuso el buen Nuño.

Apeáronse nuestros viajeros, y dejadas las caballerías al mozo, dirigiéronse hacia el palacio donde se hallaba la corte hospedada.

—He aquí lo que digo —iba refunfuñando el montero—. Dad el pie y os tomarán la mano. Ofrecíme a hacer un servicio a Peransúrez, y exigiome ciento. ¿No era bastante andar un día entero tras unos hábitos viejos de nuestro padre san Francisco, que no fue poca fortuna encontrar, merced a muchas liebres que regala uno al padre sacristán? No, sino veníos después con letras para el señor justicia mayor de no sé qué dueña o qué doncella encantada... ¡Voto va! ¡Muchacho! —añadió el montero deteniendo a uno que corría hacia la plaza del pueblo—, ¿nos daréis razón del señor justicia mayor?

—¡Ah, señor! En mala hora venís —repuso el muchacho—; ya no dejan pasar los arqueros y ballesteros hacia palacio; la corte va a salir al palenque... ¿No veis cómo corre todo el mundo? Si venís a ver el duelo, mejor haréis en llegaros a la plaza. Acaso podréis acercaros al señor justicia mayor, que ha de estar allí —dijo el muchacho, y siguió corriendo. Agrupábase la gente cada vez más por todas partes, y bien vieron nuestros viajeros que no les quedaba más recurso que seguir el consejo del muchacho.

—¡Ea! Vamos —dijo Nuño—; si allí le podemos dar alcance, sea en buena hora; si no, tenga Peransúrez paciencia, y acabada la fiesta haréis su comisión. ¿Ha de correr tanta prisa?

—Mucho me dijo que urgía, pero a la buena de Dios. El hombre propone…

Habíase construido un palenque de ochenta pasos de ancho y de cuarenta de largo; en una extremidad un cadalso se había levantado, ricamente entapizado de paños negros; en él debían sentarse los jueces del campo. Hacia el comedio de uno de los lados, un balconcillo de madera, forrado de paño color de grana bordado de oro, debía servir para el rey y su comitiva. Al uno y otro lado del palenque, dos garitas semejantes a las que se construyen en el día para los centinelas, estaban destinadas para dos hombres, que debían dar desde ellas lanzas y armas nuevas a los combatientes, en el caso de romper las suyas en los primeros encuentros, sin acabarse el duelo.

Alrededor del palenque, y donde habían dejado lugar para ellos las bocacalles, habían arrimado los habitantes carros y carretas para ver más cómodamente el tremendo combate. coronaba ya la concurrencia los puntos más altos de la plaza, y empujábanse las gentes unas a otras en los más bajos para alcanzar puesto, cuando llegaron Nuño y su compañero.

—¿Habéis oído decir por qué es el duelo? —preguntaban unos.

—Sí —respondían otros—. El nigromante de don Enrique de Villena, que hechizó a su mujer, es acusado por ello.

—Bien hecho; no, sino que nos hechicen cada y cuando quieran esas gentes que tienen pacto con el diablo.

—Callad, maldicientes —gritaba una vieja—. ¿Qué sabéis vosotros de lo que decís? No la hechizó, sino que la condesa desapareció, y aseguran que fue muerta por unos bribones pagados, a causa de unos amores, lo cual se supo porque noches antes le habían dado una serenata…

—¡Ah! ¡ah! ¡ah!, mirad la madre Susana con lo que nos viene —exclamaba otro—. Matola su marido, sí señor, y hay quien sabe el porqué. ¿Hubiera, si no, una dama tan discreta y hermosa como la señora Elvira, muy amiga por cierto de la condesa y que estaba en sus secretos, cometido la ligereza de…?

—Eso no, ¡pesia a mí!, maese Pedro —interrumpió un mozalbete mal encarado—; que no ha menester una mujer muchos motivos para cometer una ligereza.

—¡Calle el deslenguado! —gritaba una doncella bien apuesta y ataviada para el combate como para una función—; ¿qué sabe él lo que son mujeres? Deje crecer sus barbas y hable de tirar piedras.

—Enhorabuena —replicó el mozo—; pero lo que yo digo es que el combate no se verificará…

—¿No, eh?

—No, señor; porque el campeón de la acusadora no aparece.

—Sí aparecerá —repuso un recién llegado—. En alguna redoma.

—¡Oh y qué bien decís, voto a tal! Hay quien asegura que entre el judío… Maldiga Dios a los judíos.

—Amén.

—Amén.

—Amén.

—Pues sí; hay quien dice que entre el judío y el de Villena han echado un conjuro al señor doncel, aquel caballero tan cumplido, y le tienen en una redoma más larga que la cigüeña de la torre, donde ha menester cuarenta días para convertirse luego en un cuervo, como el rey Artús.

—¡Otra tenemos! —gritó soltando la carcajada un petimetre incrédulo de aquel tiempo—. ¡Buena está la invención de la redoma! El hecho de verdad es que ese caballero tan cumplido andaba enredado en amores con la dama acusadora; halos sorprendido el marido y…

—¡Jesús! ¡Jesús! ¡Dios nos perdone, y qué cosas oye uno a los barbilampiños de estos tiempos! —exclamó una dueña quintañona, hincando el codo para pasar, y mirando con ojos zainos a un mancebito que parecía más reservado que el que tenía la palabra—. ¡He aquí por tierra en un instante el honor de una dueña!

—Vaya, madre, no se enfade —repuso el que había recibido la repasata—, y cuide de su honra, sin andar enderezando la de nadie, que todos habemos menester.

—¿Qué irá a decir el desvergonzado? —interrumpió toda azorada y encendida la quisquillosa mojigata.

—¡Ea! ¡ea! —dijo Nuño—; dejen esas cuestiones y miren a los trompeteros que se entran ya en el palenque. Señor montero, veníos hacia acá —continuó— y veamos de dar vuelta a la plaza por si podemos llegar a dar esas letras que traéis al señor justicia mayor.

Acababan de entrar, efectivamente, en el palenque dos trompeteros anunciando con fúnebre sonido el principio de la ceremonia del combate. Venían detrás de las trompetas un rey de armas y dos farautes. Seguían ministriles con instrumentos músicos, y varios ministros del justicia mayor; dos notarios para testimoniar y dar fe de lo que acaeciese; los dos jueces del campo elegidos por su alteza, que fueron el muy buen condestable don Ruy López Dávalos y el juicioso y entendido en armas y letras don Pedro López de Ayala. Detrás el justicia mayor Diego López de Stúñiga, vestido como los demás de gala y ceremonia, cerraba la comitiva. Subió toda al cadalso revestido de paño negro, en el cual se colocó según la preeminencia de puestos debida al empleo de cada uno, y a ella se agregaron dos persevantes. Entró enseguida en su balconcillo, o mirador, su alteza, acompañado de su físico Abenzarsal, del arzobispo de Toledo, de su confesor fray Juan Enríquez y de varias dignidades de palacio que a semejantes oficios debían seguirle.

Proveyeron los jueces la liza de gente de armas que asegurase el campo, y fueron treinta buenos escuderos, con más ballesteros y piqueros, de los cuales colocáranse unos en ala bajo el balconcillo de su alteza y otros en varios puntos extremos de la liza.

Entró enseguida un eclesiástico, y dirigiéndose hacia el extremo enfrente de los jueces, donde habían hecho levantar éstos un altar con preciosas reliquias y ricos ornamentos, y en el cual debía celebrarse el santo sacrificio de la misa.

Enfrente del balconcillo de su alteza habíanse levantado, bastante apartados entre sí, dos pequeños cadalsos de tablazón revestidos de paños negros bordados de oro; hasta el uno entró, conducida y custodiada por cuatro arqueros, una mujer joven cubierta de un velo negro que la tapaba toda; ocultaba su blanca espalda y torneada garganta su cabellera, brillante como el ébano. No era ya aquella perfecta hermosura fresca y lozana que había deslumbrado tantas veces a la corte toda de don Enrique el Doliente. Su rostro pálido y prolongado por la continua aflicción, sus ojos hundidos y rodeados de un cerco oscuro, su frente mancillada por la adusta mano del dolor, su mano descarnada y trémula, su paso vacilante y sus ardientes lágrimas manifestaban cuán grande era su pesar. Seguíala al lado, vestido de gala, el pajecillo Jaime, que de ver llorar a su prima lloraba también, y que le dirigía de cuando en cuando palabras de consuelo, de las cuales no eran contestadas unas, y otras ni siquiera oídas.

Hasta el otro cadalso o tablado entró el ilustre conde de Cangas y Tineo, ricamente vestido, alta la cabeza y arrogante el paso. Llevaba rico jubón de raso negro columbiano, calzas justas, un bohemio de paño negro guarnecido del mismo color, manga larga y angosta, con capilla de buitrón; una jaqueta de raja recamada de oro le cubría apenas el jubón; cinto tachonado de que pendía una rica limosnera; zapatos de seda negros, abiertos y acuchillados; un camisón riquísimo de holanda, labrado, le volvía sobre el pecho y hombros, y un riquísimo collar de piedras y oro, de que pendía un San Miguel de este precioso metal, deslumbraba en su pecho al lado de la cruz roja de Calatrava. El manto de la orden encima completaba su magnífico arreo.

Precedíanle farautes suyos, su estandarte con el escudo de sus armas y la caldera de ricohome, y le seguían escuderos, donceles, pajes, caballeros y gentileshomes de su casa, vasallos suyos, vestidos todos de ceremonia y paz como su señor.

Un alto crucifijo de plata reflejaba los rayos del Sol a igual distancia de uno y otro cadalso, enfrente mismo del balconcillo de su alteza, y detrás de él se veía sentado sobre un banco, contiguo ya al palenque, un hombre vestido con un capotón de seda encarnado y cubierta la cabeza de una gorra de lo mismo. Un tajo, a su lado, y una afilada cuchilla declaraban aun a los que más de lejos le veían, que era Mateo Sánchez, verdugo de su alteza, pronto a ejecutar a aquél de los dos que quedase por el combate convencido o de calumniador o de reo.

Dispuesta ya la liza en esta forma, que hemos procurado describir todo lo más fielmente que nos ha sido posible, mandaron los jueces al rey de armas y faraute dar una grita o pregón anunciando el combate, que iba a verificarse en comprobación del juicio de Dios a falta de otras pruebas, y mandando comparecer a las partes o a sus campeones.

Presentose enseguida a la puerta del palenque un caballero, alzada la visera, que todos reconocieron ser el hidalgo Hernán Pérez de Vadillo; seguíanle dos pajes con las libreas de Villena, llevando el uno la lanza y el otro un caballo de respeto. Venía jinete en un soberbio alazán encubertado con paramentos negros que le llegaban hasta los corbejones, con cartapisa de martas cebellinas, bordados de muy gruesos rollos de argentería a manera de chapetas de celada, y por divisa las armas de don Enrique de Villena. Traía Hernán Pérez vestido sobre su arnés blanco, como de caballero novel, sin empresa ni mote, un falso peto de aceituní vellud bellotado, verde brocado, con una uza de brocado aceituní vellud bellotado azul, calzas de grana italianas, una caperuza alta de grana y espuelas de rodete italianas; llevaba sus arneses de piernas y brazales con hermosa continencia. Su rostro era el único que estaba en contradicción con la galana apostura de su arreo. Encendido como la lumbre, lanzaba rayos de sus ojos y parecía medir con la vista el espacio del palenque, como si viniera estrecho a su cólera y su coraje. Tres vueltas dio en derredor con gracia y gentileza, saludando a cada vuelta él y su caballo al mirador de su alteza y al conde su señor; dirigiendo, empero, una mirada de desprecio y de ira, sentimiento que se confundía en la expresión de su semblante, hacia la víctima infeliz de su propia virtud y generosidad.

Presente ya en la liza el defensor del acusado, requirieron los farautes por pregón al campeón del acusador por tres veces consecutivas, el cual no apareciendo, comenzó el oficio de la misa.

Concluida ésta, requirieron de nuevo al acusador; igual silencio sucedió, sin embargo, al segundo y tercer pregón.

Elvira alzaba de cuando en cuando los ojos al cielo; no se podía distinguir si le daba gracias por la ausencia de su campeón, que de ninguna manera hubiera deseado ver entonces allí, o si lloraba la ya probable muerte del doncel. Sin creer en ésta ¿cómo concebir que caballero tan generoso y enamorado pudiese dejarla en tan amargo trance desamparada, donde la cuchilla del verdugo esperaba su cabeza, si su campeón no venía?

Dos largas horas pasaron en tan cruel expectativa. Impacientábase ya el concurso como si hubiera pagado el dinero por su asiento y como si fuese aquella una función que estuviese ya su alteza obligado a darle, solo por el hecho de haber él concebido esperanzas de presenciarla. Circunstancia que prueba que el público de Andújar en el siglo XV se parecía a los públicos de todas las épocas y países. Había consentido en recrearse con los furibundos mandobles y reveses del combate; había contado con una diversión, porque generalmente las calamidades particulares son diversiones públicas, y la diversión no llegaba.

Comenzaba a levantarse ya un sordo murmullo de descontento y desaprobación; quién hablaba contra *Macías*, caballero aleve y descortés que se había
ofrecido al socorro de una dama para faltar después a su palabra y su fe; quién
se indignaba contra Villena, achacando a sus cobardes maleficios la desaparición del pundonoroso doncel.

Habían ganado terreno en este tiempo Nuño y su compañero, portador de
las letras que según propias expresiones le había confiado Peransúrez para el
justicia mayor; ora sirviéndose de la persuasión; ora de sus codos, habíanse
abierto paso poco a poco hasta llegar a colocarse cerca del tablado de los
jueces, dando la vuelta al palenque. Atraído un faraute a las voces de Nuño, no
pudo menos de acudir a ver qué pretendía aquel palurdo; expúsole entonces el
montero cómo tenía dos palabras que comunicar a su señoría el justicia mayor.

Mirole de alto a bajo el faraute, y como le vio tan malparado:

—No es ocasión, villano —le dijo—, de pedir justicia. Id mañana a la audiencia.

—Ved que no es justicia lo que a pedirle vengo, ni son asuntos míos los que
tengo que comunicarle.

—¡Calle el villano! —repuso el faraute con enojo—. ¿Qué asuntos traerá él con
su señoría, si no es alguna querella contra el tabernero de la taberna del rincón?

—¡Voto va, señor faraute! —replicó el montero al verse tan injustamente mal-
tratado—, que le enseñe yo a hablar antes de mucho…

—¡Favor al rey! —gritó el faraute.

—¿Favor al rey, pícaro? —contestó el montero montando en cólera—. ¿Sabes
tú, jabalí del soto más que faraute, que lo que tengo que hablar a su señoría
interesa acaso al mismo combate que debía hoy verificarse, y vale de seguro
más que tú y todas las bestias feroces de tu especie?

Una carcajada del faraute y un golpe que con la vara de su insignia dio al
montero, acabaron de indignar a éste, e iba a precipitarse ya sobre su antago-
nista, cuando un grandísimo rumor de voces y de aplausos resonó por toda la
plaza.

—¡Dejadnos ver, dejadnos oír! —clamaron a un tiempo más de veinte curiosos
de los que hasta entonces se habían entretenido con la disputa del faraute y
del montero. A esta interrupción inesperada, se volvieron las cabezas de todos
hacia el paraje donde sonaba el mayor alboroto.

Un caballero bien montado y armado de todas armas acababa de entrar en la liza, y dirigiéndose hacia el mariscal del campo, que preguntaba ya a su alteza si había de procederse a la ejecución de la acusadora, le hablaba con voz agitada y resuelto continente.

Traía el caballero echada la visera; sus armas negras, el penacho negro que sobre su reluciente almete ondeaba a la merced del viento, y más que todo una divisa que en el brazo derecho llevaba ricamente obrada, y que decía en letras de plata «imposible, venganza», llamaron la atención general.

—¡Él es! —gritó una voz penetrante que se elevó hasta las nubes desde el cadalso de la acusadora.

—¡Él es! ¡él es! —respondieron en el acto mil y mil voces confusas y repetidas.

—¿Habráse salido Hernando con la suya? —dijo el montero a Nuño—. ¡Hase salvado el doncel!

Proseguía, sin embargo, el altercado del caballero y del mariscal; llegó éste al tablado de los jueces, y después de una corta explicación, pareció que éstos habían decidido acerca de la duda que tenía el mariscal.

Grande fue el asombro de don Enrique de Villena, y mayor aún su indignación.

¿Era posible que Ferrus hubiese dado suelta al encerrado doncel? Conociose su turbación en toda la plaza, y hubo de parecer buen agüero a los que se inclinaban a la parte de la acusadora.

El rostro de Hernán Pérez, por el contrario, brilló de un resplandor singular. Afirmose en los estribos, registró con su vista relumbrante a su contrario, y dando con el cuento de la lanza en el suelo:

—¡Venganza, sí! —clamó—; ¡venganza!

Dio enseguida vuelta a su caballo, y ocupó el lado izquierdo del palenque en la terrible actitud ya de acometer.

Otro tanto hizo el recién venido, y tomó de mano de uno de sus dos pajes una poderosa lanza.

El rey de armas, acompañado de dos farautes, descendió entonces del tablado; midieron enseguida el suelo, dividieron el Sol e indicaron su debido puesto a ambos combatientes.

Dirigiéndose enseguida Hernán Pérez de Vadillo, conducido por el rey de armas, hacia el crucifijo, y tocándole con la diestra mano, juró a fe de cristiano y de caballero, por su alma y la vida que iba a perder acaso en aquel trance, que su demanda era justa y buena, y que no traía sobre sí ni sobre su caballo armas ocultas, ni yerbas, ni hechizos, ni piastrón, ni ventaja alguna de las reprobadas por la orden de caballería. Vuelto a su puesto, igual juramento repitió, y en la misma forma, el caballero de las armas negras, colocándose de nuevo enseguida al frente de su adversario.

Al ver tan próximos al último trance a entrambos combatientes, no pudo contenerse por más tiempo Elvira.

—¡Señor! —exclamó prosternándose con los brazos abiertos y dirigidos en actitud suplicante hacia el mirador de su alteza—, ¡basta! Quiero ser antes calumniadora. ¡Lo soy, señor, lo soy!

Pero en aquel momento la atención de todos se hallaba fijada en los gallardos combatientes, y una confusa gritería de aplauso y de temor al mismo tiempo sofocó la débil voz de la acusadora. Desanimada Elvira enteramente, dejó caer su cabeza sobre el pecho, y enajenada desde entonces apenas vio ni oyó lo que en torno suyo pasaba.

Al punto los jueces del campo mandaron al rey de armas y al faraute dar una grida o pregón que ninguno fuese osado por cosa que sucediese a ningún caballero a dar voces o aviso, o menear mano ni hacer seña, so pena de que por hablar le cortarían la lengua y por hacer seña le cortarían la mano. Sucediose a este pregón el más profundo silencio, interrumpido solo por un ligero murmullo que producía el montero irritado todavía, profiriendo entre dientes algunos juramentos contra el faraute; ni atendió pregón, ni pensaba sino en llevar a cabo la entrega de sus letras, más bien por terquedad ya que por otra razón cualquiera. Aplacáronle, sin embargo, algún tanto los que le rodeaban.

Al mismo tiempo mandaron los jueces sonar toda la música de ministriles con grande estruendo y en tono rasgado de romper la batalla; reconoció el rey de armas, acompañado del mariscal, las armas de los desafinados, y hecha la señal soltaron los farautes la brida del bocado de los combatientes, que tenían cogida, gritando a una voz:

—Legeres aller, legeres aller, e fair son deber —según la fórmula provenzal introducida en duelos singulares, justas y torneos.

Arrancaron al punto los caballeros con las lanzas en los ristres, arremetiendo uno contra otro con singular furia y denuedo. General fue la expectativa y el ansia al choque de los combatientes, que se encontraron entre nubes de polvo en medio de su carrera. Rompieron entrambos sus lanzas. Fernán Pérez encontró al caballero de las armas negras en el arandela, desguarneciéndole el guardabrazo derecho, y éste encontró a Hernán en la babera del almete. Vacilaron entrambos caballos de la sacudida, pero repuestos en el mismo instante del súbito golpe, concluyeron su carrera airosamente. Tomaron los caballeros lanzas nuevas, y en tres carreras sucesivas no se decidió la ventaja por ninguna parte. Al fin de la tercera, furioso Hernán Pérez del poco efecto de las lanzas, quebró la suya contra el suelo, y revolvió, desnudando la espada, sobre su contrario, que vista la acción adoptó igual determinación. No daba Elvira, sumergida en el más profundo estupor, señal de vida, y mudaba de colores don Enrique de Villena a cada encuentro, como aquél cuya fortuna dependía del éxito del combate. A pesar de las buenas muestras que daba de su persona el novel caballero, ponían todos por el de lo negro, cuyos altos hechos de armas anteriores eran demasiado conocidos para osar poner en duda su ventaja.

El que más animado parecía era nuestro montero, a quien el coraje había acabado de acalorar; pero cuando no pudo reprimirse fue cuando, después de un largo rato de incierta lucha, rompió Hernán Pérez su espada en el almete del caballero de las armas negras, quedando desarmado.

—¡A él! ¡a él! —gritó fuera de sí el aventajado de lo negro, que descargó su acero sobre el indefenso, desguarneciéndole el brazo y haciéndole una profunda herida a lo largo de él. Apartó Vadillo su caballo como buscando una arma nueva, y tratando de evitar el segundo golpe con que su contrario le amenazaba ya, acción que puso una pequeña suspensión en el combate, merced a la habilidad con que logró, manejando su bridón, burlar repetidas veces la intención del enemigo.

Un faraute, entretanto, se apoderó del montero, y llevado ante los jueces del campo, íbasele a imponer la pena que hubiera sufrido, a no haber hecho presente que traía letras para el justicia mayor. Abriolas éste y recorriolas rápidamente. No bien las hubo leído, cuando se alzó en pie para mandar la suspensión del combate. Era tarde ya, sin embargo. Convencido Vadillo de que podía durar muy poco lucha tan desigual, decidiose a echar el resto, y asiendo de su hacha de armas, detuvo su caballo y esperó resuelto al contrario, que le acometió causándole de nuevo otra herida en un costado. Aprovechándose Vadillo entonces del momento, soltó la brida del caballo y alzando con ambas manos el hacha y clamando:

—¡Venganza! ¡Venganza! —descargó tan furioso golpe sobre el caballero de las negras armas, sin darle tiempo de revolver su caballo, que faltándole el almete, hízole dar con la cabeza en el cuello del animal; aturdido de ambos golpes, el caballero abrió los brazos, separáronse sus piernas del vientre del caballo y perdiendo ambos estribos vino al suelo malparado.

—¡Victoria! ¡Victoria! —clamaron a un tiempo los circunstantes, sucediendo a la aclamación el más profundo silencio.

A ese tiempo Vadillo, habiendo echado ya pie a tierra, se precipitó sobre el caído con ánimo de cortarle la cabeza, idea que llevara a cabo a no detenerle un faraute que de orden de los jueces dio por concluido el combate. Miró Vadillo al cielo despechado y descansó enseguida sobre su hacha de armas, sin separarse empero de la víctima, y en la misma actitud en que nos pintan a Hércules sobre su maza. Elvira, al oír el grito de victoria, alzó los ojos, vio el éxito del combate, y cerrándolos horrorizada se lanzó en los brazos de Jaime, ocultando en ellos su cabeza. Don Enrique de Villena, entretanto, ostentaba en su semblante la alegría del triunfo, que no había esperado conseguir.

Mientras que el justicia mayor había llegado a su alteza seguido del montero, y le hablaba cosas sin duda del mayor interés, el rey de armas se adelantó hasta el vencido, y poniéndole un pie sobre el pecho, y tocándole con su maza:

—«¡He aquí —clamó en voz alta—, he aquí el juicio de Dios!» Don Enrique de Villena es inocente. Elvira es calumniadora. «He aquí el juicio de Dios.»

Un grito de horror resonó por toda la concurrencia, que sabía bien la suerte que esperaba a Elvira. Efectivamente, según las leyes de semejantes juicios, la acusadora debía ser en el acto degollada; el campeón vencido, si había quedado con vida, debía ser desarmado y desnudado; las diversas piezas de sus armas, esparcidas aquí y allí en el campo de batalla; y permanecer él en tierra hasta que su alteza declarase si quería ajusticiarlo o perdonarlo. Sus bienes habían de ser, además, confiscados en favor del erario, después de reintegrado el vencedor de sus costas y perjuicios; y si quedaba muerto, debía ser entregado al mariscal del campo para ser suspendido por los pies en un patíbulo.

Disponíanse los arqueros a conducir a Elvira al suplicio, estaba ya en pie el impasible verdugo y repetía por tercera vez el rey de armas su grida de «¡he

316

aquí el juicio de Dios!», cuando se notó que su alteza hacía señal de suspensión con el pañuelo. Alzado en pie entonces el justicia mayor:

—El combate nada puede probar ni decidir —clamó en alta voz—. La condesa doña María de Albornoz vive, y don Enrique de Villena es, sin embargo, culpado de felonía, si no de su muerte.

Estas terribles palabras, que repetían los que estaban más cerca a los que no las habían oído, extendiéndolas como se extienden a lo lejos las ondas de un estanque donde ha caído una piedra, produjeron la mayor expectativa en la asamblea y fueron un rayo para don Enrique.

—¡Todo es perdido —clamó—, todo!

—Sí —continuó Diego Stúñiga—. La Providencia es justa; ella ha salvado a la condesa; he aquí sus letras, y presto, acaso, su llegada a Andújar confirmará tan alegre nueva.

No bien había acabado de hablar el justicia mayor, se hendió la multitud, que rodeaba una puerta de la liza, y se vio llegar a rienda suelta una cabalgata que no tardó en entrar en el palenque.

—¿Es posible? —se preguntaban unas a otras mil voces confusas y atropelladas—; ¿es posible? ¡La condesa! ¡La condesa!

Doña María de Albornoz, pálida como la muerte, revestida aún del negro cendal con que había salido de su prisión, y seguida de Peransúrez y de varios armados, se dirigió a apearse ante su alteza, que la recibió en sus brazos. Don Enrique, confundido, se ocultó entre sus caballeros, y Elvira, luchando entre la duda y la esperanza, permaneció inmóvil, ora clavando los ojos con estúpido terror en el cuerpo del vencido, que yacía en tierra todavía, ora queriendo descifrar si era, efectivamente, su antigua amiga la que venía a librarla de la muerte que tanto había deseado.

Entretanto, llegando los jueces y el rey de armas al caído, desenlazáronle el almete; al respirar el aire libre pareció dar señales de vida, volviendo en sí lentamente. Su alteza, que había bajado de su balconcillo, se encaminó con toda la corte hacia el sitio que había sido teatro de la batalla lleno del más vivo interés por su doncel. La condesa, no menos animada del celo por su defensor, arrastró a Elvira hacia el mismo paraje. La sangre que había vertido el caballero por los oídos y las narices al recibir el golpe de Vadillo, juntamente con el sudor y el polvo, impedían reconocer sus facciones.

—¿Es muerto? —gritó don Enrique el Doliente a los que le reconocían.

—¿Es muerto? —preguntó la condesa.

—¡*Macías*! —gritó Elvira, devorando con sus ojos las facciones del caído—. ¡Ah, no es él! —exclamó con frenética alegría, después de un momento de duda—. ¡No es él! —y se dejó caer en los brazos de la condesa, que la cubría de cariñosos besos.

Efectivamente, limpiose el rostro del vencido: era el generoso don Luis de Guzmán. Poseyendo la armadura del doncel, que Hernando le había dejado, se había lanzado a la palestra en contra de Villena, logrando persuadir al mariscal del campo y a los jueces de la identidad de su persona sin quitarse la visera.

Capítulo XXXIX

Yo malo que obré el pecado,
Merecía haber la paga.
Mis ojos sean malditos
Que su hermosura miraran,
Que a no mirarla ellos
Todo este mal se excusaba.
No miréis, justo señor,
Su pecado; pues la paga
El cuerpo que lo tal hizo
A ella haced librada.

Romance del rey Rodrigo

Luego que Fernán Pérez se hubo repuesto algún tanto de su primer asombro, volvió los ojos hacia su señor, y viendo lo malparado que estaba entre los suyos, llegose a él con aire resuelto.

—¿Qué es esto, señor? —le dijo—. ¿La condesa aquí? ¿Y el doncel?

—¿Qué ha de ser, Vadillo? —repuso Villena—. El infierno todo, que anda mezclado en mis asuntos. Mi castillo está en manos de traidores. La fuga es nuestra salvación.

Dichas estas palabras, aprovechose el conde de Cangas de la confusión general y salió del palenque con Vadillo y sus caballeros y vasallos antes que pensara nadie en impedírselo; armándose enseguida y montando precipitadamente a caballo, tomaron a rienda suelta el camino de Arjonilla, donde le pareció al conde que debía hacerse fuerte y esperar el sesgo contrario o favorable que quisiesen tomar las cosas. En el camino hubo de confesar toda su conducta el intruso maestre a Fernán Pérez. A pesar de su nunca desmentida fidelidad, no pudo disimular éste un gesto de desprecio, hijo de la consideración del carácter de aquel hombre, imperfecta mezcla de ambición y pusilanimidad. No creyó, sin embargo, oportuno abrumarle con reconvenciones en la hora de su desgracia; desesperado de no haber acabado como creía con el hombre que le había ofendido en lo más delicado de su honor, y cuya muerte había jurado, suplicó al conde le permitiese adelantarse en su excelente caballo para advertir su llegada al castillo y tomar disposiciones de defensa, según le dijo, pero en realidad con ánimo de que no se escapase por esta vez a su furor el doncel, si estaba todavía aprisionado, como debía de presumirse de su ausencia en el combate.

Advertida de allí a poco en el palenque la fuga del conde y de los suyos, fue tal la indignación de su alteza al verse de esta manera burlado por su mismo pariente, a quien tantos favores había dispensado, que a pesar de los ruegos de doña María de Albornoz y de Elvira, pudieron más con él las sugestiones del pérfido judío Abenzarsal. Éste, para salvarse y no verse arrastrado en la ruina del conde, no halló otro recurso que cortar el cable que unía su suerte a la del caído maestre, y como buen palaciego, fue el primero que manifestó la mayor indignación contra Villena. Despachó, pues, el rey en seguimiento del conde al justicia mayor con numerosa comitiva de caballeros y hombres de armas, dándole orden de traerle a su presencia vivo o muerto, y de salvar a toda costa al doncel de su venganza, si existía en su poder todavía, como debía sospecharse de las informaciones que dio sobre el caso Peransúrez.

Deseosa, sin embargo, la generosa condesa de endulzar el rigor de la ley por una parte, y por otra de cooperar a la libertad del doncel, que tan noblemente había abrazado su causa desde un principio, y que por ello se veía en inminente peligro, se decidió a seguir al justicia mayor a Arjonilla, acompañándola Elvira, Jaime y Peransúrez; aturdida todavía aquélla con los singulares y opuestos acontecimientos que habían pasado en aquel día, y fieles los otros dos, como siempre, a la generosa empresa que habían abrazado. La impaciencia que a los cuatro animaba no les permitió esperar a la partida más lenta del justicia mayor y de su tropa. Llevando, además, mejores caballos, ganáronles prontamente la delantera.

En el castillo se había aplacado entretanto el desorden y la confusión producidos por la fuga de la condesa. Ferrus y Rui Pero se habían cerciorado con satisfacción que solo uno de los prisioneros se había escapado. Era, en verdad, el más importante; pero Rui Pero se puso a la cabeza de unos cuantos hombres armados con no pocas esperanzas de recobrar a los frailes fugitivos, que habiendo salido a pie, no podían haber andado mucho. Hubieran logrado su intento a no haber tenido tiempo Peransúrez para llegar a la venta de Nuño; pero una vez allí, desnudáronse su disfraz, tomaron consigo unos cuantos monteros colegas de Peransúrez, y rodeando por el monte y sonando sus bocinas en son de caza, lograron burlar la vigilancia de los emisarios de Rui Pero, que buscaban dos frailes franciscanos y no una compañía de cazadores. La condesa creyó oportuno avisar de su situación a su alteza por medio del mismo Nuño y de su compañero de viaje, por si se frustraba su fuga o por si no podía llegar a Andújar tan presto como era su intención, a pesar de la poca distancia que hasta allí había. Nuestros lectores han visto cómo desempeñó Nuño su comisión, y pueden figurarse que Rui Pero y los suyos recorrían todavía inútilmente los alrededores de Monilla. Ferrus, poco militar todavía y aturdido con cuanto le pasaba, no había pensado en relevar las centinelas, y habiéndose convencido por una rejilla interior de la prisión del doncel de que existía en su poder, permanecía Hernando en su puesto con su alano, bien decidido a vender cara su vida si no podía salvar a su señor; viendo que nadie se acordaba de él, se determinó por último a abandonar su guardia y a buscar otra manera de salvar a *Macías*. Echó a andar para esto a lo largo de la muralla, calada la visera de la mala celada que había robado al difunto, y no le costó dificultad introducirse en lo interior del castillo, que por lo desmantelado servía de cuartel a los hombres de armas. No osaba preguntar por no delatarse a sí mismo; pero calculando la forma del edificio, anduvo con aire resuelto como si fuese a cosa hecha o llevase alguna orden y se acercó adonde caía efectivamente la escalerilla que daba entrada a la prisión del doncel. Felizmente conservaba todavía las llaves en su poder, y Ferrus con la mayor parte de su fuerza se ocupaba en distribuir atalayas en las murallas y en examinar de continuo el campo por ver de divisar a Rui Pero, de quien no dudaba que volviese con su presa.

Quedábale que vencer a Hernando una dificultad. En lo alto de la escalera había un centinela a quien Ferrus había encargado la vigilancia.

—¿Quién va? —preguntó éste a Hernando, luego que lo vio acercarse.

—Compañero —repuso Hernando, tratando de ganarle por buenas, y aun de relevarle, si podía—, ¿cae hacia esta parte la prisión?

—Atrás. Parece que es nuevo el compañero según la pregunta. Aquí cae; pero atrás.

—Ved que os vengo a relevar. ¡Voto va! podéis iros a descansar.

—¿A descansar, y hace un cuarto de hora que estoy en esta facción?

—¡Malo! —dijo para sí Hernando.

—No conozco yo la voz de ese compañero —dijo entre dientes el centinela, armando su ballesta—. ¡Ea! atrás digo.

—¡Cuerpo de Cristo! —exclamó furioso Hernando, viendo que su astucia no había surtido efecto—; si no conoces mi voz, jabalí, conocerás mi mano —dijo, y se abalanzó sobre el contrario.

Retrocedió éste gritando «¡Traición! ¡Traición!» y disparó su ballesta; recibió Hernando la saeta en el brazo izquierdo; pero no haciendo más caso de ella que de la picadura de un insecto, levantó su mano de hierro, y asiendo del centinela por la garganta, alzole del suelo, diole dos vueltas en el aire con la misma facilidad y desembarazo que da vueltas un muchacho a su honda, y despidiólo contra la pared del corredor, donde produjo el infeliz un chasquido hueco, semejante al de una inmensa vejiga que revienta, cayendo después al suelo sin más acción que un costal o un haz de fajina. Arrancose enseguida la saeta del brazo Hernando, y pasándola por los talones del vencido, colgólo en la pared de una fuerte escarpia que servía para suspender de noche una lámpara, donde lo dejó cabeza abajo en la misma forma que hubiera hecho con un venado. Sin reparar en la sangre que de su herida corría, abalanzose después Hernando con las llaves a la escalera, la cual bajó con la misma prisa y ansiedad y latiéndole el corazón con la misma fuerza que si le esperase abajo una querida que fuese a ver solo por primera vez.

El desdichado doncel, que ningún ruido había vuelto a oír desde su encierro en aquel subterráneo, si no era el monótono rumor del torrente, que casi debajo de sus pies corría, paseaba entretanto su estancia con paso largo y precipitado, indicio de la agitación de su alma.

—¡Elvira —decía hablando con su señora—, Elvira, he aquí el estado infeliz a que ha reducido tu obstinación a tu amante desdichado! ¡Te lo predije! ¡No oíste mi voz! ¡No creíste mis palabras! Goza ahora, goza tranquila en los brazos de tu esposo esa felicidad maldecida que yo solo perturbaba. ¡Ah, traidor Villena! ¡Ah, fementido Hernán Pérez! ¡De esta suerte me venceréis! ¡Yo siento su mano aún dentro de la mía! ¡Siento su corazón latir fuertemente contra el mío; la veo, la oigo; sus lágrimas ardientes corren aún a lo largo de mis mejillas! Su voz trémula y agitada, su voz ronca de pasión, ahogada por el amor, pidiendo piedad y misericordia, resuena aún en mis oídos. La estrecho entre mis brazos. Día y noche desde entonces siento sobre mis labios la opresión dulcísima, el calor inmenso de los suyos. ¿No lo sientes, Elvira, tú también? ¡Nunca se apagará este ardor y esta memoria! ¡Es fuego, es fuego, es el amor entero, es el infierno todo sobre mis labios desde entonces!

El mayor abatimiento sucedió a este corto extravío de la razón del doncel. Una llave sonó de repente en la cerradura de su prisión, y un momento después se hallaba en los brazos de Hernando. No acababa el prisionero de creer a sus ojos.

—Ea, señor —dijo Hernando, después de una breve pausa—, conoce a tu montero. Toma esta espada. No es la tuya, señor; es la de un villano; pero en tus manos será la del Cid. A mí me basta un venablo. Salgamos.

—¿Adónde, Hernando…? ¿Quién te trajo? ¿Dónde estoy?

—Después, después —repuso Hernando mirando a todas partes con la mayor inquietud—. El grito del centinela puede haber dado la alarma y urge el tiempo.

—No, Hernando; déjame morir en esta soledad —repuso el doncel con dolor—. No la veré al menos acariciando a otro.

—Te ciega tu pasión, *Macías* —contestó el montero—. Huyamos. Ven de grado, si no quieres venir a tu pesar.

Disponíase el montero a cumplir su amenaza apoderándose a viva fuerza del doncel, proyecto que hubiera llevado a cabo fácilmente, ayudado de su robusto brazo, cuando un sordo estruendo de armas se dejó oír en el corredor.

—¡Voto a tal! —exclamó Hernando aplicando el oído—. Me han descubierto los traidores; vendámosles caras nuestras vidas.

Dichas estas palabras asió el montero de un brazo del doncel y obligole a subir con él la escalera,

—¡Traición! ¡Traición! —gritaban en lo alto de ella varios soldados que se preparaban a impedir la evasión de los fugitivos. De allí a poco se trabó un combate encarnizado en el corredor. Cargaba más gente por momentos, y Ferrus, que había reconocido al montero, animaba a los suyos con promesas y amenazas.

—¡Ven, villano —gritaba Hernando a Ferrus—, ven, juglar infame! Yo soy el que ha librado a la condesa, yo el que había de librar a mi señor. Llega y probarás mi venablo.

—¡A él, amigos a él! —gritaba Ferrus sin dar reposo a los suyos—; él es traidor; ¡muera Hernando, muera!

Macías, animado con la pelea, se defendía valientemente haciendo prodigios de valor y derribando cuanto se ponía a su paso; pero era evidente que hallándose como se hallaba desarmado, no podía resistir por mucho tiempo al número de sus contrarios. Él y Hernando se vieron precisados, después de haber derribado inútilmente a algunos de sus enemigos, a refugiarse hacia la prisión. Acababa de entrar *Macías* en ella cuando se abrió por entre los que le acosaban un caballero, gritando, con la espada desnuda:

—¡Ténganse todos! ¡Fuera, villanos! ¡A mí! ¡Dejádmele a mí! El doncel me pertenece.

—¡Hernán Pérez! —gritó fuera de sí el doncel, cobrando nuevo valor y dirigiéndose hacia el enemigo que acababa de llegar.

Suspendiéronse a la voz de entrambos los combatientes, y Hernán Pérez solo se precipitó tras *Macías* en la prisión. No pudo evitar esto Hernando, ni menos que Hernán Pérez, dentro ya con su rival, corriese un enorme cerrojo que por dentro la cerraba. Agobiado por el número de los que le rodeaban y querían rendirle, quedó en la escalera jurando y blasfemando de su mala suerte, que le impedía ayudar a su señor. Haciendo entonces el último esfuerzo, atravesó con el venablo a dos de los que más cerca tenía y abriose paso por entre los demás, aterrados de la muerte de sus compañeros. Precipitose enseguida sobre Ferrus, que huía despavorido por el corredor seguido de su alano, el cual amenazaba con los dientes hacer presa en el primero que tocase a su amo, y asiendo al juglar de la garganta:

—¡Villano —le gritó—, condúceme a las cadenas del rastrillo de la prisión o eres muerto!

No osaba llegar a Hernando ninguno de los del castillo temerosos de que clavase el venablo en su alcaide a la menor contradicción; Ferrus, entretanto, aterrado:

—¡Ah, señor! —exclamó—; si me perdonáis la vida, yo os llevaré donde gustéis.

—Ea, pues, vamos —replicó Hernando, y llevándole siempre asido de la garganta le siguió adonde Ferrus todo trémulo le guiaba.

Entretanto luchaban animados de igual furor Hernán Pérez y *Macías*, cerrados en la prisión. Pocos golpes habrían dado y recibido, cuando resonó por todo el castillo el rumor de varias trompetas y el estruendo de muchas gentes de armas que llegaban nuevamente. Don Enrique de Villena y los suyos acababan de entrar en él. Casi al mismo tiempo llegó doña María de Albornoz y Elvira, y al nombre de la condesa fueles abierto el puente.

Dirigiéronse los primeros, informados de cuanto ocurría, hacia la prisión del doncel, y hallándola cerrada por dentro, mandó el conde que se forzase la puerta, operación a que se dio principio con la mayor actividad.

Doña María de Albornoz y Peransúrez, no conociendo más camino a la prisión del doncel que aquél que ellos habían andado antes de la fuga, se dirigieron, por el contrario, entre la muralla y la zanja, llegaron al frente de la prisión, oyeron el ruido de las armas de los combatientes y el estruendo de los que por el opuesto lado forzaban la puerta que había cerrado Vadillo; pero ¡cuál fue su sorpresa cuando vieron el espectáculo que se ofreció a sus ojos! Hernando, asomado a una galería sobre la prisión, desde donde se soltaban las cadenas del rastrillo, tenía asido aún al juglar y lo ahogaba casi con su mano, intimándole que le ayudase a soltarlas. Ferrus, sin embargo, que sabía el horrible secreto del rastrillo, por el cual no podía pasar nadie sin caer en la zanja y hacerse pedazos en los muchos pinchos de hierro de que estaba erizada, lleno de pavor quería explicarse porque no tomase luego Hernando mayor venganza de la catástrofe que debía de seguirse a la bajada del rastrillo. No concediéndole, empero, Hernando parlamento, y viéndose Ferrus ahogar, hubo de ceder y ayudó a Hernando como pudo a soltar las cadenas.

—¡Sálvate, *Macías*, sálvate! —gritó desde arriba Hernando con voz que retumbó en todo el castillo, y entonces se ofreció a los ojos de doña María y de Elvira el horroroso combate.

—¡Cielos! —exclamó Elvira—. ¡Bárbaros, teneos! ¡Tomad mi vida, tomadla! —precipitose Elvira hacia la prisión, y puesta en el borde del abismo—: ¡*Macías*! —clamó sin podérselo nadie impedir—. ¡Hernán Pérez! ¡Cesad, bárbaros, en tan cruel combate o este precipicio será mi tumba!

No volvió siquiera Hernán Pérez la cabeza; antes más encarnizado que nunca al oír la que causaba su implacable rencor, redobló sus golpes. No sucedió así al doncel; volvió la cabeza rápidamente, y al ver a orillas de la zanja a Elvira, pronta a precipitarse en ella, desasiose del hidalgo, a tiempo que caía hecha pedazos la puerta de la prisión con horrible fragor y que se entraban dentro don Enrique y los suyos.

—¡Elvira! —gritó *Macías* saliendo de la prisión—. ¡Elvira! —lanzose enseguida al rastrillo.

—¡Perdón! —gritó con voz desesperada Ferrus a Hernando, y al mismo tiempo, cediendo la trampa del rastrillo al peso del caballero que la oprimía, hundiose el doncel súbitamente, y su cuerpo destrozado llegó a lo profundo de la sima, dando de hierro en hierro y profiriendo sordamente:

—«¡Es tarde! ¡Es tarde!»

Un chillido agudo y desgarrador, lanzado del pecho de Elvira, resonó hasta el mismo corazón de los espectadores espantados. Un momento de pausa y de terror se siguió.

—¡Malvado! ¿Lo sabías? —gritó únicamente Hernando desesperado, y se precipitó sobre Ferrus, que exánime no le ofrecía resistencia alguna —asiéndole entonces de su cabellera roja—: ¡Bravonel! —gritó—, ¡Bravonel! «¡Al oso!, ¡al oso!» —y lanzó en medio de la galería al juglar que corrió un momento huyendo del animal. Pero Bravonel, furioso, se arrojó sobre él, y haciendo presa en su garganta, destrozólo en minutos, al mismo tiempo que Hernando le animaba gritando—: ¡Pieza! ¡Pieza! No era digno el infame de morir por mi mano. ¡Pieza! ¡Pieza!

Quedó Hernán Pérez mirando cruzado de brazos a la profunda sima, envidioso de que le hubiese robado la dicha de acabar con el doncel. Furioso como aquél que no había satisfecho toda su ira, lanzose por el borde que había quedado en el rastrillo a uno y otro lado de la trampa hundida, bastante ancho todavía para andar por él una persona. Elvira, en tanto, miraba la sima con ojos vidriados, en que se veía la fijación del estupor y el extravío de la demencia. Habíase secado ya para siempre el manantial de sus lágrimas.

—¡Hele ahí! —le gritó Hernán Pérez señalando la zanja— ¡hele ahí!

—¡Es tarde, es tarde! —repuso Elvira dando una horrorosa carcajada.

—¡Bárbaro! —gritó el pajecillo echándose al paso de Hernán Pérez—; ¡bárbaro! —y se dispuso a defender a su prima con un denuedo ajeno de su edad. En aquel momento pareció Elvira volver en sí para reconocer a su esposo, y sobrecogida de terror, huyó despidiendo del pecho agudos alaridos.

Precipitáronse los circunstantes sobre el hidalgo, no pudiendo éste llegar a Elvira.

—¡Maldición sobre ti y desprecio! —le gritó—; ¡y entre nosotros eterna separación!

Al mismo tiempo se oyeron por el castillo voces de:

—¡Arma!, ¡arma! ¡Santiago!

De allí a poco las murallas eran el teatro de un sangriento combate. Después de una hora de refriega y de muy entrada la noche, replegáronse por fin las gentes de Villena, acaudilladas por el hidalgo, que había peleado con desesperación, y el justicia mayor clavó el pendón real en una almena.

Hernando, que había tomado a su cargo dañar a los sitiados en compañía de Peransúrez para facilitar la entrada a las tropas reales y defender a la condesa, peleó como aquél que acababa de perder el único interés que le ligaba a la sociedad, y logró mantener ilesa a doña María hasta el momento de la victoria. Restituida aquélla al justicia mayor, no se volvió a ver a Hernando ni a su alano. Se presume que privado de su amo, que era el único que podía hacerle soportable la existencia en la corte, se hundió para siempre en los montes, y hay cronista que afirma que años adelante murió a manos de un oso más feroz que él.

Don Enrique de Villena fue llevado ante el rey Doliente, y el imprudente medio de que se valió para conservar, aun después de lo ocurrido, su maestrazgo, diciéndose en público impotente, solo contribuyó a dar a todos una idea más clara de su baja ambición. Los ruegos, sin embargo, de la generosa condesa, que se retiró a sus estados a llorar su desdichada boda y la suerte de Elvira, salvaron la vida al conde, quien desde entonces vivió en retiro filosófico entregado a las letras, para las cuales había nacido, más bien que para las armas o la corte. Es cosa sabida que, después de su muerte, quedó hecho trozos en una redoma, como hechicero que había sido.

Don Luis de Guzmán, restablecido de sus heridas, fue elegido maestre de Calatrava por el capítulo de la Orden.

Nadie, entretanto, había visto a Elvira desde el momento en que empezó el combate y la confusión. Buscosela de orden de la condesa muchos días, porque el rencoroso Hernán había jurado no volver a recordar nunca su nombre; fue imposible, empero, dar jamás con ella; tanto, que el fiel pajecillo, desesperado de la pérdida de su hermosa prima, no pudo resistir a su dolor y tomó de allí a poco el hábito en una orden religiosa.

Es fama únicamente que durante el combate se vio en diversos puntos de la muralla, sin temor alguno ni a las armas, ni a los combatientes, ni a las llamas que consumieron aquella noche el castillo sin saberse quién las hubiese prendido, una mujer desmelenada, agitando con ademán frenético una antorcha en medio de las tinieblas y gritando con feroz expresión:

—¡Es tarde!, ¡es tarde! —lema antiguo del fatal castillo.

No faltó en la comarca quien creyó que solo podía ser la mora encantada la que parecía triunfar, con bárbaro regocijo, de la destrucción de su antigua cárcel, repitiendo el fatídico: «¡Es tarde!».

Capítulo XL

¡¡¡Tarde acordaste!!!...

Rom. del conde Claros

Algunos años habían pasado ya desde los sucesos que dejamos referidos. Ocupaba el trono de Castilla el señor don Juan II, hijo del muy ínclito y poderoso rey don Enrique el Doliente, y ocupábale en su menor edad, regido y dominado por unos y otros bandos y parcialidades.

Dos caballeros, ricamente ataviados y montados, pasaban una tarde por la plaza de Arjonilla. Brillaba en el semblante del más lujosamente vestido la satisfacción que da el poder y la riqueza; distinguíase en el celo y en la oscura frente del otro la huella de antiguos pesares.

—Si no fuese detenernos mucho —dijo el primero al segundo—, vería de buena gana qué turba es aquélla que se agita en el extremo de la plaza. ¿Llegamos?

—Como gustéis, señor don Luis de Guzmán —repuso secamente su compañero—; si bien yo no puedo parar mucho en este pueblo maldito sin agravarse mis males.

Llegáronse, efectivamente, al grupo. Una infinidad de muchachos le formaban, y algunos habitantes de Arjonilla con ellos. Una mujer en medio parecía querer huir de la importuna concurrencia. Sus vestiduras se hallaban manchadas y rotas por diversas partes; su pelo suelto y descuidado parecía haber sido hermoso; sus facciones flacas y descompuestas debían de haber tenido en su juventud proporciones agradables. Esto era todo lo que se podía decir. Sus ojos, hundidos en el cráneo, brillaban con un fuego extraordinario y parecían querer devorar al que la miraba; sus ojeras negras, sus mejillas descarnadas, su frente surcada de arrugas y sus manos de esqueleto, manifestaban que alguna enfermedad crónica y terrible consumía su existencia.

Arrojábanle pellas de barro los muchachos y corrían tras ella.

—¡La loca! ¡La loca! —gritaban—. ¿Cómo te llamas? ¿Nos dices la hora que es? ¡La loca! ¡La loca!

A toda esta algazara respondía la desdichada con una feroz y extraviada sonrisa; parábase, escuchaba un momento y soltando una estúpida carcajada:

329

—¡Es tarde! —gritaba con voz ronca—; ¡es tarde! —despedazábase al mismo tiempo las manos y dábase golpes en el pecho.

—¿Qué es eso? —preguntó don Luis a un muchacho.

—¡Ah!, señor maestre —contestó el muchacho, que parecía conocer al caballero—, ¡es la loca!

—Y, ¿quién es la loca?

—Aquí —repuso el muchacho— solo por ese nombre la conocemos; de temporada en temporada se aparece por el pueblo; otras veces vive por el monte, y dicen los pastores que gusta mucho de pasar los días enteros mirando a los barrancos. No habla más que dos palabras. No llora nunca; ¿oís esa carcajada? Eso es lo que hace; aquí siempre estamos deseando que venga, porque es para todo el pueblo una diversión.

—¡Infeliz! —dijo don Luis—; ¿no queréis verla, señor Hernán Pérez?

—No; esos espectáculos me ponen de mal humor. ¡Miserable! Será acaso alguna madre que haya perdido a su hija. Vamos de aquí, señor don Luis.

—O alguna amante desdichada, señor Hernán Pérez —dijo riéndose con indiferencia don Luis, y picando espuelas a su caballo. De allí a poco ambos caballeros desaparecieron, apartándose la turba que seguía hostigando a la demente, la cual solo respondía de cuando en cuando con su acostumbrada carcajada y su desdichado estribillo:

—¡Es tarde! ¡Es tarde!

Pocos años después entró una madrugada el sacristán de la parroquia de Santa Catalina de Arjonilla en la iglesia y pareciole ver un bulto extraordinario al lado de un sepulcro. Efectivamente, era la loca.

—Loca —le dijo dándole con el pie—. ¡Pues está bueno! Ésta se quedaría aquí ayer en la iglesia cuando la cerré. Vamos, buena mujer. ¡Estará borracha!

Dábale con el pie, pero el bulto no se movía. Acercose el sacristán y vio que la loca tenía un hierro en la mano, con el cual había medio escrito sobre la piedra «¡Es tarde!, ¡es tarde!». Pero ella estaba muerta. Sus labios fríos oprimían la fría piedra del sepulcro. Un epitafio decía en letras gordas sobre la losa:

Aquí yace *Macías* el enamorado

Libros a la carta

A la carta es un servicio especializado para

empresas,

librerías,

bibliotecas,

editoriales

y centros de enseñanza;

y permite confeccionar libros que, por su formato y concepción, sirven a los propósitos más específicos de estas instituciones.

Las empresas nos encargan ediciones personalizadas para marketing editorial o para regalos institucionales. Y los interesados solicitan, a título personal, ediciones antiguas, o no disponibles en el mercado; y las acompañan con notas y comentarios críticos.

Las ediciones tienen como apoyo un libro de estilo con todo tipo de referencias sobre los criterios de tratamiento tipográfico aplicados a nuestros libros que puede ser consultado en Linkgua-ediciones.com.

Linkgua edita por encargo diferentes versiones de una misma obra con distintos tratamientos ortotipográficos (actualizaciones de carácter divulgativo de un clásico, o versiones estrictamente fieles a la edición original de referencia).

Este servicio de ediciones a la carta le permitirá, si usted se dedica a la enseñanza, tener una forma de hacer pública su interpretación de un texto y, sobre una versión digitalizada «base», usted podrá introducir interpretaciones del texto fuente. Es un tópico que los profesores denuncien en clase los desmanes de una edición, o vayan comentando errores de interpretación de un texto y esta es una solución útil a esa necesidad del mundo académico.

Asimismo publicamos de manera sistemática, en un mismo catálogo, tesis doctorales y actas de congresos académicos, que son distribuidas a través de nuestra Web.

El servicio de «libros a la carta» funciona de dos formas.

1. Tenemos un fondo de libros digitalizados que usted puede personalizar en tiradas de al menos cinco ejemplares. Estas personalizaciones pueden ser de todo tipo: añadir notas de clase para uso de un grupo de estudiantes, introducir logos corporativos para uso con fines de marketing empresarial, etc. etc.

2. Buscamos libros descatalogados de otras editoriales y los reeditamos en tiradas cortas a petición de un cliente.